KB175430

한시의 성좌

한시의 성좌 星座
— 중국 시인 열전

심경호 지음

2014년 5월 12일 초판 1쇄 발행
2018년 2월 20일 초판 3쇄 발행

펴낸이 한철희 | 펴낸곳 돌베개 | 등록 1979년 8월 25일 제406-2003-000018호
주소 (10881) 경기도 파주시 회동길 77-20 (문발동)
전화 (031) 955-5020 | 팩스 (031) 955-5050
홈페이지 www.dolbegae.co.kr | 전자우편 book@dolbegae.co.kr
블로그 imdol79.blog.me | 트위터 @Dolbegae79

편집 이경아
표지디자인 민진기 | 본문디자인 이연경·이은정·강영훈
마케팅 심찬식·고운성·조원형 | 제작·관리 윤국중·이수민
인쇄·제본 한영문화사

ISBN 978-89-7199-603-4 (03820)

책값은 뒤표지에 있습니다.

陶淵明

王士禎

杜牧

蘇軾

王維

杜甫

韓愈

高啓

李賀

白居易

한시의 성좌 星座

중국 시인 열전

심경호 지음

돌베
개

책을 엮으며

문명의 불빛은 하늘의 별빛을 빼앗았다. 게다가 우리는 남 이기려는 궁리에 골몰하고 주머닛돈을 세느라 밤하늘을 바라보지 못하기 때문에 영혼 속의 불꽃을 하늘의 별빛과 일치시킬 수 없게 되었다. 영원한 미의 세계에서 한시의 작가들은 하늘의 성좌星座와도 같이 오늘도 빛을 발하고 있건만, 우리는 그 빛을 감지할 능력을 상실해 가고 있다. 아름다운 것이 어렵게만 여겨져 미의 세계로 나아갈 엄두를 내지 못하기 때문이다.

옛날에는 하늘을 네 방위로 나누고 땅을 사방으로 구분하여 하늘의 28수宿를 용龍·호虎·조鳥·무武의 상象에 따라 배치한 후 별자리의 이변으로 인간의 일을 예측했다. 별의 이변과 지상의 일을 하나하나 배당시키는 것은 불합리하다고 할 수 있다. 하지만 생각해 보라! 하늘의 별빛이 우리가 가야 할 길들을 환히 밝혀 주던 시대는 얼마나 복되었던가!

중국에서 완성된 시가詩歌 형식을 이용하여 저마다의 꽃을 피운 시인들은 미의 세계에서 성좌를 이루어, 한자 문화권에서 미의 역정歷程이 나아가야 할 길들을 비추어 왔다. 그렇기에 우리의 선인들도 한시 작가들의 기라성을 바라보면서 스스로의 미적 정서와 사유를 열어 나가는 데 주저하지 않았다.

곧, 한국의 지성들은 독자적인 정서와 사유를 표현하기 위해 중국한시의 미학적 성과를 참조하면서 새로운 해석을 시도했다.

이를테면 두보의 율시 「수」愁에서 다음 구절은 경관을 묘사한 것이지만, 퇴계退溪 이황李滉(1502~1571)은 이 시구에서 인간 수양의 철학적 과제를 읽어 냈다.

소용돌이에서 목욕하는 백로는 무슨 심성인가
외로운 나무에 핀 꽃이 저절로 환하다

盤渦鷺浴底心性 반와노욕저심성　獨樹花發自分明 독수화발자분명

1561년 3월 그믐, 이황은 도산으로 가는 길목에서 이 구절을 읊으면서 제자에게 이렇게 말했다. "공부하는 사람은 털끝만큼이라도 억지로 하는 마음이 있어서는 안 된다. 이 시는 그런 의미이다."

고종 때 이유원李裕元(1814~1888)은 『임하필기』林下筆記 「춘명일사」春明逸史에서 두보의 이 시구를 인용해 '꽃을 감상하는 방법'에 대해 말했다. 그의 집에 옛날부터 한 그루 꽃나무가 있어서 그 꽃이 선홍색으로 찬란했으나, 여러 꽃나무들 속에 두자 그 색이 바라고 말았다. 나무 심는 전문가에게 물으니, "다른 색들에게 본래의 색을 빼앗겼기 때문입니다" 하였다. 이유원은 화려한 꽃들 속에서 그 선홍색 꽃을 분별해 내지 못하게 된 자신의 어리석음을 뉘우쳤다고 했다.

이황은 시의 문맥적 의미를 조금 무시하고 일부 구절을 따다가 그 의미를 재해석했다. 그 해석이 매우 독특하여 이익李瀷(1681~1763)도 『성호사설』星湖僿說에서 그 점을 거론했을 정도다. 이유원도 두보의 같은 시

구절을 인용하여 주관 인식의 한계를 논함으로써 시 해석에서 새로운 방향을 추구했다. 그들은 모두 자신의 사유와 감성의 연마에 중국한시를 특별한 방식으로 활용했던 것이다.

나는 어려서 한문을 공부할 때 한국한시보다 당시唐詩와 송시宋詩, 악부가행의 시들을 두루 한국 한자음으로 읽었다. 그러면서 중국한시를 한국의 지성들이 사색의 종자로 삼아 온 방식에 익숙해졌다. 이후 한국한시를 연구할 때 늘 그것과 중국한시의 관계를 탐색했다. 『한국한시의 이해』(2000)는 한국한시의 작가와 형식에 대해 개관하고 『한시기행』(2005)은 한국한시에 반영된 역사미를 음미했지만, 『한시의 세계』(2006)나 『한시의 서정과 시인의 마음』(2011)은 한시 일반의 양식과 상징, 표현 수법을 검토하면서 중국한시와 한국한시의 관계에 대해 논평했다. 이후 2010년 겨울부터 2012년 5월까지 시 전문지 『유심』의 '중국 고전명시 감상' 코너에 중국한시에 대한 평론을 연재하면서, 중국 시인들의 삶과 내면을 살피고 한국인이 중국한시를 어떻게 수용했는지 밝혔다. 이번에 『유심』에 연재한 10편의 글들을 개정하고 도연명에 대해 2편의 글을 새로 집필하여, 말하자면 중국 시인들의 열전을 구성해 보았다. 이백李白이나 한산寒山 등 몇몇 시인들은 별도로 다뤄야 할 것이다.

이 책에서 내가 다룬 중국 시인들은 숲속에 매몰되어 있는 것이 아니라 저만치 홀로 서 있는 나무들과 같았다. 곧, 두보의 시 「수」에서 말했듯이 그들은 모두 선명한 꽃을 피운 '외로운 나무' 같은 존재들이었다.

서구의 정원을 보면 그 기하학적인 배치에는 감탄하지만 꽃의 아름다움을 그리 느끼지는 못한다. 필라델피아에서도 미국 초기의 정원을 둘러보았고, 빅토리아 섬의 부챠트 가든The Butchart Gardens도 관람했지만 큰 감흥을 얻지는 못했다. 꽃이든 나무든 홀로 외떨어져 있을 때 그 아름다움이 더 온전하게 파악되는 것이 아닌가 싶다.

도연명은 「음주」飮酒 제8수에서, "連林人不覺 연림인불각, 獨樹衆乃奇 독수중내기"라고 했다. "숲에 이어져 사람들이 깨닫지 못하더니, 홀로 선 나무를 모두 기이하다 하네"라는 뜻이다. 동쪽 뜰에 있는 푸른 소나무가 여름풀에 묻혀 있다가 가을 서리가 무거울 때 높은 가지가 우뚝 솟아나 사람들이 그 모습을 보고 기특하다고 여기게 된다고 말한 것이다. 도연명은 '홀로 선 나무'에서 특립독행特立獨行(우뚝 서서 홀로 가치를 실천함)의 군자를 상상했다. 그 정경은 조금 쓸쓸하다. 이 책에서 내가 다룬 중국 한시의 작가들도 특립독행의 존재였지만 그들은 쓸쓸한 모습으로 추억되지는 않는다. 그들은 한시라는 화려한 꽃들을 피웠기 때문이다. 그 꽃들은 다른 꽃들과 섞여 있어서 금방 색조를 잃어버리고 감흥을 남기지 못하는 꽃들이 아니라 각각의 외로이 서 있는 나무에서 선명한 빛을 드러낸 꽃들이었다.

물론 내가 좋아하는 한시의 작가들은 다른 인물들과 교유하여 우정의 이야기를 많이 남겼지만, 영원한 미의 세계에서 보면 그들은 언제고 홀로 선 나무들이었다. 세속의 얄팍한 평가에 혼을 빼앗긴 적이 없는 존재였다. 그리하여 그들은 하늘의 성좌와도 같이 미의 역정에서 찬란한 빛을 드리울 수 있었던 것이다.

많은 사람들이 중국의 거장들이 남긴 시를 다시 읽으면서 그 선명한 빛에 인도되어 영혼의 불을 타오르게 하고, 그리하여 미의 세계에서 열락을 누리시기를 바란다.

2014년 4월 22일
회기동 작은 마당 집에서

차 례

책을 엮으며   5

소식   풍월주인의 노래   11

이하   귀계의 소년   29

두목   애상의 시선   48

백거이   치유의 언어   68

두보   침울한 얼굴   90

두보   이 가을이 슬프다   117

왕유   성스러운 자연   144

한유   주지주의의 실험   165

한유   사유의 시적 구조화   194

왕사진   상념의 정화精華   213

고계   서른아홉 살의 내면   234

도연명   그 평온한 곳으로 돌아가자   270

도연명   언술의 자유   306

후기   332

미주 335 · 찾아보기 356

1

소식
풍월주인의 노래

1.

　간혹 한시의 작가는 자기 시를 음풍농월吟風弄月에 불과하다고 말하
곤 했다. 자신의 시가 웅대한 뜻을 담지 못한다고 겸손해한 것이다. 그
러니 이 말을 그대로 믿지는 말자. 어떤 이들은 정색을 하며 한시 일반
을 음풍농월이라고 폄하하기도 했다. 한시가 현실의 큰 문제에 관여하
지 않는다며 그렇게 낮춰 본 것이다. 그러나 한시가 정말 음풍농월에 불
과한가?

　한시는 자연, 현실, 그리고 역사의 모든 것을 소재로 삼으며, 서정뿐
만 아니라 기록과 논변의 기능도 지닌다. 그렇기에 모든 한시를 음풍농
월로 규정하는 것은 옳지 않다.

　그런데 가만히 생각해 보면 음풍농월이란 말은 한시의 아주 중요한
속성을 적절하게 지적했다고 볼 수도 있다. 바람을 읊고 달을 희롱한다
는 것, 이것이야말로 한시가 그토록 오랫동안 지적 유희와 심미적 표현
의 중요한 몫을 담당해 온 이유이자, 현재도 사랑받을 수 있는 까닭이

아니겠는가. 우리는 미풍에 봄의 생명력을 느끼고 보름달을 향해 기원을 되뇌곤 한다. 바람을 읊고 달을 희롱하는 일은 자연에 순응하는 태도다. 바람과 달을 우리 가까이 되돌리는 것, 이것이 한시를 읽는 첫 번째 이유여야 하리라.

게다가 옛사람들에게 자연은 관념이 아니었다. 자연은 신이 깃들어 있고 실체를 지니고 있었다.

바람 풍風은 방신方神의 사자인 새가 바람을 타고 오가며 날갯짓 하는 모습을 형상화한 글자다. 고대인들은 사방에 각각 그 방위의 구역을 관할하는 방신이 있고, 방신은 자기 구역을 다스리기 위해서 바람 따라 나는 새 모양의 신을 거느린다고 믿었다.

월月은 달의 이지러진 모습을 형상화한 글자다. 이지러졌다가는 원만의 상태를 향해 변화해 가는 달의 모습은 생명 있는 것들이 숨을 내쉬었다가 들이마시는 주기를 상징했다.

2.

비에 씻긴 동쪽 언덕, 달빛 맑은 밤
왕래 끊긴 길을 야인 홀로 걷노라니,
울퉁불퉁 돌길에
잘각잘각 지팡이 소리.[1]

雨洗東坡月色淸 우세동파월색청　市人行盡野人行 시인행진야인행
莫嫌犖确坡頭路 막혐낙각파두로　自愛鏗然曳杖聲 자애갱연예장성

북송北宋의 대시인 소식蘇軾(1036~1101)이 남긴 「동파」東坡라는 제목의 절구絶句다. 동파는 동쪽 언덕이란 뜻인데, 소식이 머물던 곳 근처의 언덕을 그렇게 부르고 그 이름을 고유명사처럼 사용했다. 그보다 앞서 당나라 백거이白居易(백낙천白樂天)는 충주忠州 교외의 동쪽 언덕에 복숭아나무와 자두나무를 심고 그곳을 사랑했다. 소식은 평소 백거이를 좋아했으므로 백거이의 시어에서 연상하여 거처의 동쪽 언덕을 동파라 하고 자신의 호를 아예 동파거사東坡居士라 한 듯하다. 그래서 사람들은 그를 소동파라 부른다.

　인적이 끊긴 황량한 길, 소동파는 그 길을 사랑했다. 사람들이 이욕을 위해 분주하게 오가던 그 길을 달밤에 야인인 나만 홀로 간다고 했다. 돌이 들쑥날쑥하여 걷기에 불편하다. 하지만 짜증 내지는 말자. 달빛 아래 길은 호젓하고, 지팡이가 맑은 소리를 내지 않는가. 바람이 불어와 마음의 번열을 식혀 준다.

　글자의 끝 부분 소리를 운韻이라 하고 운을 맞춘 글자를 운자라고 하며 운자를 일정한 간격으로 사용하는 것을 압운이라고 한다. 이 시는 청淸, 행行, 성聲 세 글자를 운자로 사용했다. 평성 가운데서도 경庚운에 속하는 글자들로 압운을 하여, 맑고 툭 트인 느낌을 준다. [-ŋ]의 발음이 특히 그러한 느낌을 갖게 만든다. 절구는 본래 짝수 구에 압운하지만 각 구가 일곱 자로 이루어진 칠언절구는 첫 구에도 운자를 놓을 수 있다. 당나라 말부터는 이것이 정격처럼 되었다.

　칠언절구는 모두 28자에 불과하다. 시인들은 한 글자 한 글자를 금같이 소중하게 여겼으므로 같은 글자를 두 번 사용하려고 하지 않았다. 그런데 소동파는 이 시에서 몇몇 글자를 중복 사용했다.

　즉 동파의 '坡'를 첫 구에 놓고는 세 번째 구에도 놓았다. 마치 언덕의 이름을 가볍게 부르듯이 두 번이나 사용해서, 동쪽 언덕길에 대한 애정을 표시했다. 두 번째 구에서는 시인市人의 행行과 야인野人의 행을 대비시키면서 '人'과 '行'을 거듭 사용했다.

셋째 구의 '낙각'犖确은 울퉁불퉁 삐죽삐죽하다는 뜻이다. 두 글자가 똑같이 폐쇄음 [-k]로 끝나며 둘 다 입성入聲 각覺운에 속한다. 이렇게 끝 발음이 같은 두 글자를 나란히 이어 두는 방식을 첩운疊韻이라고 한다. 사물이나 상황을 형용하는 말에 첩운이 많다. '낙각'은 입성의 글자를 사용해 거친 느낌을 내는데, 이 어휘가 있기에 청淸, 행行, 성聲의 세 글자가 만들어 내는 온화하고 명랑한 분위기가 거꾸로 증폭된다.

현대 중국어 보통화에는 입성 발음이 없다. '낙각'의 경우 병음倂音 부호로는 [luò què]라고 4성의 성조를 얻어 발음하는데, 그런 중국어로는 도무지 입성의 맛을 살릴 수가 없다. 한국 한자음이 도리어 옛 시어의 맛을 살려 준다.

산길이 울퉁불퉁하다는 표현은 한유韓愈가 「산석」山石에서

산 바위 삐죽삐죽, 오솔길 희미한데
황혼녘 절에 이르니 박쥐가 나누나[2]

山石犖确行徑微 산석낙각행경미   黃昏到寺蝙蝠飛 황혼도사편복비

라고 했던 구절을 생각나게 한다. 한유는 자연이 인간 혹은 자기와 늘 격리되어 있음을 자각해서 자연의 그로테스크한 형상을 잘 묘사했다. 이에 비해 소동파는 자연 그대로의 길임을 묘사하기 위해 '낙각'이란 어휘를 사용한 것이다.

「동파」의 마지막 구에 나오는 자애自愛는 내 주관에 따라 나 홀로 사랑한다는 의미를 지닌다.

그리고 '갱연'鏗然의 갱鏗은 종 같은 것을 친다는 동사인데, 연然이란 글자를 두어 쇠, 돌, 옥, 나무 등이 다른 사물에 부딪혀 내는 맑은 소리를 형용했다. 지팡이 소리가 홍량洪亮하다는 것, 그 소리를 시인이 음악처럼 즐기고 있다는 사실을 이 의성어는 우리에게 알려 준다.

3.

1080년 2월, 45세의 소동파는 호북성 황주黃州에 이르렀다. 단련부사라는 직함이지만 사실상 유배였다.

소동파는 지금의 사천성에 속하는 미주眉州 미산眉山 사람이다. 북송의 인종 때인 1057년 진사가 되면서 벼슬길에 들어섰다. 그런데 신종 때인 1069년부터 왕안석王安石이 변법(신법)을 시행하자 스승 구양수歐陽脩가 구법당으로서 변법에 반대했기 때문에, 그도 1071년 구법당으로 간주되어 항주杭州의 통판으로 좌천되었다. 이후 밀주密州, 서주徐州, 호주湖州의 지주知州를 지내면서 정치를 풍자하는 시를 지어 당국의 심기를 불편하게 했다.

당시 소동파가 지은 시에 「획어가」畫魚歌가 있다. 畫은 劃과 같으니, '획어'란 물고기를 갈고리로 끌어올린다는 뜻이다. 변법이 백성을 괴롭히는 사실을 풍자한 이 시는 길이가 제법 긴데, 앞부분만 보면 이러하다.

날 춥고 물 말라 진흙에 숨은 고기들

짧은 갈고리로 쟁기질하듯 물을 그어 대어

부들 꺾이고 물풀도 흐트러지니

이 뜻이라면 잔고기인들 남겨 두겠나.[3]

天寒水落魚在泥 천한수락어재니　短鉤畫水如耕犁 단구획수여경리

渚蒲披折藻荇亂 저포피절조행란　此意豈復遺鰍鯢 차의기부유추예

　1079년 7월, 마침내 소동파는 조정을 비방했다는 이유로 체포되었다. 그리고 수도 개봉開封으로 압송되어, 지금의 검찰청에 해당하는 어사대에 구금되었다. 절강성 호주의 지주로 부임한 지 불과 5개월 만의 일이었다. 100여 일(혹은 500여 일) 구류되어 있으면서 20년 이전의 시까지 샅샅이 조사받았다. 소동파는 사형을 각오하고 아우에게 보내는 시를 짓기도 했으나, 은사를 입었다. 1079년 12월 26일 황주로의 유배가 결정되었고, 1080년 정월 개봉을 떠나 2월 황주에 도착했다.

　황주는 생선이 싱싱하고 죽순이 맛났다. 하지만 봉급이 너무 적어 가족을 건사할 길이 없었다. 처음에는 정혜원定惠院이란 곳에 살다가, 수역水驛 가까이 언덕 위의 정자로 옮겼다. 그곳을 남당南堂이라고도 하고 임고정臨皐亭이라고도 했다.

　이 무렵 친구 마몽득馬夢得이 그를 위해 관청에 탄원해 주어서, 군영지의 빈터를 빌려 농사를 지을 수 있었다. 이때 「동파」라는 제목으로 고시古詩 여덟 수를 계속해서 지었다. 앞서의 칠언절구 「동파」는 이 고시 여덟 수보다 1, 2년 뒤에 쓴 시다. 고시 연작시에는 다음과 같은 서문이 붙어 있다.

황주에 온 지 두 해, 날마다 굶주리는 고통을 겪었다. 친구 마정경馬正卿이 내가 먹을 게 부족한 것을 알고 날 위해 고을에서 옛날 군영지로 쓰던 곳 수십 이랑을 청하여, 여기서 농사를 지을 수 있게 되었다. 땅은 이미 황폐하여 억새와 잡풀이 돋아나고 기왓장 조각이나 작은 돌을 쌓아 두는 곳이 되어 있었다. 또 크게 가물기도 하여 땅을 개간하고 밭을 일구는 노동을 하느라 근력이 다하고 말았다. 쟁기를 놓아 두고 탄식하다가 마침내 이 시를 짓는다. 이렇게 고생해야 하는 처지를 스스로 가련하게 여기면서, 내년에는 수확이 있으리란 기대로 이 수고로움을 잊고자 한다.

마정경이 곧 마몽득이니, 정경은 그의 자字다. 기현杞縣 사람으로 소동파와 같은 해 같은 달, 소동파보다 8일 먼저 태어났다. 과거 시험에 급제하고 태학생으로 있었으나, 하도 강직해서 남과 어울리지 못하고 오로지 소동파와 친하게 지냈다. 수염이 많았으므로 소동파는 그를 마염馬髥이라 부르곤 했다.

소동파는 "부귀한 사람이라곤 없군. 그중에서도 나와 몽득은 첫째간다. 그런데 우리 두 사람을 비교해 본다면 몽득 군이 이긴다"라고 했다. 마몽득이 훨씬 가난했던 것이다.

8수 연작의 고시 「동파」의 제1수에서 소동파는 스스로의 비운을 슬퍼했다. 단, 마지막 구에 약간 해학의 태도가 드러난다.

아무도 돌보지 않는 군영지
담은 무너지고 다북쑥만 한가득.
누가 근력을 덜어 줄까만

겨울 되어도 노동을 보상받지 못하리.

외로이 객지살이하는 사람 있어

하늘이 정한 곤궁을 벗어나지 못하고는,

마침 와서 기와와 자갈을 치워 개간한다만

가뭄 계속되고 땅은 척박하다.

허우적허우적 풀덤불 속에서 고생하며

한 치 싹이라도 얻으려 애쓰다간,

호미 내던지곤 한숨 쉬나니

내 곡물 창고는 어느 때 높아질꼬.[4]

廢壘無人顧 폐루무인고	頹垣滿蓬蒿 퇴원만봉호
誰能捐筋力 수능연근력	歲晚不償勞 세만불상로
獨有孤旅人 독유고려인	天窮無所逃 천궁무소도
端來拾瓦礫 단래습와력	歲旱土不膏 세한토불고
崎嶇草棘中 기구초극중	欲刮一寸毛 욕괄일촌모
喟焉釋耒歎 위언석뢰탄	我廩何時高 아름하시고

자신의 곤궁을 하늘이 정한 곤궁이라고 했다. 소동파는 병자의 해, 계해의 날에 태어났는데, 간지로 보면 태어난 해도 태어난 날도 운수가 나쁘다는 것이다. 병자년은 명命의 별자리가 마갈磨蝎이라서 그렇다고 스스로 말한 적이 있다.

「동파」 연작시의 제3수에서 소동파는, 금년은 한발이 심했으나 보습 댈 만한 비가 때마침 내리고 지난해의 미나리 뿌리도 한 치만큼은 살아 있어 희망을 가져 본다고 했다.

예전부터 작은 샘 하나가

먼 산 뒤쪽에서부터 흘러와,

성벽 지나 마을을 거쳐 가나

물줄기도 시원찮고 쑥과 뜸이 웃자라 있었다.

그 끝은 가柯씨의 연못

열 이랑에 고기 새우 득실했다만,

금년은 한발로 샘이 말라

물풀이 갈라진 흙덩이에 붙어 있더니,

간밤 남산에 구름이 일어

비가 쟁기 날 잠글 만큼 내리고,

찰랑찰랑 본래의 물길을 찾으니

묵은 풀 제거한 나의 공을 알아주는 듯.

진흙 속 미나리도 묵은 뿌리가 있어

한 치 정도, 아아, 남아 있도다.

하얀 싹이 어느 때 움틀까

비둘기 울 무렵엔 미나리회를 먹으려나.

自昔有微泉 자석유미천　來從遠嶺背 내종원령배

穿城過聚落 천성과취락　流惡壯蓬艾 유악장봉애

去爲柯氏陂 거위가씨피　十畝魚鰕會 십무어하회

歲旱泉亦竭 세한천역갈　枯萍黏破塊 고평점파괴

昨夜南山雲 작야남산운　雨到一犁外 우도일리외

泫然尋故瀆 현연심고독　知我理荒薈 지아리황회

泥芹有宿根 니근유숙근　一寸嗟獨在 일촌차독재

雪芽何時動 설아하시동 春鳩行可膾 춘구행가회

49세 때인 1084년 소동파는 안국사安國寺를 왕래하면서 마음의 괴로움을 잊었다. 본래 세상일에 휘둘리지 않는 성격이었기에 사찰 왕래가 효과를 얻은 것이리라. 앞서 보았던 칠언절구「동파」를 보면 그 사실을 짐작할 수 있다.

안국사에서 불교에 귀의하고 쓴 글이, 명문으로 이름 높은「황주안국사기」黃州安國寺記다.

원풍 2년(1079) 12월, 나는 오흥吳興의 수령(즉 호주 지주)으로 있으면서 죄를 얻었다. 상께서는 차마 주살하지 못하고, 황주 단련부사로 삼아, 지난 잘못을 생각하여 혁신할 기회를 주셨다. 다음 해 2월 황주에 이르러, 묵을 집이 얼추 정해지고 먹고 입는 것도 조금 충족되매, 문을 닫아 손님을 사절하고 혼백을 수습하고는 칩복하여 스스로 혁신할 수 있는 방도를 구했다. 종래의 행동거지를 돌이켜 보건대, 모두 도道에 부합하지 않았으니, 지금 죄를 지은 까닭만 있는 것이 아니었으므로, 하나를 새롭게 하려다가 둘을 잃어버리지나 않을까 두려웠다. 이에 크게 탄식하면서 생각했다. '도는 기氣를 제어할 수가 없고 성性은 습관을 이길 수가 없다. 근본을 쟁기질하지 않고 끄트머리만 호미질한다면 지금 이것을 고친다고 해도 뒤에 반드시 다시 죄가 일어날 것이다. 차라리 불승에 귀의하여 한바탕 쇄신하지 않을 수 없다.' 이 무렵 성남의 정사精舍를 발견했는데 안국사라고 했다. 무성한 숲과 길게 자란 대나무 숲, 물길을 막아 만든 연못과 물가에 임한 누정이 있었다. 하루 이틀 지난 뒤 곧바로 가서, 향을 피우고 정좌했다. 깊이 스스로를 성찰하여, 물物과 아我를 둘 다 잊고 신身과 심心을 모두 공空으로 여겨, 죄악의 발생처가 어디인지 찾아보려 해도 찾아볼 수 없게 되었다. 일념으로 청정해져 종래의 더러운 때가 저절로 떨어져, 안과 밖을 훌쩍 초월해서 어디에도 부착하는 것이 없게 되었다. 나는 가만히 이것을 즐거워해서 아침에 갔다가 저녁에 돌아오기를 지금까지 5년간 그렇게 하고 있다.[5]

안국사를 왕래하던 1084년 3월 소동파는 여주汝州 단련부사로 전근하라는 명을 받고 4월에 황주를 떠났다. 황주에서의 5년 동안 그는 특유의 명랑성을 되찾았다. 저 유명한 「적벽부」赤壁賦에서는 바람과 달의 주인을 자처했다.

무릇 천지간 만물은 각각 주인이 있기에, 진실로 나의 소유가 아니라면 터럭 하나라도 가질 수 없으나, 오직 강상의 맑은 바람과 산간의 밝은 달은, 귀로 그것을 들어 소리가 되고 눈으로 그것을 보아 색을 이룬다. 그것을 가져도 금하는 이 없고 그것을 써도 다하지 않으니, 이는 조물주의 다함없는 창고로서 나와 그대가 함께 먹는 자원이다.[6]

且夫天地之間 차부천지지간 物各有主 물각유주 苟非吾之所有 구비오지소유 雖一毫而莫取 수일호이막취 惟江上之淸風 유강상지청풍 與山間之明月 여산간지명월 耳得之而爲聲 이득지이위성 目遇之而成色 목우지이성색 取之無禁 취지무금 用之不竭 용지불갈 是造物者之無盡藏也 시조물자지무진장야 而吾與子之所共食 이오여자지소공식

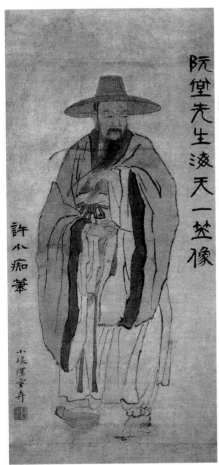

완당선생해천일립상(왼쪽)　허련, 조선, 19세기, 종이에 담채, 51.0×24.0cm, 아모레퍼시픽 미술관
동파입극상(오른쪽)　허련, 조선, 19세기, 종이에 수묵, 44.1×32.0cm, 일본 개인

허소치는 제주도에 유배 와서 고생하는 스승 김정희의 모습에서 소동파의 삶을 보았다.
소동파의 초상을 그린 〈동파입극상〉은 청나라 왕춘파본王春波本을 모방한 작품이다.

조물자의 무진장, 금하여 막는 사람도 없고 아무리 써도 다함이 없는 무진상이다. 우리는 모두 무진장의 것을 귀로 들어 소리를 느끼고 무진 장의 것을 눈으로 보아 색깔을 즐긴다. 무진장의 양식, 그것을 대표하는 것이 강상의 청풍이요 산간의 명월이다. 그렇다, 우리는 청풍과 명월을 공유하는 풍월주風月主인 것이다.

소동파는 임고정에 "강산풍월은 본시 일정한 주인이 없으니, 한가한 사람이 곧 주인이다"(江山風月, 本無常主, 閑者便是主人)라고 적었다. 소동파 를 추종한 황정견黃庭堅은 「문잠립이 지은 '춘일' 세 절구에 차운하다」 (次韻文潜立春日三絶句) 가운데 첫째 수에서 "회남의 풍월주에게 한번 물어 보리다, 새해의 도리화는 누굴 위해 피었소?"(試問淮南風月主, 新年桃李爲誰 開)라고 했다.[7] 소동파의 말을 전고典故로 사용한 것이다.[8]

조선 후기 김정희金正喜(1786~1856)는 제주도 유배 시절에 허소치許小 痴에게 〈동파입극상〉東坡笠屐像을 그리게 하고, 또 스스로를 모델로 〈완 당선생해천일립상〉阮堂先生海天一笠像을 역시 허소치에게 그리게 했다. 과천에 거주한 만년에는 과파果坡라 자호했다. 1852년 12월 19일에는 소동파의 생일인 파신坡辰을 맞아 초의선사에게 서신을 보내 소동파의 정신세계를 흠모하는 뜻을 밝혔다. 소동파의 명랑성을 김정희는 한없이 사랑했던 것이다.

4.

소동파는 자신을 야인으로 규정하고 시인市人과 대비시켰다. 시인 곧 저자의 사람들이란 염량세태炎凉世態에 순응하고, 이익에 목숨 거는 인간들을 은유한다. 상인을 폄하하는 말은 아니다.

『사기』「맹상군열전」은 전국시대 제나라 정승 맹상군의 일을 기록한 글이다. 맹상군은 많은 식객들을 거느리고 있었으나, 그가 정승의 자리에서 파직되자 모두 떠나갔다. 맹상군은 몹시 서운해했다. 그 후 정승의 직에 복귀한 맹상군은 자신을 버린 식객들이 면목이 없어 다시 오지 못하리라 여겼다. 이때 유일하게 곁을 지킨 풍환馮驩이 이렇게 말했다.

어른께서는 시장 가는 사람들을 못 보셨습니까? 아침이면 앞다퉈 어깨를 부딪치면서 들어가지만, 날이 저물면 아침에 시장으로 향했던 자들이 손사래 치며 뒤돌아보지도 않고 떠납니다. 아침은 좋아하고 저녁은 싫어해서가 아니라, 저문 뒤의 시장에는 그들이 기대하는 이익이 없기 때문입니다.[9]

이익의 논리에 따라 움직이는 인간들은 아침에 앞 다투어 시장으로 향했다가 저녁이면 뒤도 돌아보지 않고 떠난다. 그러나 흙과 함께 사는 야인은 다르다. 늘 두 발로 땅을 딛고 서 있으며 하늘의 뜻을 살핀다.

소동파는 야인으로서의 자신을 저들과 구별했지만, 자신의 정신 경계를 저들의 세계와 뾰족하게 대립시키지는 않았다. 저들의 왕래가 끝난 길을 홀로 나아갔을 뿐이다. 당나라 맹교孟郊(751~814)가 「유순을 전송하면서」(送柳淳)에서 자신을 명리名利의 사람들과 대립시킨 것과는 다르다.

청산은 황하에 임해 있고
그 아래 장안 길이 뻗어 있다.
세상 명리를 추구하는 사람들은

서로 만나 늙음이 오는 줄도 모르는군.[10]

青山臨黃河 청산임황하　　下有長安道 하유장안도
世上名利人 세상명리인　　相逢不知老 상봉부지로

청산이 황하에 임해 있는 곳은 조화의 세계다. 하지만 청산 아래 장안으로 향하는 길에는 명성과 이익을 쫓는 사람들이 끊임없이 오간다. 그리고 그 길에서 서로 만나 속내를 숨기고 웃음을 짓는다. 늙음이, 그리고 죽음이 발밑에 와 있는 줄도 모르고.

맹교는 세상 명리인들을 보며 자신의 소외를 슬퍼했다. 소동파는 현실의 부조리를 탄식하되 소외의 슬픈 감정을 갖지 않았다. 미나리 뿌리를 찾아 보호하고 밭에 잡풀이 들러붙지 않도록 김을 매는 노동에 몰두했다. 달이 뜬 밤이면 호젓한 동쪽 언덕을 배회하면서 마음속 깊이 기쁨을 느꼈다.

소동파는 맹교의 시풍을 가도賈島의 그것과 아울러서 '교한도수'郊寒島瘦라고 평했다.[11] 맹교는 싸늘하고 가도는 야위었다는 뜻이니, 두 사람의 시가 쑥쓰레하다고 논평한 것이다. 확실히 맹교는 싸늘하다. 장안 길을 멀리서 바라보는 그의 태도를 보라. 소동파의 생활 태도와는 아주 다르다. 소동파는 어느 날 밤에 맹교의 시집을 읽다 말고

인생은 아침 이슬과 같이 쉬이 스러지고, 또 등잔 기름이 밤마다 줄어드는 것과 같으니, 가을벌레같이 징징 우는 소리, 그것에만 두 귀를 기울일 필요가 없다. 잠시 이 맹교의 시집은 내려놓고, 나는 백옥같이 흰 술을 마시련다.[12]

라고 했다. 「독맹교시」讀孟郊詩에서 한 말이다.

『남송원화록』南宋院畵錄에 따르면 심진沈津이 엮은 『이은록』吏隱錄에 소동파의 칠언절구 「동파」 시를 화의로 삼은 그림이 있었다고 한다.[13] 소동파는 스스로를 야인이라 했지만, 후대 사람은 그를 관직 생활에 숨어 있는 은둔자인 이은吏隱의 예로 본 것이다. 소동파의 관점에서는 야인이어도 좋고 이은이어도 좋다. 이미 항주 통판으로 있던 1072년 5월 6일 소동파는 서호西湖의 망해루望海樓에 올라 다음 시를 짓지 않았던가.

> 소은에는 익숙지 않아 잠시 중은을 하나니
> 산림의 긴 여유가 공무 중의 여유보다 꼭 나을까.
> 나는 본시 집이 없기에 달리 갈 곳도 없다.
> 고향에는 이런 호수도 이런 산도 없잖은가.[14]

未成小隱聊中隱 미성소은료중은　可得長閒勝暫閒 가득장한승잠한
我本無家更安往 아본무가갱안왕　故鄕無此好湖山 고향무차호호산

소은은 산림에 완전히 은둔하는 것, 중은은 관직에 있으면서 은둔하는 것. 중은이 곧 이은이다. 소은이 중은(이은)보다 낫다고 할 수 있을까? 부모를 봉양하고 처자식을 먹여 살려야 하는 사람은 부득이하여 녹사祿仕를 해도 의리에 모순되지 않는다고 했다. 벼슬은 가난 때문에 하는 것이 아니지만 가난 때문에 해야 하는 경우도 있다고 맹자가 말했는데, 이러한 벼슬을 녹사라고 한다. 소동파는 자신의 벼슬살이를 녹사라고 여겼고, 벼슬 살되 야인처럼 생활하는 중은을 달가워했다.

5.

소동파는 1084년에 상주常州로 옮겨 갔다. 1086년 철종이 즉위하고 사마광司馬光이 이끄는 구법당이 집권하자, 한림학사 겸 시독에 기용된 것이다. 하지만 소동파는 권력을 잡은 자들이 신법을 모두 폐지하는 데 대해 불만을 느끼고, 1089년 항주의 지주로 나갔고, 다시 여러 주의 지주를 거쳤다. 1093년 수렴청정이 끝나면서 철종은 직접 정사를 맡아 신법을 다시 시행했는데, 58세의 소동파는 정주定州 지주로 나갔다가, 이듬해 1095년 그보다 더 남방의 혜주惠州로 유배를 가야 했다. 1100년 휘종이 즉위하여 사면령을 내리자, 소동파는 제거성도부옥국관提擧成都府玉局觀이라는 직위에 임명되어 편의대로 거주해도 좋다는 명을 받았다. 이듬해 북상하던 중, 7월 28일(양력 8월 24일)에 세상을 떴다.

소동파의 정치 이념은 유학 사상에 뿌리를 두었다. 대관료와 대지주의 기본 이익을 침해하지 않는 한도 내에서 잘못된 정사는 혁파해야 한다고 주장했다. 하지만 생활에서는 불교와 도교의 사상을 깊이 받아들여 초연하고 활달했다. "강산풍월은 본시 일정한 주인이 없으니, 한가한 사람이 곧 주인이다"라는 말은 그의 초연하고 활달한 태도를 가장 적절하게 드러내 준다.

소동파의 수필집 『구지필기』仇池筆記에 '여몽령'如夢令 악보에 맞춰 지은 사詞가 두 곡 실려 있다. 1084년 12월 사주泗州 옹희탑雍熙塔 아래서 장난스럽게 지은 것인데, 첫째 수는 이러하다.

물이 때를, 때가 물을, 언제 받은 적 있나
자세히 보면 둘 다 없는걸.

등 밀어 주는 사람아

종일 팔을 놀리게 해서 미안하군.

살살 하게,

살살 하게.

거사는 본래 때가 없으니.[15]

水垢何曾相受 수구하증상수　細看兩俱無有 세간양구무유

寄語揩背人 기어개배인　盡日勞君揮肘 진일노군휘주

輕手 경수　輕手 경수　居士本來无垢 거사본래무구

사주는 현재의 강소성 우이盱眙. 소동파는 1084년 황주 단련부사를 그만두고 여주汝州 단련부사로 부임하는 도중 그곳에 들렀다. 그리고 그곳 절에서 경영하는 목욕탕에 들러 지친 몸을 온탕에 담갔다. 49세 때의 일이다.

이 시에서 소동파는 물도 때도 둘 다 없다고 했다. 무구无垢라고 하면 '때가 없다'는 뜻과 함께 불교의 청정무구淸淨无垢란 뜻을 지닌다. 한 어휘가 둘 이상의 뜻을 지닌 쌍관어다. 어느 선승은 마음이 늘 찌끼에 더럽혀지므로 시시로 씻어 주어야 한다고 했다. 하지만 소동파는 아예 씻으려 애쓸 필요도 없다고 했다.

소동파가 이런 경지에 도달할 수 있었던 것은 어째서인가? 풍월주로 자부하며 명랑성을 잃지 않았기 때문일 것이다.

한시를 읽는 것은 청풍명월과 교감하는 방법을 익히기 위해서다. 풍월주로서의 당당함을 회복하기 위해서다.

이하
귀계의 소년

1.

　젊은 시절 중국한시를 공부하면서 가장 큰 충격을 받은 시는 당나라 이하李賀(790~816)의 「대제곡」大堤曲이었다. 유곽의 여인을 화자로 등장시켜 남자를 유혹하는 내용으로, 한 구의 글자 수도 들쑥날쑥하고 운자도 여러 번 바뀌어 노랫가락을 연상시키는 시이다. 당시 나는 사서삼경 등 유학의 경전을 중심으로 한문을 공부하던 때라서, 그 시의

　　郎食鯉魚尾 낭식이어미

　　妾食猩猩脣 첩식성성순

이라는 구절을 접했을 때는 너무 놀랐다.

　　낭군께선 잉어꼬리탕을 드세요
　　저는 성성이 입술회를 먹겠어요

대제大堤는 호북성의 도회지 양양襄陽을 한수漢水의 범람으로부터 보호하기 위해 쌓은 둑이다. 이곳 포구에 유곽이 있었다. 본래 대제곡은 옛 노래들을 모은 『악부시집』樂府詩集에서 청상곡淸商曲에 속하는 곡조로, 남북조 송나라 수왕隨王 유탄劉誕이 아홉 수를 지은 것에서 시작되었다고 한다. 이하는 그 노랫가락의 분위기와 소재를 빌려 오면서, 양양의 유곽 가운데서도 가장 번성한 횡당橫塘의 기녀를 등장시켰다. 전체 시를 보면 다음과 같다. (원문에 환운을 표시〔◢〕한다. 환운이란 시에서 여러 개 운목韻目의 글자를 사용해서 운韻을 바꾸는 것을 말한다.)

"횡당의 우리 집은
붉은 비단 휘장에 계수 향이 가득해요.
푸른 구름은 머리 위에 쪽머리로 묶어 올리고
밝은 달은 귀고리로 만들죠."
연잎에 바람 일고
장강에 봄이 오자,
긴 둑의 유곽에
북방 사람이 와서 묵었네.
"낭군께선 잉어꼬리탕을 드세요
저는 성성이 입술회를 먹겠어요.
양양 길로는 가지 마셔요
녹수 갯가엔 돌아오는 배 드물더군요.
오늘 낭군은 창포 꽃이시지만
내일은 단풍나무 잎처럼 시들걸요."[1]

妾家住橫塘 첩가주횡당　紅紗滿桂香 홍사만계향

靑雲敎綰頭上髻 청운교관두상계　明月與作耳邊璫 명월여작이변당▲

蓮風起 연풍기　江畔春 강반춘

大堤上 대제상　留北人 유북인

郞食鯉魚尾 낭식이어미　妾食猩猩脣 첩식성성순▲

莫指襄陽道 막지양양도　綠浦歸帆少 녹포귀범소

今日菖蒲花 금일창포화　明朝楓樹老 명조풍수로▲

　시 전체를 기녀의 말로 보아도 좋다. 그러나 중, 장편의 악부는 서술
과 대화를 뒤섞어 놓아 굴곡이 많은 것이 특징이므로, 시의 중간 부분을
서술로 간주했다. 오吳 땅 기녀는 북방 상인을 손님으로 맞지만 북방인
에 대한 미움을 삭일 수는 없었다. 하지만 그와의 연정이 깊어져 떠나지
말라고 만류하게 된다. 감정의 굴곡이 대단하다.

　이하는 자字가 장길長吉인데, 본 이름보다 이장길로 더 알려져 있다.
27세로 숨을 거두면서, 옥황상제의 부름을 받아 백옥루에 상량문을 지
으러 간다고 했다. 생전에 환상적인 시를 많이 남겼다. 「몽천」夢天은 그
하나다. 이 제목은 '하늘에 노니는 꿈을 꾸다'로도, '하늘을 꿈꾸다'로도
번역할 수 있다.

　　늙은 토끼와 추위에 떠는 두꺼비가 하늘에서 울고
　　구름 누각 반쯤 열려 흰 빛이 비스듬히 비치더니,
　　옥바퀴(달)가 이슬에 굴러 물기 머금은 둥근 빛이 몽롱할 때
　　옥패 찬 선녀를 계수나무 길에서 만났도다.
　　삼신산 아래 인간세상은 누런 먼지와 맑은 물

천년마다 바뀌는 것이 달리는 말처럼 빠르고,

저 아래 중국 땅은 아홉 점 부연 먼지요

드넓은 바다도 한 잔 물이 쏟아진 것일 뿐.[2)]

老兎寒蟾泣天色 노토한섬읍천색　雲樓半開壁斜白 운루반개벽사백

玉輪軋露濕團光 옥륜알로습단광　鸞珮相逢桂香陌 난패상봉계향맥▲

黃塵淸水三山下 황진청수삼산하　更變千年如走馬 경변천년여주마

遙望齊州九點煙 요망제주구점연　一泓海水杯中瀉 일홍해수배중사▲

시 속의 늙은 토끼, 추위에 떠는 두꺼비, 구름 누각, 옥바퀴 등은 모두 달의 상징어로, 이장길이 창안한 말들이다. 그는 하늘에서 내려다보면서 인간이 공간적 왜소함과 시간적 찰나성에 집착하는 것을 실컷 비웃었다. 달세계에서 보면 제주齊州 즉 중국이 아홉 점의 부연 먼지와 같다고 했다. 제齊라는 글자에 중中의 뜻이 있어서, 제주라고 하면 중국을 말한다. 또 옛날에 중국은 아홉 개의 주로 이루어져 있다고 여겼으므로 중국 땅을 아홉 점의 부연 먼지라고 표현한 것이다.

전국시대 추연鄒衍이란 사람이 중국의 아홉 개 주는 아홉 개의 대지 가운데 하나일 뿐이라고 대담하게 추리한 일이 있다. 이장길의 천하 관념은 그것과 필적할 만큼 웅대하다.[3)]

2.

중당 시기의 문호 한유는 이장길이 명함과 함께 들여보낸 「안문태

수행」雁門太守行을 읽고 깜짝 놀라, 버선발로 나가 그를 맞았다고 한다. 807년, 이장길이 17세 때다.

안문은 곧 산서성 대주代州로, 국경의 요지였다. 『악부시집』상화가사相和歌辭에 들어 있는 '안문태수행'은 안문과 관계가 없다. 오히려 양梁나라 간문제簡文帝와 저상褚翔이 안문에서의 수비전을 각각 시로 묘사한 일이 있다. 이장길은 비장한 결의의 심경을 상상하여 자기의 시로 표현해 냈다.

> 검은 구름이 짓눌러 장성은 무너질 듯하고
> 햇빛 아래 갑옷들은 황금 비늘처럼 빛나는데,
> 뿔피리 소리는 가을 하늘에 가득하고
> 요새의 빛은 한밤에 자주색으로 엉겨 있다.
> 반쯤 감긴 붉은 깃발은 역수 가에 꽂혀 있고
> 서리 무거워 전고戰鼓도 울리지 않는다만,
> 황금대에 국사國士로 부르시니 그 은혜 갚으려고
> 옥룡검 차고 나가 임금 위해 죽으리라.[4]

黑雲壓城城欲摧 흑운압성성욕최　甲光向日金鱗開 갑광향일금린개 ◢
角聲滿天秋色裏 각성만천추색리　塞上燕脂凝夜紫 새상연지응야자 ◢
半卷紅旗臨易水 반권홍기임역수　霜重鼓寒聲不起 상중고한성불기
報君黃金臺上意 보군황금대상의　提攜玉龍爲君死 제휴옥룡위군사 ◢

조선의 도가풍 시인 정두경鄭斗卿(1597~1673)도 칠언고시 「안문태수행」을 지었다. 훌륭한 시이기는 하지만 그 풍격을 과연 이장길의 시에

비길 수 있을지 모르겠다.[5]

　이장길은 몰락한 왕손의 후예로, 두보杜甫의 먼 친척이기도 하다. 하남성 창곡昌谷(의양현宜陽縣)의 소지주 출신으로, 아버지는 변경의 관리로 근무하다가 일찍 세상을 떠났다. 진사시에 응시하려 했으나, 부친의 이름 진숙晉肅의 '진'晉과 진사의 '진'進이 같은 음이라 휘諱를 범한다는 비방이 일어 단념했다. 이듬해 봉례랑奉禮郎이란 아주 낮은 직위에 취직하여 고작 2년간 근무했을 뿐이다. 짧은 생애 동안, 현실에서의 좌절을 뛰어넘으려는 듯, 낭만적 상상력을 극도로 추구했다. 특히 죽음, 귀신, 눈물, 곡성 등을 시어로 구사하여 시가 기이하다. 현재 전하는 240여 수는 대부분 비애의 감정이 넘쳐나고 염세의 사상이 짙다. 천재적 재능을 지닌 데다가 초자연적 소재를 애용했으므로 후대의 사람들은 그를 '귀재' 鬼才라고 불렀다.

　훗날 만당의 시인 두목杜牧은 「이장길가시원서」李長吉歌詩原序에서 그의 시를 다음과 같이 평했다.

　은은히 펼쳐진 안개에 비유한다고 해도 그 자태를 나타내기에 부족하고, 아득히 펼쳐진 물에 비유한다고 해도 그 정감을 나타내기에 부족하다. 봄날의 따뜻함에 비유한다고 해도 그 온화함을 나타내기에 부족하고, 가을의 청결함에 비유한다고 해도 그 품격을 나타내기에 부족하다. 바람을 잔뜩 받은 돛과 일진一陣 군마에 비유한다고 해도 그 용맹을 나타내기에 부족하고, 오래 묵은 도기陶器나 전서篆書 새긴 솥에 비유한다고 해도 그 고졸古拙함을 나타내기에 부족하다. 때맞춰 피는 꽃과 아름다운 여인에 비유한다고 해도 그 색깔을 나타내기에 부족하고, 황량한 나라의 무너진 궁전과 가시나무 우거진 언덕에 비유한다고 해도 그 원한과 수심을 나타내기에 부족하다. 입 크게 벌린 고래나 물속으로 숨는 거북, 옛 이야기에 등장하는 소귀신이나 뱀귀신에 비유한다고 해도 그 허황되고 환상적인 분위기를 제대로 나타내기에 부족하다.[6]

이장길의 「신현곡」神絃曲은 기묘하다 못해 음산하다. 무녀가 접신하는 광경을 노래한 칠언고시로, 앞의 네 구절은 평성운을 사용하고 뒤의 여섯 구절은 상성과 거성을 통압했다.

> 서산에 해 지고 동산이 저물자
> 회오리바람 따라 귀신의 말이 구름을 밟고 내려오니,
> 거문고 낮게 울리고 피리는 빠른 소리를 내며
> 무당은 꽃무늬 치마로 사락사락 가을의 흙먼지를 밟는다.
> 바람에 계수나무 잎 떨어지고 열매 떨어지는 밤
> 푸른 털 살쾡이는 피를 토하고 겨울 여우는 고꾸라지누나.
> 낡은 벽에 그려진 오색 수룡은 꼬리의 금박이 반짝이고
> 비 귀신은 말을 타고 가을의 못물로 들어가는데,
> 백 년 묵은 올빼미의 도깨비가
> 깔깔 웃자 파릇한 귀화鬼火가 둥지에서 일어난다.[7]

西山日沒東山昏 서산일몰동산혼 旋風吹馬馬踏雲 선풍취마마답운
畫絃素管聲淺繁 화현소관성천번 花裙萃蔡步秋塵 화군췌채보추진
桂葉刷風桂墜子 계엽쇄풍계추자 靑狸哭血寒狐死 청리곡혈한호사
古壁彩虯金帖尾 고벽채규금첩미 雨工騎入秋潭水 우공기입추담수

百年老鴞成木魅 백년노효성목매 笑聲碧火巢中起 소성벽화소중기

췌채萃蔡는 치맛자락이 끌리는 소리를 형용한 말. 글자의 앞부분 음색
이 비슷한 글자를 둘 이어 쓴 쌍성雙聲의 어휘다. 綷縩로도 표기한다.

이장길은 도깨비 웃음소리를 듣고 푸른 귀신불을 볼 수 있었다. 인습
의 세계를 벗어났기 때문이요, 고독과 마주하는 날이 많았기 때문이다.

이장길은 이미지가 선명한 악부체 시들을 많이 남겼다. 위에서 본
「대제곡」은 그 대표적 예이다. 또 다른 예로 「소소소묘」蘇小小墓('소소소묘
가蘇小小墓歌로도 일컬음)를 들 수 있다. 5세기 말 전당錢塘 곧 지금의 절강
성 항주杭州에 살았다고 하는 가희歌姬를 소재로 지은 노래다. 본래 「소
소소의 노래」라는 5언 4구가 전하고, 또 이장길보다 조금 앞서 권덕여權
德興의 「소소소묘」蘇小小墓라는 5언 8구의 시가 있었다. 「소소소의 노래」
는 서릉교에서 소소소가 정인과 합환하는 사실을 노래했고, 권덕여의
「소소소묘」는 죽은 소소소를 애도하는 데 그쳤다. 하지만 이장길은 귀
신을 눈앞에 보는 듯이 묘사했다. 서릉교에서 정인을 기다리는 소소소
의 눈물을 난초의 이슬로 비유한 것 또한 절묘하다.

그윽한 난초의 이슬은
눈물 글썽이는 그녀의 눈.
동심을 맺어 줄 것 없고
노을빛 꽃은 잘라 보내질 못하네.
풀은 방석
솔은 덮개.
바람소리는 비단치마 끄는 소리

물소리는 옥패 잘강이는 소리.
푸른 덮개 수레를 세워 두고
저녁에 기다리는 사이,
차가운 비췻빛 등잔은
광채가 지쳐 가고,
서릉교에는
바람이 비를 흩뿌린다.[8]

幽蘭露 유란로　如啼眼 여제안
無物結同心 무물결동심 煙花不堪剪 연화불감전 ◢
草如茵 초여균　松如蓋 송여개
風爲裳 풍위상　水爲珮 수위패
油壁車 유벽거　夕相待 석상대
冷翠燭 냉취촉　勞光彩 노광채 ◢
西陵下 서릉하　風吹雨 풍취우 ◢

　서릉교에 화려한 수레를 세워 두고 소소소는 정인을 기다리며 눈물을 글썽이고 있다. 정인에게 사랑의 마음을 선물에 담아 전하지 못해선가, 그는 아무리 기다려도 오지 않는다. 노을빛 잠긴 꽃을 잘라 보낼 수도 없고 조바심만 커진다. 주변의 경치는 슬픔을 더 부추긴다. 방석같이 곱게 깔린 풀, 일산 같이 풍성한 소나무, 치마 끄는 소리 같은 바람소리, 옥패 울리는 소리 같은 물소리…….
　한을 품고 죽은 여성의 심리를 여성의 관점에서 노래했으니, 퇴폐스럽다고 할 수 있을 정도로 유미적이다. "바람소리는 비단치마 끄는 소리, 물소리는 옥패 잘강이는 소리"는 3언구에 은유법을 절묘하게 사용했다. 마지막 구는 판본에 따라 '풍우회'風雨晦로 되어 있기도 하다. '비바람이 어둑어둑하다'가 나을까, '바람이 비를 흩뿌린다'가 나을까, 잠시 생각해 본다.

3.

일본의 불교철학자 나카무라 하지메中村元(1912~1999)는 『중국인의 사유방법』(1988년 신판)에서, 중국인의 예술적 공상력에는 한계가 있되 이장길은 예외라면 예외라고 했다.

중국인의 예술적인 공상력에는 일정한 한계가 있다. 직접 감각되어, 특히 시각 작용으로 파악되어, 구체적으로 경험할 수 있는 것만을 주목하는 사유 태도는 인간의 상상력을 빈약하게 만든다. 따라서 중국에서는 구체성·현실성을 지니는 소설이나 희곡의 부류는 크게 발달했으나, 서사시는 끝내 성립하지 않았다. 이것은 인도인이 세계 최대의 서사시 「마하바라다」나 아름다운 영웅시 「라마야나」와 같은 것을 성립시켰으나 반면에 소설은 적은 것과 정반대다. 물론 중국에서도 당송 시대에는 뛰어난 시가 나왔다. 하지만 거기에서 재료로 삼고 있는 관념들은 대개가 구상적이며, 공간적으로나 시간적으로나 자연 규정을 무시하지 않고 있다. 만당의 시인 이장길처럼 기이한 공상력을 발휘한 사람도 있기는 하지만, 그 시에서 재료로 삼고 있는 개개의 관념은 그다지 공상적인 것이 아니다. 인도인이 거대한 수량을 가지고 횡일하는 공상을 마음대로 펼쳐 보이는 데 비하여 중국인은 구상적인 형태에 즉해서 복잡 다양성을 애호하여 공상을 펼쳐 보이는 것이다.[9]

혹자는 중국인에게는 예술적인 천성으로서 과장의 습벽이 있다고 의문을 제기할지 모른다. 하지만 나카무라 하지메는 이백의 "백발 삼천 장丈, 수심 때문에 이렇게 자랐도다"라는 표현도 공상적이라 할 수 없다고 잘라 말한다. 삼천 장이란 것은 특정한 숫자가 아니라 한정 없음을 뜻한다. 인도인이 몇 억, 몇 천 억, 갠지스 강의 모래처럼 많다는 등, 인간의 구상적 표상 능력을 뛰어넘은 막대한 숫자를 사용하며 자연 세계에는 있을 수도 없는 개념을 태연하게 표상하는 사유 방법과는 근본적으로 다르다는 것이다.

과연 이장길은 공상을 즐겼지만 재료로 삼은 개개의 관념은 그다지 공상적이 아니라고 할 수 있다. 하지만 이것은 인도인의 사유 방법과 비교했을 때의 이야기다. 중국 시인 가운데 이장길만큼 자유로운 공상을 구사한 인물이 또 있던가.

이장길은 심장을 도려내는 듯한 고통을 겪으면서 시어를 토해 내어 '고음'苦吟이란 말이 있게 했다. 널리 알려진 글이지만, 이상은李商隱이 지은 「이장길소전」李長吉小傳의 일부를 되읽어 보라.

이장길은 홀쭉하고 야위었으며, 눈썹이 길고 손가락과 손톱이 길었다. 고음하고 빨리 써내어서, 제일 먼저 한유의 지우知遇를 입었다. ……늘 어린 해노奚奴(종)를 뒤따르게 하여, 노새를 타고는, 낡고 해진 비단 주머니를 해노의 등에 지워 다니다가, 시를 지으면 즉시 주머니 속에 던져 넣었다. 저녁이 되어 돌아오면 태부인(모친)이 여종을 시켜 주머니를 가져와 꺼내게 했는데, 적어 넣은 시가 많은 것을 보고는 "우리 아이가 심장을 토해 내어야 그만두겠구나!"라고 했다. 등불 심지를 돋우고 함께 식사하면서, 이장길은 여종에게 글을 가져오게 하여, 먹을 갈고 종이를 잇대어 보충해서 완성하고는 다시 주머니에 넣어 두었다. 크게 취했거나 상중이 아니면 대개 이와 같았으며, 아무리 지나쳐도 결코 반성하지 않았다.[10]

이장길은 비유되는 대상인 원관념을 숨기고 비유하는 대상인 보조관념만 전면에 내세우는 수법을 잘 사용했다. 중국학자 전종서錢鍾書(1910~1998)는 이러한 어휘를 대사代詞라고 불렀다.[11] 문법에서 말하는 대명사가 아니라, 은유법에서 특히 명사를 대체하여 이미지를 증폭시키는 시어를 말한다.

앞서 보았듯이 이장길은 달을 말하면서 늙은 토끼, 한기에 떠는 두꺼비, 구름 누각, 옥바퀴 등의 어휘를 한 편의 시 속에서 바꾸어 제시했다. 어떤 시에서는 봄꽃을 한록寒綠, 늦여름의 태양을 홍경紅鏡(붉은 거울), 정옥반楨玉盤(붉은 옥쟁반)이라고 했다.

이전의 시인들도 이후의 시인들도 물론 대사를 사용했다. 하지만 이장길은 대사를 사용함으로써 몽환적이거나 신화적인 광경을 펼쳐 보였다.

이를테면 하남성 의양현宜陽縣 창곡昌谷에 거처하면서 지은 「남산 밭의 노래」(南山田中行)는 바위를 운근雲根(구름 뿌리), 가을꽃을 냉홍冷紅(차고 붉은 것)이라고 표현함으로써 저무는 가을의 퇴영적인 분위기를 창출해 냈다.

가을 들판 환하고

가을바람 흰데

연못물 찰랑찰랑 벌레는 찌륵찌륵.

구름 뿌리(바위)에 이끼 끼어 산 바위는 우람하며

차갑게 붉은 것(가을꽃)은 이슬 떨구며 곱게 우누나.

구월의 밭두둑엔 베고 남은 벼가 들쑥날쑥

반딧불이는 낮게 날고 밭길은 구불구불.

바위틈 물은 샘이 되어 모래밭으로 떨어지고

귀화鬼火는 칠처럼 빛을 내며 솔방울을 비춘다.[12]

秋野明 추야명　秋風白 추풍백　　塘水漻漻蟲嘖嘖 당수유류충책책

雲根苔蘚山上石 운근태선산상석　冷紅泣露嬌啼色 냉홍읍로교제색◢

荒畦九月稻叉牙 황휴구월도차아　蟄螢低飛隴逕斜 칩형저비농경사

石脈水流泉滴沙 석맥수류천적사　鬼燈如漆照松花 귀등여칠조송화◢

　이 시에 나온 운근＝바위, 냉홍＝가을꽃이란 대사들은 후대의 시인
들이 마구 사용하여 그만 상투어로 전락되고 말았다.

4.

　우리나라의 많은 시인들이 이장길을 흠모했다. 허난설헌許蘭雪軒(1563
~1589)도 「대제곡」을 남길 만큼, 이장길의 영향을 깊이 받았다. 단, 그
작품이 허난설헌의 자작인지, 허균許筠의 대리작인지는 확실치 않다.[13]

김시습의 자사진찬自寫眞贊

기자헌奇自獻 편집, 17세기 초반 간행, 『매월당시사유록』 권수에 실려 있다. 『매월당시사유록』은 두 종류 이상의 판본이 전하는데, 위의 것은 고려대학교 도서관 만송문고晚松文庫 소장의 고본古本이다. 이의활李宜活(1573~1627)의 장서인이 있다. 이의활의 본관은 여주驪州, 자는 호연浩然, 호는 설천雪川이다. 1618년(광해군 10) 증광시에 급제하여 전적을 지내고 함경도사로 나갔다. 1620년 이이첨李爾瞻 등이 전횡을 하자 낙향했다가 1623년 인조반정 이후 흥해군수에 발탁되었다.

조선 전기의 김시습金時習(1435~1493)은 사람들이 자신을 이장길에 견주자, 자신은 감당하지 못한다고 한 발 물러섰다. 『매월당시사유록』梅月堂詩四遊錄 권수卷首에 실려 있는 자화상에 김시습 자신이 붙인 찬贊이 있다.

이하를 내리깔아 볼 만큼
해동에서 최고라고들 말하지.
격에 벗어난 이름과 부질없는 명예
네게 어이 해당하랴.
네 형용은 아주 작고
네 말은 너무 지각없기에,
마땅히 너를 두어야 하리
골짜기 속에나.

俯視李賀 부시이하　優於海東 우어해동
騰名謾譽 등명만예　於爾孰逢 어이숙봉
爾形至眇 이형지묘　爾言大侗 이언대동
宜爾置之 의이치지　丘壑之中 구학지중

'골짜기'는 은둔자의 거처를 뜻하는 '일구일학'一丘一壑을 줄여서 말한 것이다. 진晉나라 사곤謝鯤은 자신을 유량庾亮과 비교하여 "조정에서 예복을 입고 백관을 부리는 일은 유량보다 못하지만, 구학丘壑(깊은 골짜기)에서 마음대로 사는 일은 내가 더 낫다"라고 했다. 그러자 화가 고개지顧愷之는 사곤의 초상화를 그린 뒤 "이 사람은 깊은 골짝 속에 두어야 한다"고 했다. 김시습은 사곤이 그러했듯 자신도 깊은 골짜기에서 천성대로 살리라고 다짐한 것이다.

김시습은 스스로를 형편없는 존재라고 자조했다. 하지만 사람들이 자신을 이장길에 견주는 것을 싫어하지만은 않은 듯하다. 이렇게 자화상의 자찬에 그 사실을 특별히 언급한 것을 보면.

한편 조선 후기 조희룡趙熙龍(1789~1866)은 『호산외기』壺山外記에서 여항 문인 이단전李亶佃의 전傳을 적어, 이단전이 늘 한 말쯤 들어갈 만한 주머니를 차고 다니다가 남이 지은 좋은 구절을 들으면 즉시 써서 그 속에 던져 넣었다는 일화를 소개했다. 이장길은 자기 시를 애착해서 비단 주머니에 자기 시를 담았지만 "이단전은 남을 사랑하고 자신을 사랑하지 않았다." 조희룡은 이단전을 칭송해서, "이장길의 무리 두엇쯤은 받아들일 만하다"라고 했다. 과연 그랬는지는 모르지만, 이단전이나 조희룡이나 모두 이장길을 의식한 것은 분명하지 않은가.[14]

이단전은 정말로 이장길만큼이나 상상력이 풍부했다. 그래서 그의 시집도 '하사'霞思라는 제목이다. 상식을 벗어난 상상이란 뜻이다.

이단전은 「수성동」水聲洞 시에서 "지는 해는 남은 힘이 없어, 뜬구름이 저절로 모습을 변환한다"(落日無餘力, 浮雲自幻容)라고 했는데, 얼마 안 되어 병으로 죽자 사람들이 시참詩讖(시가 빌미가 되어 재앙을 입음)이라고 했다. "이처럼 아름다운 구절을 얻었으니 죽은들 무엇을 슬퍼하랴!"라고 조희룡은 애도 아닌 애도를 했다.

시인은 대개 불우하거나 곤궁하다. 시는 불우해야 나오는가, 시는 시인을 곤궁하게 만드는가, 이 물음은 참 답하기 어렵다. 송나라의 구양수는 빈궁한 자들 가운데에서 시를 잘하는 이들이 많이 나오고 시를 잘하는 사람들은 대부분 빈궁하다는 사실을 근거로, '시는 사람을 빈궁하게

'만든다'고 했다.[15]

하지만 조선 중기의 장유張維(1587~1638)는 「시능궁인변」詩能窮人辨에서 시인은 현실에서는 불우해도 시의 명성을 통해 진정한 영달을 이룬다고 반박했다. 이장길처럼 사람살이에서는 뜻을 얻지 못했어도 하늘에서 올바른 평가를 받는 것이야말로 진정한 영달이라고 주장한 것이다.

> 시는 한낱 작은 기예에 불과하지만 실로 우주의 조화와 함께 유통하므로, 하늘이 시를 사람에게 준 것은 대체로 만세의 명성을 이루도록 하고자 해서다. 따라서 구구하게 한때 곤궁한지 영달한지는 논할 것이 못 된다. 시인이 세상에서 불우한 것으로 말하면, 다른 사람보다 빼어난 이름도 없고 남을 복종시키는 힘도 없어서 초췌하고 고단하여 가엾게도 일생을 제대로 마칠 수 없을 정도다. 두보는 굶주려서 황량한 산야를 달렸고, 맹호연孟浩然은 짧은 갈옷 한 벌로 생을 마쳤으며, 이장길은 요절했고, 진사도陳師道는 얼어 죽었다. 그 밖에 재주를 품고 있으면서도 불우했던 사람들의 예는 이루 기록할 수 없을 정도로 많다.[16]

시는 현세에서의 사람을 궁하게 할지 모른다. 하지만 영원한 미의 세계에서는 영달하게 만든다. 중국에서만이 아니라 우리나라와 일본에서도 이장길의 시를 깊이 사랑한 것을 보면, 시가 오히려 이 사람을 영달하게 했다고 보아야 하지 않겠는가!

5.

이장길은 이백의 뒤를 이어 「장진주」將進酒를 지었다. '장진주'란 '술을 올립니다'란 뜻으로 '권주'와 같다. 이장길의 이 권주가는 인생의 덧없음을 슬퍼하면서도 그 극복의 뜻 또한 호방하다.

유리잔에
호박빛 술
술통에서 떨어지는 술은 붉은 진주.
용을 삶고 봉을 지지니 옥 기름이 눈물 흘리고
비단 병풍, 수실 장막에 향기로운 바람이 감쌀 때,
용 조각 피리 불고
악어가죽 북을 치매,
붉은 입술로 미인은 노래하고
가는 허리를 무희는 흔든다.
청춘의 날이 저물면
복사꽃은 붉은 비 되어 떨어지리.
그대여 종일토록 취하게나
술은 유영劉伶의 무덤엔 이르지 않는다네.[17]

琉璃鍾 유리종　琥珀濃 호박농　小槽酒滴珍珠紅 소조주적진주홍
烹龍炮鳳玉脂泣 팽룡포봉옥지읍　羅屏繡幕圍香風 나병수막위향풍 ◢
吹龍笛 취룡적　擊鼉鼓 격타고
皓齒歌 호치가　細腰舞 세요무

況是靑春日將暮 황시청춘일장모　桃花亂落如紅雨 도화난락여홍우

勸君終日酩酊醉 권군종일명정취　酒不到劉伶墳上土 주불도유영분상토◢

유영은 죽림칠현의 한 사람으로, 우주를 작게 여기고 만물을 동일시한 호탕한 인물이다. 사슴이 끄는 수레를 타고 술 한 병을 지니고 종자에게 삽을 지고 따라오게 하여, 자기가 죽으면 그 자리에 묻어 달라고 했다. 「주덕송」酒德頌이란 명문을 남겼다.[18]

이백과 이장길의 뒤를 이어 조선 시대 정철鄭澈(1536~1593)도 「장진주사」를 지었다.

이 몸이 죽은 후에는 지게 위에 거적을 덮어 꽁꽁 묶여 메여 가거나,

곱게 꾸민 상여를 타고 수많은 사람들이 울며 따라가거나,

억새풀, 속새풀, 떡갈나무, 버드나무 우거진 숲에 한번 가기만 하면,

누런 해와 흰 달 뜨고 가랑비와 함박눈 내리며 회오리바람 불 때,

그 누가 한잔 먹자고 하겠는가?[19]

이장길이 귀계를 넘나들며 환상적인 시를 고음한 것은 슬픔의 그릇이 지닌 이 유한성을 극복하는 그 나름의 방법이 아니었겠는가!

두목
애상의 시선

1.

『열녀춘향수절가』에 보면 이도령이 광한루로 놀러 가는 부분에 이런 구절이 있다.

> 잇씨 사또 자졔 이도령이 년광年光은 이팔二八이요 풍칙風采는 두목지 杜牧之라 도량은 창히 갓고 지혜 활달ᄒ고 문장은 이빅李白이요 필법 은 왕히지王羲之라. 일일은 방자 불너 말삼하되……[1]

이도령의 연광, 풍채, 도량, 지혜, 문장, 필법을 말한 부분이다. 그런데 이도령의 풍채를 설명하면서 외모를 묘사하지 않고 '풍채는 두목지'라고 했다. 한 인물의 여러 특성을 제시할 때 묘사보다는 과거 인물의 전형을 통해서 그 특성을 암시하는 것은 우리 고전문학의 한 특징이다. 아무래도 중국 고전의 영향을 짙게 받은 한문학이 너무 발달하여, 민중의 언어예술이라고 할 판소리계 소설에서도 묘사가 취약하게 된 듯하다. 물론, 상투적 표현을 사용함으로써 독자들에게 그 인물을 요약적으로 설명할 수 있었다고도 할 수 있지만.

'풍채는 두목지'라는 말의 그 두목지는 누구인가? 그는 당나라 말기의 두목杜牧(803~852)이다. 자字가 목지牧之, 호는 번천樊川이다. 백과사전『통전』通典의 저자 두우杜佑의 손자이다. 만당 시기의 문단은 그를 이상은李商隱과 더불어 이두李杜라 불렀으며, 또 작품이 두보와 비슷하다고 하여 소두小杜로도 일컬었다.

두목은 세사에 구애받지 않고 자유롭게 살았으며 탐미주의의 취향을 따랐다. 관옥冠玉 같은 용모와 당당한 풍채는 수많은 여인들의 마음을 사로잡았다. 낙양의 자사刺史로 재직할 때 술에 취해 마차를 타고 거리를 지나자 기생들이 귤을 던져 마차를 가득 채웠다는 고사가 있을 정도다. 그 고사를 '귤만거'橘滿車라고 한다.

김만중金萬重(1637~1692)의 『구운몽』에도 "나이는 십륙 세요, 회남 땅 사람이오. 그 풍채는 두목지요, 그 재주는 조자건曹子健이니……" 하는 부분이 있고,[2] 서사무가 『성조풀이』에도 "얼골은 관옥갓고, 풍채는 두목지라……" 하는 대목이 나올 정도다.[3] 유몽인柳夢寅(1559~1623)의 『어우야담』於于野談에 보면, 이후백李後白(1520~1578)이 호남의 어사가 되어 남원부에 갔다가 기생 말진末眞을 사랑하게 되었는데, 그를 석별하고 곡성谷城에 이르렀을 때 비 때문에 사흘을 체류하면서 다음의 칠언율시를 지었다고 한다.[4]

御使風流杜牧之 어사풍류두목지　어사는 두목지의 풍류
青樓昨過帶方時 청루작과대방시　대방(남원) 청루에 들렀다가
春心至老消難盡 춘심지로소난진　춘심이 사그라지지 않아

翠袖侵晨淚欲滋 취수침신누욕자   헤어지는 새벽 눈물로 푸른 소매 적셨네.
江水無情移畫舫 강수무정이화방   무정한 강물이 채색 배를 띄우고
角聲如怨送征旗 각성여원송정기   원망하듯 뿔피리 소리는 사신을 전송한 후,
浴川三日留人雨 욕천삼일유인우   욕천(곡성) 사흘 비가 사람을 묶어 두니
堪笑天公見事遲 감소천공견사지   조화옹의 일 부림이 시기를 놓쳤구나.

이후백은 남원부에서 기생과 하룻밤을 보내고 정이 깊어졌지만 왕명을 집행하는 사신으로서의 일정을 늦출 수가 없어 배를 띄워 떠나야 했다. 그런데 욕천 곧 곡성에 이르러 사흘이나 비가 내려 체류하게 되자, 조화옹이 어째서 남원에서 이런 비를 내려 주지 않았는지 야속하기만 하다고 한 것이다.

이 시는 누군가 이후백의 일을 해학적으로 서술한 듯하다. 그런데 이 시의 작자도 '어사'가 풍류남아임을 말하기 위해 '두목지' 운운했다. 두목은 곧 풍류남아의 대명사였던 것이다.

저 명문 가정에서 태어난 허난설헌도 두목을 지나치게 흠모했다는 누명을 썼다. 허난설헌은 이름이 초희楚姬이고 호가 난설헌인데, 자字가 경번景樊이었다.

난설헌은 남편 김성립金誠立(1562~1592)이 1589년 문과 시험에 3등으로 급제하는 해 스물일곱 나이로 요절했다. 남매를 낳았으나 모두 저세상으로 보낸 뒤였다. 난설헌은 공부를 많이 한 여성이라서 시댁에서 배척을 당한 듯하다. 허균은 "내 누님은 어질고 문장이 있었으나 시어머니로부터 인정받지 못했다"라 하고, "오호라! 살아 있을 때는 부부 사이가 좋지 않더니 죽어서도 제사 받들 아들 하나 없구나!"라고 애도했다.

그런데 난설헌은 죽어서도 구설을 피하지 못했다. 박지원朴趾源

(1737~1805)은 『열하일기』에서 난설헌의 자 '경번'의 '번'樊이 두목의 호 번천에서 왔다고 보았다. 김성립이 못생겼으므로, 난설헌이 번천을 사모했다는 풍문이 있었다. 박지원은 그 말을 그대로 믿고, "여성이 시를 읊는다는 것은 본시 아름답지 못한 일이거늘, 더욱이 번천을 연모한다는 뜻의 경번이란 이름이 흘러 전하게 되었으니 어찌 원통하지 않은가?"라고 했다.[5] 박지원은 여성들이 시를 읊는 것을 좋지 않게 여겼다. 난설헌이 살아 있을 당시에는 더했을 것이다.

우리나라의 국악 시가들 가운데는 종래의 시구를 그대로 사용하는 예가 많다. 잡가 「양산도」楊山道도 그 한 예인데, 거기에 두목의 시구가 들어 있다.

엘화 놓아라 못 놓겠구나
능지陵遲를 하여도 못 놓겠구나.
에헤이에
차문주가하처재借問酒家何處在요
목동이 요지 살구나무촌이라.

엘화 놓아라 못 놓겠구나
능지를 하여도 못 놓겠구나.
창포 밭에 금잉어 논다
금실금실 생선국이로다.

엘화 놓아라 못 놓겠구나
능지를 하여도 못 놓겠구나.

당 명황唐明皇의 양귀비라도
죽어지면 허사로구나.

(이하 줄임)

이 노래에 나오는 "차문주가하처재"는 두목의 시 「청명」淸明에 나오는
구절이다. "술집이 어디 있느냐고 물으니"라는 뜻이다. 그 아래 "목동이
요지 살구나무촌이라"도 「청명」에 나오는 "목동요지행화촌"牧童遙指杏花
村을 적당히 풀어 말한 것이다. "목동이 손을 들어 살구꽃 핀 마을을 가
리키네"라는 뜻이다.[6]

두목은 순수한 미의 세계를 사랑했다. 이를테면 남조 제나라 때 전당
錢塘의 명기였던 소소소蘇小小의 일을 소재로 「비오왕성」悲吳王城 시에서
"오왕의 궁전에는 버들이 푸른빛을 머금었고, 소소의 집에는 꽃이 한창
피었어라"(吳王宮殿柳含翠, 蘇小宅房花正開)라고 했다.[7] 앞서 이장길이 소소
소의 아름다움을 자연의 사물에 가탁하여 비유적으로 세세하게 드러내
고 그리움의 정한을 깊숙이 파고든 것과는 취향이 다르다. 하지만 두목
은 소소소의 거처를 화려한 공간으로 그려 내어 별격을 이루었다. 백거
이가 「화춘심」和春深 시에서 "전당의 소소소는 사람들이 가장 교태롭다
고 하네"(錢塘蘇小小, 人道最夭斜)라 한 것을 잇고,[8] 원나라 진기陳基가 「화
옥산운」和玉山韻 시에서 "서자호 부근 소소의 집, 금관성 안 설도의 집"
(西子湖邊蘇小宅, 錦官城裏薛濤家)이라 한 시풍을 열었다.[9]

2.

만당의 시는 시대상을 반영하여 섬세하고 화려함을 추구했다. 두목과 병칭되는 이상은이 칠언율시 「무제」無題에서 그 특색을 가장 잘 드러냈다. 두목도 어느 시기에는 수많은 염시艷詩를 지었다.

서른세 살 때 지은 「견회」遣懷에서 두목은 이렇게 노래했다.

> 강남에 낙탁하여 수레에 술 싣고 다니매
> 가는 허리 여인들이 손바닥 위에 춤출 정도.
> 십 년 만에 양주의 꿈을 깨고 보니
> 청루 박행의 이름만 넉넉하구나.[10]

落魄江南載酒行 낙탁강남재주행　楚腰纖細掌中輕 초요섬세장중경
十年一覺揚州夢 십년일각양주몽　贏得靑樓薄倖名 영득청루박행명

당나라 때 '양일익이'揚一益二라는 속담이 있었다. 천하에서 번화한 도시로는 강남의 양주가 첫 번째, 그다음이 촉 땅의 익주라는 말이다. 지금의 강소성 강도현江都縣이 옛날의 양주라 한다. 두목은 양주에서 방탕하게 환락을 즐기다가 문득 지난날을 돌이켜보니 남아 있는 것이라고는 '청루(기루)의 탕아'라는 이름밖에 없다고 했다. 청루를 드나들며 풍류를 즐기던 과거를 조금은 후회한 것일까.

우업于鄴이 지은 「양주몽기」揚州夢記에 이런 이야기가 있다.[11]

두목은 우승유牛僧孺와 양주 막하에 서기로 있었다. 양주에는 매일 저녁 기루에 벽사등碧紗燈을 걸어 등화의 대열이 이루어지곤 하여, 9리

30보의 거리가 선경을 이루었다. 두목은 매일 밤 기루를 돌아다녔는데, 우승유의 명으로 수졸 30여 명이 그 뒤를 몰래 호위했다. 몇 년 뒤 두목이 시어사侍御史로 승진해서 상경하게 되었을 때, 우승유는 송별연을 열어 "시어사가 풍류에 탐닉하여 절제를 하지 못해 건강을 해치지 않을까 염려되오"라고 했다. 두목은 "저는 늘 자신을 검속하여 조심하기 때문에 심려를 끼치지 않을 것입니다"라고 잡아뗐다. 우승유는 웃으면서 비서에게 문서 상자를 가져오게 했는데, 그 속에는 그간 수졸들이 올린 밀서 수천 장이 들어 있었다. 그 내용은 대부분 '아무 날 저녁에 두 서기가 아무 집에 있었다'라는 식이었다. 두목은 한편 부끄러워하고 한편 고마워했다. 그리고 우승유가 죽은 뒤 묘지명을 작성하면서 우승유의 선행을 극도로 칭송해서 그 은혜에 보답했다고 한다.

이 이야기는 소설인 듯하지만, 두목의 풍류를 반영한 면에서 어느 정도 사실성을 지니고 있다. 두목은 우승유에게 좌단左袒한 까닭에 일생 반대파의 반감을 사서 관직 생활이 평탄하지 않았다.

두목은 당나라의 앞 시기의 전통을 이어, 함축성이 풍부한 서정시도 많이 남겼다. 또한 스물세 살 무렵에는 「아방궁부」阿房宮賦를 지어, 진시황제의 고사를 들먹이면서 당시의 경종 황제가 화려한 궁전을 짓고 수많은 미녀를 후궁에 두었던 일을 풍자했다.[12] 산문도 잘 지었고, 병법서 『손자』孫子 13편의 주석도 했다.

두목은 형식주의 시풍에 반대하여 문사文辭의 미와 내용을 동시에 중시해서, 문장이란 '의'意를 위주로 삼아야 한다고 보았다. 사상과 내용이 절대적 지위를 갖는다고 강조하면서, 형식은 내용의 지휘와 구속을 받아야 한다고 본 것이다. 이것은 고문 운동의 중심이 된 한유와 유종원의 '문이재도'文以載道(문학은 도를 실어야 한다)라든가 '문이명도'文以明道(문학은 도를 밝혀야 한다)의 관점과 일치한다.

하지만 두목은 창작 과정에서 당시 유행하던 유미주의 시풍을 벗어날 수 없었다. 더구나 개인의 불행에서 비롯된 애상적 정조를 극복하지 못했다.

두목은 죽기 전에 원고의 대부분을 스스로 태워 없앴으나, 그의 사후에 『번천문집』樊川文集 20권이 편찬되었다. 별도로 풍집오馮集梧란 사람이 『번천시집』樊川詩集을 엮었다.[13] 시는 대략 528수가 남아 있다.

두목의 절구 가운데 가장 유명한 「강남춘」江南春을 보면 이 시는 커다란 공간, 장대한 거리감을 응축시켜 망막茫漠한 천지의 적료감寂寥感을 환기시켰다. 시집에는 「강남춘절구」江南春絶句라는 제목으로 실려 있다.

천리에 꾀꼬리 울고 녹색 홍색 어우러질 때
강마을 산마을에 술집 깃발 펄렁펄렁.
남조의 사백팔십 절간
안개비 속에 아련한 누대들.[14]

千里鶯啼綠映紅 천리앵제녹영홍　水村山郭酒旗風 수촌산곽주기풍
南朝四百八十寺 남조사백팔십사　多少樓臺烟雨中 다소누대연우중

장강 즉 양자강 연안은 연월풍류烟月風流라고 하여 절경으로 유명하다. 또 남조의 화려한 문물들이 남아 있기도 하다. 두목은 남조의 흔적인 사찰의 누대들이 안개비 속에 아련한 모습을 묘사했다. 남조의 옛 절이 과연 480여 개였는지에 대해서는 이설이 많지만, 이 숫자는 지난날의 영화를 회상시키기에 충분하다.

두목은 이 시에서 봄날의 절경을 묘사하면서, 커다란 공간을 설정하고 아득한 시간을 불러와, 인간 개인의 모습을 그것과 대비시켰다. 안개비를 맞고 있는 누대들의 모습이 무어라 말할 수 없는 애수를 자아낸다.

또한 이 시는 조자助字(개사, 접속사 등)나 허자虛字(用言=동사, 형용사)의 사용이 매우 적다. 첫 구(기구)에는 啼·綠·映·紅의 네 허자(이 가운데 綠과 紅은 형용사를 명사로 전성시킴)를 사용했고, 넷째 구(결구)에는 문법상 큰 기능을 갖지 못하는 多少라는 허사虛詞를 사용했으나, 제2, 제3구에는 허자를 전혀 사용하지 않았다. 따라서 서술성이 약한 대신 독자의 상상력을 가동시키는 여유가 있다.[15]

선주宣州라는 곳에서 지은 다음 시도 인간 역사의 무상함을 서글퍼하는 심사가 절절하다. 두목의 칠언율시 가운데 최고작으로 꼽는다. 제목은 「선주 개원사의 수각(물가 누각)에 쓰다. 수각 아래 완계에 시내를 끼고 고인들이 살고 있다」(題宣州開元寺水閣, 閣下宛溪夾溪故人)이다. 선주의 관청 동쪽에 동계가 있는데, 완계라고도 불렀다. 그 시내 곁에 사찰의 누각이 있었고, 그 아래에 사람들이 살고 있던 듯하다.

> 육조의 문물은 허공까지 이어진 초원으로 변하고
> 옛날 그대로 하늘은 담담하고 구름은 한가하다.
> 푸른 산 빛 속에 새는 가고 새는 오며
> 물소리 속에 사람은 노래하고 또 흐느끼누나.
> 깊은 가을 물가 집들에는 빗발이 주렴을 때리고
> 낙조 아래 누대에선 피리 소리가 바람을 따라온다.
> 범려의 옛 자취는 만날 길 없고
> 오호 동쪽에는 안개 속에 나무들이 늘어섰다.[16]

六朝文物草連空 육조문물초연공　天澹雲閑今古同 천담운한금고동

鳥去鳥來山色裏 조거조래산색리　人歌人哭水聲中 인가인곡수성중

深秋簾幕千家雨 심추염막천가우　落日樓臺一笛風 낙일누대일적풍

惆悵無因見范蠡 추창무인견범려　參差煙樹五湖東 참치연수오호동

　육조의 화려하던 문물은 풀덤불로 바뀌고 하늘은 이전처럼 담담하다. 그 속에서 새는 산의 푸른 빛을 띠고 무심하게 오고 가고, 시내 가에 사는 사람은 물소리에 맞춰 애상의 노래를 부른다. 가을이 깊어지자 물가 집들은 비를 막으려고 발을 내렸는데, 누대에서는 저물녘에 피리 소리가 바람결에 실려 온다. 춘추시대 월나라 영웅 범려范蠡는 오나라를 정복하는 공을 세운 후 오호五湖에 떠서 행방을 알 수 없게 되었다고 하니, 이제 그 영웅을 만날 길도 없다. 그저 오호 동쪽에 안개 낀 나무들이 늘어서 있는 것을 바라볼 뿐이다.

　월나라가 오나라를 멸망시킨 후 범려는 대장군에 봉해졌지만, 그는 배를 타고 오호로 사라졌다. 범려는 대부 문종文種에게 서신을 보내 "새가 다 잡히면 좋은 활은 갈무리되고, 잽싼 토끼들이 죽으면 사냥개는 삶아진다"고 했다. 범려는 공성신퇴功成身退의 위인이었다. 두목은 그를 닮고 싶지만 그렇게 하지 못하는 자기 처지를 서글퍼했다.

　이 시에서

　　푸른 산 빛 속에 새는 가고 새는 오며
　　물소리 속에 사람은 노래하고 또 흐느끼누나

의 구절은 너무도 절묘하다. 옛 해설가는 여기서의 새를 신선의 사자인

파랑새, 물가에서 우는 사람을 『습유기』拾遺記라는 옛 책에 나오는 음천淫泉(물을 마시면 음탕해진다는 전설의 샘)의 사람이라고 보았다. 하지만 꼭 그렇게 풀이할 필요는 없다. 인간의 역사에 개입하지 않고 자연과 어우러져 사는 새와, 역사와 삶의 변화에 민감하여 애상에 젖는 인간을 대비시킨 것으로 보면 좋다.

한편 오언율시 「조행」早行은 길 떠나는 이의 고독과 애수의 심경을 담아냈다.

垂鞭信馬行 수편신마행　채찍 드리우고 말 가는 대로 내맡겨

數里未鷄鳴 수리미계명　서너 리 가도록 새벽닭 울지 않기에,

林下帶殘夢 임하대잔몽　숲 아래서 남은 꿈을 꾸며 졸다가

葉飛時忽驚 엽비시홀경　잎이 날아올라 홀연 놀라 깨니,

霜凝孤鶴迥 상응고학형　서리 엉기는 시절 외론 학은 멀리 날아가고

月曉遠山橫 월효원산횡　달 지는 새벽에 먼 산이 옆으로 비껴 있다.

僮僕休辭險 동복휴사험　아이야 길 험하다 말하지 말거라

時平路復平 시평노부평　시절 태평하고 길도 평탄하지 않느냐.[17]

길 가는 이는 애써 시절이 태평하고 길도 평탄하다고 위로하지만, 여정은 고달프기 짝이 없다. 누가 여행을 소요逍遙라고 말하랴. 수심 가득한 창자를 묻을 곳이 없어 떠도는 것이 아니겠는가. 이 시의 전반부는 일본 에도시대의 시인 마쓰오 바쇼松尾芭蕉(1644~1694)가 『노자라시 기행』野ざらし紀行에서 자신의 하이쿠俳句에 응용하기도 했다.[18]

두목의 칠언절구 「제안의 성루에 적다」(題齊安城樓)도 길 가는 이의 고독감을 절묘하게 드러냈다. 제안은 지금의 호북성 황강현黃岡縣인 황주

黃州를 말한다. 두목은 842년부터 3년간 황주의 자사를 지냈다.

鳴軋江樓角一聲 명알강루각일성　강 다락에 뿔피리 흐느끼고
微陽瀲瀲落寒汀 미양염렴낙한정　지는 해의 빛은 찬 모래톱 아래 일렁인다.
不用憑欄苦回首 불용빙난고회수　난간에 기대 고개 돌릴 것도 없구나
故鄉七十五長亭 고향칠십오장정　고향까진 일흔다섯 역참.[19]

　두목의 나이 마흔. 생각이 깊을 때였다. 고향 장안까지의 역참을 하나나 헤아려 본다. 일흔다섯. 너무 멀리 떠나와 있다는 생각이 들었다. 명알鳴軋은 '오열'鳴咽로 되어 있는 텍스트도 있다. 흐느끼는 듯한 소리를 형용한 쌍성의 복합어다. 각角은 군대에서 사용하는 뿔피리. 염렴瀲瀲은 물이 흔들려 움직이는 모습을 형용한다. 정汀은 물가의 평지나 강 가운데의 사주沙洲를 가리킨다. 칠십오장정七十五長亭에서 정亭은 공로의 숙박소로, 30리(1리는 대략 0.5km)마다 하나씩 있었다. 황주에서 장안까지는 225리, 실제로 75역이 있었을 것이다.

　강기슭의 누대 위에서 흐느끼는 듯 뿔피리 소리가 울려날 때, 겨울의 희미한 태양은 강가 모래밭 아래로 뉘엿뉘엿 잠긴다. 누대 난간에 기대어 그 광경을 바라보고 있자니 무어라 형용할 수 없는 복잡한 심경이다. 고향 장안은 여기서부터 역참을 75개나 거쳐야 하는 저쪽이 아닌가.

　두목은 시어를 갈고닦았다. 허무와 적료의 감정을 잊기 위해 유미주의로 나갔다. 그럴수록 애처로워졌다. 이번에는 씩씩한 기상과 우국적인 주제를 골라 사유를 응결시켜 본다. 하지만 역사를 회상하는 마음은 우수로 가득하다. 적벽대전을 소재로 지은 「적벽」赤壁 시도 역사를 조감하는 시야가 넓기는 해도 우수의 심경을 벗어나지 못했다.

折戟沈沙鐵未銷 절극침사철미소　모래에 묻혀 쇠끝이 삭지 않은 부러진 창
自將磨洗認前朝 자장마세인전조　진흙을 씻고 보니 앞 시대의 것이 분명하다.
東風不與周郎便 동풍불여주랑편　그때 동풍이 주유 편을 들지 않았다면
銅雀春深鎖二喬 동작춘심쇄이교　깊은 봄 동작대에 두 교씨를 가두었으리.[20]

　　적벽은 호북성 가어현嘉魚縣 동북 양자강에 임한 산 이름. 후한 말 208년 손권의 사령관 주유周瑜는 양자강 서쪽 조조曹操의 선단을 화공火攻으로 섬멸했다. 조조는 현재의 하남성 임장현臨漳縣에 해당하는 업鄴이란 곳에 동작대를 쌓고 궁녀와 기녀를 모아 두고 있었다. 만일 적벽대전 때 동풍이 불지 않아 조조가 패하지 않았더라면, 조조는 손권의 형 손책孫策에게 시집간 대교와 주유의 아내인 소교를 모두 동작대로 끌고 갔을지 모른다.
　　이렇게 두목은 역사에 대해 굴곡 있는 사색의 결과를 시로 표현했다. 하지만 시간의 흐름 속에서 어떤 것도 영원하지 않다는 사실을 환기하고 새삼 서글픈 기분에 젖었다.
　　'권토중래'捲土重來라는 성어의 출전이 된 「오강정에 쓰다」(題烏江亭)라는 칠언절구도 두목의 명작이다. 오강은 해하垓下에서 사면초가를 당하고 도망하던 항우가 스스로 목숨을 끊은 곳이다. 제3구와 제4구.

江東子弟俊才多 강동자제준재다　강동 자제에는 준재가 많았으니
捲土重來未可知 권토중래미가지　권토중래했다면 결과를 알 수 없었거늘

　　항우는 오강의 정장亭長으로부터 "강동으로 돌아가 재기하라"는 권유를 받았지만, "8년 전 강동의 8천 자제와 함께 떠난 내가 무슨 면목으로

지금 혼자 강을 건너 돌아가 부형을 대할 것인가!"라고 거절했다. 그리고 하늘이 자신의 편이 아니란 것을 한탄하면서 파란만장한 31년의 생애를 그곳에서 마쳤다.

항우가 오강 정장의 권유를 받아들였다면 천하의 형세는 달라졌을까. 두목은 인간이 역사의 흐름을 어찌할 수 없다는 무력감을 느끼고, 일종의 반발로서 공상의 날개를 펼쳐 본 것이다.

「양주의 한작 판관에게 부치다」(寄揚州韓綽判官)라는 칠언절구에서는 지금이 태평세월이라고는 하지만 이 시간도 곧 지나가고 말 것이라는 사실을 서글퍼했다. 앞서 말했듯이 두목은 서른한 살 때 양주의 서기관으로 있었다. 단, 이 시는 양주를 떠난 뒤 절도사 휘하의 관리에게 보낸 듯하다.

青山隱隱水迢迢 청산은은수초초　청산은 은은하고 강물은 아득하며
秋盡江南草木凋 추진강남초목조　가을 다한 강남에 초목 이운 때,
二十四橋明月夜 이십사교명월야　이십사교 위로 달이 솟은 밤
玉人何處教吹簫 옥인하처교취소　어느 집 여인이 젓대를 감상하는가.[21]

희미한 푸른 산과 아득한 강물이 흐르는 광경. 가을도 끝판이 되어 강남에는 풀과 나무도 시들었다. 이십사교를 달빛이 또렷이 비추는 밤, 아름다운 여인은 어디서 퉁소 소리를 듣고 있는 것일까.

초목조草木凋는 강남인데도 초목이 이울어 쓸쓸하다는 뜻이다. 단, 어떤 텍스트에는 '초미조草未凋로 되어 있다. 그렇다면 강남은 따뜻하여 늦가을에도 풀이 이울지 않았다는 뜻이다. 이십사교는 양주에 놓여 있던 스물네 개의 다리. 현재는 다리 하나에 이십사교라는 이름이 붙어 있

다고 한다.

아무리 화려한 것이라 해도 결국 모든 것이 시들고 말리라는 것을 시인은 감지하고 있다. 그렇기에 슬픔이 시어에 배어 나온다.

칠언절구 「진회에 묵으면서」(泊秦淮)도 그러한 슬픔을 담았다. 강소성 율수현溧水縣 동북쪽에 있는 진회라는 강에 노닐면서, 기녀가 「옥수후정화」玉樹後庭花 곡을 노래하는 것을 듣고 지은 것이다. 「옥수후정화」는 남조 진陳나라 후주後主가 지은 망국의 노래다.

煙籠寒水月籠沙 연롱한수월롱사　안개 낀 찬 물결, 달빛 가득한 모래밭
夜泊秦淮近酒家 야박진회근주가　진회에 배를 대자 늘어선 술집들.
商女不知亡國恨 상녀부지망국한　망국의 비애를 모르는 기녀들은
隔江猶唱後庭花 격강유창후정화　강 건너에서 후정화를 노래하누나.[22]

정말 절창이다. 『심청전』의 「수궁가」[23]와 『흥보가』의 「제비노정기」[24]에도 언급되어 있다. 또 시조 「연롱한수 월농사하니」는 초장과 중장에 두목의 이 시를 그대로 옮겨 쓰고 토만 달았다.

3.

두목은 자신의 죽음을 예상하고 스스로 묘지명을 적었다. 이 「자찬묘지명」自撰墓誌銘은 '목'牧 '모'某 '여'予의 세 가지 일인칭을 사용했다. 가와이 고조河合康三가 분석한 내용을 소개하면 이러하다.[25]

처음 부분은 이름·자·부조父祖를 기록하고 관력을 서술했다. 여기

까지는 '목'牧이라는 이름을 사용했다. 다음 단락에서는 '모'某로 바꾸어 독서와 저술에 대해 기록했다. 두목은 "남들보다 뛰어난 문장은 짓지 못했다"라고 자조하되, 『손자』의 주석만은 자부할 수 있다고 했다.

> 모某는 평소부터 서적을 읽는 것을 좋아했지만, 남들보다 뛰어난 문장을 짓지는 못했다. 조조는 "나는 병서·전략서를 많이 읽었지만, 손무(『손자』)의 내용이 가장 심오했다"고 말했다. 그래서 나는 그 책 13편에 주석을 달았다. 위로는 하늘의 운행을 탐구하고 아래로는 인간 세상의 일을 궁구하여, 이것에 덧붙일 것은 없으리라고 생각할 정도였다. 언젠가 틀림없이 그것을 이해해 줄 사람이 나타날 것이다.[26]

다음 단락에서는 '여'予로 바꾸고, 죽음의 전조 네 가지를 기록했다. 그리고 점성술에 의한 해석을 상세하게 적었다.

> 지난 해 7월 10일, 오흥에서 꿈을 꾸었는데, 어떤 사람이 "너는 틀림없이 소행랑小行郎이 될 것이다"라고 했다. 그다음은 어떻게 되느냐고 묻자, "예부고공이 소행랑이지!"라고 했다. 나의 마지막 직위를 말한 것이다.
> 금년 9월 19일, 집에 돌아와 피곤하여 해亥시 초(밤 9시경)에 취침했는데, 자리에 들자마자 그대로 잠들어 꿈도 꾸지 않았다. 그런데 누군가 큰 소리로 "너는 이름을 필畢로 바꾸어라!"라고 말했다.
> 10월 2일, 노복 순順이 와서 말했다. "밥을 지어 익으려고 하는 참에 시루가 깨져 버렸습니다." 내가 말했다. "모두 상서롭지 못한 일뿐이로군!"

11월 10일, 꿈을 꾸었는데, 종이 한 조각에 이렇게 쓰여 있었다. "희디 흰 망아지가 저 빈 골짝에 있도다."(『시경』 소아 「백구」의 구절) 곁의 사람이 말했다. "빈 골짜기라고 하는 것은 좋지 않다. 벽 틈을 지나쳐 버리는 것이다."(『장자』 「지북유」에 "사람이 천지간에 살아가는 것은 흰 망아지가 틈을 지나치는 것과 마찬가지로 홀홀할 따름이다"라고 하여 인간의 수명을 비유) 나는 스물여덟 수宿 가운데 각성角星의 때에 태어났는데, 앙昴과 필畢은 각角 별자리의 제8궁으로, 병액궁病厄宮이라고도 하고 팔살궁八殺宮이라고도 한다. 거기에는 토성도 있고, 화성이 목성에 이어진다. 점성술사 양희楊晞가 말했다. "목성은 장성張星 부근에 있어, 각角에서부터 열한 번째 복덕궁福德宮에 해당합니다. 목성은 복덕대군자福德大君子여서 곁에서 구해주므로, 걱정할 게 없습니다." 그러나 나는 이렇게 말했다. "호주湖州 지주가 되어 한 해도 되지 않는 사이에 중서사인으로 옮겼소. 목성은 벌써 각성에게 복을 준 셈이오. 이제 토성과 화성이 각성에게 죽음을 가져온다고 해도 어쩔 수 없소." 스스로의 모습을 보면, 눈의 광채가 지나치게 반짝여서 안정감이 없고, 코는 늘어지고 눈썹 밑에는 주름이 있다. 지금 나이 오십, 이것이 내 정해진 수명일 것이다.

「자찬묘지명」의 마지막 부분은 또 '모'某로 돌아가, 자신의 죽음과 처자에 대해 기록해 두었다. 그리고 다음의 명銘에 '여'予를 사용하여, 운문으로 끝을 맺었다.

태위 두옹杜顒 평안공부터 나(予)까지 9세
모두 소릉에 매장되었다.

아아, 그대도 마지막을 온전히 하여
네 집에 편안히 잠들라.

　　본인의 죽음에 관련된 불가사의한 전조를 열거한 두목의 이 「자찬묘
지명」은 '지괴'志怪(불가사의한 일에 대한 흥미를 중심에 두는 단편)에 가깝다. 그
당시 전기傳奇 소설이 유행하고 있어서, 그 수법을 이 글에 차용한 것이
라고 한다.

　　중국의 자찬묘지명에서 죽음에 대한 두려움을 드러낸 것은 도연명과
두목 두 사람뿐이다. 이후 자찬묘지명은 대개 죽음의 달관을 말하여 정
형화하고 말지만 도연명과 두목은 자신의 죽음을 진정으로 응시했다고
해야 하지 않을까.

4.

　　두목은 화려한 슬픔을 노래했다. 널리 알려진 「산행」山行 시를 보라.

遠上寒山石徑斜 원상한산석경사　　멀리 추운 산에 오르니 돌길은 비스듬하고
白雲生處有人家 백운생처유인가　　흰 구름 솟는 곳에 인가가 드문드문.
停車坐愛楓林晚 정거좌애풍림만　　늦가을 단풍 숲을 사랑하여 수레 멈추나니
霜葉紅於二月花 상엽홍어이월화　　서리 맞은 단풍이 봄꽃보다 붉어라.[27]

　　'한산'寒山은 늦가을 산. '좌'坐는 '~하기 때문'이란 뜻이다. '상엽'霜葉
은 서리 맞은 잎, '이월화'二月花는 음력 2월에 피는 봄꽃이다.

시인은 멀리 인가가 드문드문 보이는 광경에 눈을 주다가, 산길의 서리 맞은 단풍잎에 시선을 고정시켰다. '백운'白雲과 '상엽'이 원경과 근경으로 대비되고 색감에서도 선명한 대조를 이룬다.

두목은 석양빛을 받아 찬란하게 빛나는 단풍잎을 바라보면서 인생의 황혼이 청춘보다 더 아름답다는 생각을 한 듯하다. 젊은 날의 무수한 역경을 겪은 뒤 이제는 담담한 마음을 갖게 된 자신의 처지를 투영했을지 모른다. 그러나 담담함 뒤에는 쓸쓸함이 숨어 있다.

두목은 삼대의 조정朝廷에 걸쳐 재상을 지낸 조부 두우의 영향을 받아 무언가 장대한 일을 하겠다는 포부를 지니고 있었다. 하지만 포부를 펼 기회는 오지 않았다. 그나마 마흔 살에 황주에서 지은 장편의 「고을 관아에서 홀로 술을 마시며」(郡齋獨酌)라는 시에서는

腥羶一掃灑 성전일소쇄　비린내를 씻어 내어
凶狠皆披攘 흉한개피양　흉포한 무리를 쫓아내리.
生人但眠食 생인단면식　백성들 편히 자고 먹게 하고
壽域富農桑 수역부농상　영원한 나라에서 농사짓고 누에 치게 만들리.[28]

라고 했다. 하지만 점차 그는 애상의 정조를 시에 담았다. 경물을 묘사할 때도 그러했다.

앞서 본 「산행」은 두목이 지주池州의 자사로 있던 42세 이후에 지은 것이라고 한다. 옛사람들이 논평하듯, 형상이 선명하고 색채가 풍부하며, 정경이 융합하고 음절이 드높다. 과연 두목은 '사경寫景의 고수'다. 그렇지만 현실에의 의지를 상실한 뒤였기에, 경관을 바라보는 시선은 끝내 애상적이다. 그 애상의 시선이 독자의 가슴을 아프게 한다.

「견흥」遣興 시에서 두목은

浮生長匆匆 부생장물물 삶은 늘 바쁘고
兒小且鳴鳴 아소차오오 어린아이는 울어 보챈다[29]

라고 했다. 삶이란 이런 것이 아닐까? 장대한 이념을 담은 높은 음조가
아니라 애조를 띤 단조의 노래로만 풀어낼 수 있는 삶.

백거이
치유의 언어

1.

『문기유림』問奇類林이라는 중국 책에 보면, 조화옹이 사람에게 명예와 부귀는 아낌없이 주지만 '한가함'(閑)만은 잘 주지 않는다고 했다.

생활에 쫓기다 보면 누구든 돈도 싫고 명예도 싫으니 쉬었으면 좋겠다고 생각하게 마련이다. 옛날 조정의 신하로서 관직에 있던 사람들은 아침 일찍 대궐 부근에서 궐문이 열리길 기다려야 했는데, 그 기다리는 시간에 끄덕끄덕 졸다가 깨다가 하면서 편안히 잠잘 수만 있으면 좋겠다고 푸념했다.

시간에 맞춰 출근하거나 약속에 맞춰 나가거나 하는 것이 점점 어렵게만 느껴지고 보니, 이런 시구가 생각나지 않을 수 있겠는가.

한가한 사람 아니면 한가함을 얻지 못하니
한가한 사람이 등한한 사람은 아니라네

不是閑人閑不得 불시한인한부득　閑人不是等閑人 한인불시등한인

　　두 번째 구의 '등한한 사람'이란 별 볼일 없는 사람이란 말이다. 이 시구는 한가한 사람이 결코 별 볼일 없는 사람이 아니며, 진정으로 자신의 내면이 충실한 사람이라고 말하고 있다.
　　위의 시구를 실어 둔 『문기유림』의 저자는 관직에 급급하거나 금전에 연연하는 사람들에 대해 신랄한 말을 퍼부었다.

　　조화옹이 사람에게 명예와 부귀는 아끼지 않지만 '한가함'(閑)만은 아낀다. 천지 사이에는 천지 운행의 기틀이 발동하여 돌고 돌아 한 순간도 정지하는 때가 없다. 이와 같이 천지도 한가할 수 없는데 하물며 사람의 경우에야 더 말해 무엇하겠는가? 그러므로 높은 벼슬에 있으면서 고액 봉급을 받는 사람이나 청직과 현직에 있는 사람은 수없이 많아도 세속을 떠나 물러나 있음을 즐기는 자는 매우 적다. 그리고 저들 중에는 날마다 재산을 모으고 좋은 집을 지으려고 생각하지만 한 번도 뜻을 이루지 못하고 먼저 죽고 마는 사람도 있다. 다행히 집에서 먹고 지낼 수만 있다면 정말 한가한 생활을 즐기는 것이 좋을 텐데도 돈 보따리만 꼭꼭 간수하려고 손을 벌벌 떨고 금전출납부만 챙기면서 마음을 안정시키지 못하니 어찌 낮에만 분망하겠는가, 밤 꿈도 뒤숭숭할 것이다. 이러한 처지에 있다면 좋은 산수와 아름다운 풍경의 맛을 어찌 알겠는가? 그리하여 부질없이 생生을 수고롭게 하다가 죽어도 후회할 줄 모른다. 이들은 실로 돈만 모을 줄 아는 수전노로서 자손을 위해 소나 말과 같은 노릇을 하는 것이다. 아, 수전노보다도 더 심한 자가 있으니, 그들은 자손을 위해 거의 독사나 전갈처럼 되기도

한다.[1]

허균許筠(1569~1618)도 이 논리에 동조했다. 그래서 『한정록』閑情錄 속
에 이 글을 전재해 두었다.[2]

당시唐詩의 작가 가운데 한가로움의 정신세계를 추구한 사람이 있다.
한국과 일본에 큰 영향을 끼친 백거이白居易(772~846)가 그 사람이다.

2.

백거이라고 하면 「장한가」長恨歌[3]와 「비파행」琵琶行[4]을 연상하는 사
람들이 많다. 두 시는 모두 『고문진보』에 수록되어, 조선 시대 이후 근
현대에 이르기까지 한문을 공부하는 사람들은 우선 이 시들을 읽으면서
큰 감동을 받았다.

「장한가」는 백거이가 38세 때 지은 작품으로, 당나라 현종과 양귀비
의 로맨스와 이별의 애환을 매우 몽환적으로 그려 보였다. 고려의 이규
보李奎報(1168~1241)도 장편서사시 「동명왕편」을 지을 때 「장한가」의 형
식을 참고했다. 한편 「비파행」은 백거이가 강주江州의 사마司馬로 좌천
된 이후 46세 때 지었다고 하는데, 버림받은 늙은 기생의 운명을 통해
자신의 적막감과 울분을 토로했다.

하지만 백거이는 이 두 장편 때문에 유명한 것만은 아니었다. 그의
시는 늘 그의 너글너글한 마음을 솔직하게 드러냈기 때문에 널리 사랑
을 받았다. 다음 시를 보라.

해 높고 푹 자고 나서도 일어나기 싫으니
작은 집에서 이불을 싸매고 있어 추위도 걱정 없다

日高睡足猶慵起 일고수족유용기 小閣重衾不怕寒 소각중금불파한
一「향로봉 아래 새로 산집을 지어 초당이 갓 이루어지자 즉흥으로 동쪽 방벽에 쓴
다」(香爐峰下新卜山居草堂初成偶題東壁)

강주 사마로 좌천되어 있으면서 하는 일이 없어 늦잠 자게 된 것을
오히려 반기는 마음이다. 그 너글너글한 마음이 시에 솔직하게 나타나
수많은 독자를 흡인했다.

백거이의 시는 신라 시대부터 한국에서 유행했고, 같은 시기 일본에
서는 더 크게 유행했다. 백거이의 시는 거의 실시간으로 한국과 일본에
서 읽혔다. 백거이의 친구 원진元稹(779~831)은 "계림 상인이 저자에서
백거이 시를 아주 간절하게 구했다. 동국의 재상은 번번이 많은 비용을
치르고 시 한 편과 바꾸었으며, 가짜인 것은 재상이 곧바로 변별할 정도
였다고 한다"라고 적었다.[5] 백거이는 실제로 신라와 긴밀한 관련이 있
다. 810년 당나라 헌종이 신라 헌덕왕(김중희金重熙)에게 국서를 보낼 때
그 국서를 지었고, 821년 혹은 822년에 신라 하정사賀正使 김충량金忠良
이 당나라에서 벼슬을 받고 귀국할 때 당나라 목종의 제서制書를 지었
다. 조선 초의 안평대군은 백거이 시집에서 오언율시, 칠언율시와 칠언
절구를 대상으로 185수를 뽑아『향산삼체법』香山三體法을 간행했다.[6]

백거이 시가 한국과 일본에서까지 널리 유행한 가장 큰 이유는 물론
시어가 쉽고 주제가 선명하다는 점 때문이다. 그리고 또 하나의 이유는
그가 한가로움의 정신세계를 존중하여 치유의 언어를 시에 담았기 때문

일 것이라고 나는 가만히 생각해 본다. 백거이가 한림학사로 있던 36세 무렵에 지은 「송재자제」松齋自題라는 시를 보라. 이 제목은 소나무 숲 가까이 마련한 서실의 벽에 스스로 적는다는 뜻이다.

非老亦非少 비로역비소 늙지도 않고 젊지도 않다
年過三紀餘 연과삼기여 서른을 넘긴 나이.
非賤亦非貴 비천역비귀 천하지도 않고 귀하지도 않다
朝登一命初 조등일명초 일명을 얻어 조정에 오른 지위.
才小分易足 재소분이족 재주 작아 분수 차기 쉽고
心寬體長舒 심관체장서 마음 넉넉하니 몸도 늘 느긋하다.
充腸皆美食 충장개미식 내장을 채우는 것은 모두 맛난 음식
容膝卽安居 용슬즉안거 무릎을 들일 만하면 곧 편안한 거처.
況此松齋下 황차송재하 이 소나무 서실에서
一琴數帙書 일금수질서 금琴 하나, 서너 질 책을 두고,
書不求甚解 서불구심해 책은 심해甚解를 구하지 않고
琴聊以自娛 금료이자오 금琴을 타며 즐긴다.
夜直入君門 야직입군문 밤에는 군주의 문에 들어가 숙직하고
晚歸臥吾廬 만귀와오려 저물녘 돌아와 내 초가에 누워서는,
形骸委順動 형해위순동 형해를 천리의 움직임에 맡기고
方寸付空虛 방촌부공허 방촌을 늘 공허하게 둔다.
持此將過日 지차장과일 이런 식으로 하루 또 하루
自然多晏如 자연다안여 저절로 편안하고,
昏昏復默默 혼혼부묵묵 어둑하고 또 묵묵하니
非智亦非愚 비지역비우 똑똑하지도 어리석지도 않도다.[7]

창가에 소나무가 있는 무릎 들일 만한 거처에서 금琴 하나와 서너 질 책을 두고 유유자적한다고 했다. 또 책은 읽더라도 심해甚解(깊은 이해)를 구하지 않는다고 했다. 무릎 들일 만한 거처란 도연명의 「귀거래사」歸去來辭에 나오는 말, 심해를 구하지 않는다는 표현 역시 도연명의 「오류선생전」五柳先生傳에 나오는 말. 오려吾廬(내 초가)란 말도 도연명의 시 「산해경을 읽고」(讀山海經)에 나오는 말. 백거이는 일찍부터 도연명을 무척이나 좋아했다.

이후로도 백거이는 나이가 몇 살이든, 젊다거나 늙었다거나 여기지 않고 적절한 연령이라고 만족해했다. 관직이 어떤 품계에 있든 정말 적절한 상태에 있다고 흡족해했다. 50세 때 지은 「서액의 초가을 숙직하는 밤 속마음을 적다」(西掖早秋直夜書意)에서는 "오품 벼슬은 천하지 않고, 오십 나이는 요절이 아니지"(五品不爲賤, 五十不爲夭)라고 했다.[8]

3.

백거이는 자字를 낙천樂天이라 하여, 백낙천이란 이름으로 더 잘 알려져 있다. 관적은 지금의 섬서성 위남현渭南縣인 하규下邽지만, 하남성 정주鄭州에서 태어났다. 중소지주 가정 출신으로, 29세 때인 800년 진사 시험에 급제해 벼슬길에 나아가고, 3년 뒤 발췌과拔萃科에 급제해 교서랑의 벼슬을 받았다. 다시 재식겸무명어체용과才識兼茂明於體用科에 급제해 주질위盩庢尉에 제수되었다가 한림학사로 승진하고, 3년 동안 습유拾遺의 직에 있었다. 간관의 직책에 있을 때는 대량의 풍유시諷諭詩를 지어 시사를 풍자했다. 이처럼 득의의 시절을 보내다가, 44세 때인 815년 강주江州의 사마로 좌천되었다. 강주는 지금의 강서성 구강시九江市다. 당시 백거이는 좌찬선대부左贊善大夫로 있었는데, 군벌들이 재상 무원형武元衡을 암살하는 사건이 일어나자, 범인을 체포하라고 황제에게 주청했다가, 직분을 넘어선 행위라는 죄목으로 탄핵을 받아 좌천된 것이다. 이때의 소외감을 담은 시가 저 「비파행」이다. 몇 해 뒤 충주忠州의 자사로 옮겼다가 49세 되던 820년 서울로 돌아와 중서사인, 지제교 등의 관직을 맡았다. 이 무렵에는 세상일에서 벗어나려는 정서를 시에 담아냈다. 그러나 이후 25년 동안 중앙 관직에 있으면서 순탄한 생활을 보냈다. 만년에는 태자소부와 형부상서의 지위를 사퇴하고 안락하게 지냈다. 시문집으로 『백씨장경집』白氏長慶集 71권이 전하는데, 3,800여 수의 시가 수록되어 있다.

백거이는 자신의 시를 고조古調(즉 고시)와 율시(절구 포함)로 나누고, 고조를 다시 풍유諷諭 · 한적閑適 · 감상感傷의 셋으로 분류했다. 그 자신은 풍유의 부류에 속하는 신악부를 가장 가치 있다고 여겼기에 「신악부서」新樂府序에서 이렇게 말했다.

모두 9,212언으로, 나누어 50편을 만들었다. 편은 구의 수를 정하지 않았고 구는 글자의 수를 정하지 않았으며, 짜임은 뜻에 매이게 했지, 형식에 매이게 하지 않았다. 맨 앞의 구는 강목을 제시하고 마지막 장은 뜻을 드러냈는데, 『시경』 삼백 편의 체제를 따른 것이다. 표현은 질박하고도 곧게 해서 보는 사람이 쉽게 깨닫게 했다. 시어는 솔직하고 절실하게 해서 듣는 사람이 깊이 경계하도록 했다. 일은 실상에 근거하여 사실적으로 표현해서 채집자가 믿고 전하도록 했다. 체제는 순탄하면서 거리낌이 없어 악장과 가곡으로 전파될 수 있게 했다. 개괄하자면 군주를 위하고 신하를 위하며 백성을 위하고 사물을 위하며 일을 위하여 지었지, 문채文彩 자체를 위해 지은 것이 아니다.[9]

백거이는 시의 정치적 기능을 자각했다. 그렇기에 원진에게 보낸 서한인 「여원구서」與元九書에서 이렇게 말했다.

나는 간관諫官으로서 다달이 간서諫書(임금에게 간하는 글)를 올려 왔다. 하지만 말씀을 아뢰는 이외에도 사람의 병통을 구제하고 시사의 어그러짐을 비보裨補할 수 있다. 간서로 곧바로 지적해 말하기가 어려울 때는 그때그때 시로 노래하여 그것이 차츰차츰 전해져 군주의 귀에 들리기를 바랐다. 이로써 위로는 군주가 세상일에 대해 듣는 것을 더욱 넓히고 나랏일을 걱정하고 애쓰는 것에 도움을 주며, 다음으로 군주의 장려에 보답하고 언관(간관)으로서의 책무를 조금이나마 다하고, 아래로는 내 평생의 뜻을 다하려고 했다. 하지만 어찌 알았으랴, 뜻을 성취하기도 전에 후회가 생겨나고, 말이 군주의 귀에 들리기도 전에 비방이 이루어지다니! 다시 더 여러분에게 할 말을 하고 싶다. 나의 「하우」賀雨[10] 시를 듣고 뭇 사람들은 주절대면서 적절하지 않다고 말하고, 나의 「공감을 곡하다」(哭孔戡)[11] 시를 듣고 뭇 사람들은 얼굴의 생기가 없어지고 모두 기뻐하지 않는다. 「진중음」秦中吟[12]을 들으면 권문세가와 황실에 가까운 자들은 서로 눈짓하면서 얼굴색을 바꾼다. 「낙유원에서 그대에게 부침」(樂遊園寄足下)[13] 시를 들으면 정치의 권세를 쥔 자들은 팔을 걷어붙이고, 「자각산 북촌에 묵으며」(宿紫閣山北村)[14] 시를 들으면 군대의 권력을 쥔 자들은 이를 간다. 대개 이와 같아서 일일이 들 수도 없을 정도다.[15]

한탄조로 말하기는 했어도 백거이는 시의 정치적 기능을 강렬하게 의식했고, 또 그러한 시들을 자부했다.

백거이의 시는 정치와의 연관성을 떠나서라도 사실주의적 작풍으로 높은 평가를 받는다. 신악부 가운데 「태항로」太行路는 본래 부부 사이의 관계를 보조관념으로 사용해서 군주와 신하의 관계가 순탄하지만은 않다는 사실을 풍자했다. 그런데 태항산의 험로를 묘사한 표현이 매우 사실적인 데다가 또 인생살이의 고난을 비유하는 듯도 하여 이 시가 많은 사랑을 받아 왔다.

太行之路能摧車 태항지로능최거　태항산 길은 수레를 부수지만

若比人心是坦途 약비인심시탄도　사람 마음에 비하면 탄탄하고,

巫峽之水能覆舟 무협지수능복주　무협의 물은 배를 뒤엎지만

若比人心是安流 약비인심시안류　사람 마음에 비하면 순탄해라.

人心好惡苦不常 인심호오고불상　사람 마음의 호오는 변덕스러워

好生毛羽惡生瘡 호생모우오생창　좋아하면 깃을, 싫어하면 악창을 돋우네.

與君結髮未五載 여군결발미오재　그대와 혼약 맺은 지 다섯 해

豈期牛女爲參商 기기우녀위삼상　견우직녀가 삼별 상별 같이 헤어지다니.

古稱色衰相棄背 고칭색쇠상기배　용모가 쇠하면 버려진다 했으니

當時美人猶怨悔 당시미인유원회　당시 미인들도 원망하고 후회했으련만,

何況如今鸞鏡中 하황여금난경중　지금 거울을 들여다보면

妾顏未改君心改 첩안미개군심개　이 얼굴 그대론데 낭군 마음 변했네요.

爲君薰衣裳 위군훈의상　낭군 위해 옷에 향훈을 뿌려도

君聞蘭麝不馨香 군문난사불형향　낭군은 사향도 향기롭다 하지 않고,

爲君盛容飾 위군성용식　낭군 위해 화장하고 치장해도

君看金翠無顏色 군간금취무안색	낭군은 금빛 비취빛도 멋없다 하네요.
行路難 행로난	행로가 험난하여라
難重陳 난중진	험난함을 다시 말하기 어려워라.
人生莫作婦人身 인생막작부인신	태어나 여인의 몸은 되지 마오
百年苦樂由他人 백년고락유타인	백년 고락이 남에게 달린다오.
行路難 행로난	행로의 험난함이
難於山 난어산	산보다도 어렵고
險於水 험어수	물보다도 험하나니,
不獨人間夫與妻 부독인간부여처	남편과 아내 사이만 그런 것 아냐
近代君臣亦如此 근대군신역여차	군주와 신하 사이도 이와 같아라.
君不見 군불견	그대는 못 보았소
左納言 좌납언	왼 켠 납언과
右納史 우납사	오른 켠 내사內史가,
朝承恩 조승은	아침에는 군은을 받들지만
暮賜死 모사사	저녁에는 사약 받는 것을.
行路難 행로난	행로의 험난함이
不在水 부재수	물길에 있지 않고
不在山 부재산	산길에 있지 않고
只在人情反覆間 지재인정번복간	인정의 번복 속에 있다오. [16]

인정의 번복飜覆이 인생행로를 험준하게 만든다는 사실은 현대를 살아가는 우리도 번번이 경험하는 일이 아닌가. 그리하여 백거이의 시를 읽으며 고개를 끄덕이게 되지 않는가!

4.

백거이는 현실의 반영이나 사실의 서술도 중시했지만 감정의 문제를 매우 중시했다. 「비파행」은 마음속 울분을 토로한 명작이다.

백거이는 낙양 시절에 쓴 시를 모은 '낙시'洛詩의 서문 「서낙시」序洛詩에서 이렇게 말했다.

> 고금의 가시歌詩를 두루 보건대 『시경』과 『이소』이후, 소무蘇武와 이릉李陵 이래로, 포조鮑照와 사영운謝靈運의 무리가 뒤를 잇고 다시 이백과 두보의 무리에 이르기까지 그 사이에 사인詞人으로 이름 난 자가 수백 명이요 유전流傳되는 시가 수만 편이지만, 그 유래한 바를 보면 대부분 참소를 입어 억울하게 쫓겨나거나 군대에 종군하거나 먼 곳으로 여행을 하든가 하고, 얼고 주리거나 병들고 늙든가 하며, 삶과 죽음으로 갈리거나 난리로 생이별하든가 하여, 마음속에서 감정이 일어나고 마음 밖에서 문장이 모양을 갖춘 것이었다. 그렇기 때문에 분노하고 우려하며 원망하고 마음 아파하는 작품이 고금을 헤아려 열에 여덟아홉이다.[17]

백거이는 진실한 감정을 담아내는 것이 참된 시이고 또 그것이 사람을 감동시킨다고 보았다. 시의 창작 과정과 수용 과정을 매우 적절하게 파악한 것이다.

백거이는 인간이라면 누구나 지니게 되는 갖가지 슬픔의 감정을 응시했다. 그리고 그 슬픔을 극복하는 출구를 찾았다. 앞의 「서낙시」에서 그는 자신이 낙양에서 거주하는 5년 동안 지은 432수 가운데, 친구의 죽음과 아들의 죽음을 슬퍼한 10여 편을 제외하고는 모두 술에 마음을 의탁하거나 거문고에서 뜻을 얻었다. 괴로워하는 말이 한 글자도 없고 근심과 탄식을 드러낸 말이 한 마디도 없다. 오히려 '한적유여閑適有餘, 감락불가酣樂不暇'의 경지에 이르렀다고 했다. "한적하여 한껏 넉넉하고, 술로 즐기느라 다른 겨를이 없었다"고 밝힌 것이다.

'어느 곳이 술 잊기 어려운가'라는 뜻의 '하처난망주'何處難忘酒라는 구절을 이용하여 지은 7수도 여기 '낚시'에 들어 있다. 뒤에서 다시 다루기로 한다.

백거이는 앞서 강주 사마로 좌천되어 인생에서 가장 불우한 시기에도 「구일 취음」九日醉吟의 시를 지어 비애의 감정을 넉넉히 극복했다. 곧 47세 때인 818년 중구일에 지은 것으로, 당시는 바로 자신의 울분을 늙은 기생의 넋두리에 가탁했던 「비파행」을 지은 때이기도 하다.

有恨頭還白 유한두환백　한 맺힌 나는 머리 되려 희었건만

無情菊自黃 무정국자황　무심한 국화는 노랗게 피었구나.

一爲州司馬 일위주사마　한번 강주의 사마가 되어선

三見歲重陽 삼견세중양　세 번이나 중양절을 만나다니.

劍匣塵埃滿 검갑진애만　칼집에는 먼지만 가득하고

籠禽日月長 농금일월장　새장의 새는 날로 달로 커 가누나.

身從漁父笑 신종어부소　신세는 어부가 낄낄 웃고

門任雀羅張 문임작라장　문 앞은 참새 그물 펼칠 정도.

問疾因留客 문질인류객　손님이 병문안 오면 그를 머물게 해서

聽吟偶置觴 청음우치상　시 읊는 소릴 들으며 술잔을 놓는다.

歎時論倚伏 탄시논의복　시절을 한탄하여 길흉을 따지고

懷舊數存亡 회구수존망 옛 친구 그리워 죽은 이를 헤아려 본다.
奈老應無計 내로응무계 늙음을 어이하랴, 아무 계책 없다만
治愁或有方 치수혹유방 수심 다스릴 방도는 그나마 있구나.
無過學王勣 무과학왕적 왕적을 배움보다 나은 것 없기에
唯以醉爲鄉 유이취위향 오로지 취향으로 고향을 삼으리.[18]

강주 사마로 유배되어 세 번째 중양절. 머리는 희어 가는데, 국화는 그걸 아는지 모르는지 올해도 노란 꽃을 피웠다. 나 자신을 돌아보면 한심하다. 사용할 일이 없어 상자에 넣어 둔 채로 먼지를 뒤집어쓴 칼과도 같고, 새장에 갇힌 채로 시들한 시간을 보내는 작은 새와도 같다. 세간에서 추방된 몸은 굴원屈原과 같아 비웃음을 살 뿐, 찾아오는 사람이라곤 없다. 누군가 병문안을 오면 그대로 그를 머물게 하고 시 읊고 술잔을 교환한다. 사람의 일이란 뜨고 잠김이 있는 법이라고 스스로를 위로하고, 옛 친구 가운데 누가 죽었는지 손꼽아 본다. 노쇠해 가는 것은 어쩔 길 없지만, 슬픔을 치유하는 데는 방법이 없는 것도 아니다. 저 「북산주경」北山酒經을 지은 왕적王勣의 흉내를 내어 술에 젖는 방법이 있다.

백거이는 취향에 들어감으로써 슬픔을 치유할 수 있었다. 술을 제대로 마실 줄 알았던 것이다. 그가 '낙시'의 일부로 남긴 「하처난망주」何處難忘酒 일곱 수는 멋진 시다. '하처난망주'란 "어느 곳에서(어느 때에) 술 잊기 어려운가?"라는 말로, "어디서 술 생각 간절한가?"라는 뜻이다. 「하처난망주」는 모두 오언율시로, 첫 수는 이러하다.

何處難忘酒 하처난망주 어디서 술 생각 간절한가?
長安喜氣新 장안희기신 장안에서 신바람 날 때,

初登高第後 초등고제후　장원급제하고는

乍作好官人 사작호관인　잠깐 새 좋은 관직을 얻었나니,

省壁明張牓 성벽명장방　중서성 벽에 합격 방문 붙었고

朝衣穩稱身 조의온칭신　조복은 이 몸에 들어맞는다.

此時無一盞 차시무일잔　이러한 때 한잔 술이 없다면

爭奈帝城春 쟁나제성춘　서울의 봄을 어찌하리.[19)]

　백거이는 자신이 진사 급제했던 때를 회상하면서, 다른 사람도 과거에 합격해서 행복감에 도취되어 있을 때는 반드시 술 생각이 간절하리라고 생각했다.

　둘째 수는 꿈을 이루지 못한 채 청장년의 세월을 흘려보내고 작은 고을에서 옛날 친구를 만났을 때를 상상했다.

何處難忘酒 하처난망주　어디서 술 생각 간절한가?

天涯話舊情 천애화구정　하늘가에서 옛 정을 나눌 때라네.

青雲俱不達 청운구부달　둘 다 청운의 꿈은 이루지 못하고

白髮遞相驚 백발체상경　머리만 희었기에 깜짝 놀라나니,

二十年前別 이십년전별　이십 년 전 이별하여

三千里外行 삼천리외행　삼천 리 밖을 돌아다녔구나.

此時無一盞 차시무일잔　이러한 때 한잔 술이 없다면

何以敍平生 하이서평생　무슨 수로 마음을 풀어보나.

　백거이는 자신이 좌천된 일을 회상하고, 뜻과 일의 괴리를 경험한 모든 사람의 보편적인 심경을 이 시에서 담아냈을 것이다.

조선 후기의 문학가 김창협金昌協(1651~1708)은 백거이의 시는 도에 가까우며, 그의 시를 읽으면 느긋하게 자득할 수 있고 세상의 슬픔과 번뇌를 다 잊을 수 있다고 했다.[20] 나는 김창협의 논평이 정곡을 찔렀다고 생각한다.

5.

백거이는 복건과 야복 차림에 지팡이 짚고 혼자 걸어가는 초상이 전했다. 관직에 있지만 마치 일민逸民과도 같이 여유로운 삶을 살았던 모습으로 추억되어 온 것이다. 백거이는 부유하지는 않았으나 가난하지도 않았다. 만년에는 낙타를 팔아치우고, 애첩 번소樊素와 소만少蠻을 돌려보냈으며, 낙양의 용문龍門 향산香山에서 거사를 자처했다. 낙양에서는 낙사洛社라는 시사를 결성하여, 자신을 포함한 아홉 노인이 시주로 즐겼다. 그 모임을 향산구로香山九老라고 한다.

백거이는 유교를 공부했지만 불교와 도교에도 깊은 관심을 기울였다. 중년 이후로는 불교에 심취했다. 거사를 자처한 것도 유마거사를 모델로 한 것인지 모른다. 삼교를 넘나들면서 초탈했던 그를, 한자문화권의 지식인들은 매우 사랑했다. 고려의 이규보李奎報는 「백낙천의 '병중십오수'에 화답하여 차운하다」(次韻和白樂天病中十五首)라는 제목의 연작시 15수를 지으면서 그 병서幷序에서, 자신이 병들자 시 짓기를 더 좋아하고 술도 더 찾는 것은 아무래도 백거이와 같다고 했다.[21] 그리고 백거이가 노경에 지은 「스스로를 푼다」(自解)라는 율시에 각별한 공감을 표했다. 백거이가 지은 율시의 후반부는 이러하다.

我亦定中觀宿命 아역정중관숙명　　나 또한 참선에 들어 숙명을 살펴보니

多生債負是歌詩 다생채부시가시　　전생에 빚 진 것은 시가였나봐.

不然何故狂吟詠 불연하고광음영　　아니면 왜 미친 듯이 읊조리고

病後多於未病時 병후다어미병시　　병든 뒤 더 많이 짓는단 말인가.[22]

　　백거이는 「아침에 운모산을 복용하고」(早服雲母散)란 시에서도 "약기운 가시고 아침 늦게 밥 세 숟갈 먹고, 술 때문에 목이 타니 깊은 봄날 차 한잔을 마신다"(藥消日晏三匙食, 酒渴春深一碗茶)라고 했다.[23] 이규보는 자신이 백거이처럼 남달리 시와 술을 사랑하는 것은 물론, 병들어 퇴임을 결행하는 것도 백거이를 닮았다고 했다.

　　백낙천은 병가를 얻은 지 백 일 만에 퇴임했는데, 나도 요즘 퇴임을 청하려는 중이어서 병가를 얻은 날까지 계산해 보니 110일이 된다. 뜻밖에도 이처럼 두 사람이 비슷하다. 다만 내게 없는 것은 번소와 소만 같은 첩들인데, 이 두 첩도 백낙천이 68세 되던 해에는 놓아 보내 주었으니, 이때에는 아무 상관도 없게 된 것이 아닌가. 아아, 재주나 덕망은 백낙천을 따르지 못하지만 늙어 병이 난 다음의 일들은 나와 비슷한 점이 아주 많다.

　　조선 시대의 허균은 『한정록』에 백거이에 관한 사항을 여럿 수록했다. 우선 백거이가 친구 원진에게 준 서찰(「여미지서」與微之書. '미지'는 원진의 자字) 가운데 다음 부분을 인용했다.

　　내가 작년 가을 처음으로 여산廬山에서 노닐다가 동서편 숲 사이에 있

는 향로봉香爐峯 아래 이르러 주위를 살펴보니, 운수雲水와 천석泉石이 너무도 절경이라 그대로 버려둘 수 없었다. 이에 초당 한 채를 지었다. 앞에는 큰 소나무 10여 그루와 대나무 1천여 그루가 있는가 하면, 푸르른 댕댕이는 담을 이루고, 하얀 돌은 교도橋道를 이루었다. 흐르는 물이 초당 아래를 둘러 나가고, 뿜어 나오는 샘물이 처마 위에서 떨어지는가 하면, 푸르른 버드나무와 하얀 연꽃이 못과 언덕에 즐비하다. 이곳의 경치가 이처럼 절경이므로 매번 혼자 찾아가서 10여 일씩 지내곤 한다. 나의 한평생 좋아하는 바가 모두 여기에 있으니, 돌아가기를 잊을 뿐 아니라 일생을 그냥 여기서 마칠 수도 있다.[24]

다음으로 허균은 명나라 오종선吳從先이 엮은 『소창청기』小窓淸記란 책에서 백거이의 말을 인용했다. 실은 백거이의 「초당기」草堂記란 글에서 극히 일부를 잘라 온 것이다.

나는 젊어서부터 늙을 때까지 하루나 이틀만 머물러 있게 되더라도 흙을 져다가 대臺를 만들고 돌을 모아 산을 만들며 물을 막아 못을 만들곤 했다. 그런데 지금 여산이 신령스럽고 절승의 경치가 나를 기다리고 있어 마침내 나의 좋아하는 바를 얻게 되었으니, 내가 앞으로 자유로운 몸이 되면 왼손으로는 처자를 이끌고 오른손으로는 거문고와 책을 안은 채 여산으로 가서 만년을 보내어 나의 평생소원을 이루고야 말겠다. 여산의 맑은 샘과 하얀 돌도 나의 이 말을 알아들었을 것이다.

백거이는 술을 사랑했다. 술은 한가함 속에서 정신을 치유할 수 있는 절호의 수단이었다. 67세 되던 838년에는 아예 자신을 가공의 인물에 가탁해서 「취음선생전」醉吟先生傳을 지었다. 이때 그는 태자빈객 동도분사太子賓客東都分司의 명예직에 있었다.

취음선생이란 사람은 그 이름, 출신지, 관직을 잊어버렸다. 홀홀하여 자신이 누구인지를 알지 못한다. 관리로서 삼십 년을 지내고, 노년이 가까워지자 낙양으로 물러났다. 사는 곳에는 대여섯 무畝 가량의 연못, 수천 그루의 대나무 숲, 수십 그루의 큰 나무가 있으며, 정자·누·배·다리 등이 작기는 하지만 그 형태를 갖추고 있다. 선생은 거기에서 평안함을 얻었다. 집은 가난하지만, 입는 옷이나 먹을 것에 곤란을 겪을 정도는 아니다. 나이를 먹었다고는 해도 늙어 정신이 혼몽할 정도는 아니다. 천성이 술을 지나치게 좋아하고, 거문고에 탐닉하고, 시를 혹애했다. 술 친구, 거문고 동무, 시 벗과는 자주 함께 노닐었다. 그들과의 교유 말고도 불교에서 마음의 위안을 얻어, 소승·중승·대승 모두에 걸쳐 불법을 배웠다.

숭산의 승려 여만如滿은 공문(불교)의 벗이고, 평천 사람 위초韋楚는 산수의 벗이며, 팽성의 유몽득(유우석)은 시의 벗이고, 안정의 황보낭지(황보서皇甫曙)는 술벗이다. 그들과 만날 때마다 즐겁게 놀아서 집으로 돌아가는 것을 잊을 정도였다. 낙양 거리의 안팎 6, 70리 안에 있는 도관, 사원이나 별장 중에 물·바위·꽃·대나무를 갖춘 정원이 있으면 발길이 닿지 않은 곳이 없었다. 저택에 술과 거문고가 있으면 방문하지 않은 집이 없었다. 서적과 가기歌妓가 있으면 가 보지 않은 곳이 없었다. 낙양의 지사로부터 서민의 집에 이르기까지 연회에 초대되면 또 늘 그곳으로 향했다. 아름다운 시절과 멋진 풍경을 만날 때마다, 혹은 눈이 내린 아침이나 달이 뜬 밤일 때, 마음에 드는 친구들이 오면 반드시 그들을 위해 우선 술동이의 먼지를 털고 다음에 시 상자를 열었다. 술이 한창 오르면, 스스로 거문고를 잡아 궁성을 연주해서 「추사」秋思의 곡을 한번 손가락으로 튕겼다. 흥이 오르면 동복僮僕에게 이원법부梨園法部(궁중의 교향악단)의 현관 악기를 조율하게 하여, 「예상우의곡」을 합주하게 했다. 만일 환락이 극에 달하면 다시 어린 가기에게 「양류지」楊柳枝의 최근 가사 십수 장을 노래하게 했다. 마음껏 즐기고 완전히 취해 버릴 때까지 계속했다. 종종 흥에 겨워 이웃집까지 신발을 끌고 가거나, 지팡이를 손에 잡고 시골로 가거나, 말 타고 거리에 나가거나, 책 상자를 메고 교외에 나가거나 했다. 가마에는 거문고 하나, 베개 하나, 도연명과 사영운의 시집 서너 권을 넣어 두었다. 가마 틀의 가로대 좌우에는 술병을 매달고는, 물가를 찾거나 산을 조망하거나, 기분이 내키는 대로 갔다. 거문고를 끌어안고 술잔을 잡아당겨, 흥이 다하면 돌아왔다. 이러한 생활을 어느새 십 년간 계속했다. 그 사이에 매일 지은 시가 천여 수이며, 매년 주조한 술이 수백 곡이 넘는다. 십 년 전후의 시와 술은 포함시키지 않고도 그렇다.

처자, 형제, 조카들은 과도하지 않을까 염려하여 비난한다든가 했지만, 대꾸조차 하지 않았다. 자꾸 비난하자 이렇게 대답했다. "도대체 인간의 성질이란 것은 적당한 때에 그치지를 못하고 아무래도 푹 빠져드는 법이야. 나도 중용을 지켜 멈출 수가 없소. 하지만 만일 불행히도 내가 금전을 좋아해서, 이자 놀이나 하여 재산을 늘리고 집을 윤택하게 하려다가 화를 초래하고 몸을 위태롭게 했다면 어찌했을까? 혹은 만일 불행히도 도박을 좋아하여 수만금의 돈을 걸어 재산을 기울게 하고 처자를 거리맡에 헤매게 했다면 어찌했을까? 혹은 만일 불행히도 단약을 좋아하여 의식의 비용을 덜어서 연단을 만들거나 수은을 태운다거나 해서 아무 것도 성취하지 못하고 몸을 망쳤다면 어찌했을까? 지금 다행히도 나는 그러한 것을 좋아하지 않고, 술과 시로 유유자적하고 있소. 방종이라고 한다면 방종이겠지만, 아무 것도 손상된 것이 없으니, 저 세 가지를 좋아하는 것보다는 훨씬 낫지 않은가! 그렇기에 유영은 아내의 충고를 받아들이지 않았고, 왕적은 취향에서 노닐며 돌아오지 않은 게야."

드디어 젊은이들을 이끌고 술집에 들어가 술동이를 에워싸고 털썩 앉아 얼굴을 쳐들고는, 깊이 탄식하면서 이렇게 말했다. "나는 이 천지 사이에 태어나 능력도 행실도 고인에게 도저히 미치지 못한다. 하지만 저 검루黔婁보다는 풍족하고 안회顔回보다는 장수하고 있으며, 백이伯夷보다는 먹는 데 곤란을 겪지 않고 영계기榮啓期보다는 훨씬 유쾌하고 위숙보衛叔寶보다는 튼튼하다. 얼마나 행복한가! 더 이상 무엇을 바라랴! 만일 자신이 좋아하는 것을 버리고 만다면 어떻게 노후를 지낼 수 있을까?"

취음선생은 「영회시」詠懷詩를 읊조려 이렇게 노래했다.

抱琴榮啓樂 포금영계락　거문고 끌어안으니 영계기의 즐거움

縱酒劉伶達 종주유영달　술을 마음껏 마시니 유영의 달통함.

放眼看靑山 방안간청산　시선을 놓아 청산을 바라보나니

任頭白髮生 임두백발생　머리에 백발이야 생기든 말든.

不知天地內 부지천지내　모르겠네, 천지 사이에

更得幾年活 갱득기년활　몇 년이나 더 살지.

從此到終身 종차도종신　이제부터 죽는 날까지는

盡爲閑日月 진위한일월　일체 한가한 세월로 삼으리.

시를 다 읊고 나서 껄껄 웃고는, 항아리를 들어 탁주를 뒤섞어, 다시 몇 잔을 입으로 가져가 완전히 취해 버리고 말았다. 그리고 취해서는 다시 깨고, 깨서는 다시 시를 읊으며, 읊고서는 다시 마시고, 마시고는 취했다. 취하는 것과 시 읊는 것을 마치 순환하듯 반복했다. 이렇게 하여 신세를 꿈같이 여기고 부귀를 구름처럼 덧없는 것으로 간주하며, 세계를 장막 치고 자리 둔 방 안 같다고 생각하고 인생 백년을 한순간이라고 생각하여, 멍멍하게 우두커니 있어서 늙음이 육박하여 오는 것을 알지 못하는 상태가 되었다. 이것이야말로 옛날에 말했듯이 술에 의지하여 완전한 경지를 얻었다고 하는 것이다. 그래서 스스로 취음선생이라고 호를 했다.

이때는 개성 3년, 선생의 나이는 67세로, 수염은 완전히 희었고, 두발은 반쯤 벗겨졌으며, 이빨은 둘이나 빠졌다. 하지만 술을 마시면서 시를 읊는 흥취는 전혀 쇠하지 않았다. 처자를 돌아보면서 이렇게 말했다. "이제까지 나는 유쾌했소. 지금 이후로는 이 흥취가 어떻게 될지 알 수가 없소"라고.[25]

무슨 말을 덧붙이랴!

「취음선생전」에서 백거이는 인간 행복의 다섯 가지 조건을 열거했다. 돈에 곤란을 겪지 않을 것, 충분한 수명을 누릴 것, 먹는 것에 곤란을 겪지 않을 것, 인생을 즐겁게 받아들일 것, 몸이 건강할 것 등이다. 그러면서 각각의 조건에서 밑바닥 상태에 있던 옛사람들을 거론하여, 자신은 그들보다 나은 조건에 있다고 안도했다.

이 너글너글한 심리를 어떻게 하면 배울 수 있을까?

6.

백거이는 스스로 자기의 묘지墓誌를 썼는데, 거기에 스스로의 사상과
지향, 취미에 대해 이렇게 적었다.

> 밖으로는 유행儒行으로 몸을 닦고, 안으로는 석교釋敎(불교)로 욕심을
> 제거하며, 옆으로는 산山·수水·풍風·월月·가歌·시詩·금琴·주酒로
> 뜻을 즐겁게 했다.[26)]

내가 나 자신의 묘지명을 쓴다면 나는 무어라 적을까? 이즈음 여유
없이 하루하루를 보내다 보니, 백거이가 「취음선생전」 속에서 읊은 「영
회시」에 무척 마음이 끌린다.

> 모르겠네, 천지 사이에
> 몇 년이나 더 살지.
> 이제부터 죽는 날까지는
> 일체 한가한 세월로 삼으리.

두보

침울한 얼굴

1.

　두보杜甫(712~770)는 다양한 얼굴을 지녔다. 조선 성종 때 두보 시를 우리말로 풀이한 『두시언해』 서문에는 두보가 충군애국의 뜻을 시에 담았기 때문에 그 시를 높이 친다는 논평이 있다.[1] 하지만 두보는 이데올로그는 아니었다. 시의 사회성을 중시하는 연구자들은 두보의 장편 고체시가 역사성을 담고 있다 하여 그 시들을 시사詩史라 부르며 칭송한다. 그러나 두보는 시를 정치에 이용한 선동자는 아니었다. 두보는 자연과 인간의 거리를 깨닫고 서글픈 감정을 시에 담았으며, 전란으로 떠도는 자신의 처지를 서글퍼하다 못해 침울한 모습을 시로 드러냈다.

　물론 두보의 침울한 정서는 보편성을 띠었다. 그렇기에 두보의 서정은 허위도 아니고 과잉도 아니다. 그의 서정시들은 내면의 고통을 여과 없이 드러내어 솔직한 느낌을 주고, 인간 존재의 보편적 슬픔을 시로 그려 내어 쉽게 공감이 간다.

2.

두보의 시 가운데서도 「동곡칠가」同谷七歌라는 가행체歌行體 연작시는
특히 비애의 감정이 농후하다. 가행체란 노랫가락처럼 들쑥날쑥한 시구
를 교차하는 고체시의 한 형식이다. 본래의 제목은 「건원 때 동곡현에
부쳐 살면서 지은 노래 7수」(乾元中寓居同谷縣作歌七首)인데, 줄여서 '동곡
칠가'라고 한다.

「동곡칠가」는 두보가 48세 때인 건원乾元 2년(759) 11월 감숙성 동곡
(지금의 성현成縣)에서 지은 것이다.

당나라 현종의 천보 14년(755) 안녹산의 난이 일어나자 이듬해 숙종
지덕 원년(756) 두보는 가족을 백수현白水縣으로 피신시킨 후 자신은 숙
종의 행재行在가 있던 봉상鳳翔으로 가려고 하다가 적군에게 포로가 되
어 장안에 연금되었다. 지덕 2년(757) 정월 안녹산은 안경서安慶緖와 엄
장嚴莊·이저아李猪兒에게 피살되는데, 4월에 두보는 장안을 탈출하여
봉상으로 가서 좌습유左拾遺의 관직에 올랐으며, 관군이 장안을 회복한
후에는 장안의 조정에서 벼슬을 살았다. 그러나 힘이 되어 주던 방관房
琯이 외직으로 나가자, 두보도 건원 원년(758) 6월 화주華州의 사공참군
司功參軍으로 좌천되었다. 이듬해 건원 2년 여름 경기 지역인 섬서성에
한발이 계속되고 안경서 일당이 더욱 날뛰자, 음력 7월 화주를 떠나 감
숙성 진주秦州(지금의 천수天水)로 가족을 데리고 이사했다. 이후 농서隴西
(당시 농우도隴右道)의 산속에서 4개월이나 생활하다가, 그해 10월에 조금
따뜻한 곳인 동곡으로 이사했다.

두보의 「동곡칠가」는 헤어져 있는 아우와 누이를 두 수에서 노래하
고, 굶주림을 해결하기 위해 들고 다녔던 삽을 특별히 의인화하여 한 수

에서 노래했다. 나머지 네 수는 자신의 처지와 시국을 노래했다.

제1수에서 두보는 굶주림에 허덕이는 자신의 처지를 애처로워했다.

有客有客字子美 유객유객자자미	나그네, 나그네, 이름은 자미
白頭亂髮垂過耳 백두난발수과이	흰머리 헝클어져 귀를 덮었거늘,
歲拾橡栗隨狙公 세습상률수저공	도토리 줍느라 원숭이를 따르다니
天寒日暮山谷裡 천한일모산곡리	추운 날 저물도록 산골 속에서.
中原無書歸不得 중원무서귀부득	중원에선 소식 없어 돌아가지 못하고
手脚凍皴皮肉死 수각동준피륙사	손발 얼어 터져 살가죽이 죽었네.
嗚呼一歌兮歌已哀 오호일가혜가이애	아아, 첫 번째 노래, 애처로운 노래
悲風爲我從天來 비풍위아종천래	슬픈 바람이 하늘에서 불어오네.[2]

저공狙公은 『장자』에서 원숭이 부리는 사람으로 되어 있는데, 이 시에서는 결국 원숭이를 뜻한다.

제2수에서 두보는 구황식물인 토란을 캐러 갔다가 빈손으로 돌아와서는 메고 갔던 긴 삽을 노래했다. 토란을 황독黃獨이라 적었다.

長鑱長鑱白木柄 장참장참백목병	긴 삽아, 긴 삽아, 흰 나무 자루여
我生託子以爲命 아생탁자이위명	나는 널 의지해 목숨 부지한단다.
黃獨無苗山雪盛 황독무묘산설성	토란은 싹이 없고 산에 눈은 쌓였는데
短衣數挽不掩脛 단의삭만불엄경	짧은 옷은 정강이를 못 가리누나.
此時與子空歸來 차시여자공귀래	너와 함께 빈손으로 돌아오니
男呻女吟四壁靜 남신여음사벽정	처자식은 신음하고 방 안은 썰렁하다.
嗚呼二歌兮歌始放 오호이가혜가시방	아아, 두 번째 노래, 목 놓아 부르자

閭里爲我色惆悵 여리위아색추창　　마을 사람들도 날 위해 슬퍼하도다.

　제3수에서는 멀리 떨어져 있는 아우들을 그리워했다. 두보에게는 네 명의 아우가 있는데, 한 아우만 두보를 따라 촉 땅에 있었고 나머지 세 아우들은 다른 고을에 있었다.

有弟有弟在遠方 유제유제재원방　　아우들아, 먼 곳의 아우들아

三人各瘦何人强 삼인각수하인강　　너희 셋 각각 여위어 있겠지,

生別展轉不相見 생별전전불상견　　생이별의 그리움에 뒤척거릴 뿐

胡塵暗天道路長 호진암천도로장　　오랑캐 먼지 하늘 덮고 길은 멀구나.

東飛駕鵝後鶖鶬 동비가아후추창　　동쪽으로 가는 기러기야 무수리야

安得送我置汝傍 안득송아치여방　　나를 너희들 곁에 둘 수 없느냐.

嗚呼三歌兮歌三發 오호삼가혜가삼발　아아, 세 번째 노래, 세 번째 부르노라

汝歸何處收兄骨 여귀하처수형골　　너희들은 어디서 형의 뼈를 거두겠니.

　제4수에서 두보는 멀리 떨어져 지난 십 년 간 만나지 못한 누이동생을 그리워했다. 누이동생은 당시 종리鍾離 고을에 있었는데, 종리는 지금의 안휘성 봉양鳳陽이다. 남편을 일찍 여의고 어린 자식들 키우느라 고통을 겪고 있을 누이동생을 생각하니, 두보는 속이 쓰렸다.

有妹有妹在鍾離 유매유매재종리　　누이여, 종리 고을의 누이여

良人早歿諸孤癡 양인조몰제고치　　남편 잃고 자식들 모두 어리네.

長淮浪高蛟龍怒 장회낭고교룡노　　회수淮水 파도 드높고 교룡은 성내니

十年不見來何時 십년불견내하시　　못 본 지 십 년, 어느 때나 만나랴.

扁舟欲往箭滿眼 편주욕왕전만안　배로 가려 해도 화살이 눈앞에 날고

杳杳南國多旌旗 묘묘남국다정기　남국에까지 군대 깃발 펄렁이누나.

嗚呼四歌兮歌四奏 오호사가혜가사주　아아, 네 번째 노래, 네 번째 연주하매

竹林猿爲我啼淸晝 죽림원위아제청주　죽림의 원숭이도 맑은 대낮에 우네.

　제5수에서 두보는 자신이 살고 있는 골짜기를 노래했다. 외진 골짜기는 곧 존재의 불안감을 극대화시키는 환경이다.

四山多風溪水急 사산다풍계수급　사방 산에 바람 많고 시냇물 급한데

寒雨颯颯枯樹濕 한우삽삽고수습　차가운 비 후둑후둑 고목을 적신다.

黃蒿古城雲不開 황호고성운불개　쑥대 덮인 옛 성은 구름에 잠겼고

白狐跳梁黃狐立 백호도량황호립　흰 여우 뛰놀고 누런 여우 서 있도다.

我生何爲在窮谷 아생하위재궁곡　내 어쩌다가 깊은 골짝에 있나

中夜起坐萬感集 중야기좌만감집　한밤에 말똥말똥 만감이 모여든다.

嗚呼五歌兮歌正長 오호오가혜가정장　아아, 다섯째 노래, 노래 길어라

魂招不來歸故鄕 혼초불래귀고향　넋은 불러도 자꾸 고향으로 돌아가네.

　제6수에서는 용이 남쪽에 칩거하고 모진 뱀이 물 위에 노니는 상황을 노래했다. 옛 주석에 따르면 용은 당 현종을 비유하고 모진 뱀은 사사명을 비유한다. 그렇다면 이 시는, 천자는 남쪽을 떠도는데 사사명은 중원에서 발호하고 있는 현실을 우려한 셈이다. 그러나 굳이 그렇게 현실에 대응시키지 않아도 좋다. '칼 뽑아 베려다 그만 다시 멈추었다'는 말에서 무력감이 배어 나온다.

南有龍兮在山湫 남유용혜재산추　남쪽의 용은 산속 못에 산다네

古木巃嵷枝相樛 고목농종지상규　고목 치솟아 가지 서로 뒤얽힌 곳에.

木葉黃落龍正蟄 목엽황락용정칩　나뭇잎 떨어지고 용은 칩거 중인데

蝮蛇東來水上游 복사동래수상유　살무사가 동쪽에서 와서 노닐기에,

我行怪此安敢出 아행괴차안감출　어찌 나왔느냐 괴상히 여겨

拔劍欲斬且復休 발검욕참차부휴　칼 뽑아 베려다 다시 멈추었도다.

嗚呼六歌兮歌思遲 오호육가혜가사지　아아, 여섯째 노래, 맥없구나

溪壑爲我廻春姿 계학위아회춘자　계곡은 날 위해 봄 모습 회복해도.

제7수에서 두보는 포부를 이루지 못한 자신의 처지를 비참해했다. 마음과 현실의 괴리라는, 한시 일반의 대표적 주제 가운데 하나를 담았다.

男兒生不成名身已老 남아생불성명신이로　남아로서 공명을 못 이루고 늙어

三年飢走荒山道 삼년기주황산도　삼 년을 거친 길에 굶주려 다니누나.

長安卿相多少年 장안경상다소년　장안의 재상들은 젊은이가 많나니

富貴應須致身早 부귀응수치신조　부귀는 일찌감치 이루어야 할 일.

山中儒生舊相識 산중유생구상식　전부터 알던 산속 유생은

但話宿昔傷懷抱 단화숙석상회포　옛 포부 이야기하며 서러워하네.

嗚呼七歌兮悄終曲 오호칠가혜초종곡　아아, 일곱째 노래, 서글피 마치나니

仰視皇天白日速 앙시황천백일속　저 하늘에 해가 벌써 기우네.

남송의 철학자 주희朱熹 즉 주자는 이 연작시가 대체로 호탕하고 기굴奇崛하다고 했다. 다만, 마지막 노래에서 늙음을 탄식하고 비천함을 한탄한 것은 누추한 심리라고 혹평했다. 주희의 『회암집』晦庵集 권84에

「발두공부동곡칠가」跋杜工部同谷七歌라는 논평문이 실려 있다. 조선 세종 때 편찬한『찬주분류두시』纂註分類杜詩도「동곡칠가」끝에 주자의 이 논평을 수록했다.

그런데 두보가「동곡칠가」의 제7장에서 "남아로서 공명을 못 이루고 늙어, 삼 년을 거친 길에 굶주려 다니누나"라고 탄식하고 "장안의 재상들은 젊은이가 많나니, 부귀는 일찌감치 이루어야 할 일"이라고 푸념한 것을 과연 비루하다 할 수 있을까?

주희는 인간 이상의 실현에 매진할 것을 주장한 철학자였기에 두보가 "부귀는 일찌감치 이루어야 할 일"이라고 한 것에 공감하지 않았다. 하지만 두보는 부귀를 부러워한 것이 아니라 스스로의 불완전한 처지를 애처로워한 것이리라. 굶주림에 허덕이는 처자식을 보면서 어느 누가 탄식하지 않을 수 있으랴.

그렇기에, 마음과 현실의 괴리를 겪은 많은 시인들이「동곡칠가」의 시상에 공감하며 그 시를 모방한 많은 작품을 남겼다. 송나라 말의 문천상文天祥은 세상을 향한 울분을「육가」六歌로 토로했고,[3] 조선의 김시습은 창자 속 가득한 수심을「동봉육가」東峰六歌에 담았으며,[4] 이별李鼈은 세상을 경멸하는 완세불공玩世不恭의 뜻을 육가에 실었다.[5]

3.

두보는 동곡에서도 안주하지 못한 채, 1개월 만에 사천성 성도成都를 향해 떠났다. 산천은 험하고 식량은 부족했으며 처자를 이끌고 갖은 고생을 해야 했다. 그때 그는 저 유명한 기행시「성도기행」成都紀行 12수를 지었다. 동곡에서 성도까지는 500킬로미터에 가깝다고 한다.

두보의 「성도기행」 12수는 모두 오언고시로 장편이다. 청나라 구조오仇兆鰲가 엮은 『두시상주』杜詩詳注에는 권9에 수록되어 있다. 두보의 원주에 "건원 2년 12월 1일에 농우를 떠나 성도로 갔다"라고 했다. 12수는 「발동곡현」發同谷縣・「목피령」木皮嶺・「백사도」白沙渡・「수회도」水廻渡・「비선각」飛仙閣・「오반」五盤・「용문각」龍門閣・「석궤각」石櫃閣・「길백도」桔柏渡・「검문」劍門・「녹두산」鹿頭山・「성도부」成都府이다.

「성도기행」 12수의 첫수 「발동곡현」은 동곡을 떠나면서 지은 것으로, 20구의 장편이다. 청나라 포기룡浦起龍(1679~?)의 『독두심해』讀杜心解[6]에 의거, 세 단락으로 나누어 읽어 본다.

賢有不黔突 현유불검돌	묵자도 굴뚝이 검도록 앉아 있지 못했고
聖有不煖席 성유불난석	공자도 자리 따뜻해질 때까지 있지 못했거늘,
況我饑愚人 황아기우인	나같이 배고프고 어리석은 사람이
焉能尙安宅 언능상안택	어찌 편안히 한 곳에 살리오.

始來玆山中 시래자산중	처음 이 산 속에 와서는
休駕喜地僻 휴가희지벽	수레를 쉬고 땅이 외지다 기뻐했으니,
奈何迫物累 내하박물루	왜 이런저런 사정으로
一歲四行役 일세사행역	한 해에 화주・진주・성주・동곡을 떠돌았나.
忡忡去絶境 충충거절경	시름겹게 이 외진 곳 버리고
杳杳更遠適 묘묘갱원적	아스라이 멀리 가게 되어,
停驂龍潭雲 정참용담운	용담의 구름 아래 말을 머물고
迴首虎崖石 회수호애석	호애의 흰 바위를 되돌아본다.

臨岐別數子 임기별수자　갈림길에서 두어 벗을 이별하며
握手淚再滴 악수누재적　손 맞잡고 눈물 다시 떨구나니,
交情無舊深 교정무구심　우정이란 오래되었다고 깊은 것도 아니리
窮老多慘慽 궁로다참척　곤궁하고 늙은 신세 슬프기만 해라.

平生懶拙意 평생나졸의　게으르고 어리석은 이 사람이
偶値棲遁跡 우치서둔적　우연히도 은둔할 곳을 만났다만,
去住與願違 거주여원위　가고 머묾이 내 뜻과 같지 않아
仰慚林間翮 앙참임간핵　숲속 새들을 보며 부끄러워할 따름.[7]

　현인 묵자도 한 곳에 안주하지 못해서 굴뚝이 검어질 겨를이 없었고, 성인 공자도 천하를 주유하느라 앉은 자리가 따스해질 겨를이 없었다. 그렇기에 배고프고 고달팠던 내가 이 동곡에 머물게 되었을 때는 무척이나 기뻤다. 하지만 이곳도 버리고 떠나게 되자, 호애라는 경승지를 못 보게 된 것도 서글프고, 그동안 사귄 사람들과 헤어지는 것도 슬프다. 세간과 조화하지 못하는 나로서는 이곳에 은둔했으면 하는 바람이 있었지만 그 뜻도 어긋나, 숲속에서 제 있을 곳을 얻어 재잘거리는 새들이 부럽기만 하고 자신의 처지가 부끄럽기만 하다.

　두보는 동곡현 동남쪽 20리 쯤, 현재의 휘현徽縣 서쪽 총산蔥山 동맥東脈에 있는 목피령 고개를 넘었다. 「목피령」木皮嶺이란 제목의 시는 그때의 경관과 심경을 노래했다.

首路栗亭西 수로율정서　율정 서쪽으로 향하면서
尚想鳳凰村 상상봉황촌　봉황 마을을 되려 잊지 못하네.

季冬携童稚 계동휴동치　늦겨울에 아이를 데리고

辛苦赴蜀門 신고부촉문　힘겹게 촉문(검각)으로 가는 길.

南登木皮嶺 남등목피령　남쪽으로 목피령에 오르는데

艱險不易論 간험불이론　그 험난함은 말도 하기 어려우니,

汗流被我體 한류피아체　흐르는 땀이 몸을 덮어

祁寒爲之暄 기한위지훤　큰 추위에도 이로 인해 덥구나.

遠岫爭輔佐 원수쟁보좌　먼 뫼들은 다투어 보좌하고

千巖自崩奔 천암자붕분　뭇 바위도 무너지듯 달려오기에,

始知五嶽外 시지오악외　비로소 알겠군 오악 이외에도

別有他山尊 별유타산존　각별히 존귀한 산이 있음을.

仰干塞大明 앙간새대명　산령이 위로 간범하여 태양을 가리고

俯入裂厚坤 부입열후곤　굽어서는 두터운 땅을 찢은 형세.

再聞虎豹鬪 재문호표투　호랑이와 표범 싸움 소리를 거듭 들으며

屢蹋風水昏 누답풍수혼　바람과 강물 어둑한 곳을 자주 굽혀 지난다.

高有廢閣道 고유폐각도　높은 데에는 버려진 잔도가 있어

摧折如斷轅 최절여단원　꺾인 모습이 수레끌채 끊긴 듯하고,

下有冬靑林 하유동청림　아래에는 동청의 수풀이 있어

石上走長根 석상주장근　돌 위에 긴 뿌리가 내달린다.

西崖特秀發 서애특수발　서쪽 벼랑은 두드러지게 빼어나

煥若靈芝繁 환약영지번　영지가 떨기 진 듯 빛난다.

潤聚金碧氣 윤취금벽기　금마金馬와 벽계碧鷄의 기운 촉촉이 모이고

淸無沙土痕 청무사토흔　흙모래 흔적도 없이 맑아라.

憶觀崑崙圖	억관곤륜도	곤륜산 그림을 본 적 있더니
目擊玄圃存	목격현포존	현포 선경을 실제로 보는 듯.
對此欲何適	대차욕하적	이 좋은 데를 두고 어디로 갈까
黙傷垂老魂	묵상수노혼	늙은이 영혼이 서럽도다.

두보는 검각이 중국의 보편적인 산악신앙에서 손꼽는 오악보다도 더 존귀하다고 했다. 검각으로 이어지는 목피령은 산령이 위로 태양을 가리고 아래로 두터운 땅을 찢는 형세. 그곳을 지나는 여행자는 호랑이와 표범의 싸움 소리를 들으며, 바람과 강물 어둑한 곳을 굽혀 지나야 한다. 하지만 두보는 그곳이 곤륜산의 현포와도 같은 선경이라 말하고, 그 선경을 놓아두고 떠돌아야 하는 처지를 슬퍼했다.

제3수는 「백사도」白沙渡이다. 이 나루는 휘현 서남쪽 소하관小河關의 관교패官橋壩(관청에서 관리하는 다리 둑)이다. 낙하洛河와 탁수濁水가 거기서 이어진다.

畏途隨長江	외도수장강	아슬아슬한 길이 강을 따라 이어지고
渡口下絶岸	도구하절안	나루터는 끊어진 기슭 아래 있어,
差池上舟楫	치지상주즙	분분하게 배들이 오르내리며
杳宨入雲漢	묘조입운한	까마득히 구름 하늘로 들어간다.

天寒荒野外	천한황야외	하늘은 거친 들 밖에 춥고
日暮中流半	일모중류반	해는 강 흐름 가운데서 저무는데,
我馬向北嘶	아마향북시	나의 말은 북쪽을 향하여 울고
山猿飮相喚	산원음상환	원숭이는 물 마시며 서로 부른다.

水淸石磊磊 수청석뇌뢰　물은 맑고 돌들은 무리지고

沙白灘漫漫 사백탄만만　모래 희고 여울은 느릿느릿 흘러,

逈然洗愁辛 형연세수신　훌쩍 시름과 피로가 씻겨 나가고

多病一疎散 다병일소산　많던 병도 단번에 흩어진다만,

高壁抵嶔崟 고벽저금음　높은 돌벼랑은 더욱 아스라하고

洪濤越凌亂 홍도월능란　거친 큰 물결은 갈수록 어지러워,

臨風獨回首 임풍독회수　바람결에 홀로 머리 돌려 바라보며

攬轡復三歎 남비부삼탄　말고삐 잡고 다시 세 번 탄식하노라.

　"하늘은 거친 들 밖에 춤고, 해는 강 흐름 가운데서 저문다"는 표현은 협곡의 을씨년스런 풍광을 매우 교묘하게 묘사했다. 두보는 맑은 물 속에 돌들이 무리지고 모래 흰 강여울이 느릿느릿 흘러 나가는 풍광을 보면서 시름을 씻고 숙병도 다 나은 듯했지만, 높은 돌벼랑이나 거친 물결을 보면서 이곳에는 안주할 수 없다고 생각했다. 그 낭패감이 마지막 두구에 잘 드러나 있다.

　제4수는 「수회도」水廻渡이다. '회'는 '回'나 '會'로도 적는다. 이 나루는 휘현 노우관老虞關의 어관도漁關渡를 가리킨다고 한다. 두보는 배로 가릉강嘉陵江을 건너면서 이 시를 지었다.

山行有常程 산행유상정　산길 가는 일정 때문에

中夜尙未安 중아상미안　한밤에도 쉬지 못하는데,

微月沒已久 미월몰이구　초승달은 일찌감치 지고

崖傾路何難 애경노하난　벼랑은 기울어 길이 험난하다.

大江動我前	대강동아전	큰 강물이 앞에서 일렁거려
洶若溟渤寬	흉약명발관	널름널름 넓은 바다 같거늘,
篙師暗理楫	고사암리즙	뱃사공은 어둠 속에 삿대를 저어
歌笑輕波瀾	가소경파란	노래하고 웃으며 물결을 무던히 여긴다.

霜濃木石滑	상농목석활	서리 두터워 나무 바위 미끄러지고
風急手足寒	풍급수족한	바람 급하여 손발이 차가워라.
入舟已千憂	입주이천우	배에 탈 때 온갖 시름 일어나더니
陟巘仍萬盤	척헌잉만반	뫼에 오르자 산길은 일만 굽이.
廻眺積水外	회도적수외	큰 물 밖을 되돌아보니
始知衆星乾	시지중성간	뭇 별이 바싹 말라 있다.
遠遊令人瘦	원유영인수	먼 길 여행은 사람을 여위게 할 뿐
衰疾憖加餐	쇠질참가찬	늙은이 밥 더 먹으란 옛말이 부끄럽구나.

일정에 따라 산길을 가야 해서 밤에도 쉬지 못하고 묵묵히 걷는데 초승달은 일찌감치 져서 길이 더욱 험난하다. 문득 큰 강이 눈앞에 나타나 도도하게 흐른다. 뱃사공은 깜깜한 밤중인데도 능숙하게 배를 저어 배따라기 노래를 부르면서 물살을 헤치고 나아간다. 서리가 내려 나무와 바위를 물기로 적셔 매끄럽게 만들고, 바람이 강하게 불어서 손과 발을 차갑게 만든다. 배에 탔을 때부터 근심에 휩싸였지만, 배를 내리자 더욱 험준한 산길이 기다리고 있다. 머리 돌려 밤하늘을 보면 별들이 찬란하게 흩어져 있는 시각, 먼 길 오느라 이미 여위고 지쳐 억지로 밥을 먹어도 기운이 좀처럼 나지 않는다. 두보는 여행길의 풍경을 세밀하게 응시하다가, 결국 여행의 고단함을 토로하고 말았다.

제5수 「비선각」飛仙閣은 섬서성 약양略陽인 흥주興州의 동남쪽에 위치한 비선진飛仙鎭에 있는 조망처를 노래했다. 그 부근의 고개를 비선령이라고 한다. 현재는 검각의 초입인 검문관진劍門關鎭을 출발해서 신현성新縣城을 지나 가릉강을 따라 나가 소화고진昭化古鎭에 닿고 다시 광원廣元으로 향하다가 명월협明月峽의 고잔도古棧道에서 마주치게 된다고 한다. 1991년 여름 서여西餘 민영규閔泳珪(1915~2005) 선생님을 모시고 사천성 일대를 답사할 때 광원에서 1박한 일이 문득 떠오른다. 산속 깊은 곳에 그런 대도회지가 있어 깜짝 놀랐다. 한밤에 사람들이 들끓는 시장에 나가 새 점을 치는 사람과 이야기를 나눈 기억도 난다.

土門山行窄 토문산행착 흙문부터는 산길이 좁아

微徑緣秋毫 미경연추호 가느다란 길이 가을의 쇠털 같다.

棧雲闌干峻 잔운난간준 구름 덮인 잔도는 난간이 드높고

梯石結構牢 제석결구뢰 바위 계단은 얼음이 단단하다.

萬壑欹疎林 만학의소림 일만 골짝엔 성근 수풀 갸웃하고

積陰帶奔濤 적음대분도 짙은 음기는 내닫는 파도의 기색.

寒日外澹泊 한일외담박 차가운 해는 각도閣道의 바깥에 엷고

長風中怒號 장풍중노호 긴 바람은 골짝 안에서 울부짖는다.

歇鞍在地底 헐안재지저 말을 쉬게 하길 땅 밑에서 하니

始覺所歷高 시각소력고 지나온 곳이 높았음을 비로소 알겠도다.

往來雜坐臥 왕래잡좌와 오가는 이들이 앉고 눕고를 뒤섞어 하는데

人馬同疲勞 인마동피로 사람이나 말이나 탈진한 모습.

浮生有定分 부생유정분 인생은 정해진 분수 있거늘

飢飽豈可逃 기포기가도   주리거나 배부른 운명을 어떻게 도망하랴.

嘆息謂妻子 탄식위처자   탄식하며 처자식 향해 이르기를

我何隨汝曹 아하수여조   무슨 이유로 그대들 데리고 이 고생인지!

사람이 혼자 지나가기도 어려운 잔도를 처자식 데리고 말 끌고 가는 고통을 사실적으로 노래했다. 두보는 "인생은 정해진 분수 있거늘, 주리거나 배부른 운명을 어떻게 도망하랴"라고 체념하는 듯도 하다가, 처자식을 향해 "무슨 이유로 그대들 데리고 이 고생인지!"라고 극도의 탄식을 내뱉었다.

다음은 제6수 「오반」五盤이다. 다섯 번 서린다는 뜻의 이 고개는 혹은 일곱 번 서린다고 해서 칠반관七盤關이라고도 부른다. 한중漢中 영강현寧羌縣 서남쪽에 있다고 한다.

五盤雖云險 오반수운험   오반이 비록 험하다 하나

山色佳有餘 산색가유여   산 빛은 아름다움 넘쳐나,

仰凌栈道細 앙릉잔도세   우러러 잔도 가는 곳을 오르고

俯映江木疎 부영강목소   굽어 물가 나무 성긴 데를 비춰 본다.

地僻無網罟 지벽무망고   땅이 외져 그물 치는 사람 없으니

水清反多魚 수청반다어   물이 맑아도 고기들 많구나.

好鳥不妄飛 호조불망비   새들은 멋대로 날지 않고

野人牛巢居 야인반소거   농부는 대개 둥지 집에 산다.

喜見淳樸俗 희견순박속   순박한 풍속을 즐거이 바라보며

坦然心神舒 탄연심신서   환하게 마음과 정신이 퍼진다.

東郊相格鬪 동교상격투	동교(섬락陝洛)에선 여전히 싸움을 하니
巨猾何時除 거활하시제	저 모진 놈(안경서)은 어느 때 없어질까.
故鄉有弟妹 고향유제매	고향에 아우와 누이 두고
流落隨丘墟 유락수구허	황폐한 지역에 유락하다니.
成都萬事好 성도만사호	성도는 만사가 좋다지만
豈若歸吾廬 기약귀오려	내 집에 돌아감만 같으랴!

이 시는 전반부와 후반부의 시상이 상반된다. 시의 전반부에서 두보는 우러러 잔도 좁은 곳을 오르고 굽어 물가 나무 성긴 데를 비춰 보면서 유벽한 풍광과 순후한 풍속에서 위안을 얻었다. 하지만 섬서성과 낙양에서는 안녹산의 잔당인 안경서가 여전히 발호하고 있고, 아우와 누이는 먼 곳에 떨어져 있어 안부가 걱정되기에, 두보는 도회지인 성도에 이른다 해도 안정을 얻을 수 없으리란 불길한 생각에 사로잡혔다. 그래서 "성도는 만사가 좋다지만, 내 집에 돌아감만 같으랴!"라고 탄식했다.

제7수는 「용문각」龍門閣이다. 현재의 사천성 광원 동북쪽에 위치한 용문각을 지나면서, 두보는 잔도의 위태위태한 광경을 사실적으로 묘사하고 공포심을 생생하게 토로했다.

清江下龍門 청강하용문	맑은 강(가릉강)이 용문각 아래로 흐르고
絶壁無尺土 절벽무척토	높다란 벼랑에는 한 자 흙도 없다.
長風駕高浪 장풍가고랑	긴 바람이 높은 물결 내모나니
浩浩自太古 호호자태고	넘실넘실 태곳적부터 그러했으리.

危途中縈盤 위도중영반	바튼 길이 굽이굽이 서려

仰望垂綫縷 앙망수선루　올려다보면 실올이 드리운 듯.

滑石欹誰鑿 활석의수착　미끄러운 석벽은 누가 뚫었나 기우뚱하고

浮梁裊相拄 부량뇨상주　뜬 다리 간당간당 떠받쳐 두었군.

目眩隕雜花 목현운잡화　눈 어지러워 잡꽃 떨어지듯 하고

頭風吹過雨 두풍취과우　머리 아파서 비가 날리듯 하니,

百年不敢料 백년불감료　백 년 삶을 헤아리지 못할 지경

一隊那得取 일타나득취　한번 떨어지면 어찌 붙잡겠나.

飽聞經瞿塘 포문경구당　구당협 다닌다는 말 익히 들었고

足見度大庾 족견도대유　대유령 건너는 일 많이도 보았다만,

終身歷艱險 종신역간험　험한 길 지난 일생 경험은

恐懼從此數 공구종차수　여기서부터 꼽아야 하리.

　섬서성과 사천성의 경계를 흐르는 가릉강은 태곳적의 웅대함을 지니고 있다. 절벽에 난 바툰 잔도는 벼랑 사이에 서려 마치 실올이 드리운 듯한데, 중간에는 미끄러운 석벽을 뚫고 부교를 얽어 둔 곳까지 있어, 당초 그렇게 길을 낸 사람이 누구인지 신기할 정도다. 장강(양자강)의 구당협이나 영남의 대유령이 험하다지만 인간 세상에서 험준한 곳을 꼽는다면 단연코 이곳을 손꼽아야 하리라. 이 험준함은 인생의 험로를 새삼 환기시켰다.

　제8수는 「석궤각」石櫃閣이다. 광원의 북쪽 천불애千佛崖 남단에 있는 요새를 노래했다. 광원은 섬서성과 감숙성으로 나가는 교통의 요충지며, 북방의 감숙성 천수天水에는 맥적산麥積山이라는 불교 유적이 있다. 두보는 석궤각이 층층 물결 위에 있고, 허공을 마주해 높은 벼랑이 이어

져 있는 형국이라고 했다.

季冬日已長	계동일이장	동지 지나 늦겨울 해가 길어져
山晚半天赤	산만반천적	저녁 산에 온 하늘이 붉구나.
蜀道多早花	촉도다조화	촉땅 길에는 철 이른 꽃이 많고
江間饒奇石	강간요기석	강물 사이엔 기이한 바위 많아라.
石櫃曾波上	석궤증파상	석궤각은 층층 물결 위에 있어
臨虛蕩高壁	임허탕고벽	허공에 임하여 높은 벼랑이 흔들리고,
淸暉回群鷗	청휘회군구	말간 햇빛 받으며 물새들 돌아오나니
暝色帶遠客	명색대원객	해질녘 어둔 빛은 길손을 에워싼다.

羈棲負幽意	기서부유의	객지로 떠돌아 은둔의 뜻 저버리곤
感歎向絶迹	감탄향절적	탄식하며 인적 끊긴 곳으로 향한다.
信甘屛懦嬰	신감잔나영	모진 처지에 걸렸음을 달게 여기는 것은
不獨凍餒迫	부독동뇌박	춥고 주림에 핍박받아 그럴 뿐이 아니로다.
優游謝康樂	우유사강락	사강락(사영운)은 유유하고
放浪陶彭澤	방랑도팽택	도팽택(도연명)은 방랑했건만,
吾衰未自由	오쇠미자유	나는 노쇠해서 자유롭지 못하기에
謝爾性有適	사이성유적	두 사람의 유유자적을 사양한다오.

인적이 끊어진 곳으로 나다닌다고 탄식할 것도 아니고, 춥고 주림에
절망할 것도 아니다. 운명을 달게 받아들여야 한다. 두보는 이렇게 생각
해 보았다. 곧, 사영운의 넉넉한 삶도 자신의 몫이 아니고, 도연명의 일
민逸民으로서의 삶도 자기 몫이 아니라고 체념했다.

제9수는 「길백도」桔柏渡이다. 이 나루는 사천성 소화현昭化縣의 옛 성 바깥에 백수강(백룡강)과 가릉강이 합류하는 곳에 있다. 전국시대 이래로 옛 역로이며, 가맹관葭萌關이라고도 부르는 군사 요지다. 나루 어구에 오래된 잣나무들이 하늘로 솟아 있어서 길백이라 불렀다고 한다.

靑冥寒江渡 청명한강도	검푸른 하늘 아래 차가운 강나루
架竹爲長橋 가죽위장교	대를 가로질러 만든 긴 다리.
竿濕煙漠漠 간습연막막	젖은 죽간에 아지랑이 잔뜩 끼고
江永風蕭蕭 강영풍소소	긴 강물은 바람에 우수수.
連笮動嫋娜 연작동뇨나	연이은 대다리는 흔들거리고
征衣颯飄颻 정의삽표요	나그네 옷은 회오리에 팔랑팔랑.
急流鴇鷁散 급류보일산	물 급한 곳에 너새와 익조는 흩어지고
絶岸黿鼉驕 절안원타교	깎아지른 기슭에 자라 악어 사납다.

西轅自玆異 서원자이	서쪽(성도) 향하는 수레가 여기서 길이 갈려
東逝不可要 동서불가요	동류하는 강물은 다시 못 만나리.
高通荊門路 고통형문로	높다랗게 형문산으로 길이 통하고
闊會滄海潮 활회창해조	널찍하니 창해에 조수가 모여든다.
孤光隱顧盼 고광은고반	외론 햇빛이 돌아볼 사이에 숨어
遊子悵寂寥 유자창적료	떠도는 사람은 적막함이 서러워라.
無以洗心胸 무이세심흉	울적한 마음을 씻어내질 못하고
前登但山椒 전등단산초	앞으로 앞으로 산마루를 오를 뿐.

중간의 너새와 익조는 배를 가리키고, 자라와 악어는 다리를 비유한

다고 보기도 한다. 마지막 구절의 산초山椒는 산마루란 뜻이다. 두보는 산길의 험준함을 묘사하되, 숨 막히는 광경보다는 시야에 들어오는 원경과 미세한 근경을 대비적으로 묘사했다. 그런데 "외론 햇빛이 돌아볼 사이에 숨어, 떠도는 사람은 적막함이 서러워라"라는 구절은 여전히 처참한 느낌을 담고 있다.

제10수는 「검문」劍門이다. 검문은 검각이라고도 하며, 사천성 검각현에 있는 검문관을 가리킨다. 아스라한 절벽이 중간에 끊겨 문을 열어 둔 듯하고 마치 칼을 꽂아 놓은 듯도 한 지형이다. 삼국시대 촉나라 강유姜維가 위나라 종회鍾會를 막아 낸 천연의 요새다.

惟天有設險 유천유설험	하늘이 험한 곳을 설치하되
劍門天下壯 검문천하장	검문이 천하에 가장 장대하니,
連山抱西南 연산포서남	연이은 산들은 서남쪽을 끌어안고
石角皆北向 석각개북향	바위 모서리는 모두 북쪽을 향한다.
兩崖崇墉倚 양애숭용의	양 기슭은 높은 성벽처럼 갸웃하여
刻畫城郭狀 각획성곽상	성곽의 형상을 새겨 만든 듯.
一夫怒臨關 일부노임관	한 사람이 노하여 관문에 임하면
百萬未可傍 백만미가방	백만 군사가 가까이 못할 정도.

山嶽儲精英 산악저정영	산악은 정기를 저장하고
天府興寶藏 천부흥보장	천부는 보물창고를 일으켜,
珠玉走中原 주옥주중원	여기서 출토된 주옥은 중원으로 나가니
岷峨氣悽愴 민아기처창	민산과 아미산 기운이 처창도 하다.
三皇五帝前 삼황오제전	삼황오제 이전에는

鷄犬各相放 계견각상방　　닭과 개를 각각 풀어놓았더니,
後王尙柔遠 후왕상유원　　후대 왕이 이민족 회유(토벌)를 숭상하자
職貢道已喪 직공도이상　　조공의 순후한 도가 사라졌다.

至今英雄人 지금영웅인　　지금까지 영웅들이
高視見覇王 고시견패왕　　오만하게 패왕覇王 되는 일을 보았거니,
幷呑與割據 병탄여할거　　땅을 삼키거나 차지해서
極力不相讓 극력불상양　　온 힘 다해 사양하지 않아 왔다.
吾將罪眞宰 오장죄진재　　내 장차 조물주를 죄주어
意欲鏟疊嶂 의욕산첩장　　첩첩 멧부리를 깎아 버리리라.
恐此復偶然 공차부우연　　저런 일 또 있을까 하며
臨風黙惆悵 임풍묵추창　　바람결에 가만히 슬퍼하노라.

　두보는 영웅들이 험준한 곳을 근거로 발호하지나 않을까 우려하여,
"내 장차 조물주를 죄주어, 첩첩 멧부리를 깎아 버리리라" 하고 말했다.
군웅이 할거하여 침략을 자행하는 폭력의 논리를 증오하고, 순후한 도
리를 존중하던 상고시대를 그리워한 것이다.
　제11수는 「녹두산」鹿頭山이다. 녹두산은 사천성 덕양시德陽市 나강현
羅江縣에 있다.

鹿頭何亭亭 녹두하정정　　녹두산이 정정도 해라
是日慰饑渴 시일위기갈　　나의 주리고 목마름을 위로해 주네.
連山西南斷 연산서남단　　연이은 산들이 서남쪽에 그쳐 있어
俯見千里豁 부견천리활　　굽어 촉 땅을 보니 천리에 훤하다.

遊子出京華 유자출경화　길 떠나 번화한 서울을 나와

劍門不可越 검문불가월　검문을 넘지 못할 듯하더니,

及玆險阻盡 급자험조진　여기 이르러 험준함이 다하여

始喜原野闊 시희원야활　들이 시원하게 트여서 기뻐한다.

殊方昔三分 수방석삼분　이 땅에서 유비는 삼분천하하고

霸氣曾間發 패기증간발　패주霸主의 기운이 그 사이에 발했으나,

天下今一家 천하금일가　천하가 이제 한집이 되었으니

雲端失雙闕 운단실쌍궐　구름 끝에 패주의 쌍궐이 없어졌다.

悠然想揚馬 유연상양마　아득히 한나라 양웅揚雄과 사마상여司馬相如는

繼起名硨兀 계기명률올　잇달아 명성이 우뚝했지.

有文令人傷 유문영인상　글재주 있어도 불우해 사람을 서럽게 하니

何處埋爾骨 하처매이골　어느 땅에 그대들 뼈를 묻었는가.

紆餘脂膏地 우여지고지　기름지고 찰진 땅이 드넓어서

慘澹豪俠窟 참담호협굴　호협 배출하는 굴혈이 슬프구나.

仗鉞非老臣 장월비노신　노성한 신하가 부월로 진무하지 않는다면

宣風豈專達 선풍기전달　어떻게 교화를 베풀어 공적을 보고하랴.

冀公柱石姿 기공주석자　기국공冀國公 배면裴冕은 급류 막은 주석柱石

論道邦國活 논도방국활　도리 의논하여 (태자를 즉위시킴) 나라를 살렸으니,

斯人亦何幸 사인역하행　여기 사람은 얼마나 행운이었나

公鎮踰歲月 공진유세월　기국공이 여러 해를 진무해 오니.

두보는 녹두산에 이르러 드넓은 들판을 보고 비로소 안도했다. 그리

고 촉땅의 역사를 반추하다가 한漢나라 때 양웅과 사마상여 같은 문장가가 일시에 명성이 높았으나 불우했던 일을 환기하고는 스스로의 처지를 가만히 탄식했다. 그러나 마지막에는 당시 기국공 배면이 숙종을 보필해서 촉 땅을 기반으로 국면 전환을 도모하고 있는 사실을 예찬하고 안도했다.

안녹산의 난이 일어나자 당나라 현종은 촉 땅으로 피신해 마외馬嵬에 이르러 부로들의 요청에 따라 군사를 나누고 셋째 아들로서 태자인 형亨에게 전지를 내려 전위하려고 했다. 태자는 두홍점杜鴻漸과 배면을 측근에 두었는데, 그들의 건의를 들어 삭방으로 향했다. 영무靈武에 이르러 마외에서의 명령을 따르기를 청하자, 즉위했다. 그가 숙종이다. 숙종은 배면·두홍점·곽자의郭子儀·이광필李光弼을 임용하고, 산인山人 이필李泌을 불러 군국軍國의 참모를 시켰으며, 광평왕廣平王으로 원수를 삼아 팽원彭原으로 진격했다. 이듬해 군사를 봉상鳳翔으로 옮겨 그 해에 양경兩京을 회복하고는, 상황 현종을 서울로 맞아들였다. 뒷날 이보국李輔國이 재상이 되려고 하자, 배면은 "내 팔을 자를지언정 이보국을 재상으로 삼을 수는 없다"라고 했다. 하지만 숙종이 끝내 이보국을 재상에 임명함으로써 정치가 엉망이 되고 말았다.

「성도기행」의 제12수, 즉 마지막 시는 「성도부」成都府이다.

翳翳桑榆日 예예상유일　어슴푸레 저무는 석양이
照我征衣裳 조아정의상　길 가는 나의 옷을 비추는데,
我行山川異 아행산천이　가다보니 강산이 달라져
忽在天一方 홀재천일방　홀연 하늘 한끝에 와 있다.
但逢新人民 단봉신인민　새로운 사람을 만날 뿐

未卜見故鄉 미복견고향　고향 사람 만나긴 어렵겠지.

大江東流去 대강동류거　큰 강물은 동쪽으로 흘러가고

遊子日月長 유자일월장　집 떠난 날이 벌써 오래기에.

曾城塡華屋 층성전화옥　높은 성에는 훌륭한 집들 가득하고

季冬樹木蒼 계동수목창　섣달에도 수목이 푸르며,

喧然名都會 훤연명도회　시끌벅적 이름난 도회지라

吹簫間笙簧 취소간생황　젓대와 생황 소리 뒤섞여 난다.

信美無與適 신미무여적　정말 아름답지만 갈 곳이 없고 보니

側身望川梁 측신망천량　몸 기울여 강의 다리를 바라볼 뿐.

鳥雀夜各歸 조작야각귀　밤들어 새들은 둥지로 돌아가나

中原杳茫茫 중원묘망망　중원은 멀리 아득하기만 하다.

初月出不高 초월출불고　갓 나온 달이 채 높지 못하여

衆星尙爭光 중성상쟁광　뭇 별이 오히려 빛을 다투누나.

自古有羈旅 자고유기려　떠도는 나그네는 예로부터 있었거늘

我何苦哀傷 아하고애상　나만 어찌 심하게 슬퍼하랴.

　두보는 도회지 성도에 이르러 평온한 마음을 갖게 되었다. 중원은 멀어 아득하고 "뭇 별이 오히려 빛을 다투는" 혼란스런 세상이지만, 떠도는 사람이란 예로부터 있었으니 나 자신만 떠돌고 있다고 여겨 심하게 슬퍼할 것은 없다고 스스로를 위로했다. "갓 나온 달이 채 높지 못하여, 뭇 별이 오히려 빛을 다툰다"는 것은 당나라 숙종이 왕위에 오른 초기에 도적들이 잠잠해지지 않은 상황을 비유한다고 보기도 한다. 두보는 사

천성 성도시 서쪽 교외 금강錦江의 지류인 완화계浣花溪에 초당을 짓고 일시 안주하는데, 그 집을 완화초당이라 부른다. 내가 1991년 처음 들렀을 때 벌써 큰 관광지가 되어 있었다.

4.

조선의 정약용丁若鏞은 1820년(순조 20) 음력 3월의 춘천 여행 때 지은 시들을 『천우기행권』穿牛紀行卷으로 묶었는데, 그 속에 두보의 「성도기행」 12수에 하나하나 화운(차운)한 화두시和杜詩 12수가 들어 있다.[8]

『천우기행권』은 칠언절구 25수, 화두시 12수, 잡체시 10수로 이루어져 있다. 화두시에서 정약용은 남일원南一原을 동곡현에, 호후판虎吼阪을 목피령에, 입천도笠川渡를 백사도에, 초연각超然閣을 비선각에, 삼악三嶽을 오반에, 현등협懸燈峽을 용문각에, 석문石門을 검문에, 신연도新淵渡를 길백도에, 소양도昭陽渡를 수회도에, 마적산馬跡山을 녹두산에, 기락각幾落閣을 석궤각에, 우수주牛首州를 성도부에 각각 비유했다. 시집의 제목은 두보의 「관군이 하남과 하북을 수복했다는 소식을 듣고」(聞官軍收河南河北) 시에 나오는 "즉시 파협에서 무협을 뚫고 가서, 바로 양양을 내려가 낙양으로 향하리"(即從巴峽穿巫峽, 便下襄陽向洛陽)[9]라는 구절로부터 뚫을 '천'穿 자를 따와 지었다.

정약용은 춘천의 지세가 성도와 같아서 국가 위난의 시기에 국운을 보존할 곳이라고 여겼다. 그래서 조카의 혼사를 기회로 거룻배를 마련해서 형과 함께 한강을 거슬러 올라 춘천으로 향해, 현지를 답사했다.

한강을 거슬러 올라가면서 정약용은 자신의 여행이 두보의 성도 여행과 유사하다고 여겼다. 「성도기행」에 화운한 12수 가운데 첫 수 「아침 일찍 남일원을 출발하다. 두보의 '동곡현'에 화운함」(早發南一原和同谷縣)에서 정약용은, "국토가 비록 좁다만, 속세를 벗어날 뜻이면 갈 곳이 많고말고"(國境縱褊小, 意逸多可適)라 말하고, 그간 국토를 두루 여행하지 못한 것을 후회했다.[10]

그런데 정약용이 「성도기행」에 화운한 것은 두보의 그 시가 중국 기행시 가운데 압권으로 꼽힌다거나 춘천에 이르는 협곡이 성도 부근처럼 험난하다는 이유 때문만은 아니었다. 정약용은 춘천 여행에서 일민으로서의 즐거움을 맛보고자 했지만 늘 백성의 고통과 국가의 위기를 염려했다. 그렇기에 「성도기행」에 담긴 두보의 심리를 추상追想한 것이다.

동곡으로 향하면서, 또 동곡을 떠나 성도로 향하면서, 두보는 극도로 지쳐서 눈물도 흘리지 못할 상태에 있었다. 그런데도 개인이 느끼는 슬픔의 나락으로 떨어지지 않고 인간 보편의 슬픔을 시적 언어로 표현해 냈다. 또한 곳곳의 자연경관에 눈을 주고 역사 사실을 반추했다.

앞서 차근차근 읽으며 살펴보았듯이, 두보는 「동곡칠가」와 「성도기행」의 연작시에서 자연 풍경을 묘사하되, 자연을 결코 친근하게 묘사하지 않았다. 공명功名을 이루지 못한 채 객지를 떠돌아다니는 신세를 서글퍼했으며, 매몰찬 풍경 속에서 고독감을 느꼈다. 사경寫景은 그리 구상적具象的이지 않고 사색을 중시했다. 어쩌면 경물과 정신을 통일시키고 그 경험 끝에 자동 기술을 하듯 시를 써 내려갔는지 모른다.

두보는 시에서 내면의 슬픔을 있는 그대로 토로하곤 했다. 그 토로가 진실되므로 후대의 작가들은 그의 시를 귀하게 여기고 또 기꺼이 그 소재나 어휘를 이용해서 자신의 내면을 드러냈다.

진정한 시는 관념의 덩어리를 근사한 어휘로 포장하지 않는다. 진정한 시는 시인의 깊은 내면을 솔직히 드러낸다. 그리고 그러할 때 비로소 그 깊은 내면의 정서는 개인적인 것을 넘어서서 보편적인 것으로 독자들에게 공유된다. 그 사실을 두보의 「동곡칠가」와 「성도기행」을 읽으며 다시 깨달았다.

두보
이 가을이 슬프다

1.

가을은 남자의 계절이란 말이 있다. 이 말은 가을의 멋을 남자만 안다는 뜻이 아니다. 가을은 남자가 슬퍼하는 계절이란 뜻이다. 지금은 무슨 일이든 남녀의 성을 구별해서 말하는 것을 꺼림칙하게 여기므로, 이말을 잘 쓰지 않는다. 사실, 가을을 남자의 계절이요, 남자가 슬퍼하는 계절이라고 하는 것은 남자들이 정치의 중심에서 활동하던 시대의 말이므로, 지금 시대에는 적절한 표현이 아니다. 가을은 세상에 바른 도리를 실천하는 사람의 계절이요, 올바른 세상을 꿈꾸는 사람들이 슬퍼하는 계절이라고 하는 것이 적절하다.

그렇다면 옛날에 가을을 남자의 계절이요, 남자가 슬퍼하는 계절이라고 했던 것은 그 근거가 어디에 있는가?

이 말의 함의는 아무래도 전국시대 초나라의 문학가 송옥宋玉이 지은 「구변」九辯에서 기원하는 듯하다. 송옥은 굴원의 문장과 절개를 이어받았다고 평가된다. 그는 「구변」 9수 중 첫째 수 첫머리에서 슬프도다, 가을의 절기여!
소슬하여라, 초목은 잎이 떨어지고 옛 모습 쇠하고 말았구나[1]

悲哉 비재　秋之爲氣也 추지위기야

蕭瑟兮 소슬혜　草木搖落而變衰 초목요락이변쇠

라는 유명한 말을 남겼다. 이후 가을이라 하면 우선 비추悲秋(슬픈 가을)
라는 말을 떠올리게 되었다.

　송옥이 「구변」을 지은 것은 충신이면서도 조정에서 내쫓긴 굴원을 변
호하기 위해서였다고 한다. 그렇기에 「구변」의 핵심 주제는 그 첫째 노
래의 다음 부분이라고 간주된다.

　참담하고 쓰라리도다, 옛 곳을 버리고 새 곳을 찾아가다니.
　답답하구나, 가난한 선비가 직책을 잃고 마음이 편치 않아라.
　허전하여라, 나그네 길에 올라 벗도 없다니.
　서글퍼라, 내 자신이 불쌍하구나.

憯悷憭悢兮 창황광량혜　去故而就新 거고이취신

坎廩兮 감름혜　貧士失職而志不平 빈사실직이지불평

廓落兮 확락혜　羈旅而無友生 기려이무우생

惆悵兮 추창혜　而私自憐 이사자련

　여기에서 가을은 아무에게나 슬픈 것이 아니라 올바른 뜻을 지니고
도 내쫓긴 사람들, 올바른 도리를 실현하려다가 세상으로부터 버림 받

은 사람들에게 슬픈 것이 되었다.

북송 때 구양수歐陽脩는 송옥의 뜻을 부연해서 「추성부」秋聲賦라는 명작을 남겼다.

구양수가 가을날 책을 읽다가 어디선가 들려오는 이상한 소리를 듣고 동자에게 알아보라고 하니, 동자가 돌아와 밖에 인적도 없고 나무숲에서 소리가 난다고 했다. 구양수는 가을의 소리가 만물을 시들게 하며, 시간의 흐름은 생명의 시간을 단축시킨다는 사실에 새삼 슬픔을 느꼈다. 그러나 고뇌 속에 빠져들어 스스로를 해쳐서는 안 된다고 마음 먹었다. 그래서 「추성부」를 지었는데, 그 첫머리는 이러하다.

> 처음에는 비가 사락사락 내리는 소리가 나고 바람이 쓸쓸하게 부는 소리가 나다가, 홀연 물이 콸콸 흘러 바위에 우릉 구릉 부딪히는 소리가 나고, 큰 파도가 한밤중에 갑자기 일어나며, 비바람이 급격히 몰려오는 소리가 났다. 그리고 그것이 물건에 부딪혀서는, 텅텅 탕탕 소리가 나서, 금속물이나 철물이 모두 울리는 듯이 들렸다. 또 적군을 향해 전진하는 군대가, 입을 재갈로 굳게 막고 질주하여, 호령 소리도 들리지 않고, 다만 사람 발소리와 말발굽 소리만 들리는 듯했다.[2]

初淅瀝以蕭颯 초석력이소삽   忽奔騰而澎湃 홀분등이팽배   如波濤夜驚 여파도야경

風雨驟至 풍우취지   其觸於物也 기촉어물야   縱縱錚錚 총총쟁쟁   金鐵皆鳴 금철

개명   又如赴敵之兵 우여부적지병   銜枚疾走 함매질주   不聞號令 불문호령   但聞

人馬之行聲 단문인마지행성

「추성부」의 이 첫 단락은 가을 소리를 멀리에서부터 가까이로 귀 기

추성부도 김홍도, 조선, 1805, 종이·수묵담채, 56.0×214.0cm, 보물 1393호, 리움

"처음에는 비가 사락사락 내리는 소리가 나고 바람이 쓸쓸하게 부는 소리가 나다가, 홀연 물이 콸콸 흘러 바위에 우릉 구릉 부딪히는 소리가 나고, 큰 파도가 한밤중에 갑자기 일어나며, 비바람이 급격히 몰려오는 소리가 났다. 그리고 그것이 물건에 부딪혀서는, 텅텅 탕탕 소리가 나서, 금속물이나 철물이 모두 울리는 듯이 들렸다. 또 적군을 향해 전진하는 군대가, 입을 재갈로 굳게 막고 질주하여, 호령 소리도 들리지 않고, 다만 사람 발소리와 말발굽 소리만 들리는 듯했다."

울이면 들릴 듯이 세밀하게 묘사함으로써, 가을밤의 소슬함과 음울함을 부각시켰다.

구양수는 다시 무정無情의 초목과 유정有情의 인간을 대비하고 유성有聲의 가을과 무성無聲의 가을을 대비했다. 무성의 가을이란 인간이 스스로 마음을 괴롭히고 육신을 고단하게 만드는 가을을 말한다. 인간에게 깊은 상처를 주는 것은 유성의 가을이 아니다. 무성의 가을이다. 그리하여 구양수는 이렇게 말했다.

어째서 금속이나 바위 같은 자질도 아니면서, 초목과 더불어 번영을 다투려고 하는가?

奈何以非金石之質 내하이비금석지질　欲與草木而爭榮 욕여초목이쟁영

조선의 김홍도는 구양수의 이 부를 그림의 주제로 삼아 〈추성부도〉秋聲賦圖를 그렸다. 화면 우측 집에 조용히 앉아 있는 구양수의 모습은 김홍도 자신의 모습을 투영하고 있는 듯하다. 그 인물이 처연한 모습인 것은 반드시 개인의 불행이나 쇠락 때문이 아니다. 구양수의 「추성부」가 그러하듯 시대의 몰락을 우려한 때문이리라.

2.

당시唐詩 가운데 가을이 가져다주는 슬픔을 노래한 절창이 두보의 「추흥」秋興 8수다.

안녹산의 난을 피해 사천성으로 들어가 성도에 머물며 잠시나마 평온한 삶을 보내던 두보는 766년 봄에 기주夔州 즉 지금의 사천성 봉절奉節에서 2년 정도 기거하게 된다. 두보는 촉 땅(사천성 일대)을 떠돌면서 젊은 시절 마음속에 품었던 '임금을 요堯·순舜에 이르게 한다'는 이상을 실현하지 못하게 된 것을 절감했다. 전란은 끝났지만 여전히 조정은 혼란스러웠고, 지방은 절도사의 횡포와 토번의 침입으로 안정을 찾지 못했다. 두보는 스스로의 무력無力을 원망하고 영원히 고향으로 돌아가지 못하리라 예감했다.

두보는 기주에서 여러 편의 연작시를 썼다. 이것들이 모두 걸작이다. 칠언율시인 「영회고적」詠懷古跡 5수,[3] 「추흥」 8수, 「제장」諸將 5수[4]는 특히 높이 평가된다. 두보는 만년에 이르러 고시보다 율시에 치중하며, 종래의 근엄한 작풍과는 달리 개인의 심사를 절실하게 드러내게 되는데, 기주에서의 연작시들이 그 사실을 잘 보여 준다. 두보는 오언율시의 특수한 평측법인 요구拗救 기법을 칠언율시 속에서 운용할 정도로 칠언율시의 기법을 극대화시켰다.

율시는 기교에 치우치기 쉬운 시 양식이다. 하지만 한 사람의 시 세계는 율시를 보면 그 규모와 품격을 알 수 있다고 한다. 그 율시 가운데서도 제일 아름다운 꽃이 칠언율시이고, 그 칠언율시의 형식미를 극도로 완성시킨 사람이 바로 두보다.

「추흥」 8수는 인생의 적막함을 침울한 어조로 노래하여, 두보의 칠언율시 가운데서도 미학적으로 가장 높은 성취를 이루었다. 무협의 협곡에 가을바람이 스산하게 불어오자 두보는 자신의 쇠약해진 몸을 돌아보고 장안에서의 젊은 날을 문득 떠올리고는 다음 시를 읊었다.

옥 이슬 내리자 단풍나무숲 시들어

무산의 무협은 가을 기운 냉엄하다.

협강峽江 사이 물결은 하늘까지 용솟음치고

변새의 풍운은 땅에 가라앉아 음산한데,

국화 떨기는 두 차례 피어나 지난 날 생각에 눈물 흐르고

외론 배를 줄곧 묶어 둔 것은 고향 돌아갈 마음.

이 집 저 집 겨울옷 짓느라 가위와 자로 마름질 서둘러서

백제성에는 저녁 다듬이질 소리 급하도다.[5]

玉露凋傷楓樹林 옥로조상풍수림   巫山巫峽氣蕭森 무산무협기소삼

江間波浪兼天湧 강간파랑겸천용   塞上風雲接地陰 새상풍운접지음

叢菊兩開他日淚 총국양개타일루   孤舟一繫故園心 고주일계고원심

寒衣處處催刀尺 한의처처최도척   白帝城高急暮砧 백제성고급모침

―「추흥」 제1수

국화 떨기가 두 차례 피었다는 것은 성도를 떠난 후 두 번째 꽃이 피었다는 것으로, 첫 번째는 765년 가을 운안雲安에서 국화가 핀 것을 보았고, 두 번째는 766년 지금 이곳 기주에서 본 것을 가리킨다.

무협은 삼협三峽의 하나다. 서릉협·귀향협·무협을 삼협이라고 한다. 지금은 삼협 댐이 가로막고 있지만, 옛날에는 물살이 빠르기로 유명했다.

무협 가까이의 백제성은 백제루라고도 한다. 전한(서한) 말 공손술公孫述이 이곳 우물에서 백룡이 나오는 것을 보고 한나라의 명운을 자신이 받게 되었다고 하여 스스로 백제라 일컫고 그 성을 백제성이라 이름 붙였다. 3세기 때인 삼국시대에 촉한의 소열제(유비)가 이릉 전투에서 오

나라에 패해 도주한 곳이기도 하다. 유비는 이곳 이름을 영안永安이라 바꾸었다. 유비는 뒷일을 제갈량에게 맡긴 후 이 성에서 죽었다.

이슬 내리자 마른 단풍잎의 수풀 모두가 물들고, 무산 무협의 날씨는 을씨년스럽기만 하다. 협강 사이에는 하늘에 차오르는 물결이 일렁이며 변방에는 바람과 구름만 가득 깔려 있다. 성도를 떠나 떠돈 지 벌써 두 해, 한 떨기 국화를 바라보며 눈물을 뿌린다. 협곡을 외론 배 한 척으로 내려오지만, 이것은 오히려 고향을 그리는 마음을 묶어 둘 따름이다. 일계一繫란 몸이 선상에 얽매여 있음을 의미한다. 몸이 얽매여 있다는 것은 곧 마음이 얽매인 것을 뜻하므로, 몸이 외론 배에 얽매여 있고 마음도 배에 얽매여 있을 뿐, 고향으로 향하지는 못한다. 고향으로 돌아가지 못하는 심사를 더욱 서글프게 만드는 것은 백제성 민가에서 겨울옷을 준비하느라 옷감을 마르고 다듬이질하는 소리다.

이 「추흥」제1수에서 앞 4개의 시구는 쓸쓸한 가을 풍경을 묘사하고 뒤 4개의 시구는 시인의 적막한 심경을 토로했다. 이른바 전경후정前景後情의 짜임인데, 풍경의 묘사가 시인의 심경 토로와 곧바로 연결된다. 두보는 이렇게 타향의 가을 정경을 묘사하여 서글픈 심사를 짙게 드러내고, 그 기조를 여덟 수 전체의 주악상主樂想으로 삼았다.

> 기부夔府 외론 성 낙조 아래
> 북두성 가리키는 경화를 번번이 바라본다.
> 잔나비 세 번 울음소리에 정녕 눈물 떨구고
> 절도사 수행하여 부질없이 팔월의 뗏목을 탄 이래,
> 채색 관청(상서성) 향로 아래 숙직하지 못하고
> 산성 누각 성가퀴에 호가 소리 슬프다.

보게나, 바위 위 등나무 덩굴 비추던 달빛이
어느새 모래톱의 갈대꽃을 비추는군.

夔府孤城落日斜 기부고성낙일사　　每依北斗望京華 매의북두망경화
聽猿實下三聲淚 청원실하삼성루　　奉使虛隨八月槎 봉사허수팔월사
畫省香爐違伏枕 화성향로위복침　　山樓粉堞隱悲笳 산루분첩은비가
請看石上藤蘿月 청간석상등라월　　已映洲前蘆荻花 이영주전노적화

　—「추흥」 제2수

　둘째 연의 "세 번 울음소리에 정녕 눈물 떨구고"는 파동巴東 삼협의
원숭이 울음소리는 매우 구슬퍼서 그 울음소리가 세 번 나면 눈물이 옷
을 적신다는 옛말에서 따온 것이다. 여기서는 장강의 험한 급류를 따라
배로 떠나게 된 사실을 가리킨다. 절도사 사명을 띤다는 것은 왕명을 받
들고 지방으로 사신 가는 것을 말한다. 그것을 승사乘槎라고도 하므로,
둘째 연 마지막 글자로 사槎를 사용했다.
　한편, 향로 운운은 상서랑이 입직할 때 급시사 두 사람이 향로를 잡
고 천자의 뒤를 따라가던 궁중의 관례와 관련이 있다. 두보는 일찍이 상
서원외랑을 지냈다.
　두보는 석양 아래 외로이 서서 늘 북두성 쪽을 바라보았다. 장안이
바로 북두성 아래에 있기 때문이다. 그렇게, 고향으로 돌아가고 싶지만
돌아갈 수 없는 처지를 서글퍼했다.

　일천 집 산마을이 아침 햇살 아래 고요할 때
　오늘도 비취빛에 잠긴 강 다락에 앉았다.

배에서 묵은 어부는 다시 배 저어 가고
맑은 가을 제비들도 어제처럼 나누나.
광형匡衡같이 상소를 올려도 부질없었고
유향劉向처럼 경전을 파도 일과 마음 어긋날 뿐.
함께 공부하던 친구들은 대부분 성공하여
오릉 땅을 가벼운 옷 살찐 말로 내달리건만.

千家山郭靜朝暉 천가산곽정조휘　日日江樓坐翠微 일일강루좌취미
信宿漁人還汎汎 신숙어인환범범　清秋燕子故飛飛 청추연자고비비
匡衡抗疏功名薄 광형항소공명박　劉向傳經心事違 유향전경심사위
同學少年多不賤 동학소년다불천　五陵衣馬自輕肥 오릉의마자경비

—「추흥」 제3수

　광형은 한나라 사람으로, 일식과 지진의 천재지변이 일어나 천자가 자문을 했을 때 정치 개혁의 방도를 조목조목 적어서 상소했다. 천자가 좋아하여 그를 광록대부 태자소부로 영전시켰다. 그러나 두보는 방관房琯의 일을 비판하다가 임금의 비위를 거슬러 화주로 좌천되었으므로 광형의 처지와 대비된다.

　유향은 전한 말의 학자로, 간의대부로 발탁되었다. 『곡량전』을 학관의 교과목으로 세우고 석거각石渠閣에서 오경을 강론했으며, 궁중의 서적을 교정하고 목록으로 만들었다. 하지만 두보는 조정에서 경전을 강론할 기회를 얻지 못했기에 유향의 경우와 다르다.

　이 시에서 두보는 강 다락에 앉아 가을 경치를 보며 자신의 야박한 운명을 서글퍼했다.

산마을 성곽에 아침 햇살이 고요하게 비치는 광경은 가을 날씨가 맑음을 말한다. 비취빛에 잠겨 있는 강 다락을 매일 찾아와 풍광을 둘러보는 것도 가을 새벽녘의 맑은 날씨 때문이다. 이 강 다락에서 두보는 고깃배가 두어 밤 강 위에 떠 있는 모습과 제비들이 사직단 앞을 스쳐 지나 산등성이에 날고 있는 모습을 바라보았다. 어부와 제비들이 자득하는 모습을 보면서 스스로도 잠깐이나마 자득의 기분에 젖었다.

시의 후반부에서 시상이 돌연 바뀐다. 두보는 지난날 광형이 상소를 했던 것처럼 시사時事를 비판하는 장소章疏를 올려 방관의 일을 논하다가 황제의 노여움을 사서 좌천당한 일을 떠올렸다. 그리고 자신의 운수는 기박하기 짝이 없어 도저히 광형에게 미치지 못한다는 것을 새삼 깨달았다. 그래서 옛날 유향이 그랬듯이 궁중에서 경전을 정리하고 주석하고 싶지만, 서울로 올라오라는 부름이 없으니 일이 뜻대로 되지 않음을 더욱 깨닫는다. 게다가 자신의 운수는 옛날 분들에게 미치지 못할 뿐만 아니라, 어린 시절 함께 공부한 사람들에게도 미치지 못한다는 것을 생각하면서 우울해했다. 친구들은 모두 높은 벼슬에 올라 살찐 말을 타고 가벼운 옷을 입고서 오릉五陵의 사이(황제가 있는 곳)를 누비고 다니는데, 나는 어째서 여기 강 위에서 쓸쓸하게 지내야 하는가?

장안의 일은 바둑판 장기판
백년 세상사에 이 슬픔을 어이 하랴.
왕후의 저택에는 새 주인이 들어앉았고
의관 차려입은 문무 관원은 이전 사람이 아니다.
기산 북쪽 관산에는 전투의 쇠북 소리 요란하고
토번 정벌 나간 군사에게선 격서가 빈번하다.

어룡魚龍은 적막하고 가을 강 차가운데

서울 생활이 그리웁구나.

聞道長安似奕棋 문도장안사혁기　百年世事不勝悲 백년세사불승비

王侯第宅皆新主 왕후제택개신주　文武衣冠異昔時 문무의관이석시

直北關山金鼓震 직북관산금고진　征西車馬羽書馳 정서거마우서치

魚龍寂寞秋江冷 어룡적막추강냉　故國平居有所思 고국평거유소사

—「추흥」 제4수

　직북直北은 기산의 북방으로, 난리가 일어난 농우·관보 지방을 가리
킨다. 정서征西는 토번과의 전쟁이 계속됨을 말한다. 어룡 운운한 것은
역도원酈道元의 『수경』水經에 "어룡은 가을을 밤으로 삼는다"라고 한 말
을 따온 것이다. 용은 추분이 되면 하강하여 못에 칩복해 잠을 자므로
가을을 밤으로 삼는다고 했다. 또 어룡은 진주秦州에 있는 어룡천魚龍川
을 연상시키기도 한다.

　제4수는 장안의 변고를 우려하는 마음을 토로했다.

　첫째 연은 장안의 난리를 언급했다. 바둑판 장기판 같다는 것은 승부
의 무상함을 말한 것이다. 백년은 인생 백년을 가리킨다고도 볼 수 있
고, 당나라 고조의 개국에서부터 두보의 시기까지를 가리킨다고도 볼
수 있다. 안녹산의 난 이후 대종 때 주자朱泚가 난을 일으키고 토번이 또
다시 장안을 함락한 까닭에 천자는 몽진을 해야 했다. 장안에 살던 왕후
장상의 집은 남의 소유가 되고, 안녹산의 난 등으로 군공을 세운 이들은
지난날의 훈벌 대신보다 벼슬이 높아졌다. 더구나 하북은 여전히 전투
중이고, 서쪽으로 토번을 정벌하러 떠난 군대로부터는 격서가 빈번하

다. 우서羽書는 군사 문서로, 깃털을 달아 신속히 전할 것을 알렸기 때문에 우격羽檄이라고도 한다. '우서치'羽書馳의 馳가 遲로 되어 있는 판본도 있다. 그렇다면 이 3절은 '승전보가 더디다'라는 뜻이다. 현실 상황이 이러하거늘 하물며 강의 어룡도 잠자는 계절이고 보면 장안에 언제 태평시절이 돌아올까 참담할 따름이다.

마지막 넷째 연은 장안에서 평소 지내던 때의 일을 상상하고 그리워했다. 고국故國은 여기서는 장안을 가리킨다.

> 봉래궁 궁전은 종남산과 마주하고
> 승로반 구리 기둥이 솟아 있다.
> 서쪽 요지瑤池에 서왕모 내려오고
> 동쪽 자주 기운이 함곡관에 가득할 때,
> 꿩 꼬리에 구름 이는 듯 궁궐 부채 펼쳐지고
> 용 비늘 어른어른 옥안이 드러났지.
> 푸른 강에 누운 이래 한 해가 또 저물다니
> 그립구나 상서성에 들어가 조회에 참여한 나날들.

蓬萊宮闕對南山 봉래궁궐대남산　承露金莖霄漢間 승로금경소한간
西望瑤池降王母 서망요지강왕모　東來紫氣滿函關 동래자기만함관
雲移雉尾開宮扇 운이치미개궁선　日繞龍鱗識聖顏 일요용린식성안
一臥滄江驚歲晚 일와창강경세만　幾廻靑瑣點朝班 기회청쇄점조반
―「추흥」제5수

봉래궁은 수나라 대명궁이었는데, 당 고종 때 봉래궁으로 바꾸었

다. 당 명황제는 현원성조玄遠聖祖 즉 노자를 태청궁에 모셨는데, 고종은 663년 대명궁을 봉래궁으로 바꾸고, 신선을 더욱 숭배했다. 남산은 장안의 안산인 종남산終南山이다. 금경金莖은 한나라 무제가 제작한 승로반 기둥이다. 높이 20장丈, 일곱 아름이며, 그 위에 선인장을 설치하여 이슬을 받았다. 천자는 그 이슬을 옥가루와 함께 마셨는데 이를 금경로金莖露라 했다.

요지瑤池는 서왕모 고사와 관련이 있다. 『열자』列子에 보면, "주나라 목왕이 곤륜산에 올라갔다가 서왕모에게 초대받아 요지 위에서 술을 마셨다"고 했다. 한나라 무제 때는 서왕모가 승화전昇華殿에 강림했다고 한다(『한무고사』漢武故事). 자기紫氣 운운은 노자老子의 고사. 함곡관을 지키는 사람이 어느 날 동쪽에 자색 기운이 움직이는 것을 보았는데, 얼마 후 푸른 소를 탄 노자가 이르렀다. 치미雉尾는 꿩 깃을 모아 만든 부채. 은나라 고종은 장끼가 상서로운 새라 하여 복장에 그 깃을 많이 사용했는데, 그 후 중국의 궁전에서 치미를 사용했다. 청쇄青瑣는 화성(상서성) 문어귀에 쳐 둔 푸른색 쇠사슬. 瑣가 鎖로 되어 있는 판본도 있다.

이「추흥」제5수에서 두보는 협강 가에 머물다가 벌써 가을이 깊은 것에 놀라 탄식했다. 지난날 청쇄의 상서성 문에서 조정의 신하들과 열을 지어 출석 점호를 한 일이 그립기만 하다. 하지만 이제 그런 일을 기대할 수가 없다니!

첫째 연은 당나라 천자의 봉래궁이 종남산과 마주하여 우람한 모습과 승로반 구리 기둥이 공중에 높이 솟아 장엄한 광경을 그려 보였다. 둘째 연은 서쪽으로 서왕모가 요지에서 내려오는 듯한 상상과 동쪽으로 노자가 함곡관에 들어오는 듯한 상상을 했다. 혹은 제3구는 현종이 촉 땅으로 피난 간 것을, 제4구는 숙종이 장안을 수복한 것을 의미한다고 해석하기도 한다. 셋째 연은 구름이 꿩 깃으로 만든 부채를 따라 열리고 햇살이 용안을 둘러 있어서 신하들이 천자를 신선처럼 우러러보는 상황을 묘사했다. 넷째 연의 푸른 강은 두보가 현재 있는 기주를 가리킨다. 세만歲晩은 가을이 깊어짐과 자신이 늙어 감을 중의적으로 말한 것이다. 마지막 구는 '몇 번이나 내가 조회의 반열에 끼었던가', '다른 사람들은 여러 번 조회의 반열에 들었으리라', '어느 때 돌아가 조회의 반열에 낄 수 있을까'의 세 가지로 해석된다. 여기서는 첫 번째 해석을 따랐다. 점點은 점고點考의 뜻이다. 혹은 옥의 흠이란 뜻으로, 외람되게 조정 반열에 끼었다고 겸손하게 말한 것이라 보기도 한다.

구당협 어귀와 곡강의 언덕
만 리 멀어도 함께 가을 깊었으리.
협성과 화악루에 천자의 기운 통했건만
변방의 근심이 부용 동산에 들다니.
옥구슬 발과 비단 기둥에는 노란 고니 장식
비단 닻줄과 상아 돛대에는 흰 물새 날아오른다.
돌아보니 가련하다, 춤추고 노래하던 그 땅
진중秦中은 예부터 제왕의 고을이건만.

瞿唐峽口曲江頭 구당협구곡강두   萬里風烟接素秋 만리풍연접소추
花萼夾城通御氣 화악협성통어기   芙蓉小苑入邊愁 부용소원입변수
珠簾繡柱圍黃鵠 주렴수주위황곡   錦纜牙檣起白鷗 금람아장기백구
廻首可憐歌舞地 회수가련가무지   秦中自古帝王州 진중자고제왕주
―「추흥」 제6수

구당협 어귀는 기주에 있고 곡강은 장안에 있다. 서로 만 리나 떨어져 있지만 똑같이 가을을 맞아 쓸쓸한 풍광을 띠게 되었으리라고 말하여, 장안의 일을 상상하기 시작한 것이다. 구당협은 장강 삼협의 문으로 서릉협이라고도 했다. 둘째 구의 만 리를 성도의 만리교萬里橋로 본다면 이 구는 현종이 촉 땅으로 몽진한 것을 가리킨다. 가을은 오행에서 백색에 해당하므로 소추素秋라 일컫는다.

이 「추흥」 제6수는 곡강과 장안을 생각하면서 지은 것이다.

협성과 화악루를 언급한 것은 당나라 현종이 개원 연간(713~741)에 화악상휘루花萼相輝樓를 넓히고 협성을 쌓아 부용원에 편입시켰던 일을 가리킨다. 현종(명황)은 여러 아우들과 우애가 돈독하여 화악상휘루에서 연회를 열곤 했다. 그래서 천자의 기운이 통했다고 한 것이다. 곡강 가까이의 부용원은 천자가 노닐던 곳인데, 잦은 난리 때문에 변방의 수심이 들었다고 했다. 혹은 둘째 연의 '入'을 사동의 동사로 보아 '부용원이 변방에 시름을 들게 했다'라고 풀이하기도 한다. 여기서는 일반적인 해석을 따랐다.

화악루의 주렴과 기둥에는 노란 고니가 선회하는 모습이 그려져 있었다. 부용원 밖 강에는 천자의 배를 정박해 두었는데, 그 배의 비단 닻줄과 상아 돛대는 너무 화려해서 물새가 보고 놀라서 날아오를 정도였다.

장안의 화악루나 부용원은 가희가 노래하고 무희가 춤추던 곳이었으나 이제는 난리에 부서지고 불에 타 없어지고 말았다. 이것을 생각하면 정말로 슬프다. 그렇다고는 해도 장안은 신경神京이요 제리帝里로, 그 화려함은 비할 데가 없다. 그것을 생각하면 하루라도 빨리 돌아가고 싶다! 두보는 이렇게 노래했다.

곤명지는 한나라 때 판 못

한 무제 깃발들이 지금도 펄렁이는 듯.

직녀는 베 짜는 실을 달빛 아래 놀리고

돌고래는 가을바람에 비늘을 움찔거리며,

뜰락 잠길락 줄 열매는 검은 구름 같고

이슬 맺힌 연방蓮房에선 붉은 가루 떨어지리.

변경 요새는 하늘에 닿아 새나 겨우 넘을 정도

강과 호수 질펀한 여기서 어부로 지내련다.

昆明池水漢時功 곤명지수한시공　武帝旌旗在眼中 무제정기재안중

織女機絲虛夜月 직녀기사허야월　石鯨鱗甲動秋風 석경인갑동추풍

波漂菰米沈雲黑 파표고미침운흑　露冷蓮房墜粉紅 노냉연방추분홍

關塞極天唯鳥道 관새극천유조도　江湖滿地一漁翁 강호만지일어옹

―「추흥」제7수

곤명지는 장안 서쪽의 못이다. 한나라가 연독국(지금의 인도)에 보낸 사신을 곤명이 저지하자, 무제는 기원전 121년에 곤명에 있는 못과 꼭 닮은 모형의 못을 만들어 수전水戰에 대비했다. 곤명지 양쪽에는 견우와 직녀를 상징하는 사람의 상을 세워 마주 보게 하고, 또 한 곳에는 돌고래 상을 만들어 두었다. 번개 치고 비가 오면 돌고래는 항상 지느러미와 꼬리를 꿈틀거리면서 울어댔다고 한다.

셋째 연의 고菰는 장蔣, 또는 교백茭白이라고도 하는 물풀. 가을에 열매를 맺는데 이 열매가 바로 식용의 고미菰米이다. 침운흑沈雲黑과 추분홍墜粉紅은 '沈雲/黑'과 '墜粉/紅'으로 보느냐 '沈/雲黑'과 '墜/粉紅'으

로 보느냐에 따라 해석이 다르다. 앞의 경우는 '낮게 드리운 구름이 검다', '떨어진 분가루가 붉다'이고, 뒤의 경우는 '구름이 검게 드리웠다', '분가루가 붉게 떨어졌다'이다. 의미는 같다. 이 셋째 연은 고미나 연방을 따지 않아도 먹을 것 풍부하던 옛 장안의 번영을 노래했다고 볼 수도 있고, 난리 이후 고미나 연방 딸 사람이 없다는 사실을 노래했다고 볼 수도 있다. 여기서는 앞의 견해를 따랐다.

변경 요새는 백제성으로 보는 설, 검각劍閣으로 보는 설, 검각과 진새 秦塞를 겸한 것으로 보는 설이 있다.

이 「추흥」 제7수는 곤명지의 아름다운 경관을 다시 볼 수 없음을 탄식했다. 곤명지는 한나라 때 만든 것이기에 오늘날까지도 한 무제의 깃발들이 펄럭거리는 모습이 눈앞에 삼삼하다. 곤명지 곁의 직녀상은 베를 짤 수 없기에 달빛 아래 부질없이 서 있을 따름이지만, 못에 새겨진 돌고래는 영험이 있어 가을바람에 비늘이 움직일 것이다. 게다가 물 위에 줄 열매가 떠다니고 연방에 이슬이 맺힌 모습은 태평시절의 가을 그대로이리라. 하지만 지금 여기서는 장안이 보이지 않는다. 하늘 끝에 닿을 듯이 높이 솟은 험한 요새를 내려가 곤명지를 이 눈으로 볼 수 없다니! 물줄기를 따라 파협으로 내려가면 강과 호수가 널려 있을 것이기에, 그곳에서 강 위를 떠도는 어부처럼 자유로이 오가야겠다. 두보는 이렇게 스스로를 위로했다.

곤오산 지나 어숙천 거쳐 구불구불한 길
자각봉 그늘이 미피渼陂를 반 나마 덮은 곳.
붉은 강낭콩은 앵무새가 쪼다 남긴 알곡
푸른 오동나무는 늙은 봉황이 깃들이는 가지.

미인들은 비취 새 깃털 주우며 봄 인사를 하고
신선들은 배 타고 노닐다 저녁나절 옮겨 갔다.
오색의 붓은 하늘의 기상마저 움직였다만
흰머리의 나는 시 읊다가 고개 떨굴 뿐.

昆吾御宿自逶迤 곤오어숙자위이　　紫閣峰陰入渼陂 자각봉음입미피
紅豆啄餘鸚鵡粒 홍두탁여앵무립　　碧梧棲老鳳凰枝 벽오서노봉황지
佳人拾翠春相問 가인습취춘상문　　仙侶同舟晩更移 선려동주만갱이
綵筆昔遊干氣象 채필석유간기상　　白頭吟望苦低垂 백두음망고저수
—「추흥」 제8수

곤오와 어숙은 한나라 무제가 함양의 상림원 남쪽에 개간하게 했던
땅이다. 자각봉은 종남산의 한 봉우리. 미피는 길안吉安 정강산井岡山 아
래의 언덕. 모두 장안 어귀에 있다. 첫째 연 제2구의 入에 대해서는 그
주체를 사람으로 보아 '자각봉이 어두울 때 미피에 들었다'라고 해석하
기도 한다. 여기서는 통설을 따랐다.

둘째 연의 "붉은 강낭콩은 앵무새가 쪼다 남긴 알곡, 푸른 오동나무
는 늙은 봉황이 깃들이는 가지"는 과거의 실경을 묘사한 듯하다. 홍두紅
豆(붉은 강낭콩)는 어떤 판본에는 향도香稻(향기로운 벼)로 되어 있다. 벽오지
碧梧枝와 홍도립紅稻粒이란 말을 도삽倒揷한 표현이다. "앵무새는 향기로
운 쌀을 쪼아 먹었고, 봉황새는 푸른 오동나무에 늙었네"라고 풀이해서
우의를 담은 것으로 볼 수도 있다.

셋째 연의 습취拾翠는 원래 푸른 깃털을 줍는다는 뜻인데, 화초를 따
는 것을 가리키기도 한다. 춘상문春相問은 작약을 서로 주는 것을 뜻한

다고 보기도 한다. 이때 문問은 물건을 준다는 뜻이다. 선려仙侶는 한나라 때 이응李膺과 곽태郭泰(곽임종郭林宗)가 함께 배로 강을 건너자 사람들이 그들을 신선으로 여겼다는 고사에서 온 말로, 두보가 장안에서 깊이 사귀었던 친구들을 가만히 가리킨다.

넷째 연의 '오색의 붓'은 강엄江淹이 꿈에서 오색의 붓을 받은 이후 문장이 나날이 발전했다는 고사에서 따왔다. 두보 스스로 옛날에는 문장이 뛰어났다고 회상한 것이다. 석유昔遊는 판본에 따라 석증昔曾으로 되어 있기도 하다. 기상氣象은 '시 짓는 기상'이나 '산수의 기상'을 가리킨다고 보기도 한다. 여기서는 통설을 따랐다.

이 「추흥」 제8수는 장안에 있는 미피의 경치를 상상하며 쓴 것이다.

두보는 장안에서 멀리 있는 미피를 유람할 때 곤오산과 어숙천을 경유했는데, 그곳에 이르면 산봉우리의 그림자가 미피에 들어온 것을 볼수 있었다. 두보는 미피의 화려한 경치를 추억하고, 미피에서의 유람이 매우 성대했음을 회상했다. 두보는 벼슬 살기 전에 잠참岑參 형제와 미피에 노닐며 시를 지은 바 있다. 「성 서쪽 언덕(미피)에서 배를 띄우고」(城西陂泛舟)[6]와 「미피행」渼陂行[7]이 바로 그것으로, 두보는 이 시들로 시명詩名을 날렸다. 예전에는 시가 하늘의 기상도 움직일 만했거늘 지금은 백발이 되어 협중에 머물며 미피를 그리워할 따름이라니!

이상에서 보았듯, 「추흥」 8수 가운데 앞 3수는 기주의 풍경을 보고 슬픔을 토로했고, 뒤의 5수는 아름답고 화려했던 장안과 미피의 풍광을 상상하며 신세를 한탄했다.

3.

두보가 기주에 들어간 이후 지은 시들은 자구의 조탁과 운율의 퇴고가 뛰어나다. 주희는 그 시들이 '정중하고 번잡하고 연약한 감'을 주며 형식에 치우쳤다고 비판했다.[8] 하지만 두보를 위해 변론하자면, 그는 마음속 서러움을 형식미의 탐구를 통해 조절하고 승화시켰다고 말할 수 있다. 그 점을 우리는 「추흥」 8수에서 보았다.

율시는 시가 자연 예술에서 의도적 수식의 인위 예술로 변화해 나간 정점에 있다. 평측과 압운, 자구와 대장對仗의 규칙이 만들어 내는 정제미·음악미·대칭미는 한자음의 특성과 잘 어울린다. 특히 두보는 칠언율시의 형식미와 의경意境을 개척했다. 리쩌허우李澤厚(1930~)는 『미의 역정』에서 칠언율시는 엄격한 대장이 심미 요소를 더하고 고정된 구형이 풍격의 변화 발전을 추동시켰다고 했다.[9]

율시는 같은 형식의 어구를 둘씩 서로 짝을 지우는 대장을 꼭 지켜야한다. 곧, 출구出句와 대구對句의 자수·자의·문법·평측·자음·자형 등을 서로 짝을 지우는 대장이 율시의 기본 요소로, 특히 제2연(함련)과 제3연(경련)은 반드시 대장의 수사법을 취해야 한다.

두보는 칠언율시에서 시공간의 대조·대비를 위해 공대工對(어법 구조나 시어의 범주가 같은 것끼리 정밀하게 대를 만든 것) 가운데서 정대正對와 반대反對를 교묘하게 사용했다. 정대는 어휘의 성질이 같으면서 의미도 서로 같은 시어를 이용해서 대를 이루는 것을 말한다. 반대는 어휘의 성질은 같으면서 의미가 서로 상반되는 시어를 이용해서 대를 이루는 것을 말한다. 정대를 지나치게 사용하면 손바닥을 합쳐 놓은 듯이 되기 쉽다. 그런 몰취미한 대장을 합장合掌이라고 한다. 두보는 정대를 쓰면서도 어법이나 어휘의 변화를 꾀했다.

조선 시대에 널리 읽힌 『우주두율』虞註杜律은 두보가 안녹산의 난 때 피난길에 오른 45세 이후의 칠언율시들만을 기행·술회 등 33개 조목으로 나누어 수록했다. 이 시선집은 원나라 우집虞集이 엮었다고 전하지만 실은 민간의 서적점이 만든 듯하다.

명나라 양사기楊士奇는 「두율우주서」杜律虞註序에서 두보의 율시를 이렇게 평가했다.

『시경』 삼백 편은 모두 내면의 정에서 우러나와 화평하고 은은하여 노래 부르거나 읊거나 해서 사람의 마음을 감동시키고 분발케 하니, 규율이란 것이 무어 있었던가. 굴원과 송옥 이후로 한·위를 거쳐 동진의 곽경순(곽박)과 도연명(도잠)에 이르기까지는 그래도 옛 시인의 뜻을 지녔고, 남조 송나라의 안연지·사영운 이후로는 점차 기이한 것을 숭상하여 옛 뜻이 비록 쇠퇴하기는 했으나 시 자체는 변하지 않았다. 초당의 심전기와 송지문에 이르러 율시가 출현하면서 근체라 부르고 시법도 변했다. 율시는 개원·천보 연간에 비로소 번성했는데, 그 당시 왕유·맹호연·잠참·위응물 등은 그래도 모두 조용하고 쓸쓸하면서 여운이 있어 읊을 만했다. 그러나 웅장하고 깊고 혼융하고 두터우며 구름이 날고 물이 흐르는 듯한 형세와 면류관 쓰고 옥을 찬 듯한 기풍이 자연스럽게 가슴속에서 우러나와 넉넉하게 자연스러우면서, 이 모두가 바른 성정에서 연유하여 법률에 얽매이지 않으면서도 역시 법률의 바깥으로 벗어나지 않아, 이른바 '마음대로 해도 법도에 넘지 않아' 시의 성자가 된 사람은 바로 두소릉(두보)이다.[10]

황회黃淮는 「두율우주후서」杜律虞註後序에서 두보의 율시를 다음과 같이 논평했다.

경치를 묘사하고 사물을 읊으며 감정을 쏟아 내고 사실을 서술함에 있어서 남이 말할 수 없는 것을 말했으므로, 그것을 외는 자들은 마음으로 취하고 정신이 즐거워져 자기도 모르게 박자에 맞춰 발을 구르고 손뼉을 치게 되니, 진실로 일대의 걸작이다.[11]

조선의 정조는 두보 시 가운데 율시만 뽑아 『두율분운』杜律分韻[12]을 엮어 육유陸游의 율시를 뽑은 『육율분운』陸律分韻과 함께 1798년(정조 22) 간행하게 했다. 다음 해에는 두 책에서 각각 500수씩 가려 뽑아 『두륙천선』杜陸千選[13]을 간행하게 했다. 『두율분운』은 두보의 율시 777수를 운자에 따라 5권에 나누어 수록했는데 칠언율시보다 오언율시를 많이 뽑았다.

두보의 「추흥」 8수는 율시라는 점뿐만 아니라, 그 애상적 정조 때문에 한국한시에 지대한 영향을 끼쳤다. 정치적 이유에서나 신분적 이유에서 소외되곤 했던 시인 묵객들은 차운시를 남겼다. 신광수申光洙(1712~1775)는 과체시의 명작 「관산융마」關山戎馬에서 「추흥」의 제2수와 제4수로부터 시적 발상을 빌려왔다. 이광사李匡師(1705~1777)는 부령富寧으로 귀양 간 뒤 '두만강 남쪽'(斗滿江之南)이라는 뜻과 두보의 「추흥」 8수 가운데 제2수의 "북두성 가리키는 경화를 번번이 바라본다"(每依北斗望京華)라고 한 뜻을 곁들여, 그곳에서 지은 시문을 모아 '두남집'斗南集[14]이라고 이름 지었다.

신광수의 「관산융마」는 "가을 강 적막하고 어룡이 찬데"(秋江寂寞魚龍

冷)로 시작한다. 바로 「추흥」 제4수의 "어룡은 적막하고 가을 강 차가운데"(魚龍寂寞秋江冷)를 근거로 평측을 고려해서 어구를 새로 짜깁기한 것이다. 또 「관산융마」 마지막 연의 "세 번 끼룩 우는 초나라 원숭이 소리는 수심을 불러일으키고"(三聲楚猿喚愁生)는 「추흥」 제2수 가운데 "잔나비 세 번 울음소리에 정녕 눈물 떨구고"(聽猿實下三聲淚)를 이용하여 시어를 짜깁기한 것이다.

「관산융마」는 서도창西道唱(평안도와 황해도를 중심으로 민간에서 불린 노래의 통칭. 서도 소리)으로 노래된다. 애상적 정조의 이면 짜기와 점층적 고조의 방식이 가성과 세성을 엮어 부르는 창법과 교묘하게 조화를 이루어, 이별의 정한, 소외의 감정을 증폭시킨다. 전체 18구 가운데 앞부분만 보면 이러하다.

> 가을 강 적막하고 어룡이 찬데
> 서풍 맞으며 중선루에 올랐다.
> 매화가 온 나라에 피었을 때 저녁 젓대 소리를 듣고
> 늘그막에 도죽장 짚고 백구 따라 걷노라.
> 오만烏蠻 땅 석양 바라보며 난간에 기대 한탄하나니
> 직북直北의 전란은 어느 날에나 그칠 건가.[15]

秋江寂寞魚龍冷 추강적막어룡냉 人在西風仲宣樓 인재서풍중선루
梅花萬國聽暮笛 매화만국청모적 桃竹殘年隨白鷗 도죽잔년수백구
烏蠻落照倚檻恨 오만낙조의함한 直北兵塵何日休 직북병진하일휴

서도창 「관산융마」를 들을 때 "추강이 적막 어룡냉하니 인재 서풍 중

선루를"에 벌써 눈물이 그렁그렁하게 되는 것은 나만의 일일까.

4.

앞에서 가을은 남자의 계절, 아니, 가을은 세상에 바른 도리를 실천
하는 사람의 계절이요, 가을은 올바른 세상을 꿈꾸는 사람들이 슬퍼하
는 계절이라고 했다. 도대체 가을은 왜 그렇게 슬픈 계절인가?

이에 대해 조선 후기의 기이한 문인 이옥李鈺(1760~1812)은 「사비추
해」士悲秋解란 글을 지어 나름대로 설명을 했다. '사비추해'란 '선비가 가
을을 슬퍼한다는 것에 대한 풀이'라는 뜻이다.

가을이라는 것은 음의 기운이 성하고 양의 기운은 없는 때다. 동산銅
山이 무너지매 낙수洛水의 종鐘이 울고 자석磁石이 가리키는 바에 철
침이 달려오는 것은, 물物의 본성상 그러하다. 그러니 사람으로서 양
의 기운을 타고난 자가 어찌 가을을 슬퍼하지 않겠는가? 속담에 '봄
에는 여자가 그리움이 많고 가을에는 선비가 슬픔이 많다'고 말하는
데, 저절로 그렇게 되는 것이다.

바야흐로 저 가을의 기운이 성하면 바람은 놀라 일어나고 새들은 멀
리 날아가며 물은 차갑게 울고 꽃(국화)은 노란색으로 꼿꼿하며 달은
유난히 밝아서, 암암리에 양의 기운이 삭는 조짐이 소리와 기운에 넘
치게 되니, 그것을 접하고 만나는 자 누군들 슬퍼하지 않겠는가? 그
런데 선비보다 낮은 사람은 한창 노동을 하느라 알지 못하고 세속에
매몰된 자들은 또 취생몽사醉生夢死를 한다. 오직 선비는 그렇지 않아

서, 식견이 애상을 분변할 수 있고, 마음 또한 사물에 대해 느끼기를 잘하기에, 혹은 술잔을 마주하여 검을 두드리거나, 혹은 등불을 사르고 고서를 읽으며, 혹은 새와 벌레들의 소리를 듣고, 혹은 국화를 따면서 고요히 살피며, 마음을 비우고 그것을 받아들이는 까닭에 천지의 기미를 가슴속에서 느끼고 천지의 변화를 체외에서 느끼는 것이다. 가을을 슬퍼하는 자로 말하면, 선비를 제외하고 그 누가 그러하겠는가? 비록 슬퍼하지 않으려 하더라도 그럴 수 있겠는가?[16)]

이어서 이옥은, 저물녘이면 애상의 감정에 젖듯이 사람은 한 해의 저녁인 가을에 애상을 느끼지 않을 수 없다고 하고, 겨울보다도 가을을 슬퍼하는 것은 쇠락의 시절로 접어드는 것을 깨달으면 더 슬퍼지기 때문이라고 했다. 그리고서, 진정 슬픈 것은 한 시대가 저묾을 느낄 때라고 했다.

나는 저녁을 슬퍼하기에, 가을이라 해서 슬퍼할 것이 없는데도 가을이면 슬퍼지는 이유를 알겠다. 하루의 저녁이 오면 엄자崦嵫(해 지는 곳)가 붉어지고 뜰의 나뭇잎이 잠잠해지며 날개를 접는 새가 처마를 엿보고 창연히 어두운 빛이 먼 마을로부터 이르러 오는데, 그 광경에 처한 자는 반드시 슬퍼하여 기쁨을 잃어버릴 것이니, 태양의 시각을 아껴서가 아니요 그 기운을 슬퍼해서 그러는 것이다. 하루의 저녁도 오히려 슬퍼할 만한데, 한 해의 저녁을 어찌 슬퍼하지 않을 수 있겠는가?

또 사람이 노쇠함을 슬퍼하는 것을 보면, 사, 오십에 머리털이 희어지고 기혈이 차츰 말라가서 그것을 슬퍼하는 것이 칠, 팔십이 되어 노쇠한 사람이 슬퍼하는 것보다도 곱절은 더하다. 아마도 이미 노인인 사람은 어쩔 수 없다고 여겨 다시 슬퍼하지 않았을 것이지만, 사, 오십에 처음으로 쇠약함을 느낀 사람은 유독 슬퍼하는 것이 아니겠는가! 사람이 밤은 슬퍼하지 않으면서 저녁은 슬퍼하고 겨울은 슬퍼하지 않으면서 가을을 슬퍼하는 것도 역시 사, 오십의 사람들이 노쇠함을 슬퍼하는 것과 같지 않겠는가!

아, 천지는 사람과 한 몸이요, 우주는 12회會가 1년에 해당한다. 지금 이 천지의 회會에서 어디에 해당하는지를 알지 못하니, 이미 가을인가, 아닌가? 어쩌면 지나버렸는가? 나는 가만히 그 점을 슬퍼하노라.

지금 이 순간은 인간 역사에서, 아니 우리 역사에서 어느 지점에 해당하는가? 앞으로 올바른 도리가 실행되어 번영의 정점으로 나아갈 것인가? 아니면 이미 정점을 지나쳐 쇠락의 길로 들어섰는가? 경제지표의 불량함과 사회 안전망의 허술함, 정치의 어지러움과 정의관의 미약함은, 지금이 번영을 위한 준비의 시간임을 말해 주는가? 한여름의 폭우와 음습함은 가을 하늘의 청명함을 거꾸로 예고하는가? 이 가을, 두보의 「추흥」 8수를 되읽으며 상념에 젖지 않을 수 없다.

왕유
성스러운 자연

한시는 자연과 친숙하다. 생태 사상을 중시하는 사람들에게 한시는 구원의 메시지를 전달하는 것만 같다. 한시 가운데서도 당시唐詩는 더욱 자연의 온전한 가치를 노래한 것이 많다. 특히 왕유王維(701~761)의 시는 산수 자연의 성스러움을 극도로 추구한 것으로 알려져 있다.

왕유가 서른 살 무렵에 지은 「종남산 별장」(終山別業)은 먼지에 찌든 껍데기를 벗어던지고 깨끗한 마음으로 바깥의 경물을 대하여, 공空·적寂·한閑의 선취를 자연스레 나타낸 것이다. 이 시는 제목을 「산에 들어가 성안 친구에게 부치다」(入山寄城中故人)라고도 한다. 오언고시 형식이다.[1]

중년에 자못 도道를 사랑하여
늙마에 남산 언저리에 집을 두고,
흥 일면 번번이 홀로 가고
좋은 일은 부질없이 나만 아나니,
가다가 강물 다한 곳에 이르러
앉아서 구름 일어나는 것을 바라본다.

어쩌다 숲 속 노인을 만나면

담소하며 돌아갈 때를 잊고.[2]

中歲頗好道 중세파호도　晚家南山陲 만가남산수

興來每獨往 흥래매독왕　勝事空自知 승사공자지

行到水窮處 행도수궁처　坐看雲起時 좌간운기시

偶然值林叟 우연치임수　談笑無還期 담소무환기

　왕유는 불교를 좋아했으니, 도道란 불교를 말한다. 남산은 서울 장안의 남쪽을 동서로 달리는 산맥으로, 일명 종남산이라고 한다. 왕유는 흥이 나면 남산으로 향하고 자연의 아름다움을 즐겼다. 그런데 '홀로 가고'(獨往) '나만 아나니'(自知)라고 하여, 혼자 나아가고 혼자 깨달음을 얻었다는 사실을 자부했다.

　"가다가 강물 다한 곳에 이르러, 앉아서 구름 일어나는 것을 바라본다"는 것은 자연에 내맡긴 삶, 허물을 벗고 만물의 바깥에 부유하는 태도를 말한다. 이 구절은 남종선南宗禪에서 시법개오示法開悟의 공안公案으로 이용되어 왔다. 혹은 북종선北宗禪에서 말하는 점오漸悟의 상징으로 보기도 한다. 장기간의 수행에서 진리의 근원에 이르면 저 지혜라는 것이 천천히 마음속에 일어난다는 뜻으로 이해할 수도 있는 것이다.

　다산 정약용도 왕유의 이 구절을 무척 좋아했다.

　정약용은 1820년 음력 3월 24일, 맏형 정약현이 아들 학순을 데리고 춘천으로 며느리를 얻으러 들어갈 때 따라가고, 1823년 음력 4월 15일 아들 정학연이 그 아들 대림을 데리고 춘천에서 며느리를 맞으려고 갈 때 또 따라갔다.[3] 두 번째 여행 때는 널찍한 어선을 구하여 지붕 있는

집처럼 꾸미고는 문설주에 편액하기를 '산수록재'山水綠齋라 했다. 화공을 데려가서 '물 다하고 구름 일어나는 곳'과 '버들 빛 어둡고 꽃빛 환한 마을'에 이를 때마다 제목을 정해 그림을 그리고자 했다. 그러나 화공을 대동하지는 못했다.

정약용이 '물 다하고 구름 일어나는 곳'이라고 말한 '수궁운기'水窮雲起는 바로 왕유의 「종남산 별장」에서 따온 말이다. 한편, '버들 빛 어둡고 꽃빛 환하다'란 뜻의 '유암화명'柳暗花明도 왕유의 「이른 아침」(早朝) 제2수에 나오는 "버드나무 그늘 짙고 온갖 꽃 피었는데, 오봉성에는 봄이 깊구나"(柳暗百花明, 春深五鳳城)라는 구절과 시상이 통한다.

근대의 신채호申采浩(1880~1936)도 "가다가 강물 다한 곳에 이르러, 앉아서 구름 일어나는 것을 바라본다"라는 시구를 좋아했다. 신채호는 중국 망명 시절 백두산을 유람하고, "산도 물도 다한 곳에 곡하기 그마저도 어려워라"라고, 삶의 고달픔을 노래했다. 「백두산 도중」白頭山途中이라는 제목의 시 가운데 첫 수이다.[4]

　　지리한 인생 사십 년
　　병과 가난 잠시도 떨어지지 않네.
　　한스러운 것은 산도 물도 다한 곳에서
　　마음껏 노래를 못한다는 사실.[5]

　　人生四十太支離 인생사십태지리　　貧病相隨暫不移 빈병상수잠불이
　　最恨水窮山盡處 최한수궁산진처　　任情歌曲亦難爲 임정가곡역난위

신채호는 스스로를 '지리'하다고 했다. 『장자』에서 나온 말로, 기형

이어서 쓸모없고 남의 구제나 받아야 하는 인물을 가리킨다. 신채호는 1910년 4월 신민회 동지들과 협의 후 중국 청도靑島로 망명해서, 그곳에서 안창호·이갑 등과 독립운동 방안을 협의했고, 다시 블라디보스토크로 건너가 『권업신문』에서 활동했다. 그러다가 1914년 신문이 강제 폐간되자 남북 만주와 백두산 등 한국인의 고대 활동 무대를 답사했다. 위의 시는 그 무렵에 지은 것 같다.

왕유는 산수 속에서 물아일여物我一如의 경지에 도달했지만, 신채호는 산수 자연 속에서도 마음의 평정을 잃어 산도 물도 다한 곳에서 마음껏 노래를 못한다고 했다.

2.

왕유는 자字가 마힐摩詰이다. 당나라 현종 때인 721년(개원 9) 진사 급제하여 태악승太樂丞이 되었다. 이후 상서우승尙書右丞의 벼슬을 지냈으므로 그를 왕우승이라고도 부른다. 지금의 산서성 분양汾陽인 분주汾州 출신이다. 어머니의 영향으로 어려서부터 불교의 영향을 크게 받았다. 왕유의 이름과 자 마힐도 『유마경』에 나오는 유마힐 거사의 이름을 연상시킨다. 왕유 자신은 남종과 선종 모두와 관계가 있었다.

그런데 왕유는 의외로 섬세한 신경의 소유자였다. 그가 열일곱 살 때 지은 「중구절에 산동의 형제들을 생각하며」(九月九日憶山東兄弟) 시는 사향思鄕 시 가운데 으뜸으로 꼽힌다. 당나라 때는 하북·산동·하남 일대를 산동이라 불렀다.

홀로 타향에 나그네 되어

명절을 맞아 부모 생각 더하누나.

멀리 알리라, 언덕에 오른 형제들

모두 수유꽃 꽂았으나 한 사람 모자람을.[6]

獨在異鄕爲異客 독재이향위이객　每逢佳節倍思親 매봉가절배사친

遙知兄弟登高處 요지형제등고처　遍揷茱萸少一人 편삽수유소일인

　음력 구월 구일의 중구절은 약간 높은 산이나 언덕에 올라 수유 열매를 머리에 꽂아 재액을 쫓는 풍습이 있었다. 집안사람들은 높은 곳에 올라 명절을 즐기다가 문득 한 사람이 없다는 사실을 깨닫고는 서쪽을 향해 나를 그리워할 것이다. 그 광경을 상상하며 왕유는 "멀리 알리라, 언덕에 오른 형제들, 모두 수유꽃 꽂았으나 한 사람 모자람을"이라 했다.

　첫 구(기구)에 異 자를 두 번 사용한 것, 둘째 구(승구)에 같은 상성 賄 운에 속하는 每 자와 倍 자를 겹쳐 사용한 것은 매우 이례적이다. 그렇게 함으로써 형제를 그리워하는 마음을 짙게 드러낸 것이리라.

　이별시로 유명한 「원이元二가 안서로 사신 가는 것을 전송하며」(送元二使安西)도 이별의 정한을 정치하게 그려냈다. 원이元二라 한 것은 원元씨 가문에서 형제의 순서로 두 번째 사람을 말한다. 안서도호부, 즉 지금의 신강성 투루판으로 조정의 명을 받들어 나가는 원이를 전송한 시이다. 안서도호부는 감숙성에서 신강성으로 들어가는 곳에 옥문관玉門關이 있고, 그 남쪽에 양관이 있다. 수년 전에 가 보았는데 정말 을씨년스런 곳이다.

위성의 아침 비, 가벼운 먼지를 적시자

객사 앞 버드나무의 청청한 빛이 새로워라.

부디 다시 한잔 술을 다 드시게

서쪽 양관을 나서면 아는 사람 없잖은가.[7]

渭城朝雨浥輕塵 위성조우읍경진　客舍靑靑柳色新 객사청청유색신

勸君更盡一杯酒 권군갱진일배주　西出陽關無故人 서출양관무고인

위성은 장안(현재의 서안)의 북쪽 교외, 위수 건너편에 있는 도시. 원이가 떠나는 아침, 비가 내려 길의 모래 먼지도 가라앉았고, 여관 앞 열 지은 버드나무들은 청청한 빛을 띤다. 안서도호부로 나가는 원이에게 왕유는 "서쪽 양관을 나서면 아는 사람 없잖은가" 하면서 술을 또 권했다. 이별의 슬픔을 말하지 않고도 그 속에 무한한 여운을 실었다.

이 시는 칠언절구지만 『악부시집』樂府詩集에 '위성곡' 渭城曲이라는 제목으로 실려 있다. 당나라 때 '서쪽 양관을 나서면 아는 사람 없잖은가' 구를 세 번 반복해서 이별 노래로 삼았다. 이것을 '양관삼첩'陽關三疊이라 했다. 첫 구 이외의 나머지 세 구를 재창하는 것이라고도 한다.

벌써 15년 전인가, 중국 다롄大連대학에서 동아시아 비교문학회가 열렸을 때, 회식 자리에서 일본 무사시노武藏野대학의 한 교수가 '양관삼첩'을 시음詩吟하는 것을 들은 일이 있다. 청아하고 여운이 길어, 참여한 여러 나라 학자들이 한참 동안 박수를 보냈다. 부러웠다.

우리나라에서도 시창詩唱의 전통이 있었지만, 이제는 그 기법을 아는 사람이 거의 없다. 조선 초 기생 설매는 시창을 잘했다. 하윤河崙이 서도(평안도)의 순찰사로 나갈 때 성문 밖에 장막을 치고 고관들이 가득히 모

여 전송을 하는데, 설매가 양관곡의 마지막 두 구절을 부르자 만좌가 칭찬해 마지않았다고 한다.[8]

3.

왕유는 한때 제주濟州(지금의 산동성 임평현荏平縣)의 사창참군司倉參軍으로 좌천되기도 했으나, 734년(개원 22) 우습유右拾遺라는 중앙의 관직으로 복귀했다. 현종 말에는 이부낭중吏部郎中과 급사중給事中 등의 요직을 역임했다.

755년 안녹산의 난이 일어나고, 756년 장안이 점령되자 반란군에 사로잡혀 낙양으로 끌려갔다. 벼슬을 받았지만 달가워하지 않았다. 그 후 섬서성 장안 동남쪽에 있는 남전藍田의 종남산 기슭에 망천장輞川莊이란 별장을 마련하고 거기에 머물렀다. 758년 현종의 뒤를 이은 숙종이 장안과 낙양을 탈환한 뒤 왕유는 안녹산에게 벼슬을 받은 일로 문책을 받았지만 곧 사면되었다.

그 후 태자중윤太子中允으로 등용, 여러 벼슬을 거쳐 상서우승이 되었다. 그 지위는 이백의 공봉, 두보의 공부원외랑보다 훨씬 높다. 하지만 왕유는 정치에 대한 열정이 희박했고, 불교에 탐닉했다. 시에서도 불교의 관념을 많이 드러냈으므로 사람들은 그를 '시불'詩佛이라고 불렀다.

왕유는 망천장을 자주 찾아, 그 별장을 그림으로 모사해 두었다. 죽림을 사랑한 그는 망천장 주위를 죽림으로 에워싸게 했다. 망천장의 은둔을 그는 「죽리관」竹里館에서 이렇게 노래했다.

망천도輞川圖(부분) 왕유, 중국 당대, 비단에 담채, 29.4×481.6cm, 일본 쇼후쿠지聖福寺

홀로 그윽한 대숲 속에 앉아 현을 튕기다가 휘파람 부나니,
깊은 숲을 사람은 알지 못하고 밝은 달만 와서 비춘다.

홀로 그윽한 대숲 속에 앉아

현을 튕기다가 휘파람 부나니,

깊은 숲을 사람은 알지 못하고

밝은 달만 와서 비춘다.[9]

獨坐幽篁裏 독좌유황리　彈琴復長嘯 탄금부장소

深林人不知 심림인부지　明月來相照 명월내상조

　별장의 깊숙한 대숲 속에 작은 별채가 있다. 달그림자는 곧게 솟은 대나무 가지 끝에 올라와 친근한 듯 이쪽을 비춘다. 금琴을 뜯는 것도, 길게 휘파람을 부는 것도 남에게 들려주기 위한 것이 아니다. 자연과 일체가 된 상태를 드러내는 행위다. 그러한 기분을 알아주는 것도 인간이 아니다. 오로지 달만이 그 사실을 알아 대나무 가지 끝에서 이쪽을 비추어 주는 것이다.

　왕유는 망천장 부근 스무 곳의 경승을 골라서 배적裵迪과 함께 오언 절구 한 수 씩을 지었다. 앞의 시「죽리관」도 그 가운데 하나다. 다음은 별장 입구의 움푹 패인 곳을 노래한「맹성요」孟城坳.

맹성 어구에 새로 집을 두니

쇠잔한 버드나무가 늙어 있다.

뒤에 올 사람은 누굴까

지난날 사람이 까닭 없이 슬프다.[10]

新家孟城口 신가맹성구　古木餘衰柳 고목여쇠류

來者復爲誰 내자부위수　空悲昔人有 공비석인유

옛 성터 맹성에는 생기 없는 몇 그루 버드나무 고목이 늘어서 있었다. 왕유는 거기에 집을 짓고는 이전에 여기 살았을 사람들을 상상해 보았다. 그리고 또, 뒷날 여기에 살 인물은 누구일까 생각해 보았다. 인생의 단촉함을 생각하면 서글퍼지지 않을 수 없다.

맹성요로부터 더 나아간 곳에는 작은 언덕이 있다. 그곳에 올라 주위를 조망하면서 왕유는 「화자강」華子岡 시를 지었다.

> 새는 날아가 하늘은 끝이 없고
> 첩첩 산에는 또다시 가을.
> 화자강에 올랐다가 내려가자니
> 서글픈 마음을 누르지 못하겠네.[11]

飛鳥去不窮 비조거불궁　連山復秋色 연산부추색
上下華子岡 상하화자강　惆悵情何極 추창정하극

새들 나는 하늘 아래는 올해도 풍요로운 가을이지만, 화자강을 오르내릴 때마다 마음이 울컥거린다고 했다. 인간 세상의 갖가지 일이 마음속에 떠올라 그 끝에 삶의 허무함을 새삼 깨닫고 서글퍼한 것이리라.

이 시에서 하늘의 광활함을 표현하여 "새는 날아가 하늘은 끝이 없고"라고 했다. 이것을 김시습은 춘천 소양정에 올라 지은 시에서 "새 나는 저편으로 하늘은 다하려 한다"(鳥外天將盡)라고 번의翻意했다.[12]

화자강에서 더 나아가면 문행관文杏館과 근죽령斤竹嶺을 거쳐, 사슴

기르는 농장에 다다른다. 일대는 너무 한적해서 사람 그림자조차 보이지 않는다. 그렇다고 인간세계와 완전히 격리된 것은 아니어서, 이따금 사람 말소리가 들려온다. 숲을 뚫고 들어오는 햇빛에 이끼가 푸릇푸릇 선명한 빛을 발했다. 「녹채」鹿柴란 제목의 시는 이러하다.

> 빈 산 사람은 보이지 않고
> 두런거리는 소리만 들릴 뿐.
> 석양빛은 깊은 숲에 들어와
> 푸른 이끼를 다시 비춘다.[13]

空山不見人 공산불견인　　但聞人語響 단문인어향

返景入深林 반경입심림　　復照青苔上 부조청태상

신이辛夷가 피는 둑도 노래했다. 신이는 높은 나무에 피는 부용(목련) 꽃을 말한다. 「신이오」辛夷塢라는 제목이다.

> 나뭇가지 끝의 부용꽃
> 산속에서 붉은 몽우리를 피우나,
> 인가엔 기척 없고
> 분분하게 피었다간 홀로 진다.[14]

木末芙蓉花 목말부용화　　山中發紅萼 산중발홍악

澗戶寂無人 간호적무인　　紛紛開且落 분분개차락

계곡 어귀는 사람 없이 적막하다. 사람과의 관계가 완전히 끊긴 곳은 아니다. 계곡 물가에 인가의 문이 열려 있다. 하지만 인기척이 없다. 커다란 붉은 꽃잎이 피었다가는 흩어지고, 피었다가는 흩어질 뿐이다.

왕유는 자연의 공적空寂 속에 자신을 위치시켜, 자신을 소멸시켜 나갔다. 도연명이 인경人境에 자신을 위치시켰던 것과 다르다.

4.

『시경』의 시인들이나 『초사』의 시인들은 자연 속의 생동적 존재를 감각적으로 경험하면서 흥취를 일으켰다. 특히 『시경』의 시인들은 자연 속의 존재를 목도하고 감정이나 사유를 일으켜 자신이 말하고자 하는 내용으로 옮겨 가는 흥興의 방법을 활용했다. 하지만 산수 자연은 아직 인간의 일을 언급하는 수단에 불과했다.

4세기 동진 시대에 이르러 사영운과 도연명은 산수 자연 속에서 성스러운 것을 파악했다. 동진 말의 혼란한 시기를 산 도연명은 「음주」飮酒 제5수에서 "동쪽 울타리 아래 국화를 꺾다 보면, 유연히 남산이 시야에 들어오고"(采菊東籬下, 悠然見南山)라고 했다. 은일의 정신적 경지를 상징한 것이다. 그리고 "날 저물어 산 기운이 아름다울 때, 날던 새들 짝하여 돌아오누나"(山氣日夕佳, 飛鳥相與還)라고, 인생이 추구하는 궁극의 진리를 드러냈다.[15]

당나라의 맹호연·위응물·유종원·한산寒山의 경우는 심경일여心境一如의 상태를 시에 담았다. 맹호연은 특히 친근한 자연을 노래했다.[16] 한산은 산간 생활 속에서 자연의 생기를 체득했다. '천운만수간'千雲萬水間

이라는 구절로 시작되는 그의 시를 보면, 청정한 자연 속에서 한가한 삶을 영위하는 잔잔한 기쁨이 잘 드러나 있다.[17)]

그런데 왕유는 자연이 지닌 공허空虛와 정적靜寂의 아름다움을 사랑하고 인간을 다소 혐오해서 인간을 자연 속의 점경點景으로 그려 넣었다. 726년(개원 14) 여름, 촉 땅으로 부임해서 지은 「청계수를 지나며 지은 시」(過靑溪水作)에서도 그 점을 살필 수 있다. 이 시는 『왕우승집』王右丞集에 「청계」淸溪라는 제목으로 실려 있다.

청계는 산서성 보계현寶溪縣 서남쪽, 대산관大散關을 지나 대산수大散水를 따라 내려가는 곳에 있는 계곡이다. 봉주鳳州 황화현黃花縣에 속했으며, 그곳에 황화천黃花川 곧 청계수가 흐른다.

황화천에 들어와선
번번이 청계 물을 따라가니,
산 따라 만 번을 돌아 나가
다다른 길 고작 일백 리.
물소리는 첩첩 바위 사이에 시끄럽고
물빛은 깊은 소나무 숲에 고요하여,
넘실넘실 마름이 떠가고
맑디맑게 갈대가 비친다.
내 마음 본디 한가롭고
맑은 시내 이처럼 담박하기에,
반석에 머물러
낚시 드리우면 그만이리.[18)]

言入黃花川 언입황화천　每逐靑溪水 매축청계수

隨山將萬轉 수산장만전　趣途無百里 취도무백리

聲喧亂石中 성훤난석중　色靜深松裏 색정심송리

漾漾汎菱荇 양양범능행　澄澄映葭葦 징징영가위

我心素已閑 아심소이한　淸川澹如此 청천담여차

請留盤石上 청류반석상　垂釣將已矣 수조장이의

　반석에 머물러 낚시 드리운다는 말은 한나라 때 엄광嚴光을 배워 세
간에 나가지 않겠다는 뜻이다. 반석의 주위에는 인기척이 느껴지지 않
고 사람들의 두런거리는 소리도 끊겨 있을 것만 같다.

　왕유는 인간을 자연의 일부로 그려 내는 데 뛰어났다. 그렇기에 주필
周弼은 『삼체시』三體詩에서 율시의 '사실'四實의 예로 왕유의 「산거즉사」
山居卽事를 들었다. 4실實이란 네 개의 연이 모두 실경을 묘사한 것을 말
한다.

　　적막하게 사립문 닫아 두고
　　물끄러미 석양을 마주한 때.
　　학은 여기저기 소나무에 둥지 틀고
　　사람은 초가집에 찾아오지 않는다.
　　녹죽은 새 꽃가루를 머금고
　　홍련은 낡은 옷을 떨구는데,
　　나루터에 등불 일렁이더니
　　곳곳마다 마름 뜯어 돌아오누나.[19]

寂寞掩柴扉 적막엄시비　蒼茫對夕暉 창망대석휘
鶴巢松樹偏 학소송수편　人訪蓽門稀 인방필문희
綠竹含新粉 녹죽함신분　紅蓮落故衣 홍련낙고의
渡頭燈火起 도두등화기　處處採菱歸 처처채릉귀

셋째 연의 녹죽綠竹은 판본에 따라서는 눈죽嫩竹(고운 어린 대나무)으로
되어 있기도 하다. 적막한 산속의 집, 학은 소나무 숲 이곳저곳에 둥지
를 틀었지만 집에는 찾아오는 사람이 없다. 푸르고 싱싱한 대는 새로운
꽃가루를 흩고 있고 붉은 연은 만개했다가 시든 꽃잎을 떨어뜨린다. 멀
리 나루에서 사람들이 켜 든 등불 빛이 일렁이고 마름 따러 갔던 처녀들
이 하나둘 집으로 돌아오고 있다. 하지만 그들은 외부 경물의 한 요소일
뿐이다. 외부 경물을 대상으로 바라보는 시인 자신도 커다란 경물 속의
한 점으로 소실된다.

철저한 사경寫景을 통해 왕유는 자연의 정적 속에 자신을 소거시켰
다. 그리고 그로써 마음의 평화를 얻은 것이리라.

칠언율시 「산집의 가을이 저물 때」(山居秋暝)에서 왕유는 청정한 죽림
을 노래했다. 산집은 망천장을 가리키는 듯하다.

　빈산에 비 지난 후
　저녁나절 가을이 깊더니,
　명월은 숲 사이에 비치고
　청천은 돌 위를 흐른다.
　빨래터 여인들 돌아가느라 죽림이 소란하고
　고깃배 내려가자 연잎이 움직인다.

봄꽃이 졌다 해도

왕손이 머물 만해라.[20]

空山新雨後 공산신우후　天氣晚來秋 천기만래추

明月松間照 명월송간조　清泉石上流 청천석상류

竹喧歸浣女 죽훤귀완녀　蓮動下漁舟 연동하어주

隨意春芳歇 수의춘방헐　王孫自可留 왕손자가류

　넷째 연의 첫 구는 판본에 따라서는 누견유방헐屢見流芳歇로 되어 있
다. 그렇다면 "꽃이 지는 것을 거듭 본다 해도"로 번역할 수 있다.

　인기척 없는 산이 비에 씻긴 뒤, 저물녘 가을빛이 더욱 짙다. 빨래하
던 여인들이 돌아가느라 두런두런하여 죽림이 소란하다. 이것은 평소
죽림의 고요함을 거꾸로 암시해 준다. 명리名利의 장場과는 거리가 멀기
에, 빨래하던 여인들이 돌아갈 때나 소란스러운 것이다. 그러나 이 시에
서 인간은 경물의 일부일 따름이다.

　산수 자연 속에서 단독자로서의 주체를 확인했기 때문인지, 왕유는
자연 속에서 성스러운 것의 현성을 경험했다. 그 경험은 선종의 깨달음
과 통하는 면이 있다.

　중국의 남북조 이후 문인들은 선종에서 깊은 영향을 받았다. 선종은
남조 때 일어나 양梁·진陳 때 유행했는데, 한시도 남조 때 발전하기 시
작해서 선종의 언어를 상당히 참조했다. 당나라가 천하를 통일한 이후
북종은 정관묵조靜觀默照를 중시하면서 개원·천보 연간에 극성하고, 남
종은 돈오성불을 주장하면서 지덕 연간부터 성행했다. 이렇게 선종이
발달하자 선종의 사유 방식이 시에 침투했다. 만당과 오대에 이르러 선

종이 각 종문마다 자신의 경계를 엄격히 지키려 할 때, 한시도 각종 시법과 격식을 강구했다. 송나라 때 선종이 문자선文字禪으로 변하자 송시도 문자로 선종의 뜻을 드러냈다. 명나라 때 광선狂禪이 출현할 무렵, 시론에서도 동심설과 성령설이 제창되었다.[21]

왕유는 선열禪悅의 경지를 직관·연상·비유·상징의 수법으로 표현했다. 오언율시 「향적사에 들러」(過香積寺)는 자연의 고요한 공간에서 느낀 선열을 그런 시적 언어로 표현해 냈다.

> 향적사가 있는 곳 모르고
>
> 구름 뫼로 서너 리 들어가니,
>
> 고목 사이 오솔길 없거늘
>
> 깊은 산 어디선가 종소리.
>
> 샘물은 아스라한 바위에서 오열하고
>
> 태양 빛은 푸른 솔에 차가울 때,
>
> 저녁 어스름 연못가에선
>
> 참선하여 독룡을 제압한다.[22]

不知香積寺 부지향적사　數里入雲峰 수리입운봉

古木無人徑 고목무인경　深山何處鐘 심산하처종

泉聲咽危石 천성열위석　日色冷青松 일색냉청송

薄暮空潭曲 박모공담곡　安禪制毒龍 안선제독룡

왕유는 종남산 속 향적사를 찾아 나섰으나 그 절이 있는 곳을 확실히 알지 못했다. 구름 낀 높은 산을 서너 리 올라가 고목만 하늘로 솟아 있는 곳에서 문득 절의 종소리를 듣고는, 그 종소리를 목표로 더 나아갔다. 그리고 곧 샘물과 청송이 만들어 내는 청정한 공간과 마주쳤다. "샘물은 아스라한 바위에서 오열하고, 태양 빛은 푸른 솔에 차가울 때"라는 표현은 청정한 경치를 묘사하면서 그 속에 시간의 흐름을 함께 담아냈다. 저녁에 승려는 연못가에서 심원의마心猿意馬를 봉쇄하는 참선을 했다. 참선을 행하는 승려의 모습은 점경에 불과하다.

5.

한편 왕유는 애절한 그리움의 시도 남겼다. 홍두紅豆를 소재로 한 「상사」相思란 시는 회자되어 왔다.

> 홍두는 남국의 것이거늘
> 가을 들어 서너 가지 피었구나.
> 그대에게 권하려고 한 움큼 따나니
> 요것이 가장 상사병을 지피네.[23)]

> 紅豆生南國 홍두생남국　秋來發幾枝 추래발기지
> 勸君多採摘 권군다채적　此物最相思 차물최상사

홍두는 강낭콩으로, 그 열매를 상사자相思子 혹은 상사두相思豆라고 한다. 홍두의 꽃말이 '상사'다. 상사는 연인 사이의 그리움만이 아니라 친구 사이의 그리움도 뜻한다.

왕유의 시는 이백이나 두보에 비해 활력이 부족하다고 한다. 하지만 활력이 넘치는 시도 있다. 위성渭城에서 군인들이 사냥하는 광경을 구경하고 지은 오언율시 「관렵」觀獵이 그 한 예다. 『당시기사』唐詩紀事에는 제목이 「엽기」獵騎로 되어 있다.

억센 바람에 각궁 울리며
장군이 위성에서 사냥하자,
시든 풀 사이에 매는 눈을 번득이고
눈 녹은 들에 말은 발굽이 가벼웠다.
신풍의 저자를 홀연 지나쳐
세류 군영으로 돌아오다가,
독수리 쏘던 곳을 되돌아보면
일천 리에 저녁 구름 나직하다.[24)]

風勁角弓鳴 풍경각궁명   將軍獵渭城 장군엽위성
草枯鷹眼疾 초고응안질   雪盡馬蹄輕 설진마제경
忽過新豊市 홀과신풍시   還歸細柳營 환귀세류영
回看射雕處 회간사조처   千里暮雲平 천리모운평

첫째 연부터 씩씩하다. 황야에 부는 억센 바람, 물소 뿔 각궁이 울어대는 소리 등이 예사롭지 않다. 둘째 연은 시든 풀 사이에서 눈을 번득이는 매와 겨울 눈 녹은 들판에 말 달리는 군사들의 모습을 상상하게 만들었다. 셋째 연에서는 군사들이 장안 교외의 신풍을 내달려 지나치고 세류의 병영에 이르는 과정을 압축적으로 묘사했다. 넷째 연에서는 사냥 때 독수리를 쏘아 맞힌 부근이 어느 곳인가 되돌아보니 천 리 아득히 저녁 구름이 낮게 드리워 있다고 했다. 이 묘사만으로 이날 사냥의 웅장한 광경을 다시 연상할 수 있다.

한편, 다음의 고시 「송별」送別은 자연을 인간세계와 대립하는 것으로 묘사하고 있어서, 왕유의 일반적인 자연시보다 극단적이다. 세간을 벗어나 종남산으로 돌아가는 벗을 전송하면서 왕유는 한껏 강건한 말을 내뱉었다. 독특하게 여섯 구의 시이다.

> 말에서 내려 그대에게 술을 권하며
> 어느 곳으로 가느냐 묻자,
> 그대는 뜻을 못 얻어
> 남산으로 돌아가 누우련다 하는군.
> 가시게, 다시 묻지 않으리
> 그곳은 흰 구름 다할 날 없는 곳.[25]

下馬飮君酒 하마음군주　問君何所之 문군하소지
君言不得意 군언부득의　歸臥南山陲 귀와남산수
但去莫復問 단거막부문　白雲無盡時 백운무진시

마지막 구절의 '시'時는 공간을 함께 지칭한다. 운자를 맞추기 위해 공간을 나타내야 하는 시구의 마지막에 이 글자를 쓴 것이다.

종남산에는 청정한 흰 구름이 다할 날 없다고 했다. 자연을 사랑한 뜻은 그의 다른 시와 같다. 하지만 추악한 인간세계에 청정한 자연을 대비시킨 것은 왕유의 다른 시에서는 잘 나타나지 않는 사유 방식이다. 이 시를 지을 때 그도 무슨 이유에선가 세속에 대해 깊은 환멸을 느끼고 있던 듯하다.

왕유는 그리움의 애잔한 정서를 노래한 시도 남겼고, 자연을 속세와 대립하는 청정한 세계로 묘사한 시도 지었다. 하지만 그의 시의 본령은 역시 자연을 신성한 것의 현성으로 간주하고 자연 속에 몰입한 의식을 담아낸 데 있다. 자연을 사랑한 나머지 인간까지도 하나의 점경으로 처리한 것이 그의 시의 가장 큰 특징이라고 나는 생각한다.

한유
주지주의의 실험

1.

소동파의 시를 살피면서 언급했듯이, 한유韓愈는 「산석」山石 시에서 박쥐가 어지러이 날아다니는 황혼녘 산사에 가까스로 이른 사실을 서술하여 그로테스크한 자연의 형상을 묘사했다.[1]

한유는 자연을 안온한 공간으로 묘사하지 않았다. 자연이 인간 혹은 자기와 늘 격리되어 있음을 자각했다.

한유는 산을 사랑했다. 일찍이 화산華山 정상에 올라서는 되돌아갈 방도가 없으리라 생각하고 미친 듯이 통곡한 적이 있는데, 나중에 조카사위 장철張徹에게 준 시에서는

미치광이 짓을 후회하여 손가락 깨물며
경계를 드리우고 명으로 새겼다[2]

悔狂已咋指 회광이사지 垂誡仍鐫銘 수계잉전명

라고 했다.

그런데 그보다 앞서 그는 38세 때인 영정永貞 원년(805) 9월, 남악 형산衡山에 올라 사당에 묵으면서 날이 맑기를 기도하자 어둑한 기운이 깨끗이 사라지는 신비한 경험을 했다. 그때 지은 「형악묘를 배알하고 마침내 형악의 절에 묵으면서 문루에 쓴다」(謁衡嶽廟遂宿嶽寺題門樓) 시는 조선시대 문인들이 애송했다. 그 일부를 보면 이러하다.

구름 뿜고 안개 내어 산허리를 감추니
절정에 오른들 뉘라서 다 볼 수 있으랴.
온 날이 마침 가을비 내릴 때라
음기로 어둑하고 맑은 바람 없기에,
묵묵히 기도하자 감응이 있는 듯하니
정직한 마음이 감통한 게 아닐까.
잠깐 사이에 구름 걷히고 봉우리들 솟아나
우러러보니 창공을 우뚝 떠받치고 있구나.[3]

噴雲泄霧藏半腹 분운설무장반복　雖有絶頂誰能窮 수유절정수능궁
我來正逢秋雨節 아래정봉추우절　陰氣晦昧無淸風 음기회매무청풍
潛心黙禱若有應 잠심묵도약유응　豈非正直能感通 기비정직능감통
須臾靜掃衆峯出 수유정소중봉출　仰見突兀撑靑空 앙견돌올탱청공

한유가 그려 낸 것은 음기가 자욱한 풍광이다. 신비스럽기는 하지만 어딘가 음침하다. 형산의 주봉 구루산岣嶁山 꼭대기에 신우비神禹碑가 있다는 말을 듣고 애써 찾았으나 찾지 못하고는 마침내 구루산 시를 지어

166

아무리 찾아도 어디 있는지 알 수 없고
빽빽한 푸른 숲에 원숭이만 슬피 우누나

千搜萬索何處有 천수만색하처유　森森綠樹猿猱悲 삼삼녹수원노비

라고 했다. 역시 음산한 광경이다.

또 한유는 그보다 앞서 34세 때인 801년 7월에 지은 「산석」山石 시에서는 황혼녘 산사의 그로테스크한 광경을 묘사했다. 단, 이 「산석」에서는 산사에 이르고 나서 맑은 달이 떠오른 후의 청정한 광경, 다음날 아침 안개 낀 산을 내려갈 때 초목이 우줄우줄한 모습, 물소리 울리고 바람이 옷에 불어오는 장쾌한 순간을 계기적으로 노래했다. 그리고 장쾌한 기분에 젖어, 당시 동료들에게 구차하게 세속에 얽매여 살지 말자고 다짐하기까지 했다. 당시의 정치 상황에 환멸을 느낀 듯하다.

산 바위 삐죽삐죽, 오솔길 희미한데
황혼녘 절에 이르니 박쥐가 나누나.
당에 올라 섬돌에 앉으니 갓 내린 비가 풍족하여
파초는 잎이 크고 접시꽃도 살쪄 있다.
승려는 옛 벽의 불화가 볼만하다며
관솔불 가져다 비추지만 볼 곳은 드물다.
평상을 깔고 자리 털고는 국과 밥을 내오는데
현미밥도 주린 배를 채우기에 족하구나.
밤 깊어 조용히 누웠더니 온갖 벌레 소리 끊기고
맑은 달이 산마루에 솟아 빛이 사립으로 들어온다.

날 밝아 혼자 가자니 길이 없어져

안개 속을 드나들고 올라갔다 내려갔다 하니,

산꽃 붉은 색과 시내 푸른빛이 어지러이 뒤섞이고

때때로 보이는 소나무나 역나무는 모두 열 아름.

흐르는 물로 다가가 발을 벗고 시냇가 돌 밟으니

물소리 콸콸 울리고 바람은 옷에 불어온다.

사람이 나서 이와 같으면 절로 즐거운 것을

어이 반드시 궁색하게 남의 구속을 받으랴.

아아, 나의 동료들이여!

어이 하면 늙도록 되돌아가지 않을 수 있을까.

山石犖确行徑微 산석낙각행경미	黃昏到寺蝙蝠飛 황혼도사편복비
昇堂坐階新雨足 승당좌계신우족	芭蕉葉大支子肥 파초엽대지자비
僧言古壁佛畫好 승언고벽불화호	以火來照所見稀 이화래조소견희
鋪牀拂席置羹飯 포상불석치갱반	疎糲亦足飽我饑 소려역족포아기
夜深靜臥百蟲絶 야심정와백충절	淸月出嶺光入扉 청월출령광입비
天明獨去無道路 천명독거무도로	出入高下窮煙霏 출입고하궁연비
山紅澗碧紛爛漫 산홍간벽분난만	時見松櫪皆十圍 시견송력개십위
當流赤足蹋澗石 당류적족답간석	水聲激激風吹衣 수성격격풍취의
人生如此自可樂 인생여차자가락	豈必局束爲人羈 기필국속위인기
嗟哉吾黨二三子 차재오당이삼자	安得至老不更歸 안득지로불갱귀

　"사람이 나서 이와 같으면 절로 즐거운 것을, 어이 반드시 궁색하게 남의 구속을 받으랴." 이 구절은 한유가 아니라 다른 사람이 덧붙인 것

이라는 설도 있다. 하지만 대체로 보아 한유가 평소의 주의 주장을 산행에서 재확인한 것으로 보아야 할 것이다. 한유의 이 철학에 조선의 정약용은 깊이 공감했다. 1832년에 「노인에게 유쾌한 일 6수, 향산체를 본받아 지음」(老人一快事六首 效香山體) 제5수에서

> 나는 「산석」 구를 사모하나니
> 소녀의 웃음 살까 두렵다만,
> 억지 슬픔 꾸며내어
> 애간장 부러 끊을 수야 없지.[4]

> 我慕山石句 아모산석구　恐受女郎嗤 공수여랑치
> 焉能飾悽惜 언능식처음　辛苦斷腸爲 신고단장위

라고 했다. 소녀란 북송의 진관秦觀을 가리킨다. 원나라 원호문元好問이 「시를 논함, 30수」(論詩三十首)의 제24수에서, 진관의 「춘일」春日에 나오는 "정 많은 작약은 봄날 눈물을 머금었고, 무기력한 장미는 저녁나절 가지를 눕히고 있네"(有情芍藥含春淚, 無力薔薇臥晚枝)[5]라고 한 표현과 한유의 「산석」 시를 비교하여 "비로소 저것이 소녀의 시임을 알았다"(始知渠是女郎詩)라고 비평한 일이 있다.[6] 정약용은 왕사진王士禛 풍의 애상적 시를 좋아하는 이들에게 「산석」의 정신을 따른다고 비난받을지 모르겠으나, 억지로 슬픔을 꾸며내지는 않겠다고 다짐한 것이다.

2.

한유(768~824), 자字는 퇴지退之. 그는 젊었을 때 장안에 갔다가 실의에 차서 도성 동문을 나와 길을 가다가 어떤 사자使者가 백오白烏와 백구욕白鸜鵒을 천자에게 바치러 오는 것을 보고 「감이조부」感二鳥賦를 지었다.[7] 무지한 새는 깃과 터럭이 이상하다고 해서 천자의 사랑을 받지만 사람은 지모와 도덕을 지니고도 시절을 만나지 못한다고 탄식한 것이다. 또 한유는 805년에 어느 사찰의 기이한 나뭇등걸을 두고 「나무 거사에 쓴 2수」(題木居士二首)를 지어, 나뭇등걸도 영험하다고 소문이 나면 기복의 대상이 되거늘 인간은 재주 있어도 제자리를 얻지 못해 떠돈다고 슬퍼했다. 그 첫째 수는 이러하다.

불에 지져지고 물에 뚫린 지 몇 년인가
뿌리는 사람 머리와 얼굴, 줄기는 몸뚱이 같기에,
나무 거사라 써 두었더니
복을 구하려는 사람들 끝이 없구나.[8]

火透波穿不計春 화투파천불계춘　根如頭面幹如身 근여두면간여신
偶然題作木居士 우연제작목거사　便有無窮求福人 변유무궁구복인

나뭇등걸은 뿌리가 사람 머리와 얼굴 같고 줄기가 사람 몸뚱이 같아서 기이할 뿐, 애당초 영험한 기적이 있을 리 없다. 그러나 누군가 그것에다가 '나무 거사'라고 써 두자, 사람들은 그것에 대단한 영험이 있으리라 기대하여 복을 구하러 온다.

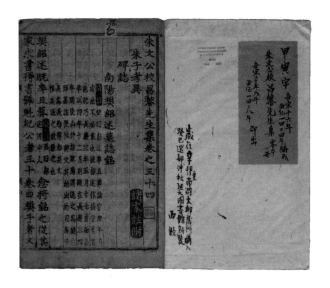

미국 하버드대학교 하버드－옌칭 도서관 소장 갑인자본 『주문공교창려선생집』朱文公校昌黎先生集 영본 1책

세종 20년(1438)에 인출된 한유 문집 주석서. 필자의 은사인 고 서여 민영규 선생께서 신묘년 (1951)에 대구 피난지에서 구입했다는 기록을 남기셨다. 조선 시대에는 한유의 시문을 익히기 위해 지방과 중앙에서 한유의 문집을 복간하거나 신편했다. 1419년(세종 원년) 진주晉州에서 『오백가주음변창려집』五百家註音辯昌黎集을 간행하고, 1438년(세종 20) 최만리崔萬理 · 김빈金鑌 · 이영서李永瑞 · 조수趙須 등이 왕명에 따라 이『주문공교창려선생집』을 새로 편찬했고, 그 해에 갑인자로 간행했다. 이 책은 주희朱熹의『한문고이』와『오백가주음변창려집』, 『신간훈고당창려선생문집』新刊訓詁唐昌黎先生文集 등을 참조하여 기왕의 주석을 선별 휘집한 것이다. 이 책은 명종 · 선조 연간에 갑인자혼보자甲寅字混補字와 경진자庚辰字로 간행되고 또 목판으로 간행되었다. 그리고 광해군 때 훈련도감자(경오자)로 복간되었다. 이 책의 권34는 「남양번소술묘지명」南陽樊紹述墓誌銘으로 시작한다. 한유는 번소술의 글쓰기에 대해 논평하면서 "문자가 각각 자신의 역할을 수행할 것"(文從字順各識職)을 주장했다.

하지만 이 등걸은 골짜기에 버려진 것이나 마찬가지로 본성을 잃은 것에 불과하다. 『장자』「천지」天地에 "백 년 된 나무를 쪼개어 희준이란 제기를 만든 다음 청황색을 칠하여 꾸미고, 잘라 낸 나머지는 골짜기에 버려 둘 경우, 잘려진 채 골짜기에 버려진 나머지 부분을 희준과 비교하면 미악美惡의 차이가 크다. 그러나 본성을 잃었다는 점에서는 마찬가지다"라고 하였다. 한유는 「나무 거사에 쓴 2수」의 둘째 수에서 "신이 되었으니 어찌 골짜기에 버려진 것과 같으랴"라고 거꾸로 노래하여, 나뭇등걸이 자기 몫을 하는 존재로 다시 태어난 것을 축하하는 한편, 불우한 자기 자신을 자조했다.

> 썩고 벌레 먹은 나무는 칼과 톱을 이기지 못하나니
> 장인이 교묘하다 해도 어찌 할 건가

朽蠹不勝刀鋸力 후두불승도거력　**匠人雖巧欲何如** 장인수교욕하여

그러나 한유는 언제까지고 세상을 한탄하지만은 않았다. 그는 맹자 이후 유학의 도통을 잇는다고 자부했다. 산문에서는 고문을 제창하여 당송팔가의 맨 앞에 놓인다. 시에서도 현실에 대해 직접 발언하고 서사적 제재로 장대한 시편을 지었으며 인생의 이치를 논하는 사변적인 작품을 남겼다.

한유는 순종의 무능함을 비판하고 권력자들을 미워하되 혁신파와는 정치적 선을 그었다.

당나라 덕종이 죽고 그 아들 순종이 즉위했으나 순종은 중풍을 앓았으므로 궁궐 깊이 휘장을 드리우고 정치는 환관 이충언李忠言과 소용昭

咎 우牛씨에게 맡겼다. 그러자 순종의 황태자 시절 스승이던 왕비王조와 왕숙문王叔文은 유종원·유우석 등과 함께 군주의 권력을 강화하려 했다. 하지만 왕숙문 등이 정권을 잡은 지 146일 만에 환관과 수구 세력은 순종을 핍박해서 헌종에게 제위를 넘기도록 했다. 그리고 이듬해 왕비·왕숙문을 비롯한 여덟 명은 지방의 하급 관리인 사마司馬로 좌천되거나 처형되었다.

한유는 「영정행」永貞行을 지어 왕비와 왕숙문을 비판했다. 영정은 당나라 순종의 연호이고, 행은 노랫가락이다. 한유는 왕비와 왕숙문 무리를 머리가 둘인 뱀에 비유해서, "강산의 독기는 어둑히 끼어 있는 듯하나, 한 뱀에 두 머리 달린 건 일찍이 보지 못했네"(江氛嶺祲昏若凝, 一蛇兩頭見未曾)라고 했다.[9] 머리 둘 달린 뱀이란 꼬리가 둥글고 뭉툭하여 마치 머리처럼 생긴 뱀이다. 이것을 본 사람은 죽는다는 말이 있었다.

한유는 유종원과 유우석이 정권에서 쫓겨나는 것을 두고 이 시에서 "북군 백만 명은 범 같고 비휴 같으니, 천자가 직접 거느려야 하지 다른 장수는 안 된다네"라고 했다. 조선 후기의 김만중은 『서포만필』西浦漫筆에서 한유를 비난해서 '시세에 영합하는 사람'이라고 했다.[10] 단, 한유는 시의 후반부에 유종원과 유우석을 걱정하고 염려하며 조심할 것을 당부하는 내용도 곁들였다.

한유는 인생의 회한을 토로한 시구들을 많이 남겨 사람들의 공감을 샀다. 이를테면 「병조의 정씨에게 주다」(贈鄭兵曹)의 앞 4구에서는

동이 술 마시며 십 년 전 만났을 땐
그대는 장년이요 나는 소년이더니,
동이 술 마시며 십 년 뒤 다시 만나니

나는 장년이요 그대는 백발이구려.[11)]

樽酒相逢十載前 준주상봉십재전 君爲壯夫我少年 군위장부아소년
樽酒相逢十載後 준주상봉십재후 我爲壯夫君白首 아위장부군백수

라 했고, 「추회시 11수」秋懷詩十一首 제11수의 앞 4구에서는

서리 속 곱디고운 국화는
늦은 철 무슨 좋은 일 있으랴.
까불까불 꽃 희롱하는 나비야
너의 삶도 얼마 남지 않았다.[12)]

鮮鮮霜中菊 선선상중국 旣晩何用好 기만하용호
揚揚弄芳蝶 양양농방접 爾生還不早 이생환불조

라 했으며, 「견흥」遣興 시에서는

일생을 보내는 수단은 술이 있을 뿐이고
온갖 계책 찾아봐도 한가함만 못하다.
세상일이든 자기 일이든 걱정 말고
인간 삶을 꿈에 비겨야 하리.[13)]

斷送一生唯有酒 단송일생유유주 尋思百計不如閒 심사백계불여한
莫憂世事兼身事 막우세사겸신사 須著人間比夢間 수착인간비몽간

라고 했다.

한유의 일상사는 다른 지식인들과 별반 다르지 않았다. 그런데 인생의 애환을 겪은 뒤 앙금과도 같은 인생철학을 시 속에 간간히 토로했다. 주지하다시피 한유는 819년에 부처의 사리를 장안으로 맞아들이는 일에 반대하여 「논불골표」論佛骨表[14]를 올렸다가 헌종의 진노를 사서 조주자사潮州刺史로 좌천되었다. 도중에 「좌천되어 남관에 이르러 조카손자 한상에게 보여 준다」(左遷至藍關示姪孫湘)라는 제목의 시에서는 "성군 위해 폐단을 없애려 했으니, 노쇠했다고 여생을 애석해하랴"라고 내뱉는 결연함과 "내 뼈를 독 안개 긴 강가에서 거두어다오"라고 부탁하는 장렬함을 드러냈다.

아침에 글월을 구중 하늘(대궐)에 올리고
저녁에 조주로 내쳐지니, 팔천 리 길.
성군 위해 폐단을 없애려 했으니
노쇠했다고 여생을 애석해하랴.
구름 덮인 진령, 내 집이 어디인가
흰 눈 깔린 남관, 말이 나아가지 않누나.
네가 멀리 온 것은 뜻이 있어서이리
내 뼈를 독 안개 긴 강가에서 거두어다오.[15]

一封朝奏九重天 일봉조주구중천　夕貶潮州路八千 석폄조주노팔천
欲爲聖明除弊事 욕위성명제폐사　肯將衰朽惜殘年 긍장쇠후석잔년
雲橫秦嶺家何在 운횡진령가하재　雪擁藍關馬不前 설옹남관마부전
知汝遠來應有意 지여원래응유의　好收吾骨瘴江邊 호수오골장강변

결연함과 장렬함을 중화시키기 위한 것일까. 이 시에는 시참詩讖 일화가 전한다. 『당재자전』唐才子傳에 실린 이야기다.[16]

언젠가 한유가 조카손자 한상에게 학문을 힘쓰라고 하자, 한상이 웃으면서, "준순주를 만들 줄도 알거니와, 경각화도 피울 수가 있답니다" (解造逡巡酒, 能開頃刻花)라는 시구를 보여 주므로, 한유는 "네가 어떻게 조화옹의 기술을 빼앗아서 꽃을 피울 수 있단 말이냐?" 했다. 그러자 한상이 흙을 긁어모은 다음 동이로 덮어 놓았다가 한참 뒤 동이를 들어내니, 거기에 벽모란 두 송이가 피어 있었다. 그런데 그 모란 잎에는, "구름 덮인 진령, 내 집이 어디인가, 흰 눈 깔린 남관, 말이 나아가지 않누나"(雲橫秦嶺家何在, 雪擁藍關馬不前)라는 시구가 작은 금자로 쓰여 있었다. 한유가 의아해하자, 한상은 "오래 뒤 징험이 있을 것입니다" 하였다. 훗날 한유가 조주 자사로 유배되어 가다가 남관에서 한상을 만나자, 한상은 "옛날 모란꽃 잎에 쓰인 시구의 뜻이 바로 오늘 일을 예언한 것입니다" 하였다. 한유가 지명을 물어보니 바로 남관이라 하므로, 마침내 한상이 앞서 지은 시의 뜻을 깨닫게 되었다고 한다.

3.

한유는 시에서 이백과 두보를 존경했다. 「쌍조」雙鳥 시에서 그는 이백과 두보를 두 마리 새에 비교해서, "한 새는 도시에 내려앉아 살고, 한 새는 그윽한 바위 속에 둥지 틀었네"(一鳥落城市 一鳥集巖幽)[17]라고 하고는, "삼천 년이 지난 뒤, 다시 일어나 울며 수작하리라"(還當三千秋, 更起鳴相酬)라고 미래에 기탁했다. 이렇게 이백과 두보를 존경했지만, 한유 시풍은 그들과 달리 기험奇險하고 호방하다.

기奇는 평범하고 상투적인 것에서 벗어난 독특한 아름다움을 추구하고 규범을 거부하는 데서 발생하는 미美이다. 한유는 대담한 상상력을 필요로 하는 신선이나 괴물, 귀신, 무덤 등을 소재로 삼지 않았다. 이 점에서 이장길과 다르다. 오히려 지극히 일상적인 삶에 뿌리를 두고 스스로를 일상의 인간으로 의식하면서, 장대한 아름다움과 강렬한 비유를 추구했으며, 예술 형식과 언어 표현에서 일상의 규범을 깼다. 한편으로는 벽자僻字를 즐겨 사용하고 험운險韻으로 압운을 했다. 험운이란 같은 운목의 글자가 매우 적어서 보통은 시의 운자로 사용하기 어려운 운자를 말한다. 그렇기에 한유의 시에는 우아한 아름다움이 적다. 이를테면 앞서 본 「산석」은 고담枯淡하기만 하다.

한유는 회화적으로 사물이나 사건을 묘사하고 서술하기도 했다. 희戲는 그의 문학적 취향에서 중요한 의미를 지닌다. 807년의 「코 골며 자는 것을 조롱하다」(嘲鼾睡) 2수 가운데 제1수의 마지막 부분에서 정신없이 코 골고 자는 사람의 모습을 묘사한 것은 얼마나 해학적인지!

영륜을 시켜 악기를 불게 해도
시끄러운 음색은 고치기 어려워라.
무함을 시켜 혼을 부른다 해도
혼백은 다시 돌아오기 어려워라.[18]

雖令伶倫吹 수령영륜취　苦韻難可改 고운난가개
雖令巫咸招 수령무함초　魂爽難復在 혼상난부재

영륜伶倫은 고대의 뛰어난 악공, 무함巫咸은 은나라의 신령한 무당. 뛰어난 악공을 시켜 악기 소리를 울려도 코 고는 소리는 아름답게 바꿀 수가 없고, 뛰어난 무당을 불러 초혼굿을 한다 해도 깊이 잠든 사람의 영혼을 불러올 수는 없다는 것이다.

한유는 시에서 어려운 단어를 많이 사용했다. 이를테면 「산남서도절도사 정 상공(정여경鄭餘慶)이 전 검교수부원외랑 번소술樊紹述(변종사樊宗師) 군과 수답하며 그 끄트머리에 모두 날 보고 싶다고 한 말이 있었는데 번 군이 봉함으로 내게 보여 주었기에 그것에 의거하여 14운의 시를 지어 바친다」(山南鄭相公與樊員外酬答爲詩 其末咸有見及語 樊封以示愈 依賦十四韻以獻)에서

표현은 간결하면서도 뜻은 얼마나 풍부한가
나의 허술한 틈을 찾아 고맙게 충고해 주셨구려[19]

辭慳義卓闊 사간의탁활　呀豁疚掊掘 하활구부굴

라고 했다. 상대방의 시에서 간결한 표현과 풍부한 뜻을 장점으로 지적하는 이 평어에서도 한유는 어려운 글자들을 많이 사용했다.

한유는 산문으로 시를 짓는 고체시를 즐겨 지었다. 그래서 송나라의 어느 평론가는 "한유는 문장을 가지고 시를 지었다"라고 했다. 또한 한유는 칠언고시에서 측성의 운자를 하나만 끝까지 사용하는 일운도저의 방식으로 꿋꿋한 기상을 살리기도 했다. 이 방식은 송나라 소식과 황정견도 즐겨 사용했고, 조선의 시인들도 자주 사용했다.

한유는 비유법에서 회란무봉격回鸞舞鳳格이라는 독특한 격식을 개발

했다. 한 연의 안짝에서 원관념과 보조관념을 앞뒤로 사용하고 바깥짝에서는 보조관념과 원관념을 거꾸로 두는 방식을 말한다. 「배 상공이 동쪽으로 정벌하러 가면서 여궤산 아래를 지나가다가 지은 시에 삼가 화운함」(奉和裴相公東征塗經女几山下作)의 1, 2구를 보면

> 깃발은 새벽 해를 뚫어 노을처럼 번잡하고
> 산은 가을 하늘에 기대어 창칼처럼 빛나네[20]

> 旗穿曉日雲霞雜 기천효일운하잡　山倚秋空劍戟明 산의추공검극명

라고 하여, 앞에서는 깃발로 운하雲霞를 비유하고 뒤에서는 검극劍戟으로 산을 비유했다.

한유의 시는 이치를 말하려는 경향이 짙다. 806년의 「단등경가」短燈檠歌는 짧은 등잔대를 소재로 지은 시인데, 사람들이 짧은 등잔대 아래에서 열심히 공부하다가도 일단 과거에 급제하면 짧은 등잔대를 담장 모퉁이에 내버린다는 내용이다. 이 시에서 한유는

> 여덟 자 긴 등잔대는 공연히 길기만 할 뿐이요
> 두 자의 짧은 등잔대가 밝고도 편리하다[21]

> 長檠八尺空自長 장경팔척공자장　短檠二尺便且光 단경이척편차광

라 하고는,

하루아침에 부귀를 얻으면 도리어 방자해져서
긴 등잔대 높이 걸어 미인의 머리를 비추게 하네.
아 세상일이 그렇지 않은 것 없나니
담장 모퉁이에 버려진 짧은 등잔대를 보게나.

一朝富貴還自恣 일조부귀환자자　長檠高張照珠翠 장경고장조주취
吁嗟世事無不然 우차세사무불연　牆角君看短檠棄 장각군간단경기

라고 했다.

또 오언절구 「술잔을 잡고」(把酒)에서는 명성 쫓는 사람들을 미워하
는 마음을 드러냈다.

요란스레 명성을 쫓는 자들이야
누가 하루라도 한가할 수 있으리오.
나는 여기에 와서 어울릴 사람 없으니
술잔 들고 한가롭게 남산을 대하노라.[22]

擾擾馳名者 요요치명자　誰能一日閒 수능일일한
我來無伴侶 아래무반려　把酒對南山 파주대남산

그렇지만 동시에 한유는 새로운 경지를 열었다. 이를테면 「잡시 4수」
雜詩四首 가운데 제4수에서는 개구리 울음소리를 합합闔闔이라는 첩어로
묘사했다.

개구리 울음은 아무 뜻도 없고
합합합 사람만 귀찮게 하네[23)]

蛙黽鳴無謂 와민명무위　閤閤祗亂人 합합지난인

「혹독한 추위」(苦寒)에서는 겨울날의 풍광을 묘사하여

햇살 비추자 꽃잎이 눈부시게 빛나고
바람 불자 나뭇가지 한들거리네[24)]

日蔘行鑠鑠 일악행삭삭　風條坐襜襜 풍조좌첨첨

라 하고, 「눈을 노래하여 장적에게 주다」(詠雪贈張籍)에서는 흰눈을 묘사해서

수레를 따라서는 흰 띠가 나부끼고
말을 좇아서는 은잔이 흩어지네[25)]

隨車翻縞帶 수거번호대　逐馬散銀杯 축마산은배

라 했다. 눈 내린 도로의 수레바퀴 자국을 흰 띠에 비유하고, 눈 내린 도로의 말발굽 자국을 은잔에 비유한 것이다.

「추회시 11수」秋懷詩十一首의 제4수는 매미와 파리의 부재不在에 착목하여 가을 추위를 절묘하게 묘사했다.

위로는 나뭇가지에 매미 없고
아래로는 소반에 파리가 없구나[26]

上無枝上蜩 상무지상조　下無盤中蠅 하무반중승

한유는 가슴속 시름을 씻어 보려 하지만 시름만 깊어진다는 것을 두고 기름으로 옷을 빨면 때가 더욱 번진다는 말로 비유했다. 「후희가 왔기에 기뻐하며 장적과 장철에게 주다」(喜侯喜至贈張籍張徹)에서다.

기름으로 옷을 빠는 것과 같아
적시면 적실수록 때가 더 번지누나[27]

如以膏濯衣 여이고탁의　每漬垢逾染 매지구유염

「도원도」桃源圖에서는 도연명의 「도화원기」桃花源記[29]에 나오는 어부처럼 복사꽃 만발한 경치를 만끽하고 싶다고 했는데, 복사꽃이 만발한 광경을 "붉은 노을 물씬하다"라고 형용했다.

곳곳에 복사꽃나무 심어 꽃이 만개하니
멀고 가까운 산천에 붉은 노을 물씬하다.[28]

種桃處處惟開花 종도처처유개화　川原近遠蒸紅霞 천원근원증홍하

또 같은 「도원도」에서, 도화원의 신성함을 부각시키려고 동해의 부상

扶桑이라든가 선계에 있다는 낭간琅玕, 금계성金鷄星의 금계 등을 끌어들여 상상의 공간을 묘사해 냈다.

한밤중에 금계가 꼬끼오 울어대니
태양이 날듯이 솟아 나와 나그네 마음 놀랐네

夜半金鷄咽唶鳴 야반금계조찰명　**火輪飛出客心驚** 화륜비출객심경

「등주의 경계에서 머물며」(次鄧州界)에서는 이별의 시름으로 심화가 생기고 눈 안에는 안화眼花가 더해졌다고 했다.

마음은 시름 뒤로 불길 쌓여 놀라고
눈은 이별 후 절로 꽃이 더해짐을 알겠다[30]

心訝愁來惟貯火 심아수래유저화　**眼知別後自添花** 안지별후자첨화

「증강 어구에서 묵고는 조카손자 한상에게 적어 보임, 2수」(宿曾江口示姪孫湘二首)의 제1수에서는 강마을에 홍수가 진 광경을 이렇게 묘사했다.

저녁에 민촌에 투숙하니
높은 곳 사립이 반나마 물에 잠겼네[31]

暮宿投民村 모숙투민촌　**高處水半扉** 고처수반비

「이른 봄에 수부원외랑 장 십팔에게 드림, 2수」(早春呈水部張十八員外二首)의 제1수에서는 비온 뒤의 거리 풍경을 다음과 같이 묘사했다.

거리에 보슬비 내리니 우유처럼 윤택하여라
풀빛이 멀리선 보여도 가까이선 안 보이네[32]

天街小雨潤如酥 천가소우윤여수   草色遙看近却無 초색요간근각무

4.

한유는 기발한 착상을 시에 담았다. 806년의 「추회시」는 11수의 연작인데, 가을 잎 지는 광경에서 촉발되어 유한한 인생을 서글퍼하면서 술에 의지하여 슬픔을 극복하겠다는 뜻을 담았다. 소재나 주제는 새로울 것이 없다. 하지만 시적 상상은 대단히 기괴하다. 「추회시」의 제9수는 훗날 북송 때 구양수歐陽脩의 「추성부」秋聲賦와 시상과 주의가 같다. 그런데 오동잎이 구슬 부서지듯 소리 내며 떨어지는 것을 들으면서 그 사이에 달이 떨어진 것이 아닐까 상상했다. 시어의 망서望舒는 달을 모는 사람인데 보통 달 자체를 가리킨다.

서릿바람이 오동나무에 침범하니
뭇 잎들이 바짝 말라 나무에 매달려 있다가,
빈 계단에 한 조각 떨어지더니
쟁그랑 소리가 낭간이 부서지듯 한다.

혹시나 밤기운이 소멸하여

망서(달)가 둥근 형체를 떨어뜨리고,

푸른 하늘에 의지할 것이 없어져

날아가는 바퀴(달)가 위태로운가 해서,

놀라 일어나 문 열고 바라보며

기둥에 기대 한참 눈물 떨구었도다.

우수에 젖어 경각의 시각을 허비하다니

해와 달은 뛰는 탄환과 같거늘.

헷갈렸지만 돌아갈 수 있기에 멀리 온 걸 따지지 말고

그대여 티끌세상 달리던 안장을 멈추시라.[33]

霜風侵梧桐 상풍침오동　衆葉著樹乾 중엽착수간

空階一片下 공계일편하　琤若摧琅玕 쟁약최낭간

謂是夜氣滅 위시야기멸　望舒霣其團 망서운기단

靑冥無依倚 청명무의의　飛轍危難安 비철위난안

驚起出戶視 경기출호시　倚楹久汍瀾 의영구환란

憂愁費晷景 우수비귀경　日月如跳丸 일월여도환

迷復不計遠 미복불계원　爲君駐塵鞍 위군주진안

　이미 803년에 한유는 서악 태화산太華山 꼭대기에 있다는 연꽃의 전
설을 소재로 하여 「고의」古意 시를 지어, 그 전반부에서 신비스런 연꽃
과 연근을 실제로 맛본 듯 기발하게 묘사했다.

　태화봉 꼭대기 옥정에 자란 연은

꽃이 피면 열 길, 뿌리는 큰 배 같다.

눈서리처럼 차갑고 꿀처럼 달기에

한 조각 입에 넣으면 고질병이 낫는다네.[34)]

太華峯頭玉井蓮 태화봉두옥정련　開花十丈藕如船 개화십장우여선

冷比雪霜甘比蜜 냉비설상감비밀　一片入口沈痾痊 일편입구침아전

태화산 중봉 연화봉에는 궁전이 있으며, 궁전 앞 못에는 천엽千葉의 연꽃이 피어 있다고 한다. 한유가 사용한 냉상冷霜과 감밀甘蜜의 표현은 이후 연근의 특성을 묘사할 때 상투어가 되었다.

한유는 기존의 시어를 비유어로 재활용하기도 했다. 초기작인 798년 의 「병중에 장 십팔(장적張籍)에게 준 시」(病中贈張十八)에서는 상대방의 필력을 비유하여, "일백 곡 들이 용무늬 세발솥을, 필력으로 불끈 들어 올릴 듯하구려"(龍文百斛鼎, 筆力可獨扛)라고 했다.[35)] 이것은 『사기』 「항우 본기」에서 항우의 완력을 비유해서 "힘이 세발솥을 불끈 들 만하다"(力能 扛鼎)고 표현한 것을 이용한 것이다.

803년의 「눈을 노래하여 장적에게 주다」에서는 흰 눈을 고래의 뼈와 옥석의 가루로 비유했다.

땅에 올라와 죽은 고래의 뼈

화염에 재가 된 옥석의 가루

鯨鯢陸死骨 경예육사골　玉石火炎灰 옥석화염회

본래 진晉나라 목화木華의 「해부」海賦에 "고래가 해변가 염전에 올라와 죽자…… 그 해골이 언덕을 이루었다"(陸死鹽田…… 顧骨成嶽)[36]는 말이 나온다. 한유는 이를 이용하여 눈이 땅에 쌓인 광경을 고래의 뼈가 쌓인 모습으로 비유한 것이다.

805년에 지은 「강릉으로 부임하는 도중에 왕 이십 보궐(왕애王涯), 이십일 습유(이건李建), 이 이십육 원외(이정李程) 세 학사에게 부친 시」(赴江陵途中寄贈王二十補闕李十一拾遺李二十六員外三學士)에서는 치아가 다 빠진 후 혀만으로 유순한 말을 하며 살아가리란 뜻에서, "치아가 빠져 버린 뒤, 비로소 유순한 혀를 사모하게 되었네"(自從齒牙缺, 始慕舌爲柔)라고 했다.[37] 이것은 『공총자』孔叢子 「항지」抗志에서 노래자老萊子가 "그대는 치아를 보지 못했는가. 치아는 단단하기에 끝내 다 닳고 혀는 유순하기에 끝까지 해지지 않다"(子不見夫齒乎? 齒堅剛, 卒盡相磨. 舌柔順, 終以不弊)라 한 데서 따온 말이다.[38]

806년에 맹교孟郊를 위해 지은 「선비를 천거함」(薦士)에서는 "허공을 가로지르듯 단단한 말을 구사하나니, 어휘를 온당하게 놓는 힘은 오鼇를 밀쳐낼 정도"(橫空盤硬語, 妥帖力排鼇)라고 했다.[39] 오鼇는 육지에서 배를 끌 정도로 힘이 셌다는 고대의 역사이다.

809년의 「후 참모(후계侯繼)가 하중의 군막으로 가는 것을 전송하며」(送侯參謀赴河中幕)에서는 자신의 어리석음을 '추위 만난 파리' 같다고 했다. 추위 만난 파리란 가을 파리란 뜻이다.

웃고 떠들던 지난 일 묵묵히 생각하면
어리석기가 추위 만난 파리 같았으리[40]

默坐念語笑 묵좌염어소 癡如遇寒蠅 치여우한승

『조야첨재』朝野僉載에 의하면, 소미도蘇味道는 재주가 뛰어난데다가 인망이 높았고 왕방경王方慶은 비루한 체질과 노둔한 언사에 범용하기까지 했다. 그런데 소미도와 왕방경이 똑같이 봉각시랑鳳閣侍郎이 되자, 혹자가 장원일張元一에게 소미도와 왕방경 중 누가 더 나으냐고 물었다. 장원일은 "소미도는 구월에 서리 맞은 매 같고, 왕방경은 시월에 얼어붙은 파리 같다"(蘇九月得霜鷹, 王十月被凍蠅)라고 했다고 한다.[41] 가을 파리란 우둔함을 뜻한다. 한유는 그 말을 그대로 가져와 자신의 어리석음을 가을 파리에 비유한 것이다.

한유는 독자적인 시어도 많이 만들어 냈다. 806년의 「석류꽃」(榴花)에서는 이끼 위에 떨어진 오월의 석류꽃을 다음과 같이 묘사했다.

오월의 석류꽃이 눈에 환하고
가지 사이에 갓 익은 열매 살짝 보이누나.
가련해라 이곳은 귀한 분들 없어서
푸른 이끼 위에 뒹굴다니, 붉은 꽃잎이.[42]

五月榴花照眼明 오월유화조안명 林間時見子初成 임간시견자초성
可憐此地無車馬 가련차지무거마 顚倒靑苔落絳英 전도청태낙강영

또한 홍시紅柿를 영액靈液, 정규란楨虯卵(붉은 용의 알)이라고 한 예들은 한유가 처음 만들어 낸 시어이다. 즉, 같은 806년의 「청룡사에 노닐며 최군 보궐에게 드리다」(遊靑龍寺贈崔君補闕)에서 "두세 명 도사가 그 사

이에 자리 잡고, 유리 옥배玉盃로 영액을 거듭 마시누나"(二三道士席其間,
靈液屢進玻璨盌)라 하고, 또 "붉게 물든 감나무엔 화실이 주렁주렁 달렸는
데, 금오가 내려와 정규란을 쪼아 먹네"(然雲燒樹火實駢, 金烏下啄頳虯卵)라
고 했다.[43]

811년의 「신묘년 첫눈」(辛卯年雪)에서는 하얀 눈발을 옥비玉妃라고 표
현해서, "흰 무지개가 앞서 길을 떠나자, 수많은 옥비가 그를 따라 내려
오네"(白霓先啓塗, 從以萬玉妃)라고 했다.[44]

같은 해의 「도리꽃, 2수」(李花二首)의 제2수(7구~10구)에서는 도리꽃을
미녀들로 의인화하여 다음과 같이 묘사했다.

> 밤에 장철을 데리고 노동의 집을 찾아가
> 구름 타고 함께 옥황의 집에 이르니,
> 날씬한 미인들 향기 풍기며 네 줄로 늘어섰는데
> 흰 치마에 흰 수건을 차등 없이 둘렀구나.[45]

夜領張徹投盧仝 야령장철투노동　乘雲共至玉皇家 승운공지옥황가
長姬香御四羅列 장희향어사라열　縞裙練帨無等差 호군련세무등차

820년에 지은 「후 십일(후희侯喜)과 함께 등잔불꽃을 노래하다」(詠燈花
同侯十一)에서는 등잔불을 옥충玉蟲이라고 비유하여, "주머니 속에 금 알
곡 늘어놓은 듯하고, 비녀 머리에 옥충을 장식한 듯하네"(囊裏排金粟, 釵頭
綴玉蟲)라고 했다.[46]

또한 한유는 대유법을 묘사에 활용했다. 장수長鬚라고 하면 긴 수염
이란 말인데, 한유는 그 말로 남자 종을 가리켰다. 즉 811년의 「노동에

게 부치다」(寄盧仝)에서 "옥천 선생은 낙성에 살고 있지만, 허물어진 집 두어 칸뿐. 남자 종 하나는 긴 수염에 머리도 못 싸맸고, 여자 종 하나는 맨 다리에 이도 다 빠졌군"(玉川先生洛城裏, 破屋數間而已矣. 一奴長鬚不裹頭, 一婢赤脚老無齒)이라고 했다.[47] 옥천은 노동의 자호다. 노동은 「월식시」(月蝕詩)[48]를 지어 역당들을 조롱했으므로 일생 불우했다. 한유의 이 시에서 옥천파옥玉川破屋이라고 하면 초야에 있는 어진이의 누추한 집을 가리키게 되었다. 조선 후기 중인 신분의 문인 장혼張混(1759~1828)은 한유의 이 시에서 글자를 따와 자신의 집을 이이엄而已广이라 했다.

한유는 실재하지 않는 개념을 형상으로 그려 보이는 데 뛰어났다. 이를테면 800년의 「팽성으로 돌아가다」(歸彭城)에서는 글쓰기의 어려움을 두고 "간을 파내어 종이 만들고, 선혈을 뿌려 편지를 쓰네"(刳肝以爲紙, 瀝血以書辭)라 했고,[49] 806년의 「취해서 장 비서에게 주다」(醉贈張秘書)에서는 상대의 시를 평가하여, "그대의 시는 태깔이 많아, 봄 하늘의 구름처럼 무성하구려"(君詩多態度, 藹藹春空雲)라고 했다.[50] 812년의 「최 이십육 입지에게 부치는 시」(寄崔二十六立之詩)에서는 쉽게 과거에 급제하는 것을 두고 "해마다 과거 급제 취하길, 턱 밑 수염 뽑듯이 했네"(連年收科第, 若摘頷底髭)라 했다.[51] 앞서 언급한 정여경鄭餘慶과 번종사樊宗師에게 준 장편의 시(「산남서도절도사 정 상공이 전 검교수부원외랑 번소술 군과 수답하며……」)에서는 다른 사람의 시를 칭찬하여 "마치 새로 귀지를 없애 주는 듯 시원해라"(如新去耵聹)라고 했다.

한유는 품평어도 기발했다. 이미 초기 시인 793년의 「맹선생시」(孟生詩)에서는 맹교의 고결한 성품을 두고, "워낙 자질이 남달라 뭇 소인들 속에 끼어 있기를 싫어하나니, 맑은 향기 홀로 지닌 매화가 잡목 속에 몸을 두기 어려운 것과 같도다"(異質忌處群, 孤芳難寄林)라고 했다.[52] 816년의 「영 악사가 거문고 켜는 것을 듣고」(聽穎師彈琴)에서는 기쁨과 두려움 혹은 공교로움과 거침 등 상반된 느낌을 얼음과 숯에 비유하여, "영 악사여 그대 거문고 솜씨 참으로 능하구려, 빙탄을 내 창자에 놓지 마오"(穎乎爾誠能, 無以氷炭置我腸)라고 끝맺었다.[53]

풍자의 어휘도 한유는 독특하게 만들어 냈다. 805년의 「현재유회」縣齋有懷에서는 영달하려고 안달하는 것을 고삐 놓아 달리는 행동에 비유하여, "비록 대궐의 시종신이 되긴 했지만, 어찌 청운을 향해 고삐 놓아 달리랴"(雖陪彤庭臣, 詎縱靑冥靶)라고 냉소했다.[54] 816년의 「장적을 놀리다」(調張籍)에서는 조정 권신들의 작태를 비판하여, "왕개미가 큰 나무를 흔들려고 하다니, 제 역량 모르는 게 가소롭구나"(蚍蜉撼大樹, 可笑不自量)라고 했다.[55] (정약용은 모기령毛奇齡이 주희를 비판한 것을 비난하면서 한유의 이 시구를 차용했다.) 818년의 「황보식의 '공안원지시'를 읽고 쓴 독후감시」(讀皇甫湜公安園池詩書其後)에서는 문자나 아로새기는 번쇄한 일에 종사하는 것을 두고, "『이아』는 벌레나 물고기까지 주석했으니, 결코 뜻이 큰 사람 일 아니로다"(爾雅注蟲魚, 定非磊落人)라고 했다.[56] (정약용은 석천石泉 신작申綽이 물명의 주를 자세히 다는 것을 두고 한유의 이 시구를 끌어다 가만히 비판했다.)

한유는 새의 울음소리를 중의법으로 사용하는 방식에도 탁월했다.

807년의 「박탁행」剝啄行에서는, "똑 똑 똑 똑, 손님이 문에 왔으나, 내가 나가 응대하지 않자, 손님이 떠나며 화를 내는군"(剝剝啄啄, 有客至門. 我不出應, 客去而嗔)이라고 했다.[57] 816년의 「따라 노니는 사람에게 준다」(贈同游)에서는 "일어나라 깨우니 창은 완전히 밝았고, 돌아가길 재촉하다니 해가 지기 전이거늘. 꽃 속의 무심한 새들은, 또 함께 속마음 털어놓으며 우는구나"(喚起窓全曙. 催歸日未西. 無心花裏鳥, 更與盡情啼)라고 했다.[58]

이 시에 나오는 환기喚起(지빠귀)와 최귀催歸(두견)는 모두 새 이름인데, 새 울음 소리를 비슷한 소리값을 지니면서 경계의 의미를 지닌 한자어로 옮긴 것이다. 이 시들은 북송 때 매요신梅堯臣의 금언시禽言詩(새 울음을 사람의 말로 환원시켜 경계의 뜻을 가탁하는 시)에 영향을 주고 조선의 금언시에도 큰 영향을 주었다.

5.

한유가 비유어로 사용한 어휘들은 훗날 상투어가 된 것이 많다. 앞에서 인용한 모든 어휘들이 이미 후대의 문인들에게는 상투어가 되었다. 그 외에도 몇 가지 예를 더 든다면 다음과 같다.

과탈자今奪子라고 하면 명리를 추구하는 사람을 가리킨다. 이것은 한유가 795년에 지은 초기작인 「잡시」雜詩에서 "예전의 과탈자들은, 일만 개 무덤이 되어 산봉우리를 누른다"(向者今奪子, 萬墳厭其巓)고 한 말에서 나왔다.[59] 또 마을 사람들끼리 계를 닦는 것을 계돈계鷄豚契라 한다. 이것은 한유가 만년인 824년에 지은 「남계에 처음으로 배를 띄우고, 3수」(南溪始泛三首) 가운데 제2수에서 "부디 같은 마을 사람 되어, 봄가을마다 계돈으로 잔치를 했으면"(願爲同社人, 鷄豚燕春秋)이라 말한 것에서 비롯되었다.[60]

첨정添丁이라는 말은 아들을 뜻한다. 이것은 한유가 「노동에게 부치다」에서 "지난해 아들 낳아 첨정이라 이름 지었나니, 나라에 바쳐 농사에 충당하겠다는 뜻이었지"(去年生兒名添丁, 意令與國充耘籽)라고 한 구절에서 비롯되었다. 훗날 소동파는 「안국사에서 봄 풍광을 찾아」(安國寺尋春)

에서 "병으로 춘풍 구십 일을 그냥 보내고, 홀로 첨정을 안고 꽃 피는 것을 보노라"(病過春風九十日, 獨抱添丁看花發)라고 했으니,[61] 이 구의 '첨정'은 한유의 시어를 끌어다 쓴 것이다.

한유의 시는 여러 면에서 주지주의적이다. 의미의 과잉도 엿보인다. 그렇다고 그의 시를 낮추어 볼 수 없다. 사물 하나하나에서 의미를 찾아내려 했던 조선의 지식인들은 특히 한유에게 빚진 것이 너무나 많다.

한유
사유의 시적 구조화

1.

한유는 대장편의 시를 여럿 남겼다. 그 가운데서도 4언시 「원화성덕
시」元和聖德詩, 7언시 「석고가」石鼓歌, 5언시 「산석」山石이 유명하다. 「산
석」은 앞에서 이미 읽어 보았다.

「원화성덕시」[1]는 원화 2년(807)에, 당나라 헌종이 안녹산의 난을 극
복하고 이룩한 중흥의 업적을 기리기 위하여 1,024자字로 지은 4언 고
체시이다. 원화는 당나라 헌종의 연호다.

「석고가」[2]는 원화 6년(811)에, 주나라 선왕 때 사주史籀가 선왕을 칭
송하는 글을 지어 북처럼 생긴 돌에 새겼다는 이야기를 소재로 삼은 것
이다. 손하孫何의 풀이에 따르면 "주 선왕이 기산岐山의 남쪽에서 사냥
할 때 따르던 신하들로 하여금 그 사적을 돌에 새기게 한 것이 석고石鼓
라고 한다. 더러는 엽갈獵碣이라고도 한다." 석고문은 세상에 알려지지
않았으나, 당나라 때 들어와서 위응물과 한유가 각각 「석고가」를 지은
이후 세상에 널리 알려졌다.[3] 한유 이후 북송 때 소동파가 「석고」 시를

지었다. 이것을 '후석고가'라고 한다.[4] 석고문은 서체의 한 모범으로서 애호되었는데, 한유는 석고문의 자획을 두고 다음과 같이 묘사했다.

> 오랜 세월에 어찌 자획 이지러짐을 면하랴만
> 잘 드는 칼로 산 교룡과 악어를 잘라 낸 것 같아라.
> 난새 봉새가 날고 뭇 신선이 내려온 듯하고
> 산호와 벽옥나무 가지가 서로 엇걸린 듯하며,
> 금줄과 쇠사슬을 얽어 놓은 듯 웅장도 하고
> 옛 솥이 물에서 튀어나오고 용이 실북처럼 비등하네.

年深豈免有缺畫 연심기면유결획　　快劍斫斷生蛟鼉 쾌검작단생교타

鸞翔鳳翥衆仙下 난고봉저중선하　　珊瑚碧樹交枝柯 산호벽수교지가

金繩鐵索鎖紐壯 금승철삭쇄뉴장　　古鼎躍水龍騰梭 고정약수용등사

석고문의 기기괴괴한 글자체를 기이한 시어로 묘사해 냈다. 참고로, 정조 대왕이 화성에 행차할 때 한강의 주교를 건너 노량진에서 정오에 일시 머문 곳의 정자를 '용양봉저정'龍驤鳳翥亭이라 이름 지은 것은 한유의 이 「석고가」에서 착상을 얻은 듯하다.

2.

한편 한유는 당나라 헌종 원화 원년(806) 장안 남쪽에 솟아 있는 종남산에 관련된 기록들을 모으고 여러 차례에 걸친 자신의 등반 경험을 토

대로 장편의 「남산」南山 시를 지었다. 제목을 「남산시」南山詩라고도 한다. 「남산」 시는 오언고시 102운 204구의 대작으로, 암석의 기괴한 모습을 묘사하는 데 힘을 써서, 두보의 시보다도 조어가 빼어나다. 왕안석은 이 시가 두보의 「북정」北征보다 좋다고 했다. 『광운』廣韻을 근거로 압운을 살펴보면 거성 宥운을 주로 하고 候운과 幼운을 통압했다.[5] 평수운으로 보면 거성 宥운으로 일운도저一韻到底(하나의 운을 처음부터 끝까지 사용함)한 셈이니, 대단한 기세다!

한유는 이 시에서 산길을 가면서 시선의 변화에 따라 마주치는 자연의 장대한 아름다움을 한껏 묘출해 냈지만, 사물 전체를 조망하고 파악해서 그려 내려는 조바심이 드러난다. 이장우 선생의 역주를 참고로 하되 시를 서술 대상과 서술 방식에 따라 단락을 나누어 나름대로 읽어 보면 다음과 같다.

들으니 경성(장안) 남쪽에는 뭇 산들이 모여 있고
동서는 바다에 임해 크고 작은 산들을 이루 다 헤아릴 수 없는데
산경과 지리지에도 분명치 않아 기록이 전해 오지 않으니
언사를 모아 개괄하려 하나하나만 들고 만 가지를 빠뜨릴지 몰라
그만두려 하지만 그만둘 수 없어 그간 본 것을 대강 서술하련다.

일찍이 높은 산에 올라 바라보니 올망졸망 모인 산들이 보여
청명한 때면 모난 봉우리를 드러내고 산의 맥은 수실 가닥 같았는데
피어오르는 남기가 뒤덮고 있다가 홀연 안과 밖이 투명해져서
바람 없는데도 키질한 듯하고 무르익은 윤기가 어린 초목 감싸며
비낀 구름이 마침 평평하게 엉기고 점점이 봉우리들 드러나

하늘에 긴 눈썹이 떠 있어 짙은 푸른빛을 갓 칠한 듯하며,
외로운 절정은 험준하여 바다의 붕새가 먹감다 부리를 쳐든 듯하다.
봄볕이 가만히 젖어들자 깊이 숨은 싹이 반짝반짝 토해 나오고
바위산이 아스라해도 술기운 머금은 듯 연약하더니,
여름 폭염에 나무들 무성하여 울창한 그늘이 산을 뒤덮고
신령이 나날이 뜨거운 숨을 불자 구름 기운이 다투어 형태를 이룬다.
가을 서리가 각박함을 좋아하자 우뚝 선 모습 수척하여
들쑥날쑥 서로 얽혀 굳건하게 빛나는 모습이 우주에 솟아난다.
겨울은 비록 검고 어두워도 빙설이 교묘하게 조각하고
아침 해가 아슬아슬한 산을 비추어 1억 장 높이로 넓찍하게 퍼지자,
명암이 일정치 않아 순식간에 기이한 형상을 짓는다.

서남쪽엔 태백산이 웅대해서 돌기하여 달리 견줄 것 없고
장안의 울타리로 지덕에 배합하고 지역은 서남방을 점유해서는
슬며시 곤坤의 자리를 넘어 마구 서북방을 함몰시켜
텅 비어 덜덜 춥고 바람 기운은 쏴쏴 드세다.
주유朱維(남방)는 타들어도 산 북쪽엔 진눈깨비가 곤죽처럼 날린다.
큰 곤명지昆明池가 북쪽에 있어 가서 본 것이 마침 맑은 대낮인데
굽어보니 시선 끝까지 이어져 거꾸러진 산 그림자가 맑은 물에 다 잠
　　기지 못할 정도.
작은 파란이 수면에 일자 펄쩍펄쩍 원숭이들이 뛰다가
파란이 부서지자 놀라 고함치고 고꾸라지지 않자 보고 기뻐해 끽끽.
더 가서 두릉杜陵을 찾으니 먼지가 필원畢原을 잔뜩 덮었고
힘겹게 높은 곳으로 오르자 비로소 시야가 드넓었다.

가고 가서 마침내 끝에 이르자 산마루와 언덕이 번잡하게 교대로 달려

불쑥 터져 쪼개지는가 싶더니 에워싸고 가려서 용납해 주지 않네.

거령巨靈과 과아씨夸娥氏가 멀리 와서 힘을 판다면 팔리리라만,

되려 의심되네, 조물주의 뜻은 굳게 보호해 정령을 온축하려는 건가.

힘은 비록 밀치고 굴릴 수 있어도 우레와 번개가 욕할까 겁나누나.

더위잡고 기어오르느라 손발이 빠질 듯 기진하여 깊은 골짝에 이르러

황망하게 머리를 들어보니 가슴이 콱 막히고 두려운 마음 일어난다.

위용은 산뜻함을 잃어버리고 새 길을 찾으나 옛 길을 잃어버리니

관직에 얽매어 세월만 헤아리며 나아가려다가 그러지 못함과 같아라.

가장자리에서 못을 엿보니 맑게 엉긴 물이 교룡을 숨겨 둔 듯한데

물고기와 새우는 엎드려 움킬 수 있다만 그 신비로운 생물을 어찌 노
  략하랴.

나무에서 잎이 벗어져서 떨어지려 하자 새가 놀라 구해서는

다투어 입에 물고 둥글게 날아가 떨어뜨림이 급히 새끼를 먹이는 일
  보다 급하누나.

귀로에 올라 되돌아보니 멀리 높은 봉우리가 우뚝하게 다시 모여 선다.

아아, 정말 기괴하여라 높이 솟은 그 자질이 사람을 바꿀 정도.

지난 해 벌을 받아 유배될 때 지나다가 이 산과 해후했나니

처음엔 남전藍田에서 들어가 두루 살피느라 목과 정강이 고달팠는데

마침 하늘이 어둡고 큰 눈이 내려 눈물이 맺혀 살피기 괴로웠고,

험준한 길에는 큰 얼음이 뻗어 있어 직하하길 폭포같이 하여

옷자락 부여잡고 도보로 말을 밀며 넘어지고 자빠지며 물러났다 다시
  나아가느라

창황하여 조망하는 것을 잊어 응시의 범위가 고작 좌우뿐이었는데,
삼나무 대나무는 칼날처럼 뾰족하고 갑옷 모여 선 듯 번쩍였기에
온 마음으로 평평한 길 생각하며 험로로 벗어나길 액취腋臭 피하듯 했도다.
어저께 와서는 맑게 갠 날씨를 만나매 숙원이 부합하여 기뻐서
높은 산꼭대기를 올라가며 날다람쥐처럼 펄쩍펄쩍 했으니
앞이 낮아 홀연 툭 트여서 주름진 봉우리들이 난만하도다.

혹은 이어지길 서로 따르듯, 혹은 웅크리길 서로 싸우듯,
혹은 안정되길 엎어져 있는 듯, 혹은 쫑긋 서길 장끼가 놀라듯,
혹은 흩어지길 와해瓦解하듯, 혹은 내달리길 바큇살이 살통에 모이듯,
혹은 훨훨 날길 배가 노닐 듯, 혹은 결연하길 말이 달리듯,
혹은 등지길 미워하듯, 혹은 마주하길 서로 돕듯,
혹은 어지럽기가 죽순 뽑혀 나듯, 혹은 쫑긋하기가 쑥뜸 뜨듯,
혹은 뒤섞이길 그림 그려 둔 듯, 혹은 얽히길 전서·주서 쓴 듯,
혹은 깔리기를 별들 늘어선 듯, 혹은 자욱하길 구름이 머문 듯,
혹은 둥실 뜨길 파도 탄 듯, 혹은 자잘하길 가래 쟁기로 간 듯.
혹은 하육夏育 맹분孟賁처럼 현상금 타러 용맹하게 나아가,
앞서는 강하게 기세를 냈으나 뒤에는 우둔하여 어물어물하는 듯.
혹은 제왕처럼 존엄하여 천하고 어린 것들이 모여들어 조회하니,
가까운 친척도 설만할 수 없고 촌수가 멀어도 패려궂을 수 없듯.
혹은 식탁에 임하여 안주 과일을 포개 놓은 듯하고,
또한 구원九原에 노닐어 무덤들이 널과 덧널을 감싼 듯.
혹은 볼록하길 물동이 항아리 같고, 혹은 들리기를 목기 자기 같으며,
혹은 엎어지길 햇볕 쬐는 자라 같고, 혹은 쓰러지길 잠든 짐승 같으며,

혹은 구물구물 숨은 용 같고, 혹은 날개 펴길 퍼덕이는 수리 같으며,

혹은 나란하길 친구 같고, 혹은 떨어지길 위아래 동서 같으며,

혹은 쏟아지길 흘러 떨어지듯 하고, 혹은 돌아보길 유숙할 듯이 하며,

혹은 어그러지길 원수 같고, 혹은 긴밀하길 처가 같으며,

혹은 의젓하길 관모 쓴 이 같고, 혹은 뒤집길 무희 소매 같으며,

혹은 우뚝하길 전투의 군진 같고, 혹은 포위하길 수렵의 타위打圍 같다.

혹은 휩쓸리듯 동쪽으로 쏟아지고, 혹은 편안히 북쪽으로 머리 두며,

혹은 불이 타오르듯 하고, 혹은 증기가 밥의 김 나듯 한다.

혹은 가고 가서 중지하지 않고, 혹은 남겨두곤 거두지 않으며,

혹은 비스듬하되 기우뚱하지 않고, 혹은 늘어져 시위 풀린 듯하며,

혹은 벌겋기가 구레나룻이 무지러진 듯, 혹은 불기운 일기가 땔나무
    태우듯,

혹은 거북 배 껍질이 조짐 나타내듯, 혹은 점괘가 여섯 효로 나뉘듯,

혹은 앞에 가로 눕길 박剝괘(坤下艮上)같이 하고, 혹은 뒤쪽에 끊어지
    길 구姤괘(巽下乾上)같이 하며

쭉쭉 떨어졌다간 이어지고 쑥쑥 돌아섰다간 만난다.

오물오물 물고기가 부들 속으로 틈입하듯, 시원시원 달이 별자리를
    거치는 듯.

높다랗게 장벽과 담장이 선 듯, 우람하게 곳간과 마구가 설치된 듯.

기다랗게 창칼을 깎아 세운 듯, 반짝반짝 보옥을 머금은 듯.

활짝 펼치긴 꽃의 몽우리 열듯, 늘어지긴 지붕의 낙수 고랑 꺾이듯.

유유悠悠하게 느긋하고 편안한 듯, 올올兀兀하게 미쳐 내달리는 듯.

펄쩍펄쩍 튀어나와 달아나듯, 구물구물 놀라 힘쓰지 못하는 듯하다.

위대하도다 천지 사이에 서서 산천의 경영이 영위營衛(기혈)와 주리腠理(살결)를 닮았구나.

당초 누가 열고 펼쳤던가, 애면글면 누가 권유했던가.

이 크고도 교묘한 것을 창조하느라 힘을 다해 노고를 참아 내다니,

도끼 자귀를 베푼 것이 아니라면 신령의 저주를 빌린 것인가.

홍황鴻荒한 옛일이 전하지 않기에 이 큰 공을 보상할 길 없구나.

제사 모시는 관리에게 들으니 향 피우면 제물을 흠향한다기에,

멋지게 이 노래를 지어 신령에게 올리는 제사를 찬조하노라.[6]

吾聞京城南 오문경성남	玆維群山囿 자유군산유
東西兩際海 동서양제해	巨細難悉究 거세난실구
山經及地志 산경급지지	茫昧非受授 망매비수수
團辭試提挈 단사시제설	挂一念萬漏 괘일념만루
欲休諒不能 욕휴양불능	粗敍所經觀 추서소경구
常昇崇丘望 상승숭구망	戢戢見相湊 집집견상주
晴明出稜角 청명출능각	縷脉碎分繡 누맥쇄분수
蒸嵐相澒洞 증람상홍동	表裏忽通透 표리홀통투
無風自飄簸 무풍자표파	融液煦柔茂 융액후유무
橫雲時平凝 횡운시평응	點點露數岫 점점노수수
天宇浮脩眉 천우부수미	濃綠畫新就 농록화신취
孤撐有巉絶 고탱유참절	海浴褰鵬噣 해욕건붕주
春陽潛沮洳 춘양잠저여	濯濯深吐秀 탁탁심토수
巖巒雖崒崒 암만수줄줄	輭弱類含酎 연약유함주
夏炎百木盛 하염백목성	蔭鬱增埋覆 음울증매부

神靈日歊歔	신령일효희	雲氣爭結構	운기쟁결구
秋霜喜刻轢	추상희각력	礔卓立癯瘦	책탁립구수
參差相疊重	참치상첩중	剛耿陵宇宙	강경능우주
冬行雖幽墨	동행수유묵	氷雪工琢鏤	빙설공탁루
新曦照危峨	신희조위아	億丈恒高褒	억장항고무
明昏無停態	명혼무정태	頃刻異狀候	경각이상후
西南雄太白	서남웅태백	突起莫間篘	돌기막간추
藩都配德運	번도배덕운	分宅占丁戊	분댁점정무
逍遙越坤位	소요월지위	詆訐陷乾竇	저알함건두
空虛寒兢兢	공허한긍긍	風氣較搜漱	풍기교수수
朱維方燒日	주유방소일	陰霞縱騰糅	음산종등유
昆明大池北	곤명대지북	去覿偶晴畫	거적우청주
縣聯窮俯視	면련궁부시	倒側困淸漚	도측곤청구
微瀾動水面	미란동수면	踊躍躁猱狖	용약조노유
驚呼惜破碎	경호석파쇄	仰喜呀不仆	앙회하불부
前尋徑杜墅	전심경두서	坌蔽畢原陋	분폐필원루
崎嶇上軒昂	기구상헌앙	始得觀覽富	시득관람부
行行將邃窮	행행장수궁	嶺陸煩互走	영륙번호주
勃然思坼裂	발연사탁렬	擁掩難恕宥	옹엄난서유
巨靈與夸蛾	거령여과아	遠賈期必售	원고기필수
還疑造物意	환의조물의	固護蓄精祐	고호축정우
力雖能排斡	역수능배알	雷電怯呵詬	뇌전겁가후
攀緣脫手足	반연탈수족	蹭蹬抵積鶖	층등지적추
茫如試矯首	망여시교수	堨塞生怐愗	벽색생구무

威容喪蕭爽 위용상소상　近新迷遠舊 근신미원구

拘官計日月 구관계일월　欲進不可又 욕진불가우

因緣窺其湫 인연규기추　凝湛閟陰獸 응담비음수

魚蝦可俯掇 어하가부철　神物安敢寇 신물안감구

林柯有脫葉 임가유탈엽　欲墮鳥驚救 욕타조경구

爭銜彎環飛 쟁함만환비　投棄急哺鷇 투기급포구

旋歸道廻睨 선귀도회예　達枿壯復奏 달얼장부주

吁嗟信奇怪 우차신기괴　峙質能化貿 치질능화무

前年遭譴謫 전년조견적　探歷得邂逅 탐력득해후

初從藍田入 초종남전입　顧眄勞頸脰 고면노경두

時天晦大雪 시천회대설　涙目苦朦瞀 누목고몽무

峻塗拖長氷 준도타장빙　直下若懸溜 직하약현류

褰衣步推馬 건의보퇴마　顚蹶退且復 전궐퇴차부

蒼黃忘遐睎 창황망하희　所矚纔左右 소촉재좌우

杉篁咤蒲蘇 삼황타포소　杲耀攢介冑 고요찬개주

專心憶平道 전심억평도　脫險逾避臭 탈험유피취

昨來逢淸霽 작래봉청제　宿願忻始副 숙원흔시부

峥嶸躋冡頂 쟁영제몽정　倏閃雜鼯鼬 숙섬잡오유

前低劃開濶 전저획개활　爛漫推衆皺 난만추중추

或連若相從 혹련약상종　或蹙若相鬪 혹축약상투

或安若弭伏 혹타약미복　或竦若驚雊 혹송약경구

或散若瓦解 혹산약와해　或赴若輻輳 혹부약폭주

或翩若船遊 혹편약선유　或決若馬驟 혹결약마취

或背若相惡 혹배약상오　或向若相佑 혹향약상우

或亂若抽筍 혹란약추순　或嵲若炷炙 혹얼약주자

或錯若繪畫 혹착약회화　或繚若篆籀 혹료약전주

或羅若星離 혹라약성리　或蓊若雲逗 혹옹약운두

或浮若波濤 혹부약파도　或碎若鋤耨 혹쇄약서누

或如賁育倫 혹여분육륜　賭勝勇前購 도승용전구

先强勢已出 선강세이출　後鈍嗔詎譳 후둔진투누

或如帝王尊 혹여제왕존　叢集朝賤幼 총집조천유

雖親不褻狎 수친불설압　雖遠不悖謬 수원불패류

或如臨食案 혹여임식안　肴核紛飣餖 효핵분정두

又如遊九原 우여유구원　墳墓包槨柩 분묘포곽구

或纍若盆甖 혹류약분앵　或揭若甑桓 혹게약등두

或覆若曝鼈 혹부약포별　或頹若寢獸 혹퇴약침수

或蜿若藏龍 혹완약장룡　或翼若搏鷲 혹익약박취

或齊若朋友 혹제약붕우　或隨若先後 혹수약선후

或迸若流落 혹병약유락　或顧若宿留 혹고약숙류

或戾若仇讐 혹려약구수　或密若婚媾 혹밀약혼구

或儼若峨冠 혹엄약아관　或翻若舞袖 혹번약무수

或屹若戰陣 혹흘약전진　或圍若蒐狩 혹위약수수

或靡然東注 혹미연동주　或偃然北首 혹언연북수

或如火熺焰 혹여화희염　或若氣饙餾 혹약기분류

或行而不輟 혹행이불철　或遺而不收 혹유이불수

或斜而不倚 혹사이불의　或弛而不彀 혹이이불구

或赤若禿鬜 혹적약독간　或燻若柴楢 혹훈약시유

或如龜坼兆 혹여구탁조　或若卦分繇 혹약괘분주

或前橫若剝 혹전횡약박　或後斷若姤 혹후단약구

延延離又屬 연연이우속　夬夬叛還遘 쾌쾌반환구

喁喁魚闖萍 우우어틈평　落落月經宿 낙락월경수

闇闇樹墻垣 은은수장원　巇巇架庫廐 헌헌가고구

參參削劍戟 삼삼삭검극　煥煥銜瑩琇 환환함형수

敷敷花披萼 부부화피악　闟闟屋摧霤 흡흡옥최류

悠悠舒而安 유유서이안　兀兀狂以狃 올올광이뉴

超超出猶奔 초초출유분　蠢蠢駭不懋 준준해불무

大哉立天地 대재입천지　經紀肖營腠 경기초영주

厥初孰開張 궐초숙개장　俛僶誰勸侑 민면수권유

創玆朴而巧 창자박이교　戮力忍勞疚 육력인로구

得非施斧斤 득비시부근　無乃假詛呪 무내가저주

鴻荒竟無傳 홍황경무전　功大莫酬僦 공대막수추

嘗聞於祠官 상문어사관　芯芬降歆齅 필분강흠후

斐然作歌詩 비연작가시　惟用贊報酧 유용찬보유

청나라 구조오仇兆鰲는 이 「남산」 시에 과장이 심하다고 비판했다. 특히 중간의 10여 구는 종남산에만 해당되는 표현이라 할 수 없으며, 험운을 사용하느라 억지 표현을 많이 해서 종남산의 본래 면목을 그려 내지 못했다고 비판했다.[7]

하지만 이 시는 사계절의 변화를 총체적으로 서술한 후, 남산이 잇닿아 그쳐 있는 곳을 차례로 서술하고, 마지막으로는 거쳐 지나오면서 본 것을 서술하면서, 묘사와 서술을 시적으로 구조화했다. 더구나 이 시는 단순한 경관 묘사로 그친 것이 아니다.

한유가 대체 무슨 뜻으로 이 「남산」 시를 지었는가? 희戲를 추구한
결과일까?

조선 후기의 이익李瀷(1681~1763)은 『성호사설』에서 이 시에 한유의
오만한 기질이 드러나 있다고 하면서도, 이 시가 결코 흥 나는 대로 장
난스레 붓을 놀린 것이 아니라고 했다. 이익은 한유가 초목과 금수, 인
심과 세도, 문장과 사조의 다양한 속성들을 세밀하게 탐구하여 그것을
산의 갖가지 현상들로 비유해서 밝힌 것이라고 보았다. 이익의 논평 가
운데 일부를 보면 다음과 같다.

> 대개 천지의 사이에 리理를 갖추지 않은 곳이 없으므로, 품물치고 리
> 를 지니지 않은 것이 없다. 초목으로 징험하고 금수로 징험해 보더라
> 도, 특이한 품성과 기괴한 형태를 지닌 것이 있고, 대소 장단과 경중
> 강약이 다른 것이 있으며, 색깔도 옅은 것과 짙은 것이 있고, 기氣도
> 좋고 추한 것이 있어서, 어느 것도 갖추지 않은 것이 없다. 내가 혹시
> 보지 못해 신빙할 수 없다고 하여 반드시 그럴 리 없다고 하겠는가?
> 인심과 세도에 미루어 보더라도, 선악이 각자 얼굴처럼 다르고 변고
> 가 백 가지, 억 가지라서, 어렵고 쉽고 느리고 급한 사이에 놀랄 만하
> 고 슬퍼할 만하고 기뻐할 만하고 수심할 만한 것이 갖추어 있지 않은
> 것이 없다. 문장과 사조에 미루어 보더라도, 편안하고 무거움은 산과
> 같고 활동함은 물과 같으며 세밀함은 실(絲)과 같고 빼어남은 꽃과 같
> 으며 변하는 형상은 구름과 같고 구불구불함은 등나무와 같으며 아스
> 라함은 신선과 같고 황홀함은 귀신과 같으며 밝음은 일월과 같고 높
> 음은 별과 같으며 깊음은 구렁과 같고 굳음은 쇠와 같으며 장건함은
> 치달리는 준마와 같고 조용함은 어여쁜 규중처녀와 같으며 넓고 멀기

는 바다와 같고 다함없이 번성함은 긴 대나무가 떨기 져 나는 것과 같다. 교巧가 있으면 졸拙이 있고 전全이 있으면 편偏이 있어서, 다 갖추지 않은 것이 없다. 한유가 이것을 붓 끝으로 묘사해 내려 했으니, 산이 아니면 그렇게 할 수가 없었다. 그 시를 읽어 보면, 거문고·피리의 곡조와 박자 같아서 나아가고 물러감이 절도에 맞아 안팎과 섬말纖末(섬세한 끝)을 죄다 구비했으니, 시가詩家의 묘가 여기에 이르러 지극하다 하겠다. 대개 일생 남에게 오만한 성품을 다 드러낸 것으로, 50개의 혹或 자에는 사람의 정상情狀이 두루 갖추어 있다. 구원九原에서 다시 살아온다면 반드시 빙그레 웃을 것이다.[8]

이익은 특히 한유가 50개의 혹或 자를 사용해서 산을 묘사함으로써 사람의 정상情狀을 있는 대로 드러냈다고 평가했다. 사물의 양상을 혹或 자를 이용해서 열거 서술하는 방식은 중국의 시인들만이 아니라 조선의 시인들에게도 큰 영향을 끼쳤다. 확실히 이 시에서의 열거 서술 방식은 사물의 본질을 경험적으로 분석할 때 매우 유효했다. 하지만 시의 응집성과 함축성은 희생시켜야 했다.

조선 시대의 문인–학자들 가운데는 한유의 「남산」에 차운하여 시를 지은 이들이 많다. 조선 후기의 채팽윤蔡彭胤은 금강산 유람 중에 「풍악시, 창려 '남산'에 차운함」(楓岳詩, 次昌黎南山韻)을 지었고, 서명응徐命膺은 백두산을 다녀온 후 「백두산시, 한문공 '남산' 시의 운자를 이용하여」(白頭山詩, 用韓文公南山詩韻)를 지었다. 황윤석黃胤錫과 이덕무李德懋는 중국 남산의 풍경을 연상하면서 「남산」 시에 차운하여 새로운 「남산」 시를 만들었다. 이덕무는 두 수나 지었다. 이들은 한유의 「남산」에서 형식과 기법을 익히려 한 것만이 아니다. 이들은 공간 속의 다양한 경물들을 전관全觀하여 본래의 생동감을 해치지 않고 시간 예술인 시 속에 포치함으로써 객관 인식의 총체성을 드러내고자 각자 그 나름대로 고민했던 것이다.

3.

한유는 지식으로 시를 지었다. 앞서 「한유, 주지주의의 실험」에서도 보았듯이 한유는 고사를 사용해 뜻을 표현하는 방법을 즐겼다. 이를테면 「장철에게 답한다」(答張徹)에서는 "그대를 벗 삼자 해도 그대는 육항에게 사양하고, 나를 스승 삼겠다지만 공손정에게 부끄럽네"(結友子讓抗, 請師我慚丁)라고 했다.[9] 상대방을 벗 삼고 싶지만 상대방은 뛰어난 사람에게 양보하고, 상대방이 나를 스승으로 모시려 하지만 자신은 자질이 모자라다고 말한 것인데, 육항陸抗과 공손정公孫丁의 일화를 모르면 그 뜻을 전혀 이해할 수가 없다.

육항은 중국 삼국시대 오나라 사람으로, 시대가 어지러워 사람들이 서로 믿지 못하는 상황이었으나 그가 양호羊祜에게 술을 보내자 양호가 의심 없이 마셨고 양호가 그에게 약을 보냈을 때도 육항이 의심 없이 먹었다고 한다.[10] 한유는 그의 고사를 들어, 장철이 자신은 육항 같은 인물이 아니라며 양보한다고 말한 것이다. 한편 공손정은 춘추시대 위衛나라의 활쏘기 명수로, 자신의 제자의 제자 윤공타尹公佗가 공격해 오자 활을 쏘아 윤공타의 팔을 관통시키되 목숨은 살려 주었다.[11] 한유는 자신은 공손정과 달리 도량이 크지 못해 상대방의 스승 되기에는 부족하다고 겸손해한 것이다.

평소 한유는 문자음文字飲을 할 줄 알아야 교양인이라고 여겼다. 문자
음이란 술을 마시면서 시를 읊고 문장을 논하는 것이다. 806년의 지은
「취해서 장 비서에게 주다」(醉贈張祕書)에서 그는

장안의 부자 아이들은
고기와 훈채를 소반에 차려 놓고,
시 지으며 마실 줄은 알지 못한 채
기녀의 붉은 치마에 취할 줄만 아나니,
한 식경의 즐거움은 얻을지 몰라도
모기떼가 윙윙거리는 것과 같을 뿐.[12]

長安衆富兒 장안중부아   盤饌羅羶葷 반찬나전훈

不解文字飲 불해문자음   惟能醉紅裙 유능취홍군

雖得一餉樂 수득일향락   有如聚飛蚊 유여취비문

이라고 장안의 부호 자제들을 조롱했다. 이 시에서부터 비문飛蚊(날아다
니는 모기)이라고 하면 고상한 풍류를 즐길 줄은 모르고 그저 술에 취해
서 기생들과 노닥거리며 시간을 보내는 사람들을 가리키게 되었다.
　한유는 문자음의 일례로 연구聯句를 짓기도 했다. 연구란 여러 사람
이 모여 각자 한 구씩 짓거나 두 구씩 지어서 전체의 시를 이루는 방식
이다. 맹교와 153운을 사용하여 1,530자에 달하는 시구를 함께 지어
「성남연구」城南聯句를 엮은 것은 그 대표적 사례다.[13] 이후로 연구의 작
시가 중국과 한국 문인들 사이에 우아한 놀이로 정착되었다. 일본의 중
세시대에는 한 구절은 한시, 한 구절은 일본시(화가和歌)로 잇는 연구連句

양식이 한때 유행하기까지 했다.

812년에 한유는 형산衡山의 도사 헌원미명軒轅彌明과 함께 차 달이는 돌솥을 소재로 하여 「석정연구시」石鼎聯句詩를 이루었다.[14) 이 연구에서 헌원미명은 돌솥의 구멍을 지렁이 구멍이라 묘사하고 그 구멍에서 끓는 찻물의 소리를 파리 울음소리에 비유하여, "때로는 지렁이의 구멍에서, 파리 울음소리가 가늘게 들리네"(時於蚯蚓竅, 微作蒼蠅鳴)라는 유명한 시구를 남겼다. 헌원미명은 별도의 인물이라고도 하고 한유 자신일 것이라고도 한다.

한유는 지적인 시를 좋아하되, 비유는 대개 생활과 밀착되어 있었다. 또 생활 현장과 밀착된 주제를 시에 담곤 했다. 심지어 816년에 한유는 아들 부符를 성남에 글공부하러 보내면서 「부가 성남에서 글 읽는다기에」(符讀書城南) 시를 지어 생활 냄새 가득한 시어를 사용했다. 즉 이 시에서, 두 집에서 각각 아들을 낳으면 어릴 때는 두 아이가 별 차이 없지만 자라면서 차이를 드러내어 서른이 되면 뼈대가 굵어져 하나는 용, 하나는 돼지가 되는데, 그것이 모두 독서의 힘이라고 하였다.

"나이 서른 되어 뼈대가 굵어지면, 하나는 용 하나는 돼지가 되는데, 비황(신마)은 쏜살처럼 달려, 두꺼비 따위는 돌아보지 않는단다."(三十骨骼成, 乃一龍一猪. 飛黃騰踏去, 不能顧蟾蜍.)[15)

웃음이 나오지 않을 수 없으며, 또 한숨을 짓지 않을 수 없다.

또 "문장이 어찌 귀하지 않으리오, 경서의 가르침은 전답이다"(文章豈不貴, 經訓乃菑畬)라 하고, "사람이 고금의 의리를 알지 못하면, 마소에 사람 옷을 입힌 격이니라"(人不通古今, 馬牛而襟裾)라 했다. 자식에게 금우襟牛(옷 입은 소)가 되지 말고 문장과 경서를 익혀 고금의 의리를 깨치기를 바라는 것, 이것이야말로 생활 세계 속의 인간이라면 누구나 지니는 보편적인 마음이 아니겠는가!

한유는 부지런히 일해서 고난을 극복하고 부귀를 얻었음을 자부했다. 그래서 815년의 「자식에게 보여 준다」(示兒)에서 "처음 내가 서울에 올라올 적엔, 한 묶음 서적만 가져왔을 뿐인데, 삼십 년 고생한 끝에, 이 집을 장만하게 되었단다"(始我來京師, 止携一束書. 辛勤三十年, 以有此屋廬)라고 밝혔다.[16] 문학에서도 그는 각고 끝에 일가를 이룬 것을 자부했다. 그렇기에 그의 시문에는 지식을 과시하고 세상을 오만하게 깔보는 면이 드러나 있는 듯하다. 「남산」 시는 그 대표적인 예이다.

4.

이한李漢은 「창려선생집서」昌黎先生集序에서 한유의 학문과 문학을 평하여, "기이하기는 교룡이 하늘을 나는 듯하고, 성대하기는 범과 봉황이 뛰는 듯하다"(詭然而蛟龍翔, 蔚然而虎鳳躍)고 했다.[17] 유종원은 정치적으로는 한유와 성향을 달리했지만 한유의 문학을 사랑하여, 한유가 시를 부쳐 오면 장미꽃 이슬에 손을 씻고 옥유향玉蕤香을 뿌린 뒤에 그 시를 읽었다고 한다. 한유가 죽은 뒤 학자들은 그를 태산처럼 높이 숭앙하고 북두칠성처럼 우러러 존모했다. 한유는 과연 태산북두泰山北斗였다.

송나라 시인 진관秦觀은 「한유론」에서 한유의 시를 두보의 시에 견주어 이렇게 논평했다.

(한유는) 마치 두자미가 시에서 뭇 작가들의 장점을 한데 모은 것과 같다. ……맹자가 이르기를 "백이는 성인 가운데 청淸한 분이요, 이윤

은 성인 가운데 임任을 중시한 분이요, 유하혜는 성인 가운데 화和한 분이요, 공자는 성인 가운데 시時를 중시한 분인데, 공자를 일러 여러 성인을 모아서 대성했다고 한다"라고 했다. 아, 두보와 한유는 시에서 집대성한 분들이라 하겠다.[18]

진관은 후대에 원호문으로부터 계집애 시라는 비판을 받지만, 자신과는 시 세계가 달랐던 한유를 이토록 존경했다. 놀라운 일이다. 신기축을 내려면 거인의 어깨를 빌려야 한다는 사실을 똑똑히 알았기 때문에 이런 논평을 할 수 있었을 것이다.

한유에 대해서는 북송 때부터 언행의 불일치를 비난하는 이야기가 있었다. 진선陳善은 『문슬신어』捫虱新語에서, 한유가 장안의 부잣집 자제들이 욕정만 쫓는다고 비판했지만 그 자신은 두 시녀를 가까이 두었다고 지적했다.[19] 다른 사람들은 한유가 경박하다거나 절친한 승려들에게도 비꼬는 시어를 주었다거나 하는 식으로 비판하기도 했다. 그러나 대체로 보아 한유는 삶의 친근한 소재를 가지고 인간 보편의 생각을 시에 담되, 남들과는 달리 기발한 시어와 압운법을 추구해서 신기축을 이루어 냈다고 말할 수 있다. 한계는 있지만 그 또한 예술 세계의 '외로운 나무'인 것이다.

그나저나, 조선 시대 문인들은 대개 어려서 「남산」 시를 외워 한 글자도 틀리지 않았다고 한다. 이덕무는 한유의 운자를 그대로 사용하여 「남산시」南山詩를 새로 지었다. 예순을 바라보는 나이에도 나는 이 시를 외우기는커녕 번역하는 데도 힘이 들었다. 좌절감을 느낀다.

왕사진
상념의 정화精華

1.

일본 도쿄의 동양문고東洋文庫에 『정화선존』精華選存 1책이 있다.[1] 김정희金正喜(1786~1856)가 청나라 초 왕사진王士禛(1634~1711)의 시집 『정화록』精華錄 가운데서 시들을 가려 뽑고 오탈자를 정정해 두었는데, 구한말의 장서가 심의평沈宜平이 깨끗하게 베껴 쓰고 책으로 엮은 것이다. 동양문고는 일본 미쓰비시 재단의 도서관인데, 한때 일본 국회도서관의 지부로 편입되었다가 법인이 되었다. 일제강점기에 마에마 교사쿠前間恭作가 우리나라에서 수집한 도서를 기증한 것이 있고, 도서관 자체적으로 우리나라 책을 꾸준히 구입하여, 우리나라의 좋은 책이 많기로 유명하다.

김정희는 흔히 추사秋史라는 호로 알려져 있지만, 이 책에서는 완당노인阮堂老人이란 호를 사용했다. 완당은 청나라 학자 완원阮元(1764~1849)을 흠모하여, 그의 이름을 따서 호를 지은 것이라고 전한다.

심의평은 음사로 군수를 지낸 인물인데, 일생 동안 1만 4천여 권의

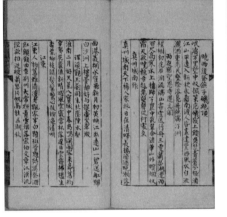

「정화선존」 김정희 선選, 심의평 서書, 일본 동양문고 소장 필사본 1책. 심의평 구창, 마에마 교사쿠 수집

책을 모았다. 김정희가 지니고 있던 인장을 여럿 자기 소장의 책에 찍기도 했다. 위조해서 이익을 얻으려고 그런 것이 아니라 김정희를 숭모하여 그런 것이라고 한다.

겉표지에는 제첨題籤을 따로 붙였다. 그 제첨의 제목이 '정화선존'이고, 제목 아래에 "부附 윤하칠절綸霞七絶 미인향초美人香草"라고 적었다.

내용을 보면 「정화일선」精華一選, 「정화이선」精華二選, 「정화절구선존」精華絶句選存, 「정화절구이존」精華絶句二存, 「윤하칠절」綸霞七絶, 「미인향초집」美人香草集의 6부로 되어 있다. 「윤하칠절」과 「미인향초집」은 부록이다. 「윤하칠절」은 청나라 전문田雯(1635~1704)의 시 가운데 칠언절구만 뽑은 것이며, 「미인향초집」은 소동파 등의 사詞를 선별한 것이다. 『정화선존』의 본편에 해당하는 「정화일선」, 「정화이선」, 「정화절구선존」, 「정화절구이존」 등은 바로 왕사진의 시를 가려 뽑아 둔 것이다.

내표지를 보면 '정화선존'이라는 제목 오른쪽에 길상실원본吉祥室原本이라 적고 제목 왼쪽에는 고향서옥장古香書屋藏이라 했다. 그리고 내표지의 오른쪽 아래에는 '청송심씨연고당도적'靑松沈氏淵古堂圖籍의 방형 붉은 도장을 눌러 두었다. 길상실, 고향서옥, 연고당은 모두 심의평의 서재 이름이다.

동양문고 소장의 『정화선존』은 마에마 교사쿠가 수집한 책이라서 내표지의 '길상실원본' 글씨 윗머리에 '재산루수서지일'在山樓蒐書之一이라고 새긴 둥근 도장이 찍혀 있다.

2.

　『정화선존』은 김정희가 왕사진의 시를 얼마나 사랑했는지, 또 그의 감식력이 얼마나 뛰어났는지 알려 주는 귀중한 문헌이다. 왕사진은 한시의 역사에서 신운神韻의 설을 제창한 것으로 유명하다.

　왕사진은 자가 이상貽上 혹은 자진子眞이고, 호는 완정阮亭·어양산인漁洋山人이다. 지금의 산동성 환대현桓臺縣에 해당하는 신성新城 사람이다. 본래 이름은 왕사진이었으나, 그가 죽은 후 청나라 옹정제의 이름 윤진胤禛의 글자를 피하여 왕사정王士正 혹은 왕사징王士徵이라고 고쳤다. 그 후 건륭제가 왕사정王士禎이라는 이름을 하사했다.

　왕사진은 또 찬제거사羼提居士라는 호도 사용했다. 영조 때 요절한 조선의 시인 이언진李彦瑱(1740~1766)이 찬제거사라는 호를 사용한 것은 그의 영향을 받았기 때문인지 모른다. 찬제란 범어 끄산띠의 음역으로, 마음을 안정시켜 온갖 모욕과 번뇌를 참는 수행을 말한다.

　왕사진은 1655년(청나라 순치 12) 진사가 된 후 여러 관직을 거쳐 형부상서를 지냈다. 청수淸秀하고 한아하며 담백하면서 유창한 시를 많이 남겼다. 일찍이 명말 청초의 시인 전겸익錢謙益·오매촌吳梅村에게 인정을 받았으며, 큰형 왕사록王士祿, 셋째 형 왕사우王士祐와 더불어 '삼왕'으로 일컬어졌다. 또 같은 시대의 주이준朱彝尊과 함께 '주왕'이라 병칭되었다. 조집신趙執信은 그를 비판했지만 대부분의 청나라 사람들은 '어양'漁洋이란 두 글자만 나오면 반드시 도행跳行(행갈이)하여 쓸 정도로 그를 존경했다. 시집으로 『정화록』이 있고, 시문 전체를 모은 문집으로 『대경당전집』帶經堂全集2)이 있다. 『정화록』은 『어양정화록』漁洋精華錄이라고도 부른다.

왕사진은 어렸을 때 형 왕사록의 가르침을 받아서 왕유·맹호연·왕창령王昌齡·위응물·유종원의 시를 본받았다. 28세로 양주揚州에 있을 때 둘째 아들을 위해 당시 가운데 주로 자연과의 일여一如를 노래한 5, 7언 율시와 절구를 뽑아서 그 선집을 『신운집』神韻集이라 했다. 왕사진이 이 선집을 '신운'이라 부른 것은 송나라 엄우嚴羽의 『창랑시화』滄浪詩話[3]를 계승한 것이라고 한다. 단, 전하지 않는다. 55세 때는 『당현삼매집』唐賢三昧集[4]을 편찬하여, 성당의 근체시에 구현된 오도悟道의 경지를 존중했다. 시와 선의 일치를 추구한 것이다.

왕사진은 시의 상징성과 이미지를 중시하고, 외부 대상에 접하여 일어나는 흥취를 추구했으며, 투철한 깨달음을 창작 방법으로 삼았다. 그는 그러한 시론을 『어양시화』漁洋詩話[5]나 『대경당시화』帶經堂詩話에서 거듭 주장했다.

현대시는 이미지를 중시한다. 하지만 한시는 비시적인 것들도 용납했다. 리듬만으로 시의 주제나 시인의 정서를 표현한 훌륭한 시도 있다. 설리적인 시가 그 예다. 그런데 왕사진은 한시에서 이미지를 중심에 두었다. 순수 이미지의 시를 지은 것은 아니지만 상상 속의 경관을 이미지 중심으로 중첩하기도 했다.

왕사진은 사공도司空圖의 작품이라고 전해 오는 『이십사시품』二十四詩品 가운데 "한 자도 쓰지 않고 멋을 모두 표현한다"(不着一字盡風流)라는 구절을 좋아해서,[6] 시에서 언외의 무한한 맛을 추구했다. 또한 엄우가 『창랑시화』에서, "선도禪道는 오직 오묘한 깨달음에 있고 시도詩道 또한 오묘한 깨달음에 있다"라고 하여 선과 시의 동질성을 언급한 것에 주목했다. 그래서 "사다리를 버리고 언덕에 오르는 것을 선가에서는 깨달음의 경지라 하고 시인은 조화의 경지라 하므로 시와 선은 차이가 없다"라고 했다. 왕사진은 시에서 회심會心을 중시하여, 『당현삼매집』의 자서自序에서 사공도와 엄우의 시에는 별도로 회심이 담겨 있다고 했다. 나아가 『당인만수절구선』唐人萬首絶句選[7] 7권을 엮어, 당시의 절구 가운데 신운이 깊은 시들을 제시했다. 송나라 홍매洪邁가 편찬한 『만수당인절구』萬首唐人絶句[8] 100권을 토대로 삼아 독자적인 시관에 따라 시를 선별한 것이다.

왕사진의 시는 외계적 범위가 넓고 아득하며, 물상의 인상이 아련하고 흐릿하며, 가을·밤·저녁의 시간을 노래하여 맑고 심원한 맛을 중시했다. 결국 그가 말한 신운이란 언어의 함축적 기능connotative function을 극단적으로 추구하면서, 외물에 속박되지 않는 평정한 마음 상태를 추구한 것을 의미한다.

왕사진이 신운설을 적용하여 지은 시로는 그가 24세에 지은 「추류」秋柳 4수를 손꼽는다. 그 시의 서문에서 그는 이렇게 말했다.

지난날 강남의 왕자(굴원을 가리키는 듯)는 낙엽에 느껴 슬픔을 일으키고, 금성金城의 사마(동진의 환온桓溫)는 버드나무 긴 가지를 붙잡고 눈물을 떨어뜨렸다. 나는 본디 한 많은 사람으로 성격이 툭하면 감개하고는 한다. 정을 양류楊柳에 붙이는 것이 『시경』 소아 「출거」出車에 나오는 말몰이 병사와 같다. 슬픈 가을에 가탁하여 상념을 흘려 내고 상수 언저리의 상부인을 멀리 바라보노라. 마침 네 편의 시를 이루었으므로 친구들에게 보인다. 정유년(순치 14년, 1657) 가을, 북저정北渚亭에서 쓴다.[9]

「추류」의 첫 수는 다음과 같다. 김정희도 『정화선존』의 맨 처음에 이 시를 뽑아 두었다.

가을 들어 어디가 가장 애간장 끊는가
금릉성 백하문 근처, 낙조 비치는 곳.
지난날엔 봄 제비 그림자 들쑥날쑥하더니
지금은 쓸쓸하구나, 저녁나절 안개 자욱하여.
애마 애도한 당 태종의 맥상황총곡은 수심을 일으키고
강남 오야촌에 태어난 하 황후의 일은 아득하기만 하다.
환이桓伊가 왕휘지王徽之 위해 세 번 불었던 피리 곡은 듣지 마시게
옥문관 병사들이 듣고 일으킬 애원은 도무지 표현키 어려워라.

秋來何處最銷魂 추래하처최소혼　　殘照西風白下門 잔조서풍백하문
他日差池春燕影 타일치지춘연영　　祇今憔悴晚煙痕 지금초췌만연흔
愁生陌上黃驄曲 수생맥상황총곡　　夢遠江南烏夜村 몽원강남오야촌
莫聽臨風三弄笛 막청임풍삼농적　　玉關哀怨總難論 옥관애원총난론

이 시는 전고를 많이 사용했다. 신운을 주장한다면서 시를 머리로 써
야 했나, 의문이 들 정도다. 단, 애상의 정경을 중첩해서 애상의 감정을
고조시켰다. 시가 환기시키는 정경은 결코 실제 경치가 아니다. 이미지
로 재구성한 것이다.

3.

왕사진의 시는 눈앞의 광경을 세밀하게 베끼기보다 안개 낀 부연 모습과 애상적 정조를 자아내는 정경을 그려 냈다.

왕사진은 26세 때인 순치 16년(1659) 양주의 추관推官으로 임명되어 이듬해 양주에 부임하고 8월에 강남 향시의 시험관으로 남경南京에 출장 나갔다. 그 무렵에 지은 「고우에서 빗속에 정박하다」(高郵雨泊) 시는 살풍경을 묘사해 내어 애상의 정조를 극대화시켰다. 이곳은 양자강의 지류인 진회秦淮가 있어, 예부터 시인 묵객들이 유람하는 장소였다. 북송의 진관秦觀이 이곳을 사랑해서 호를 회해淮海라고 했을 정도다. 하지만 왕사진이 이곳에 갔을 때는 진관처럼 흥취를 아는 풍류 있는 시인들이라고는 찾아볼 수 없었다. 그래서 시인의 부재가 500년이나 계속되고 있다고 서운해했다.

寒雨秦郵夜泊船 한우진우야박선　찬비 내린 한밤 진회의 여관에 배를 대니
南湖新漲水連天 남호신창수연천　남쪽 호수 불어난 물 하늘까지 닿았다.
風流不見秦淮海 풍류불견진회해　진관처럼 풍류 아는 이는 보이지 않누나
寂寞人間五百年 적막인간오백년　인간 세상 적막한 것이 오백 년.[10]

역시 양주로 부임할 때 지은 「청산」青山에서 왕사진은 안개에 가린 흐릿한 광경을 연출하면서 애상적 정조를 고조시켰다.

晨雨過青山 신우과청산　새벽 비가 청산을 지난 후
漠漠寒煙織 막막한연직　찬 안개가 비단 짠 듯 막막하여

不見秣陵城 불견말릉성　말릉성 보이지 않기에

坐愛秋江色 좌애추강색　가을의 강 빛을 사랑하노라.[11]

「비릉으로부터 돌아가는 배 안에서」(毗陵歸舟)에서는 3구에서 근경을 노래하고 4구에서 원경을 노래하며 차츰 화면을 부옇게 처리했다.

泊船西蠡河 박선서려하　배를 서려하에 대어

解纜東城路 해람동성로　닻줄을 동성의 길에 풀 때

涼月淡孤舟 양월담고주　서늘한 달은 외로운 배를 맑게 비치고

遙村隱紅樹 요촌은홍수　먼 곳 마을은 단풍나무 사이로 은은하다.

杳杳暮歸人 묘묘모귀인　저녁나절 아득히 돌아가는 사람

悠悠渡江去 유유도강거　유유히 강을 건너누나.[12]

왕사진은 강소성 소주 풍교진楓橋鎭의 한산사寒山寺에 밤비가 내리는 광경을 2수의 시로 묘사해 냈다. 제목은 「밤비 속에 한산사에서 시를 써서 서초 형(왕사록)과 예길 형(왕사희王士禧)에게 보내는 2수」(夜雨題寒山寺寄西樵禮吉 二首)이다. 그 첫 수가 다음 시다.

日暮東塘正落潮 일모동당정낙조　날 저물어 동당에 조수가 낮아질 무렵

孤篷泊處雨瀟瀟 고봉박처우소소　외로운 배 정박하니 빗발이 후둑후둑.

疏鐘夜火寒山寺 소종야화한산사　종소리 성글고 한산사 불빛 또렷해라

記過吳楓第幾橋 기과오풍제기교　오 땅의 몇 번째 다리던가.[13]

당나라 장계張繼의 「풍교에서 밤에 정박하여」(楓橋夜泊)[14] 시를 떠올리

며, 그 시적 정서를 곰살맞게 반추하되, 그것과는 다른 시적 흥취를 추구한 것이다. 두 번째 수는 이러하다.

楓葉蕭條水驛空 풍엽소조수역공　단풍잎 성글고 강가의 역관은 비었는데
離居千里悵難同 이거천리창난동　천리 멀리 헤어져 함께 못하니 서글프다.
十年舊約江南夢 십년구약강남몽　강남에 노닐자던 약속은 십 년의 꿈
獨聽寒山半夜鐘 독청한산반야종　한밤 한산사 종소리를 홀로 듣노라.

「혜산 아래 추류기를 방문하여」(惠山下鄒流綺過訪)는 절묘한 시다. 28세 때인 순치 18년(1661) 봄, 소주蘇州에 이르러 무석無錫을 거쳐 혜산에 이르러 무석 사람 추류기를 방문했을 때 지었다.

雨後明月來 우후명월래　비 갠 뒤 둥근 달 떠올라
照見下山路 조견하산로　내리막 산길을 비추어 준다.
人語隔谿煙 인어격계연　계곡 안개 속에 말소리 들리기에
借問停舟處 차문정주처　배 댈 곳을 묻는다.[15]

비 갠 뒤 떠오른 둥근 달이 산길을 환히 비추어 주지만 계곡 일대는 안개가 자욱하다. 안개 속에 내가 방문하려는 사람의 말소리가 들린다. 달빛이 환한 것이나 안개가 자욱한 것이나 모두 몽환적이어서 산길을 내려가는 일도 배를 정박하는 일도 끝나지 않을 지속의 시간을 대동하고 영원히 병행할 것만 같다.

같은 해 왕사진은 강녕江寧에 있으면서 금릉金陵 옛 교방의 고사를 소재로 「진회잡시 14수」秦淮雜詩十四首를 연작했다. 금릉의 옛 교방에는 돈

頓과 탈脫이란 성을 가진 기녀들이 있는데, 이들은 원나라 사람으로서 교방에 들어온 사람들이었다. 명나라 만력 연간에 북리北里에서 가장 뛰어났던 탈십랑脫十娘이 여전히 생존해 있었으므로 왕사진은 느낌이 있어 다음 시를 지었다.

舊院風流數頓楊 구원풍류수돈양　교방의 옛 풍류는 돈문頓文과 양옥향楊玉香을 손꼽았지
梨園往事淚沾裳 이원왕사누첨상　이원의 지난 일 생각하면 눈물이 흐른다.
樽前白髮談天寶 준전백발담천보　술잔 두고 천보 때를 말하는 백발 여인
零落人間脫十娘 영락인간탈십랑　인간 세상에 쓸쓸히 남은 탈십랑.[16]

마치 강주 사마 백거이가 「상양 백발인」上陽白髮人에서 당나라 개원·천보 연간의 일을 이야기하는 옛 궁녀를 만나 애처로워했던 것과 같은 무상감을 토로했다.

39세 때인 강희 11년(1672) 촉蜀 즉 사천四川 향시의 시험관으로 나갈 때 왕사진은 몇몇 율시와 장편 고체시에서 웅장한 기세, 억센 격조를 드러냈다. 하지만 그의 시 세계는 역시 '신운'에 있었다. 「파교에서 아내에게 부친 2수」(灞橋寄內二首)는 사천 향시의 시험관이 되어 떠나면서 장안 근처 파교에서 아내에게 부친 시다. 그 첫 수는 이러하다.

長樂坡前雨似塵 장락파전우사진　장락 고개 앞에 비는 먼지같이 내리고
少陵原上淚霑巾 소릉원상누점건　소릉 언덕에선 눈물이 수건을 적시네.
灞橋兩岸千條柳 파교양안천조류　파교 언덕 버드나무 천 가지
送盡東西渡水人 송진동서도수인　동서로 건너는 이들 전송에 모두 쓴다오.[17]

당시 왕사진의 부인 장씨張氏는 아들을 잃고 자신도 병석에 누워, 마치 영결하듯이 왕사진을 떠나보냈다. 왕사진이 파교에서 부인 장씨에게 부친 둘째 수는 이러하다.

太華終南萬里遙 태화종남만리요 　태화산과 종남산은 만 리나 멀어
西來無處不魂銷 서래무처불혼소 　서쪽 와선 여기도 저기도 상심뿐.
閨中若問金錢卜 규중약문금전복 　규중에서 동전 점을 친다면
秋雨秋風過灞橋 추우추풍과파교 　가을 비바람 속에 파교를 지난다고 나올 게요.

강희 15년인 1676년 43세의 왕사진은 북경에서 호부戶部의 관직에 있었다. 이때 부인 장씨를 잃었다. 「도망시 26수」悼亡詩二十六首에서 아내를 애도하고 병치레 잦은 자신을 애처로워했다. '도망'悼亡이란 아내의 죽음을 애도한다는 뜻으로 도망시는 시의 한 양식이다. 제23수는 다음과 같다.

藥鑪經卷送生涯 약로경권송생애 　약로와 경전으로 평생을 보내니
禪榻春風兩鬢華 선탑춘풍양빈화 　선탑의 봄바람에 귀밑머리 세었네.
一語寄君君聽取 일어기군군청취 　그대에게 한마디 하리니 들어 보오.
不敎兒女衣蘆花 불교아녀의노화 　애들에겐 갈대꽃 옷 입히지 않으리다.[18]

약로는 약 항아리, 선탑은 참선할 때 앉는 평상. 왕사진은 자신이 병치레를 하여 항상 약을 달여 먹고 지내면서, 한편으로는 선탑에서 참선에 드는 일이 많다고 말한 것이다. 갈대꽃 옷이란 말은 공자의 제자 민

자건閔子騫의 고사에서 유래한다. 민자건이 어렸을 때 그의 계모는 한겨울에 자신이 낳은 두 아들에게는 솜옷을 입혔으나, 전처 소생 민자건에게는 갈대꽃 넣은 옷을 입혔다. 두툼하게 보이지만 따뜻하지 않은 옷을 말한다. 여기서는 죽은 아내가 자식 사랑이 남달랐던 것을 추억하면서, 그대가 죽은 뒤에도 재혼하지 않고 아이들을 잘 보살피겠노라고 약속한 것이다.

이 시의 운각韻脚은 '涯', '華', '花'이다. 평수운平水韻에 따르면 상평성 제9 佳운(涯)과 하평성 제6 麻운(花와 華)을 통압했다. 평수운을 이용한 엄격한 격식과는 동떨어져 있으나, 근대의 시인들은 왕왕 이와 같이 통압했다.

또한 「도망시 26수」의 제26수에서 왕사진은 이렇게 읊었다.

宦情薄似秋蟬翼 환정박사추선익   벼슬살이 생각은 가을매미 날개같이 얇고
愁思多於春繭絲 수사다어춘견사   가을 상념은 봄누에 뽑는 실보다 많아라.
此味年來誰領略 차미년래수영략   이 맛을 이즈음 누가 맛보랴
夢殘酒渴五更時 몽잔주갈오경시   잠 깨어 술 마시고픈 오경의 시각.

벼슬살이 생각이 가을매미 날개처럼 얇고 가을 상념이 봄누에 실뽑아내듯 끊이지 않는다는 표현은 예전의 시인들이 이미 사용한 비유다. 하지만 죽은 아내를 애도하면서 그 비유를 사용한 것은 매우 참신하면서 또한 애절하다. 아내를 잃은 뒤의 허전한 기분을 이보다 더 잘 표현한 한시를 본 적이 없다.

4.

왕사진은 몽환적인 분위기를 시에서 잘 살렸지만, 그렇다고 경물을 사실적으로 묘사하지 못한 것은 아니다. 29세 때인 강희 원년(1662) 양주 서쪽 명승지의 경물을 소재로 한「진주 절구 5수」眞州絶句五首는 사경이 매우 뛰어나다. 이덕무는 그 제4수를 특별히 언급했다. 시야에 들어온 외경을 거침없이 단숨에 그려 낸 듯한 시다.

江干多是釣人居 강안다시조인거   강가엔 낚시하는 사람들 많고
柳陌菱塘一帶疎 유맥능당일대소   버들 길 마름 못, 일대가 시원하다.
好是日斜風定後 호시일사풍정후   해 기울고 바람 잔 뒤
半江紅樹賣鱸魚 반강홍수매노어   강가 붉은 나무 아래 농어 파는 정경.[19]

그런데 왕사진은 고시에도 평측의 법칙이 있다고 주장해서 청나라 시단과 조선 시단에 적지 않은 파문을 일으켰다. 이와 관련해서 옹방강 翁方綱(1733~1818)이 왕사진의 주장을 정리하여 『왕문간고시평측론』王文簡古詩平仄論[20]을 남겼다. 왕사진의 고시 평측론은 장편 칠언고시의 평운도저(평성운만을 처음부터 끝까지 사용함)와 측운도저(측성운만을 처음부터 끝까지 사용함) 형식에서 출구와 대구(낙구)의 평측을 번잡하게 규정한 것이다.

왕사진은 평운도저 칠언고시는 율구(대장 형식과 평측 규칙을 지킨 시구)를 반드시 피해야 하며, 그러기 위해서 여러 규칙을 충족시켜야 한다고 주장했다. 측운도저 칠언고시에는 규칙을 엄격히 지킬 필요가 없어서 중간이 율구와 비슷해도 무방하다고 했다. 조선의 정약용이나 홍길주는 왕사진의 고시 평측론에서 영향을 받되 독자적인 이론을 주장하고 자신

의 시에 실험해 보았다.

앞서 말했듯이 왕사진은 강희 11년인 1672년 사천 향시의 시험관이 되어 사천으로 향했는데, 섬서성 포성현褒城縣 북쪽의 포야褒斜라는 골짜기를 거쳐 칠반령七盤嶺에서 오언 장편고시「칠반령」을 지었다.

七日行褒斜 칠일행포야	7일 포야 골짜기를 가노라니
目瞶耳亦聾 목귀이역롱	눈은 침침하고 귀도 막힐 정도.
濁浪奔崖垠 탁랑분애은	거친 물살은 벼랑 밑둥을 무너뜨리고
征衣碎蒙茸 정의쇄몽용	나그네 옷은 너덜너덜 찢어진다.
不知天地濶 부지천지활	천지가 얼마나 넓은가
詎測造化功 거측조화공	조화의 공을 어찌 헤아리랴.
戫然土囊口 급연토낭구	우람해라 흙주머니 입구(골짝의 큰 구멍)
雞幘摩蒼穹 계책마창궁	닭 벼슬 계옹산鷄翁山은 궁륭(하늘)을 문댈 기세.
磴道上七盤 등도상칠반	돌길로 칠반령에 오르자
大翮排天風 대핵배천풍	커다란 날개(산)가 바람을 밀쳐내고,
絶頂忽開豁 절정홀개활	절정이 홀연 트여
白日當虛空 백일당허공	허공 가운데 백일이 떠 있다.
褒水出谷流 포수출곡류	포수(강)는 골짜기에서 나오고
漢江繞其東 한강요기동	한강은 동쪽을 둘러 나가며,
巴山跨秦蜀 파산과진촉	파산(파령)은 섬서와 사천을 걸터타고
蜿蜒連上庸 완연련상용	구물구물 상용의 땅으로 이어진다.
川原盡沃野 천원진옥야	강 유역의 벌판은 모두 비옥하여
天府如關中 천부여관중	관중(섬서 지역)처럼 천연의 곳간이니,
橘柚鬱成林 귤유울성림	귤과 유자는 울창하게 숲을 이루고

稲苗亦芃芃 도묘역봉봉　벼 이삭도 무성하며,

襄陽大艑來 양양대편래　양양(하북성)에선 큰 배가 와서

千里帆檣通 천리범장통　천리에 돛배들이 통한다.

當年號天漢 당년호천한　초한 전쟁 땐 천한(하늘의 강, 은한)이라 일컬었으니

運歸隆準公 운귀융준공　콧대 우뚝한 유방에게 운세가 돌아가서,

將相得人傑 장상득인걸　인걸 얻어 장수와 재상으로 삼고는

驅策芟羣雄 구책삼군웅　모책을 구사하여 영웅들을 베어 버리고,

一戰收三秦 일전수삼진　한 번 싸워 삼진의 땅을 거두어

遂都咸陽宮 수도함양궁　함양의 궁에 도읍을 정했다만,

智勇久淪沒 지용구윤몰　지혜 있고 용맹한 자들 모두 묻히고

山川自巃嵸 산천자농종　산 높고 강물 절로 나직하다.

跋馬向褒國 발마향포국　말 머리 돌려 포국(섬서성 포성현)으로 향하매

日落烟濛濛 일락연몽몽　해질녘 인가에선 연기가 뭉글뭉글.[21]

　　왕사진은 산수 경치를 묘사하고 역사 사실을 환기하면서 애상의 심리를 드러냈다. 초한 전쟁의 영웅들도 모두 사라진 역사의 무상함을 노래하고 있지만 기세는 웅혼하다. 왕사진이 추구한 신운은 반드시 애상적인 취향만은 아니었다. 이 시에서처럼 웅혼한 기세의 신운도 있었다.

　　그런데 이 시에서 왕사진은 역사의 굴곡을 노래하면서 내면의 복잡한 심사를 드러내고, 그것을 산수 묘사에 투영했다. 산수 묘사를 위주로 한 것이 아니라 역사를 통해 산수를 묘사한 것이다.

　　왕사진은 역사를 가지고 산수를 묘사하는 것을 즐겼다. 김정희가 『정화선존』에 뽑은 「비 내린 후 관음문에서 강을 건너며」(雨後觀音門渡江) 시를 보라. 순치 17년인 1660년, 왕사진이 27세 때 지은 것이다.

飽挂輕帆趁暮晴 포괘경범진모청　가벼운 돛에 저녁 바람 받아 나아가니
寒江依約落潮平 한강의약낙조평　차가운 강은 썰물이라 나직하다.
吳山帶雨參差沒 오산대우참치몰　오 땅의 산은 빗속에 드러났다 숨었다
楚火沿流次第生 초화연류차제생　초 땅의 불빛은 강물 따라 하나 또 하나.
名士尙傳揮扇渡 명사상전휘선도　옛사람은 백우선 흔들며 강을 건넜다지
踏歌終怨石頭城 답가종원석두성　석두성의 답가踏歌가 끝내 원망스럽구나.
南朝無限傷心史 남조무한상심사　남조의 무한히 가슴 아픈 역사는
惆悵秦淮玉笛聲 추창진회옥저성　진회의 옥피리 소리에 담겨 애절하여라.[22]

　시의 전반부는 비가 내리는 몽롱한 광경과 강기슭의 불빛을 묘사했
다. 후반부는 진晉나라 때 오 땅 사람 진민陳敏이 난을 일으키자 고영顧
榮이 그를 따라 양자강을 건넌 역사를 환기하고, 석두성의 지형을 묘사
했다. 그리고 과거의 슬픈 역사가 진회의 옥피리 소리에 담겨 있다고 했
다. 진회는 석두성 부근의 강물이다.

　석두성은 송나라와 제나라의 도읍지인 건강建康의 별칭인데, 지금의
남경이다. 남조 제齊나라의 저연褚淵은 송나라 명제의 두터운 신임을 받
았는데 명제가 죽을 때 그를 중서령과 호군장군에 임명하여 상서령 원
찬袁粲과 함께 어린 임금을 보좌하라는 유조遺詔를 내렸다. 그러나 소도
성蕭道成이 송나라를 멸망시키고 제나라를 세울 때 원찬은 불복했으나
저연은 소도성을 도왔으므로 제나라에서 영화를 누렸다. 당시 백성들
사이에 "가련하다 석두성아, 원찬처럼 죽을망정, 언회처럼 살지 마세"
(可憐石頭城, 寧爲袁粲死, 不作彦回生)라는 노래가 유행했다. 언회는 저연의
자字다. 왕사진이 시에서 말한 답가는 곧 당시 백성들이 저연의 변절을
비난해서 부른 민요를 말하는 듯하다.

이 시에서 왕사진은 과거의 역사를 다루어 애수를 자아냈다. 그러면서 추억에 사로잡혀 밑도 끝도 없는 애상에 빠지는 것을 경계했다. 하지만 애상에의 함몰을 경계했다는 것 자체가 애상의 문제를 깊이 생각했다는 증좌가 아닐까? 그는 수필집 『지북우담』池北偶談에서 손종원孫鍾元의 다음 말을 인용해 두었다.

사람이 살면서 가장 연연하는 것은 과거이고, 가장 바라고 소망하는 것은 미래이며, 가장 소홀히 하기 쉬운 것은 현재다. 대저 과거는 이미 흘러간 물이 되었으므로 얽매여서는 안 된다. 미래는 아득하기가 마치 바람을 잡으려는 것과 같으므로 바라서는 안 된다. 오직 이 현재의 시점에서 궁한 처지에 있건 달한 처지에 있건, 때를 얻으면 행하고 때를 얻지 못하면 멈추어, 절로 마땅히 그러한 이치와, 응당 최선을 다하려는 마음을 두어야 한다. 그렇거늘 유유하거나 홀홀하거나 하여, 짐짓 책임을 다른 사람에게 미루고, 세월을 헛되이 보낸다면, 참으로 안타까운 일이다.[23]

5.

왕사진은 예술에 특별한 식견이 있어서, 조선 후기의 많은 문인들이 흠모했다. 순조 때 신위申緯(1769~1845)는 왕사진의 「추류」20수를 본떠 「후추류시 병서」後秋柳詩幷序 20수를 남겼다.[24] 그밖에 박제가, 유득공, 이서구, 박지원 등이 모두 왕사진의 영향을 받았다.

왕사진은 『지북우담』에 『조선채풍록』朝鮮採風錄의 시를 약간 기록해 두어서,[25] 조선 문인들의 호감을 샀다. 『조선채풍록』은 강희제가 1678년(조선 숙종 4)에 일등 시위 낭담狼膽을 조선에 사신으로 보내면서 조선의 시를 채록해 오게 했을 때 오 땅 사람 손치미孫致彌가 부사로 함께 와서 엮은 것이다.

한편 조선 후기에는 왕사진의 영향으로, 지인들을 하나하나 추억하는 회인시懷人詩가 발달했다. 회인시는 지인 다섯 사람을 차례로 노래하는 오군영五君詠, 지인 가운데 죽은 이를 추억하는 존몰시存沒詩 등에서 비롯되었는데, 왕사진이 본격적으로 지은 이후, 청나라와 조선에서 모두 그 양식이 발달했다.

박제가는 이십대에 동시대의 학자, 문인, 예술가를 대상으로 회인시를 지었다. 서시序詩에서 그는 "고매한 선비와 예술가를 따라다니며, 그림에 미치고 글씨에 탐닉한 나는 정말 바보다. 종일 농담하며 거듭 배를 쥐고 웃지마는, 누가 알랴 사자가 공을 놀리는 줄을"(高人藝士鎮相隨, 畵癖書淫我自痴. 終日詼諧頻絶倒, 誰知獅子弄毬時)이라고 했다.[26] 박제가는 중국을 세 차례 여행하고 난 뒤 다시 50명의 중국 지성들을 소재로 「속회인시」 續懷人詩를 엮었다.[27]

19세기의 이상적李尙迪(1804~1865)과 김석준金奭準(1831~1915) 등 여항문인들도 회인시와 속회인시를 썼다. 이상적은 역관으로 청나라를 오가면서 만난 사람들을 추억해 85명의 프로필을 시로 적었다.[28] 김석준은 1869년 조선의 고관·학자·예술가에서부터 여항의 사우師友에 이르기까지 200여 명을 대상으로 첫 번째 회인시를 『홍약루회인시록』紅藥樓懷人詩錄으로 출간했다.[29]

한편, 정조·순조 때 문인들은 왕사진의 신운설에 주목했다. 명대 복고파의 '모방'에 염증을 느끼고 문학을 경국經國의 이념에 종속시키는 것에 권태를 느낀 문인들에게 신운설은 대단히 참신한 선언으로 받아들여졌다. 대표적 관각문인 남공철南公轍(1760~1840)도 왕사진의 시를 읽고 난 뒤 이현수李顯綏에게 서신을 띄워, "근래 왕어양의 시를 읽고 몹시 좋아하여, 문득 먹 갈고 붓 잡아 한두 구절을 모방하려 했으나, 비유하자면 백 길 깊이의 우물에서 보통의 두레박으로 물을 길으려는 것과 같았습니다. 읽으면 읽을수록 도달할 수가 없어 숨이 차서 바라볼 수가 없었습니다"라고 토로했다.[30]

신광수申光洙의 「등악양루탄관산융마」登岳陽樓歎關山戎馬,[31] 즉 「관산융마」는 시적 수법 면에서 왕사진의 신운과 통한다. 이 시는 신광수가 35세 때 한성시에서 2등으로 급제한 과시科詩로, 서도 지방의 영시詠詩 또는 율창律唱이라고도 하는 시창을 통해 널리 알려졌다. 그 제목은 두보가 전란으로 유랑하다가 악주岳州의 악양루에 올라 북방에 전란이 계속되는 것을 탄식하는 상황을 가상한 것이다. 「관산융마」는 애상적 정조의 이면 짜기와 점층적 고조의 방식을 활용하여, 이별의 정한, 소외의 감정을 증폭시켜 전달할 수 있었다.

왕사진의 신운설은 현실로부터 도피하려는 태도와 관련이 있다. 이에 비해 조선 후기의 문인들은 우환 의식을 버릴 수 없었기에 신운설을 수용하면서도, 왕사진과는 달리 두보의 시에 주목하고 실사實事를 강조했다.[32] 신위는 "신운의 기준만으로 당나라 시를 모두 논할 수는 없으리니, 실사를 모르고서 어찌 진실을 알랴"라고 유보했다. 왕사진의 신운설은 조선의 시인들로 하여금 시적 흥회興會를 세련시키는 데 일정한 참조가 되었지만, 아류를 낳지는 않았다. 정약용은 왕사진의 신운이 작위적 애상으로 흐르고 말았다고 비판했다. 앞서 말했듯이 정약용은 「노인의 유쾌한 일 6수, 향산체를 본받아 지음」(老人一快事六首 效香山體) 가운데 한

수에서 왕사진의 신운시를 진관의 '계집애 시'와 같다고 비판했다.[33]

　김정희도 청나라 시학 가운데 옹방강의 기리설肌理說을 왕사진의 신운설과 함께 받아들였다. 왕사진은 시윤장施閏章의 오언시 가운데 아름다운 구절들을 뽑아서 「적구도」摘句圖[34]를 만들었는데, 김정희는 옹방강의 한시와 시론들을 추려 1830년 경 「복초재적구」復初齋摘句[35]를 엮었다. 왕사진의 신운론이 예술적 경지의 추상적 국면을 강조한 데 비해 옹방강의 기리설은 사실적 국면을 강조했다. 김정희는 그 둘을 종합하고자 했다.

　중국 강소성 양주시揚州市 염부로鹽阜路 북쪽 풍락하가豊樂下街에는 왕사진의 시회 장소인 야춘원冶春園이 있다고 한다. 동양문고에서 『정화선존』 1책을 본 뒤로 문득 야춘원을 보고 싶었다. 겨울비 내리는 도쿄의 거리를 걸으며 왕사진을 떠올리는 것도 일종의 신운이 아닐까.

고계
서른아홉 살의 내면

1.

어렸을 때나 젊었을 때 읽은 책이 오랫동안 역사관에 영향을 주는 경우가 있다. 이를테면 나는 김동인金東仁(1900~1951)의 『운현궁의 봄』[1]을 중학교 때 읽고서 오랫동안 대원군의 풍운아다운 면모를 사랑했다. 또 유학을 마치고 갓 돌아와 시간강사를 하던 때 이병주李炳注(1921~1992)의 『포은 정몽주』[2]를 읽고 정몽주鄭夢周(1338~1392)를 절의의 전형으로서보다는 고뇌의 인물로 이해하게 되었다. 나는 지금도 이 두 소설을 우리나라 역사소설 가운데 걸작이라고 손꼽는 데 주저하지 않는다.

그런데 『포은 정몽주』에는 정몽주의 시뿐만 아니라, 원나라 원호문元好間의 시와 명나라 초 고계高啓의 시가 상당수 등장한다. 당시 그 책을 읽으면서 이병주 선생의 해박함에 놀랐다.

최근 허균이 엮은 『한정록』閒情錄을 읽다가, 그 가운데 「현상」玄賞 편에 명나라 오종선吳從先의 『소창청기』小窓淸記를 인용하여 고계의 시를 언급한 것이 있음을 새삼스레 발견했다. 『한정록』은 한가한 정취에 관한 기록이란 뜻이다. 단, '한'閑을 '막는다'는 뜻으로 보면 이 책은 욕망을 막기 위한 여러 방법에 관한 기록으로 간주할 수도 있다. 한편, '현상'이란 그윽한 감상이란 뜻으로, '현'玄은 깊은 이치를 뜻한다. 허균이 인용한 글은 이렇다.

봄날 뜰 가의 몇 그루 매화나무에 꽃이 피면 석 잔 술을 마시고서 매화나무를 몇 바퀴 돌며 감상한다. 꽃 냄새를 맡으면 맑은 향내가 코를 찌른다. 그래서 고계적高季迪의,

눈 가득 내린 산속에 고사가 누웠는데 雪滿山中高士臥
달 밝은 숲에 미인이 찾아왔네   月明林下美人來

하는 시구를 외니, 참으로 매화와 더불어 조화를 이룬 듯하다.[3]

『소창청기』에서 거론한 고계적 즉 고계의 「매화」 시는 9수의 연작 가운데 첫째 수로, 다음과 같다.

옥 자태는 신선의 요대에 있어야 하거늘
누가 강남 땅 곳곳에 심었단 말인가.
눈 가득 내린 산속에 고사가 누웠더니
달 밝은 숲에 미인이 찾아왔네.
추운 계절 성긴 그림자가 사각사각 대나무에 의지하고
봄날 남은 향기는 막막하게 이끼에 덮였구나.
하랑(하손)이 떠난 뒤로는 제대로 읊을 이 없었으니

동풍에 쓸쓸히 몇 번이나 피었던가.[4]

瓊姿只合在瑤臺 경자지합재요대　誰向江南處處栽 수향강남처처재
雪滿山中高士臥 설만산중고사와　月明林下美人來 월명림하미인래
寒依疏影蕭蕭竹 한의소영소소죽　春掩殘香漠漠苔 춘엄잔향막막태
自去何郎無好詠 자거하랑무호영　東風愁寂幾回開 동풍수적기회개

　'지합'只合이 이끄는 구절은 '다만 ~하여야 마땅하다'는 뜻이다. '눈 가득 내린 산속에 누운 고사'란 후한 시대 원안袁安의 옛 이야기를 끌어와 자신의 청고한 삶을 가만히 말한 것이다. 원안은 한 길 높이로 폭설이 내린 날 밖에 나가서 양식을 구하지도 않고 차라리 굶어 죽겠다면서 혼자 집에 누워 있었다고 한다. 매화는 예로부터 월하미인에 비유해 왔는데, 고계는 고적한 생활을 하는 은자를 찾아오는 미인에 비유했다. 그리고 매화의 자태를 성긴 그림자로 묘사하고 매화의 향을 남은 향기로 묘사해 오던 전통을 잇되, 대나무와 매화가지가 어우러지고 이끼와 남은 향기가 어울린 고적한 광경을 연출해 냈다.
　"하랑이 떠난 뒤로는"에서 하랑은 남조 양나라의 하손何遜을 말한다. 그는 건안왕建安王의 수조관水曹官으로 양주楊州에 있을 때 관청 뜰에 있는 한 그루 매화나무 아래서 매일 시를 읊곤 했다. 그 후 낙양에 돌아갔다가 그 매화가 그리워서 다시 양주로 보내 주길 청해서 양주에 당도하니 매화가 한창 피었기에 매화나무 아래서 종일토록 서성거렸다. 두보의 시 「배적이 촉주의 동정에 올라 손님을 전송하다가 이른 매화가 핀 것을 보고 내가 그리워졌다면서 부친 시에 화운함」(和裴迪登蜀州東亭送客逢早梅相憶見寄)에 "동각의 관매가 시흥을 움직이니, 도리어 하손이 양주

236

에 있을 때 같구나"(東閣官梅動詩興, 還如何遜在楊州)라고 했다.[5]

고계의 이 시는 일본의 소설가 아쿠타가와 류노스케芥川龍之介(1892~1927)도 좋아해서 「매화에 대한 감정」(梅花に対する感情)이란 글에서 특별히 인용했다. 그 글의 부제는 '이 저널리즘의 한 편을 근엄한 니시가와 에이지로 군에게 헌정한다'(このジャアナリズムの一篇を謹厳なる西川英次郎君に献ず)이다. 이 글에서 그는, "우리는 예술인이기 때문에 만상을 여실하게 보지 않을 수 없으며, 적어도 만인의 안광을 빌리지 않고 우리의 안광을 가지고 보지 않으면 안 된다"라고 선언하고, "독자의 눈을 가지고 보는 것은 반드시 용이한 일이 아니다"라고 말했다. 그리고 그 일례로 매화에 대한 감정을 표현하는 문제를 거론했다.

> 매화는 내가 경멸하는 문인 취미를 강요하는 것이요, 졸렬한 시마詩魔를 현혹시키는 것이다. 나는 고독한 여행자가 심산과 대택을 두려워하듯이 이 매화를 두려워하지 않을 수 없다. 그렇지만 생각해 보라. 여행자가 답파의 쾌락을 상상하는 것도 또한 심산과 대택이란 사실을. 나는 매화를 볼 때마다, 아미산의 흰눈을 바라보는 서하객徐霞客(서홍조)처럼, 남극의 별을 우러러보는 새클턴E. Shackleton처럼 울발鬱勃하는 웅심을 금할 수가 없다. "재를 버리매/흰 매화 어렴풋한/울타리여라"(灰捨てて白梅うるむ垣根かな), 이렇게 이것에 대해 노자와 본초野澤凡兆(1640?~1714)가 우리를 위해 일찌감치 나루를 가르쳐 준 바 있다. 우리는 강을 건너려고 서두른다. 어찌 소년의 객기만 그러하겠는가? 나는 독자적인 안광을 가지고 용이하게 매화를 보기가 어렵기 때문에 더욱 독자적인 안광을 가지고 매화를 보려는 것이다. 다소 패러독스를 가지고 논다면, 매화에게 너무도 냉담하기 때문에 매화에

지독하게 열중하는 것이다. 고청구高青邱(고계)의 시에 이러하다. (앞에 인용한 「매화 9수」 가운데 첫째 수, 재인용 생략.) 참으로 매화는 신선의 아름다운 따님이든가 부자 은둔자의 울타리와 유사하다(후자는 나가이 가후永井荷風 씨의 비유인데, 반드시 전자와 모순되는 것은 아니다). 내가 문학에 이르지 못하면 저 미인에 대한 감개를 생각하라. 그래도 또너의 감개를 가지고도 그저 황홀해하는 것으로 그친다만, 아아, 너도 속될 따름이니, 제도濟度할 수 없는 건시乾屎(똥)일 뿐이다.[6]

예술가가 자신만의 안광으로 사물을 바라보는 것이 얼마나 어려운 일인지 토로하면서, 아쿠타가와 류노스케는 고계의 매화 묘사를 신품으로 여겼다. 매화를 독자적인 안광으로 포착하려는 마음을 '울발하는 웅심'이라고 명명했으니, 허풍스럽게 느껴지기도 한다. 하지만 사물의 정수를 독자적인 안광으로 포착하려는 것이 정말 용이하지 않다는 사실을 적절하게 표현한 듯도 하다. 박지원은 그것을, 고추잠자리를 잡으려고 손을 내미는 어린아이의 마음에 비유하지 않았던가.

고계高啓(1336~1374)는 원나라 말에서 명나라 초에 걸쳐 활동했다. 지금의 강소성 소주시蘇州市인 장주長洲 사람이다. 일생 소주에서 지내되, 절강 지방으로 서너 차례 여행을 했고, 명나라에 대항한 장사성張士誠(1321~1368) 정권 아래에도 있었다. 장사성은 원나라 말 소주를 거점으로 강동에 세력을 펼치고 주원장朱元璋이나 진우량陳友諒과 패권을 다투었으나, 1367년 주원장에게 패했다. 이 무렵 고계는 소주 교외 오송강吳松(淞)江 가의 청구青邱에 은거하며 스스로 청구자青邱子라고 했다.

명나라 초 1369년, 고계는 한림원 편수가 되어 『원사』元史를 편찬하는 일에 참여하고, 그 후 명나라 공신 자제들에게 글을 가르치기도 했다. 1370년 호부우시랑에 발탁되었으나 벼슬에 나아가지 않고 청구로 돌아가서 야인으로 지냈다.

그런데 그가 지은 「궁녀도」宮女圖와 「화견」畫犬 시가 명나라 태조 주원장을 비판한 시라고 오해를 받았다.[7] 소주는 장사성의 본거지였으므로 명나라 태조는 그곳 사람들을 좋아하지 않았는데, 고계가 벼슬을 버리고 본향 소주로 돌아갔으므로 의심을 산 것이다. 게다가 위관魏觀이 소주 태수가 되어 관아를 수리할 때 고계가 상량문을 지은 일이 있어, 고계는 위관이 역적죄로 죽임을 당할 때 연좌되었다. 이때 고계와 함께 오중사걸吳中四傑이라 불리던 양기楊基, 장우張羽, 서비徐賁 등이 모두 허리가 잘리는 형벌을 받았다. 고계의 나이 39세. 짧은 생애에 그는 2천 수 이상의 시를 지어 분방한 정신세계를 드러냈다. 「청구자가」靑邱子歌는 그러한 정신세계를 스스로 고백한 작품으로 유명하다.

조선의 정조 대왕은 재위 16년(1792) 여름 규장각 각신들에게 한·위·육조·당·송·원·명의 시들을 선별하여 『시관』詩觀을 엮으라고 명하면서, 고계의 시를 전부 수록하게 했다. 『시관』은 중국의 시 7만 7,218수를 수록한 560권의 거질이다. 그 가운데 명나라 시인 13명의 시 2만 5,717수를 186권에 나누어 실으면서 고계의 시 1,756수를 총 11권에 배당했다.[8]

명나라 말 왕세정王世貞은 명나라 초의 대표적 문인으로 고계와 유기劉基를 꼽았다. 고계는 재주와 정서의 아름다움 면에서 뛰어난 데 비해, 유기는 음성과 용모의 씩씩함이 두드러졌다고 대비시켰다.

2.

앞서 말한 이병주의 『포은 정몽주』에는 정몽주가 고려 사신으로서 명나라에 들어갔을 때 당시 37세였던 고계의 시집 『누강음고』婁江吟藁를 얻어 보고 심취하는 장면이 나온다. "난세를 사는 시인의 정감이 칙칙하게 가슴을 치기" 때문이었다고 했다. 특히 「장창병 이른다고 듣고 월성을 나와 밤에 감산에 투숙하다」(聞長槍兵至出越城夜投龕山) 시와 「봉구전장을 지나며」(過奉口戰場) 시에서 깊은 감동을 받았다고 했다. 또 「청구자가」의 한 대목에 이르러서는 "그런 경지가 부럽기조차 했다"고 탄식하는 것으로 되어 있다.

소설에 따르면 이후 정몽주는 배로 귀로에 올랐다가 중국 명주에 표착하고 강남에 머물렀을 때 고계의 「조선아」朝鮮兒 시를 좋아하여 홀로 그 시를 길게 읊었다. 또 초련이라는 기생을 앞에 두고 고계의 「매화」 시도 읊었다. 우왕 13년의 혼란기에는 둔촌遁村 이집李集을 찾아가서 고계의 시 「내 수심은 어디로부터 오는가」(我愁從何來)를 읊어 자신의 심회를 간접적으로 드러냈다.

이병주가 인용한 이 시들 가운데 「청구자가」가 고계의 대표작이다. 서문이 있고, 그 뒤에 시가 이어진다.

강가에 청구가 있기에, 내가 이사를 하여 그 남쪽에 집을 두고는 스스로 청구자라고 호를 했다. 한가하게 거처하여 아무 일이 없으므로 진종일 고음하다가 한가롭게 청구자의 노래를 만들어 나의 속내를 말하여 시음詩淫(시에 병든 자)이라는 조롱에 대해 해명하고차 한다.

청구자여

여위고 맑구나.

본시 오운각의 신선이었건만

어느 해 유배되어 내려와 세상에 있게 됐나.

남들에게 성과 이름을 말하지 않고

신발 끌고 멀리 노니는 것도 싫어하고

호미 메고 몸소 밭가는 것도 게을리 하며,

검을 지녔어도 녹슬도록 내버려 두고

서적 있어도 팽개쳐 두고는,

다섯 말 봉급 때문에 허리 굽히길 싫어하고

칠십 성城을 항복시키려고 웅변하기도 싫어한다.

다만 시구 찾는 일을 좋아해서

스스로 읊고 스스로 창화하며,

밭두렁에 지팡이 끌고 새끼 허리띠 묶고 다니니

사람들은 그 가치를 모르고 웃고 또 조롱하여,

이를 두고 노나라의 썩은 유학자라니

초 땅의 광인이라니 한다만,

청구자는 그 말 듣고도 괘념하지 않아

시 읊는 소리를 옹알옹알 쉬지 않고 울려 내어,

아침에 읊어서는 굶주림을 잊고

저녁에 읊어서는 불평한 기분을 흩어 버린다.

한창 괴롭게 읊을 때는

술에 취해 어질어질하듯 하고,

머리에 빗질할 짬도 없고

집안일도 돌보지 않아서,

아이가 울어도 어여삐 여길 줄 모르고

손님이 와도 맞이하러 나가지 않는다.

안회顔回처럼 가난함을 근심하지 않고

의돈猗頓의 부유함도 선망하지 않아서,

허름한 갈옷 입는 것도 부끄러워하지 않고

화려한 갓끈 드리운 것을 동경하지 않는다.

용과 범 같은 영웅호걸들이 한창 싸우는 것도 묻지 않고

까마귀(해) 달려가고 토끼(달) 기우는 것도 문제 삼지 않는다.

물가에 혼자 앉아 있고

숲 속을 홀로 헤매어서는,

원기元氣(우주의 근원)를 베어 내고

현정玄精(자연의 본질)을 찾아내매

천지만물은 그 본모습을 숨기기 어렵다.

아득한 팔극八極의 끝까지 마음의 칼날을 놀리고

그대로 무형의 정신을 음성으로 만들어 내니,

시의 미세함은 공중에 매달린 이를 맞출 정도이고

시의 장대함은 거대한 고래를 도륙할 정도.

맑은 것은 천상의 이슬을 빨아먹은 듯하고

험벽한 것은 치솟은 산을 밀칠 기세.

반짝반짝 맑은 구름이 펼쳐지듯 하고

쏙쏙 쑥쑥 얼었던 풀이 싹 트듯 한다.

높이 하늘 뿌리까지 올라가 월굴(달)을 탐험하고

무소뿔 관솔로 우저牛渚를 비추어 괴물들이 드러났듯 한다.

오묘한 착상은 홀연 귀신과 회합하고

아름다운 서경은 번번이 강산과 경쟁하기에,

별과 무지개는 그 빛을 서로 도와 증진하고

아지랑이와 안개는 꽃을 적셔 선명함을 더하며,

음향을 들으면 순임금의 소韶 음악에 어울리고

맛을 보면 대갱大羹(자연의 맛)에 부합한다.

세간에는 나의 즐거움이 될 만한 것 없으니

스스로 금석 같은 소리를 내어 징글쟁글.

강가 초가집을 덮친 비바람이 걷히자

문 닫아걸고 푹 자다가 일어나 시를 이루어선,

타호唾壺 두드리면서 홀로 높이 노래 부르며

속인의 귀를 놀라게 하는 것도 개의치 않누나.

군산君山 노인 불러 신선의 긴 피리를 손에 들게 하여

나의 이 노래에 화답하여 달 아래서 불도록 하고 싶다만,

홀연히 파랑이 일어나

짐승이 놀라 울부짖고 산이 무너질까 두려워라.

그러면 혹 천제가 이 소리를 듣고 화를 내어

아래로 흰 학을 파견하여 맞아들여,

이 세상에서 교활한 짓 하게 내버려 두지 않아

비행용 허리띠를 다시 묶어 하늘나라로 되돌아가게 할지도 몰라.[9)]

青邱子 청구자　臞而淸 구이청

本是五雲閣下之仙卿 본시오운각하지선경

何年降謫在世間 하년강적재세간　向人不道姓與名 향인부도성여명

蹢躅厭遠遊 _{섭각염원유} 荷鋤懶躬耕 _{하서나궁경}

有劍任鏽澀 _{유검임수삽} 有書任縱橫 _{유서임종횡}

不肯折腰爲五斗米 _{불긍절요위오두미} 不肯掉舌下七十城 _{불긍도설하칠십성}

但好覓詩句 _{단호멱시구} 自吟自酬賡 _{자음자수갱}

田間曳杖復帶索 _{전간예장부대삭} 傍人不識笑且輕 _{방인불식소차경}

謂是魯迂儒 _{위시노우유} 楚狂生 _{초광생}

靑邱子聞之不介意 _{청구자문지불개의} 吟聲出吻不絶咿咿鳴 _{음성출문부절이이명}

朝吟忘其饑 _{조음망기기} 暮吟散不平 _{모음산불평}

當其苦吟時 _{당기고음시} 兀兀如被酲 _{올올여피정}

頭髮不暇櫛 _{두발불가즐} 家事不及營 _{가사불급영}

兒啼不知憐 _{아제부지련} 客至不果迎 _{객지불과영}

不憂回也空 _{불우회야공} 不慕猗氏盈 _{불모의씨영}

不慙被寬葛 _{불참피관갈} 不羨垂華纓 _{불선수화영}

不問龍虎苦戰鬪 _{불문용호고전투} 不管烏兔忙奔傾 _{불관오토망분경}

向水際獨坐 _{향수제독좌} 林中獨行 _{임중독행}

骬元氣 _{착원기} 搜元精 _{수원정} 造化萬物難隱情 _{조화만물난은정}

冥茫八極遊心兵 _{명망팔극유심병} 坐令無象作有聲 _{좌령무상작유성}

微如破懸蝨 _{미여파현슬} 壯若屠長鯨 _{장약도장경}

淸同吸沆瀣 _{청동흡항해} 險比排崢嶸 _{험비배쟁영}

靄靄晴雲披 _{애애청운피} 軋軋凍草萌 _{알알동초맹}

高攀天根探月窟 _{고반천근탐월굴} 犀照牛渚萬怪呈 _{서조우저만괴정}

妙意俄同鬼神會 _{묘의아동귀신회} 佳景每與江山爭 _{가경매여강산쟁}

星虹助光氣 _{성홍조광기} 煙霧滋華英 _{연무자화영}

聽音諧韶樂 _{청음해소악} 咀味得大羹 _{저미득대갱}

世間無物爲我娛 세간무물위아오　自出金石相轟鏗 자출금석상굉갱

江邊茅屋風雨晴 강변모옥풍우청　閉門睡足詩初成 폐문수족시초성

叩壺自高歌 고호자고가　不顧俗耳驚 불고속이경

欲呼君山老父携諸仙所弄之長笛 욕호군산노부휴제선소롱지장적

和我此歌吹月明 화아차가취월명

但愁欻忽波浪起 단수홀홀파랑기　鳥獸駭叫山搖崩 조수해규산요붕

天帝聞之怒 천제문지노　下遣白鶴迎 하견백학영

不容在世作狡獪 불용재세작교회　復結飛珮還瑤京 부결비패환요경

　시인은 본래 하늘나라에 속한 신선인데 우연히 지상에 유배되었지만 속세간에 영합하지 않고 심장을 도려내듯 시를 읊다가 결국 하늘나라로 다시 불려간다고 한다. 이백을 적선讁仙이라 부르고 이하李賀가 하늘나라 상량문을 쓰기 위해 불려갔다는 이야기와 맥이 통한다. 천상병 시인이 「귀천」에서 노래한 관념도 이러한 계보에 속한다.

　시인이 이 세상에서 교활한 짓을 하게 내버려 두지 않는다는 말은 후한 때 채경蔡經이란 사람이 신선 왕원王遠과 선녀 마고麻姑가 만나는 것을 보았다는 이야기를 끌어다 쓴 것이다. 『신선전』에는 왕원의 이름이 왕방평王方平으로 나온다. 한나라 환제 때 채경은 선녀 마고와 신선 왕방평을 만나 보고, 마고의 새 발톱 같은 손톱으로 가려운 등을 긁으면 좋겠다고 속으로 생각했다. 그러자 왕방평이 그 마음을 간파하고는 그를 채찍으로 때렸다고 한다.

　『태평광기』에는 『박이지』博異志가 인용되어 있는데, 거기에는 이야기가 조금 다르다. 채경은 오 땅에 살았는데, 그가 사는 곳에 왕원과 마고가 왔다. 마고는 그 집 여자들과 만나려고 했으나 그 가운데 이제 막 아

이를 낳은 여자가 있었다. 마고가 더러운 것을 씻어 주려고 쌀을 뿌리자 주었는데, 땅에 떨어진 쌀이 모두 영생불사약을 만드는 단사丹砂로 변했다. 왕원은 웃으면서 "그대는 젊지만 나는 이제 늙었기에 그런 마술은 하고 싶지 않구려"라고 했다고 한다.

고계는 시 짓는 일을, 쌀을 단사로 만드는 것과 같이 신비스런 영능으로 여겼다. 그리고 그것은 천상의 존재가 하는 일을 흉내 내는 것이기에 천상의 존재로부터 노여움을 사게 되리라고 한 것이다.

조선 인조 때 장유는 자신의 호를 구염자臞髥子(마르고 수염 더부룩한 자)라 하고 고계의 「청구자가」를 모방해서 「구염자자찬」臞髥子自贊을 지었다. 장유는 그 찬의 첫머리에서, "자부심 넘치면서 바짝 마른 그 모습, 병든 학이 축 늘어져도 곡식 쪼아 먹진 않는 듯하고, 잿빛 수염으로 뒤덮인 얼굴, 겨울철 소나무가 홀로 서서 온갖 풍상 겪은 듯하네"(昂然而臞者, 如病鶴低垂不啄稻粱, 蒼然而髥者, 如寒松獨立飽更風霜)라고 했다.[10] 장유는 청구자가 고음하며 천상의 조화를 훔쳐 자신의 마술로 삼는다는 발상은 사용하지 않았다.

그런가 하면 고계의 「청구자가」는 일본의 메이지明治시대 시인들에게 지대한 영향을 끼쳤다. 특히 모리 오가이森鷗外(1862~1922)는 「청구자가」를 의역한 「청구자가」靑邱子歌[11]를 발표하여 지사적인 정신과 예술혼을 고동시켰다. 모리 오가이는 어려서 한학을 배우고 1881년 도쿄 의대를 졸업한 후 군의관이 되고 1884년 의학 연수차 독일에 건너갔다. 1888년 귀국, 군의총감과 육군성 의무국장을 역임했으며, 1916년 퇴임 후 박물관·도서관·미술관 등의 관장을 지냈다.

한편 이병주는 경상남도 하동 출신으로 일본 메이지대학 문예과를 졸업하고 와세다대학 불문과에서 수학했다. 일본 유학 시절 고계의 시를 사랑하는 일본 지식인의 정신 풍토에 공감했을 듯하다. 일본에서 귀국한 그는 경남대학교의 전신인 해인대학 교수를 지내고, 1955년부터 부산에서 국제신보사 편집국장 및 주필로 활동했다. 5·16 때 필화 사건에 휘말려 징역 10년형을 선고받고 2년 7개월 동안 복역했다. 이후 권위주의 정부 하에서 많은 소설을 집필하며 지식인의 고뇌를 다루었다.

『포은 정몽주』는 지식인의 고뇌를 깊이 있게 다룬 역사소설이다. 이병주는 정몽주라는 역사적 인물의 고뇌를 드러내기 위해, 자신이 수학시절 깊이 영향 받은 고계의 시를 소설『포은 정몽주』에서 거듭 인용했을 것이다.

3.

이병주는 교토대학의 요시카와 고지로吉川幸次郎와 오가와 다마키小川環樹가 편집한『중국시인선집』(이와나미 서점) 가운데 이리야 센스케入谷仙介가 1962년 주해하여 간행한『고계』를 참조한 듯하다.[12]

이병주의 소설에서 고계의 시를 인용한 방식은 다음과 같다.

작품명	인용 방식
「장창병 이른다고 듣고 월성을 나와 밤에 감산에 투숙하다」[13]	장편 오언고시 가운데 4구만 인용했다. 이병주는 감산을 '암산'이라 했다.
「봉구전장을 지나며」[14]	장편 오언고시 가운데 6구씩 두 곳을 인용했다.
「청구자가」	장단구長短句 장편 가운데 두 구절만 인용했다.
「조선아가」	악부樂府 장편을 전부 인용하고 번역했다.

「매화」	칠언율시 연작 9수 가운데 제1수를 전부 인용하고 번역했다.
「내 수심」	「내 수심은 어디로부터 오는가」란 제목으로, 장편 오언고시를 전부 인용하고 번역했다.

고계의 시는 염풍과 신운의 것도 있다. 하지만 이리야 센스케는 고계의 지사적 측면에 초점을 맞추었다. 그리고 그것은 이병주의 독법과 일치한다. 또 「청구자가」 등 5수는 모두 이와나미본 선집의 앞부분에 실려 있고, 「매화」 1수는 원래의 9수 가운데 유일하게 그것만 그 선집에 수록되어 있다.

이병주가 인용한 고계의 시 가운데 「조선아가」는 원나라에 노예가 된 고려의 젊은이를 노래한 것이다. 『포은 정몽주』에서 정몽주는 10여 년 전, 홍건적이 개경을 겁략하는 등 고려가 혼란의 도가니였던 때를 회상하며 이 시를 읊는 것으로 되어 있다. 이병주의 번역과 시의 원문을 소개하면 다음과 같다.

아아, 조선의 소녀여!

녹색 머리칼을 양미 위에 가지런히 자르고

즐거운 밤의 연석에 나타나 둘이서 짝이 되어 노래 부르며 춤을 춘다.

부드러운 목면의 옷엔 구리쇠 고리가 달렸는데

가볍게 몸을 돌리며 가냘픈 목소리로 노래 부르는 모습은

취한 눈으로 보니 움직이는 달과 같고 흔들리는 꽃과 같구나.

외국의 말이라고 해서 통역으로 물을 필요도 없다.

깊은 정이 스며 있어 고향 떠난 슬픔을 호소하는 노래라는 것을 그냥

짐작할 수가 있다.

한 곡이 끝나면 발을 굽히어 손님 앞에 절한다.

우물가에서 새가 울고 촛불이 타고 있는 밤.

'현도' 즉 조선이라고 하면 구름과 바다 저편에 있는 아득한 나라인데

저 아이들은 무슨 인연으로 이곳에 왔을까 하고 모두들 의아스러워
    한다.

그때 주인의 말은 이러했다. 기왕 그 나라에 사신으로 간 적이 있는데

순풍을 타고 3일 만에 도착해 보니

황폐한 궁전 안에 사슴이 달리고 있고,

반란군이 지난 뒤라 여행자는 닭 우는 폐옥에 묵어야 할 형편이었다.

4월인데도 왕도王都 가까운 들엔 익은 보리가 드문데

아이 둘이 길을 걸으며 배고파 울고 있었다.

동정한 나머지 돈을 주어

흰쌀밥을 구해 나눠 먹고 배편을 얻어 아이들을 데리고 돌아왔다.

이 얘기를 듣고는 나는 생각했다.

그들의 나라가 동방의 번藩으로서 우리나라에 신속臣屬해 있던 때를.

그 나라의 여성이 황후(기 황후)가 되어 꿩이 그려진 옷을 입고 계셨다.

그런 까닭에 궁중의 전속 가무단에 이 조선의 노래가 전해져

그 나라 출신의 황후에게 조석으로 위안을 드렸으리라.

그런데 중국엔 수년 이래 전란이 평정되지 않아

공물을 바치는 외국 사신들의 발걸음이 끊어지고,

황태자는 영무(태원)에 계신다고 하는데

승상은 허창으로 도읍을 옮길 작정이라고 들린다.

금수강변의 몇 그루 수양버들이여!

의구한 춘풍에 지금도 변함없이 한들거리고 있는지

말단의 신하인 나는 이것저것 생각하며 태평한 날을 그리워한 나머지

술통 앞에서 흘리는 눈물이 통 안에 든 술보다 많을 지경이다.[15]

朝鮮兒 조선아　髮綠初剪齊雙眉 발록초전제쌍미

芳筵夜出對歌舞 방연야출대가무　木綿裘軟銅鐶垂 목면구연동환수

輕身回旋細喉囀 경신회선세후전　蕩月搖花醉中見 탕월요화취중견

夷語何須問譯人 이어하수문역인　深情知訴離鄕怨 심정지소이향원

曲終拳足拜客前 곡종권족배객전　烏啼井樹蠟燈然 오제정수납등연

共訝玄莬隔雲海 공아현도격운해　兒今到此是何緣 아금도차시하연

主人爲言曾遠使 주인위언증원사　萬里好風三日至 만리호풍삼일지

鹿走荒宮亂寇過 녹주황궁난구과　雞鳴廢館行人次 계명폐관행인차

四月王城麥熟稀 사월왕성맥숙희　兒行道路苦啼饑 아행도로고제기

黃金擲買傾裝得 황금척매경장득　白飮分餐趁舶歸 백음분찬진박귀

我憶東藩內臣日 아억동번내신일　納女椒房被褘翟 납녀초방피위적

敎坊此曲亦應傳 교방차곡역응전　特奉宸遊樂朝夕 특봉신유락조석

中國年來亂未鋤 중국연래난미서　頓令貢使入朝無 돈령공사입조무

儲皇尙說居靈武 저황상설거령무　丞相方謀卜許都 승상방모복허도

金水河邊幾株柳 금수하변기주류　依舊春風無恙否 의구춘풍무양부

小臣撫事憶昇平 소신무사억승평　尊前淚瀉多於酒 준전루사다어주

　이 시는 고계가 장사성의 휘하에 있을 때 중서성 속관인 검교檢校 벼
슬에 있는 주周 아무개의 연회에서 고려아高麗兒 두 사람이 춤추는 것을
보고 지은 듯하다. 고려아는 여성 무희였을 것이다. 고계는 "그들의 나

라가 동방의 번藩으로서 우리나라에 신속臣屬해 있던 때"를 그리워하고, "중국엔 수년 이래 전란이 평정되지 않아 공물을 바치는 외국 사신들의 발걸음이 끊어진" 것을 애석해했다.

이리야 센스케는 이 시가 원나라 지정 24, 5년경의 작품이라고 했으나, 『포은 정몽주』에서 이병주는 이 시를 지정 23년쯤, 고계가 28세일 때의 작품이라고 했다. 장사성이 주 아무개를 고려에 사신으로 보내왔을 때 정몽주가 상중에 있어 그를 만나 보지 못한 것으로 설정하기 위해 연도를 조금 앞으로 올린 것이다.

조선 후기의 한치윤韓致奫(1765~1814)은 『해동역사』海東繹史 제51권 「예문지」藝文志에 이 시를 전부 실어 두었다.[16] 한치윤이 우리나라와 관련된 중국의 시를 망라하기 위해 이 시를 채록했다면, 이병주는 정몽주의 깊은 근심을 드러내기 위해 이 시를 인용하고 절묘하게 번역했다.

한편 『포은 정몽주』에서 정몽주가 둔촌 이집을 만나 들려준 고계의 「내 수심은 어디로부터 오는가」는 본래 「내 수심」(我愁)이란 제목이다. 역시 이병주의 번역을 읽어 보기로 한다.

내 슬픔은 어디서 온 것일까. 가을 오니 홀연 그것을 발견한 느낌이다. 말로써 표현해 보려 하지만 이름을 붙일 수가 없구나. 아슴푸레 뭔가를 깨달을 뿐이다.
급급한 마음은 늙는 것을 두려워하기 때문이 아니고 초조한 심정은 지위가 낮은 것을 탓하기 때문이 아니다.
가난한 선비의 탄식이란 것도 아니고 방랑자의 슬픔은 더더욱 아니다.
고향에 돌아갈 날을 기다려서가 아니란 것은 원래 나는 고향을 떠나본 적이 없는 사람이다.

이별의 슬픔이 아니란 것은 나는 친한 사람들과 이별한 적이 없다.

처음 나는 이 슬픔을 만초蔓草와 같은 것이라고 생각했는데 저녁 이슬을 맞고도 시들질 않는다.

다음에 나는 이것을 연무에 비유해 보기도 했는데 추풍도 이것을 불어 없애질 못한다.

마음과 눈 사이에 서려 있어 어느 때 왔는지 모를 만큼 빨랐는데 쉽사리 떠나려고는 하지 않는다.

그래서 나는 내 가슴속에 물어본다. 이러한 수심이 고이게 된 지 얼마나 되었을까 하고.

기왕의 나는 서쪽 골짜기의 개울가에 살면서 산수의 기이함을 즐기고 있었는데,

지금의 나는 동원으로 돌아와 시들어 가는 초목을 슬퍼한다.

나의 외로운 오막살이를 찾아오는 사람은 누구일까. 슬픔만이 따라올 뿐이다.

세상 사람들에겐 즐거운 일들이 많은 모양으로 잔치를 하며 지칠 줄 모르는데,

나만이 슬픔을 안고 배회하고 있으니 장차 나는 어찌해야 하는 것일까.[17)]

我愁何從來 아수하종래　秋至忽見之 추지홀견지
欲言竟難名 욕언경난명　泯然聊自知 민연요자지
汲汲豈畏老 급급기외로　棲棲詎嗟卑 서서거차비
既非貧士歎 기비빈사탄　寧是遷客悲 녕시천객비
謂在念歸日 위재념귀일　故鄕未曾離 고향미증리

謂當送別處 위당송별처　親愛元無睽 친애원무규

初將比蔓草 초장비만초　夕露不可萎 석로불가위

又將比煙霧 우장비연무　秋風未能披 추풍미능피

藹然心目間 애연심목간　來速去苦遲 내속거고지

借問有此愁 차문유차수　于今幾何時 우금기하시

昔宅西澗濱 석택서간빈　尙樂山水奇 상요산수기

玆還東園中 자환동원중　重歎草木衰 중탄초목쇠

閒居誰我顧 한거수아고　惟有愁相隨 유유수상수

世人多自歡 세인다자환　遊晏方未疲 유안방미피

而我獨懷此 이아독회차　徘徊自何爲 배회자하위

『포은 정몽주』에서 이병주는 이 시를 통해 '천재의 고독'에 대해 사색했다. 소설의 일부를 옮기면 이러하다.

　　소요하는 동안 화제는 고계를 싸고돌았다.
　　"홀연히 천재가 지상의 한 구석에서 나타난다는 것은 어떤 이유일까요."
　　이집은 형이상학적인 문제까질 꺼냈다.
　　"천재의 의미가 무엇일까요."
　　하는 문제를 제기한 것은 정몽주였다.
　　이에 이집의 해답은,
　　"슬픔을 모르고 지나가는 사람들에게 슬픔을 가르치기 위해 천재는 있는 것 같소이다"라고 했다.
　　"이백이 없었더라면 어찌 천지간의 인간의 슬픔을 그처럼 활연하게 알게 했겠소. 두자미(두보)가 없었더라면 범백凡百(대중)의 일상에 깔린 인생의 슬픔을 어찌 그처럼 명료하게 그려 보였을 것이겠소. 백거이가 없었더라면 어찌 인생의 행로난行路難이 부재산不在山 부재수不在水란 사실을 알았겠소. 정히 인생의 살기 어려움은 지재인생거래간只在人生去來間이 아니오. 그런 만큼 나는 달가(정몽주)의 깊은 수심을 아오이다. 염리세속厭離世俗할 수 없는 달가의 마음이 오직 백성들에게 있다는 것을 나는 알지요."

이병주가 고계의 시를 사랑하고 고계의 시 가운데 일부를 『포은 정몽주』에 인용한 것은 일본 유학의 경험에 뿌리가 있고 일본 한시 연구의 성과를 참고한 결과다. 하지만 고계의 시는 『포은 정몽주』 속에서 적절히 재해석되어 인물 정몽주의 내면을 드러내는 데 매우 중요한 역할을 했다. 그 재해석은 오로지 이병주의 독창성에서 비롯된 것이다.

4.

청나라 때 사고전서四庫全書를 편찬하면서 이루어진 『사고제요』四庫提要에서는 고계의 시를 평가해, "한위漢魏 육조六朝 및 당송唐宋 등 모든 시대 고인들의 장점을 겸비했다"라고 했다.[18] 사실 고계의 시는 옛사람의 시어나 시풍을 모범으로 삼는 의고주의의 태도가 짙다. 이미 '위대한 거인'들이 앞에 많아서 '거인의 어깨'를 빌려야 했다. 그런데 고계는 '거인의 어깨'를 빌려 멀리까지 바라다볼 수 있었고, 그렇기에 그만의 웅건한 시풍을 형성했다. 「전가행」田家行[19]이나 「양잠사」養蠶詞[20]는 농민들의 어려운 생활상을 사실적으로 그려 내고, 가혹한 부역과 과중한 세금을 비판했다. 「금릉 우화대에 올라 대강(장강)을 바라보며」(登金陵雨花臺望大江)[21]나 「이 사군이 해창으로 주둔하러 가는 것을 전송하며」(送李使軍鎭海昌)[22] 등은 기세가 호탕하다.

　다만 고계는 현실의 애환을 낭만적으로 그려 내는 데 더 뛰어났다. 오언고시 「벼 베기를 구경하며」(看刈禾)는 이삭 줍는 여인을 등장시켜 풍년에도 하층민은 고달프다는 사실을 말하되, 농촌의 가을걷이 풍경을 멀리서 따스한 시선으로 바라보았다. 시선은 해부적이지 않다. 계층간 갈등을 우려하거나 빈농의 생활 조건을 중앙에 보고하려는 의식도 없다.

　　농사일이 역시 힘들다 하지만
　　오늘은 처음 추수하는 날.
　　거두는 일 뒤질세라
　　맑은 가을날 맞추려 서로 재촉하네.
　　아비 자식 밭에 있어
　　낫질 소리 삭삭 들리더니
　　황금물결 차차 걷히고
　　끝없이 바라보이는 것은 빈 들판.
　　해 질 무렵 짐 지고 돌아올 때
　　노래 부르며 길을 가니
　　참새들도 무리 지어 즐기는가
　　내려와 쪼고 날아오르며 짹짹.
　　올해는 제법 풍년이라
　　집집마다 곳간이 가득하거늘,

어찌하여 저 가난한 여인만은
힘들게 이삭을 줍고 있는가.[23]

農工亦云勞 농공역운로　此日始告成 차일시고성
往穫安可後 왕확안가후　相催及秋晴 상최급추청
父子俱在田 부자구재전　札札鎌有聲 찰찰겸유성
黃雲漸收盡 황운점수진　曠望空郊平 광망공교평
日入負擔歸 일입부담귀　謳歌道中行 구가도중행
鳥雀亦群喜 조작역군희　下啄飛且鳴 하탁비차명
今年幸稍豐 금년행초풍　私廩各已盈 사름각이영
如何有貧婦 여하유빈부　拾穗猶惸惸 습수유경경

　오언절구 「호 아무개 은둔자를 방문하러 가는 길」(尋胡隱君)은 자연과
인간이 어우러진 풍경을 그려 내고 우정의 따스함을 노래해 널리 회자
되었다.

물 건너고 다시 물 건너
꽃구경하고 또 꽃구경하면서,
봄바람 강가 길을 걷다 보니
어느새 그대 집.[24]

渡水復渡水 도수부도수　看花還看花 간화환간화
春風江上路 춘풍강상로　不覺到君家 불각도군가

이 시는 남송의 주필周弼이 『삼체시』三體詩를 엮어 '경景과 정情의 교
직交織'이 가장 뛰어나다고 격찬한 중당 때 옹도雍陶의 「성서로 친구의
별장을 방문하다」(城西訪友人別墅)와 유사하다. 옹도의 시에 대해서는 『한
시의 세계』(문학동네, 2003)에서 소개한 바 있다. 잠깐 그 시를 다시 보면
이러하다.

> 예수 다리 서쪽에 비스듬한 작은 길
> 해 높도록 그대 집에 이르질 못했네.
> 마을 골목은 모두 비슷하고
> 곳곳마다 봄바람에 탱자 꽃 피었구나.[25]

澧水橋西小路斜 예수교서소로사　日高猶未到君家 일고유미도군가
村園門巷多相似 촌원문항다상사　處處春風枳殼花 처처춘풍지각화

옹도는 호남성 예주澧州(현재의 예현)에 머물 때 서쪽 교외로 친구를 찾
아가면서 이 시를 지은 듯하다. 시인은 다리를 건너 작은 길로 접어들었
으나, 해가 높이 뜨도록 친구의 집에 이르지 못했다. 교외의 마을은 집
집마다 비슷비슷하며, 울타리마다 봄바람에 탱자 꽃이 흔들린다. '비슷
비슷하다'라는 말은 가치의 분별을 초월해 있음을 표현한 것이다.

그런데 고계는 「호 아무개 은둔자를 방문하러 가는 길」에서, "봄바람
강가 길을 걷다 보니, 어느새 그대 집"이라고 했다. 옹도의 시의詩意를
뒤집은 것이다. 그러면서도 옹도가 시에서 노래했듯이, 인간이 자연과
일체를 이룬 경지를 절묘하게 표현해 냈다.

「오 수재를 만났다가 다시 장강을 따라 돌아가는 것을 전송하면서」

(逢吳秀才復送歸江上) 시는 '저녁 비 내리는 남쪽 언덕에서 들려오는 강가 절의 종소리'라는 표현을 아쉬운 작별의 이미지로 자리 잡게 했다.

> 장강 가에 배를 대고 타지의 그간 일을 묻나니
> 난리 전 이별하여 난리 후 만난 사이.
> 잠시 손만 마주 잡고는 다시 헤어져야 한다
> 저녁 빗속 남쪽 언덕에 강가 절의 종소리 울릴 때.[26]

> 江上停舟問客蹤 강상정주문객종　亂前相別亂餘逢 난전상별난여봉
> 暫時握手還分手 잠시악수환분수　暮雨南陵水寺鐘 모우남릉수사종

이덕무는 『청장관전서』 제69권 '한죽당섭필'寒竹堂涉筆에서 나비를 두고 읊은 시들을 일람하면서 고계의 다음 시구를 거론했다.[27]

> (a) 원추리에 지친 나비 머물자 연못까지 온통 푸르고
> 나무에는 철 지난 꾀꼬리 깃들여 온 절이 그늘졌다.

> (b) 아마도 이웃집 꽃들 모두 떨어져서
> 내 채마밭에 오늘은 나비들 몰려오겠지.

(a)는 고계의 칠언율시 「백련사에서 '두 진사가 내가 방문하자 기뻐하며 옛이야기를 하면서 지은 시'에 차운하다」(白蓮寺次韻杜進士喜余見過話舊之作)의 경련이다. (b)는 칠언절구 「늦은 봄의 서쪽 동산」(春暮西園)의 전구와 결구이다.

「백련사에서 '두 진사가 내가 방문하자 기뻐하며 옛이야기를 하면서 지은 시'에 차운하다」는 다음과 같다.

> 노 울리며 배 젓기를 마다 않고 멀리 찾아가
> 강가 서재에서 나그네 음시吟詩를 동무하노라.
> 일마다 그르친 채 나이만 들고
> 잠깐 이별한 뒤로 여름도 깊어지다니.
> 원추리에 지친 나비 머물자 연못까지 온통 푸르고
> 나무에는 철 지난 꾀꼬리 깃들여 온 절이 그늘졌다.
> 노승이 오래 머문다고 싫어할지 모르겠군
> 지난날 일은 말하지 마오 마음 더욱 서글프오.[28]

不辭鳴棹遠相尋 불사명도원상심　欲向江齋伴旅吟 욕향강재반려음
百事未成年已長 백사미성년이장　幾時纔別夏將深 기시재별하장심
萱留倦蝶連池綠 훤류권접연지록　樹帶殘鶯滿寺陰 수대잔앵만사음
恐被老僧嫌滯礙 공피노승혐체애　舊遊休說更傷心 구유휴설갱상심

날다가 지친 나비는 원추리에 머물러 있는데, 그 원추리의 녹색 빛이 연못까지 모두 녹색으로 물들였다. 그리고 철 지난 꾀꼬리가 나무에 깃들여 울어대는데, 그 나무의 녹음은 절의 경내 전체를 그늘지게 하는 듯하다. 이 두 광경은 여름이 지나가는 것을 알려주면서, 모든 것이 성만하여 쇠퇴해 갈 조짐을 드러내는 찰나를 드러낸다. 그리고 바로 그것이, 뜻했던 일이라곤 아무것도 이루지 못하고 나이만 들어가는 자신의 처지를 환기시켜 문득 눈물이 그렁그렁하게 만드는 것이다. 화려한 정점을

지나 쇠퇴의 조짐을 드러내는 찰나의 이미지, 나비!

한편 「늦은 봄의 서쪽 동산」은 이러하다.

방초 우거진 푸른 못에 맑은 물살 가득하니

이 봄의 경색도 빗속에 사라지네.

아마도 이웃집 꽃들 모두 떨어져서

내 채마밭에 오늘은 나비들 몰려오겠지.[29)]

綠池芳草滿晴波 녹지방초만청파　春色都從雨裏過 춘색도종우리과

知是鄰家花落盡 지시인가화락진　菜畦今日蝶來多 채휴금일접래다

이 시에서도 나비는 봄날이 지나갔음을 알리는 전령이다. 나비를 고
계는 애틋했던 과거의 소멸, 화려한 시대의 종언을 알리는 조짐으로 포
착한 것이다.

고계는 감정이 응축된 순간, 사건이 응결된 찰나를 노래하는 것을 즐
겼다. 악부(노랫말 형식의 시가) 「물새 사냥 노래」(射鴨詞)는 대표적 예이다.
(원문에 환운을 표시한다.)

물새 잡으러 갈 때는

맑은 강이 새벽 어스름,

물새 사냥에서 돌아올 때는

굽어 나간 둑에 석양이 붉다.

가을 마름 잎은 썩고 안개비 갠 시각

물새 내려오기 전, 후림새가 먼저 우는데,

풀 그림자는 대나무 활을 낮게 감추고

물 차갑고 밭은 텅 비어 물새들 여위었다.

배야 오지 마라 물새 놀란다

먹이 보곤 의심 않고 다투는 형국이다.

주둥이로 냠냠 쪼고

깃털은 복슬복슬.

숨죽이고 한번 쏘면 어이 알겠나.[30)]

射鴨去 사압거 清江曙 청강서◢

射鴨返 사압반 廻塘晚 회당만◢

秋菱葉爛煙雨晴 추릉엽란연우청   鴨群未下媒先鳴 압군미하매선명◢

草翳低遮竹弓彀 초예저차죽궁구   水冷田空鴨多瘦 수냉전공압다수

行舟莫來使鴨驚 행주막래사압경   得食忘猜正相鬪 득식망시정상투◢

觜唼唼 취삽삽 毛襂襂 모시시   潛氣一發那得知 잠기일발나득지◢

5.

    찰나를 중시한 고계는, 여성의 미의 절정을 노래하는 시도 많이 남겼
다. 특히 〈사녀도〉仕女圖에 적은 시가 유명하다. 사녀仕女(士女)란 귀족 여
성이나 궁중의 여성을 일컫는다. 10세기 북송 때부터 사녀를 그림으로
그리는 것이 회화의 한 분야로 자리 잡았다. 이때부터 사녀라고 하면 미
녀를 가리키게 되어, 사녀도는 미인화를 뜻하게 되었다. 고계는 행해서
行楷書로 「제사녀도시」題仕女圖詩를 적어, 그것이 현재 중국 고궁박물관

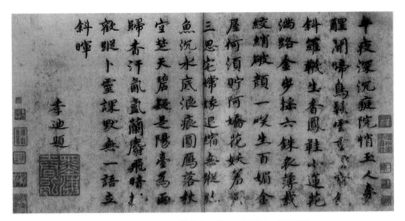

제사녀도시題仕女圖詩 고계, 25.9×43.3cm, 행해서, 13행 115자. 중국 고궁박물원

에 소장되어 있다.

칠언시의 원문을 보면 다음과 같다.

午夜深沉庭院悄 오야심침정원초	玉人夢醒聞啼鳥 옥인몽성문제조
鬆雲重□寶釵斜 송운중□보차사	羅韈生香鳳鞋小 나말생향봉혜소
蓮花滿路金步搖 연화만로금보요	六銖衣薄裁絞綃 육수의박재교초
破顏一哯生百媚 파안일소생백미	金屋何須貯阿嬌 금옥하수저아교
花妖羞□三思宅 화요수□삼사댁	嫦娥退縮無蹤跡 항아퇴축무종적
雁落秋空楚天碧 안락추공초천벽	疑是陽臺爲雨歸 의시양대위우귀
魚沉水底浪痕圓 어침수저랑흔원	香汗氤氳蘭麝飛 향한인온난사비
暗□歡蹤卜靈課 암□환종복령과	默無一語立斜暉 묵무일어입사휘
	季迪題 계적제[31]

끝의 계적제季迪題는 '계적이 적다'라는 말이다. 계적은 고계의 자字다.

이 시는 압운법이 대단히 복잡하다. 우선 처음 첫째 연과 둘째 연은 운자가 鳥와 小로, 상성 篠(소)운을 격구압운했다. 다음 셋째 연과 넷째 연은 운자가 綃와 嬌로, 평성 蕭(소)운을 격구압운했다. 다섯째 연은 운자가 宅과 跡으로, 입성 陌(맥)운을 매구 압운하고, 여섯째 연의 첫째 구에 陌운의 운자 碧을 놓았다. 그다음 마지막의 세 연은 운자가 歸, 飛, 暉로, 평성 微(미)운을 격구압운했다. 고계는 이렇게 복잡한 환운換韻(운자를 바꿈) 방식을 이용해 한밤에서 시작하여 다음날 석양 무렵으로 추이한 시간의 흐름을 모두 담았다.

압운 방식을 고려하여 「제사녀도시」를 번역하면 다음과 같다.

자정 지나 밤 깊어 정원이 고요할 때
옥인이 꿈을 깨어 새 울음소릴 듣고는,
구름 같은 머리에 보옥 비녀를 꽂나니
비단 버선에선 향내 나고 봉황 새긴 신발은 아담하여라.

연꽃 가득한 길을 금보요(머리 뒤 장식) 꽂고 가니
육수의六銖衣(가벼운 옷)는 얇아서 인어가 짠 비단을 마름한 듯.
얼굴 펴서 한번 웃자 너무도 고혹적이라
황금옥에 진아교陳阿嬌를 구태여 가둬 둘 필요 없으리.

화요花妖도 무삼사武三思 집에서 부끄러워 숨고
항아嫦娥도 움츠리고 물러나 자취를 감출 정도.

기러기 내려앉는 가을 하늘이 초나라처럼 푸르니

양대陽臺로 비가 되어 돌아가지 않을는지.

물고기는 물속 깊이 사라져 동심원의 흔적을 남기고

향긋한 땀이 물씬 일어 난초와 사향 향이 나는 듯.

환희의 자취가 관세음보살감응영과觀世音菩薩感應靈課 점과 맞다고 생

  각하며

한마디 말도 없이 석양 아래 서 있도다.

고계는 그림 속의 사녀를 옛 미인들과 비교하여 과거의 미인들을 모두 무색하게 만들 정도라고 했다.

진아교는 한나라 무제의 고종 누이. 한 무제는 어릴 때 진아교를 사랑했다. 고모가 "아교를 배필로 삼으면 어떻겠니?" 하자, 무제는 "아교를 배필로 맞는다면 그녀를 황금옥에 두겠습니다"라고 했다. 진아교는 후일 진 황후陳皇后가 되었다.

화요는 화월花月의 요괴. 육훈陸勳의 『집이지』集異志에 이런 이야기가 나온다. 측천무후의 조카 무삼사가 첩을 두었는데 절색이어서 사대부들이 모두 그녀를 보려고 그 집을 방문했다. 어느 날 적인걸狄仁傑이 그를 찾아갔으나, 그 첩은 몸을 숨겼다. 무삼사가 사방을 수색해 보니, 첩은 벽 틈에 있었다. 첩은 "나는 화월의 요귀인데, 하늘이 나를 보내어 당신을 모시고 이야기도 하고 웃으면서 지내도록 했습니다만, 저분은 일세의 정대正大한 사람이므로 만나볼 수가 없습니다"라고 했다고 한다. 적인걸은 명 재상으로 이름이 높은데, 사당 1천여 곳을 불태울 만큼 미신을 배격했으므로 이런 이야기가 있게 된 듯하다.[32]

항아는 작은 나라 제후인 예羿의 처. 예가 서왕모에게서 불사약을 얻었으나, 항아가 몰래 훔쳐 먹고는 달로 도망쳐서 월선月仙이 되었다는

사녀도　김홍도, 조선, 1781, 종이 · 수묵담채, 121.8×55.7cm, 국립중앙박물관

전설이 『회남자』 등에 실려 있다.

양대 운운한 것은 초나라 송옥宋玉의 「고당부」高唐賦에 나오는 고사를 빌려 왔다. 초나라 회왕이 무산 신녀와 하룻밤 인연을 맺고 헤어질 때, 신녀가 "아침에는 양대의 구름이 되고 저녁에는 양대의 비가 되겠다"라고 말했다 한다.

앞서 말했듯이 1370년 고계는 호부우시랑의 벼슬에 나아가지 않고 청구로 돌아갔다. 그리고 「궁녀도」와 「화견」 시로 명나라 태조를 비판했다고 오해받았다.

「궁녀도」는 칠언절구다.

> 몸종이 취한 궁녀를 부축하여 푸른 이끼 밟고 가나니
> 달 아래 서쪽 동산에서 군주를 모신 후 돌아오는 길.
> 돌연 작은 개가 꽃덤불 저켠에서 그림자 보고 짖누나
> 깊은 밤 궁궐 안에 누군가 찾아온 듯.

女奴扶醉踏蒼苔 여노부취답창태　明月西園侍宴回 명월서원시연회
小犬隔花空吠影 소견격화공폐영　夜深宮禁有誰來 야심궁금유수래

「화견」도 칠언절구.

> 갓 자란 외톨이, 꼬리가 부숭부숭
> 낮은 풀밭에서 금방울을 울리네.
> 옥계단 사람 그림자 보고 짖질 말거라
> 양거羊車가 한밤중 궁궐을 빠져나가네.

獨兒初長尾茸茸 독아초장미용용　行響金鈴細草中 행향금령세초중

莫向瑤階吠人影 막향요계폐인영　羊車半夜出深宮 양거반야출심궁

진晉나라 위개衛玠는 용모가 수려하여, 총각 시절 양이 끄는 작은 수레를 타고 낙양에 들어서면 사람들이 다투어 나와 구경하면서 옥인玉人이라고 찬탄했다고 한다. 여기서는 그 고사와 함께 진晉나라 무제의 고사를 끌어다 썼다. 진나라 무제는 후궁들이 많아서 어디로 가야 할지를 모르면 양거가 가는 대로 갔으므로 후궁들이 수레 끄는 양을 유인하기 위하여 대나무 잎을 문에다 꽂아 두고 소금물을 땅에다 뿌려 두었다고 한다. 고계는 그런 고사들을 끌어다가, 궁중의 풍정을 섹슈얼하게 그려 냈다.

「궁녀도」와 「화견」은 분명히 궁중의 일, 그것도 천자의 호색을 다루었다. 실제로 명나라 태조는 여색을 밝혀, 궁중 여인이 9천여 명이고, 그녀들의 화장품 비용으로 40만 금을 허비했다고 전한다. 그렇다고 고계가 그 두 시로 명 태조를 비난한 것 같지는 않다. 「제사녀도시」에서 그랬듯이 「궁녀도」와 「화견」도 염풍의 시일 따름이다. 더구나 고계의 「궁녀도」와 「화견」은 그림을 보고 쓴 제화題畵의 시였을 것이다. 그렇거늘 간사한 자들은 이 시에 나오는 작은 개가 바로 태조(주원장)를 비꼰 것이라고 모함했다.

명나라 태조가 즉위한 지 5년 되는 1372년(홍무 5) 10월 예부주사 위관魏觀이 소주蘇州의 지부知府로 왔다. 고계는 『원사』를 편찬하는 편수의 직으로 남경에 있을 때 그와 친하게 지낸 일이 있었다. 위관은 옛 성을 재건하고자 하여, 청사의 준공에 맞춰 고계에게 상량문을 지어달라고 했다. 그런데 소주는 원나라 말 주원장에게 대항한 장사성張士誠의 근거

지였으므로, 그 땅에 관청을 지은 위관은 역모를 꾀했다는 죄명으로 처형당하고 말았다. 고계는 그 관청에 상량문을 지었다는 이유로 요참腰斬을 당하고, 당시 지은 것으로 추정되는 칠언율시 「군치상량」郡治上梁[33)이 전한다.

6.

고계는 소주성 바깥 한산사寒山寺 가까이의 풍교楓橋에서 배를 타고 북향하여 남경으로 향할 때 다음 「절명시」絶命詩를 남겼다고 한다. 시집에 들어 있지 않으니, 다른 사람이 그의 이름에 가탁한 것인지 모른다.

풍교에서 북쪽을 바라보면 풀만 무성하고
행인 열 가운데 아홉은 돌아오지 않누나.
나 스스로 맑디맑아 아무 부끄러움 없으니
장강이여 이 마음을 비추어다오.

楓橋北望草斑斑 풍교북망초반반   十去行人九不還 십거행인구불환
自知淸徹原無愧 자지청철원무괴   蓋倩長江鑑此心 개천장강감차심

나는 『한시의 서정과 시인의 마음』(서정시학, 2011)에서 '시인의 슬픔'이란 주제를 논하며 시인은 지독하게 슬픈 존재라는 결론을 내린 일이 있다. 그때는 고계의 「내 수심」(我愁)을 다루지 않았으나, 그 시는 내 마음속에 깊이 자리 잡고 있었다. 이 글을 쓰기 위해 『포은 정몽주』를 되

읽다가 이병주 선생이 이집의 입을 통해 그 시를 풀이한 내용에 새삼 느끼는 바가 있었다.

슬픔을 모르고 지나가는 사람들에게 슬픔을 가르치기 위해 천재는 있는 것 같소이다.

그렇다. 시인은 바로 슬픔을 가르치는 천재인 것이다.

도연명
그 평온한 곳으로 돌아가자

1.

어떤 선배 학자가 젊은 학생들에게는 도연명의 「귀거래사」歸去來辭를
가르칠 수 없다고 했다. "돌아가리라! 전원이 황폐해지려 하니 어떻게
돌아가지 않겠는가?"라는 절규는 청운의 꿈을 품어야 할 젊은이에게 맞
지 않다는 것이었다. 수긍이 갔지만 곰곰 생각하니 꼭 그렇지만도 않을
것 같았다.

> 돌아가리라! 전원이 황폐해지려 하거늘 어찌 돌아가지 않으리오?
> 마음이 육신의 부림을 당했음을 안다면, 어찌 낙담하여 홀로 슬퍼하
>   고만 있는가?[1]

歸去來兮 귀거래혜　田園將蕪 전원장무　胡不歸 호불귀
既自以心爲形役 기자이심위형역　奚惆悵而獨悲 해추창이독비

마음이 육신의 부림을 당한다는 말이 폐부를 아프게 찌른다. 몇 푼 돈을 벌려고, 알량한 명예를 지키려고, 급급해하는 자신이 부끄럽다. 이럴 때 다음 구절을 읊으면 또 어떤가?

동쪽 언덕에 올라 휘파람 불고
맑은 시냇가에서 시를 짓노라.

登東皐以舒嘯 등동고이서소　臨淸流而賦詩 임청류이부시

거리를 걸으면서 콧노래를 흥얼거려 보는 것만으로도 마음이 평온해지지 않는가? 거대한 이념을 웅변조로 말하지 않고 자족의 삶을 담담하게 노래한 이 구절이야말로 나의 구원이요, 나의 기쁨이다.

도연명陶淵明(365~427)의 시는 야단스럽지 않다. 지쳐 있을 때 그의 시를 읽으면 자존감이 되살아난다.

중국 시인 가운데 후세의 문인과 학자들에게 깊은 영향을 준 사람으로는 단연코 도연명을 첫 손가락으로 꼽지 않을 수 없다. 문인들뿐인가, 민요 「잦은 쾌지나 칭칭나네」를 보면 "일락서산日落西山에 해 떨어지고 월출동령月出東嶺 달 솟는다"라는 구절이 있다. 도연명의 「의고」擬古 시에 나오는 "백일은 서강에 잠기고 흰달은 동령에 나온다"(白日淪西河, 素月出東嶺)[2]의 시상을 번의한 것이다.

2003년, 교토박물관에서 고젠 히로시興膳宏 선생님을 뵈었더니 갓 나온 책이라고 하시며 도연명 시집을 한 권 주셨다. 욕실에서도 읽을 수 있도록 코팅 종이를 사용한 책이었다.[3]

1983년 일본에 유학갔을 때 선생님은 『문경비부론』文鏡秘府論[4]을 강의하고 계셨다. 선생님의 전임자로, 일본 학생운동을 지지하며 투쟁하다 죽은 다카하시 가즈미高橋和己도 육조시대의 미문을 전공했다. 고젠 선생님은 자그마한 일탈도 허용하지 않는 분이셨는데, 부賦 한 구절의 해석을 둘러싸고 내가 반론을 제기해 수업을 망친 일이 있다. 일본의 대학원생들은 '넌 끝이다!'라는 눈빛을 내게 보냈다. 정약용이 강진으로 유배 가서 찬모조차 말을 섞으려 하지 않았을 때의 심경이 꼭 그렇지 않았을까? 그래도 고젠 선생님은 학위논문 심사 때 매우 따뜻하게 대해 주셨다.

정년 후 박물관 관장으로 계시다는 말을 듣고 찾아간 것인데, 관장실은 책이 없어서 무척 썰렁했다. 관장 일 하시느라 바쁘시죠 했더니, 바쁘긴 뭐, 하며 웃으시던 모습이 어제 일 같다. 이후 찾아뵙지 못했으나 도연명 시집에 시선이 갈 때마다 육조 문학에 빠졌던 옛 일이 떠오르곤 한다. 다카하시 가즈미의 사상 소설 『슬픔의 그릇』(悲の器)[5]을 읽던 일도 기억난다.

왜 일본인들은 도연명 시집을 욕실까지 가져가서 읽으려 했을까? 어째서 일본의 좌파 학자들은 도연명에 열광했을까?

2.

창경궁 경춘전 앞의 함인정 안에는 도연명의 「사시」四時가 사면의 현판에 나뉘어 쓰여 있다.

春水滿四澤 춘수만사택 봄물은 못마다 가득 차고

夏雲多奇峰 하운다기봉 여름 구름은 기이한 봉우리 모양.

秋月揚明輝 추월양명휘 가을 달은 밝은 빛을 날리고

冬嶺秀孤松 동령수고송 겨울 산엔 솔 한 그루 빼어나다.[6]

함인정은 영조가 과거에 합격한 선비들을 접견하던 곳이다. 어진 선비들이 군주의 어진 덕에 흠뻑 젖는다는 뜻인 함인涵仁과 도연명의 「사시」는 시상이 묘하게 통한다.

「사시」는 긴 시의 일부라고도 하고, 도연명의 것이 아니라고도 한다. 하지만 봄이면 씨 뿌리고 여름이면 거름 매고 가을이면 거둬들이고 겨울이면 갈무리하는 농가 생활의 순환 원리를 평이하게 노래하면서 자연과 어우러져 살아가는 인간의 평온한 내면을 함축했으므로 도연명 이외에 다른 사람이 지었다고는 할 수 없을 것 같다.

정녕 도연명은 사의寫意의 대가였다. 도연명은 흔히 전원시인이라고 일컬어지지만, 그의 시 가운데 산수 자연의 묘사에 치중한 시는 그가 살던 심양尋陽의 반대쪽, 현재의 파양호鄱陽湖 부근에서 지은 「사천에 노닐며」(游斜川)[7] 한 수뿐이라고 한다. 도연명은 마음속에 감촉이 없을 때에는 승경을 보고도 구차하게 시를 짓지 않았다. 중국의 명승지로 유명한 여산廬山에 자주 왕래했지만 여산에 관한 시를 남기지 않았을 정도다. 그렇다, 금강산을 다녀왔다고 꼭 금강산 시를 지을 수 있는 것은 아니며, 곤륜산을 마주했다고 해서 곤륜산 시를 남길 필요는 없으리라.

도연명은 '푸른 솔'(靑松), '외로운 구름'(孤雲), '돌아오는 새'(歸鳥)를 소재로 자신의 고고한 경지, 자유의 의지, 자연과의 일치를 상징적으로 노래했다. 산수의 사시사철, 아침과 저녁, 흐림과 갬의 변화를 하나하나 재현하려고 들지 않았다. 감정과 경물이 어우러진 경지를 자연스레 토로했다. 그것을 두고 소동파는 "겉은 건조한 듯하지만 안은 기름지다"(外枯而中膏)라고 했다.

도연명은 삶의 진리를 평범한 말로 담백하게 말하곤 했다. 『고문진보』에도 실려 전하는 「잡시」雜詩 12수의 한 수는 그 좋은 예다.

人生無根蔕	인생무근체	사람은 뿌리도 꼭지도 없어
飄如陌上塵	표여맥상진	풀풀 길에 날리는 먼지.
分散逐風轉	분산축풍전	바람 따라 굴러다니기에
此已非常身	차이비상신	불변의 몸뚱이가 아닌 것을.
落地爲兄弟	낙지위형제	땅에 떨어지면 모두가 형제
何必骨肉親	하필골육친	하필 골육만 친하랴.
得歡當作樂	득환당작락	즐거울 땐 즐겨야 하나니
斗酒聚比隣	두주취비린	한 말 술로 이웃과 어울리자.
盛年不重來	성년부중래	한창 나이는 다시 오지 않고
一日難再晨	일일난재신	하루는 두 아침이 없는 법.
及時當勉勵	급시당면려	제때 맞춰 부지런하자
歲月不待人	세월부대인	세월은 기다리지 않나니.[8]

인간은 정처 없는 떠돌이, 언젠가는 죽을 몸. 그 사실을 깨닫고 슬픔에 잠길 것이 아니라 즐거울 땐 그냥 즐기자고 한다. 골육만 가까이 할 것이 아니라 내 사는 곳의 이웃과 모꼬지를 가져 보자고 한다. 이 '제안'에 근거하여 낙지형제落地兄弟라고 하면 애초 모르는 사람들이라도 형제같이 친한 사이가 되었다는 말로 쓰이게 되었다.

인간 존재는 뿌리도 꼭지도 없어, 풀풀 길에 날리는 먼지! 눈물을 쥐

어짜는 감정의 과잉이 없다. 남다른 깨달음을 과장하려는 태도도 없다. 평범하면서 담백한 표현이 사람의 마음을 끌어당긴다.

이웃에 살며 정이 든 사람에게 답장으로 쓴 「방 참군에게 답하다, 병서」(答龐參軍幷序)의 서序도 하나의 시다.

세 번이나 보내주었으니, 거절하려 했지만 그럴 수 없구먼. 그대가 이웃 골짝으로 온 후 겨울과 봄이 바뀌는 사이, 마음 터놓고 잘 대해 주어 즉시 오랜 친구처럼 되었지. 속담에도 '자주 마주하면 친구가 된다'고 했는데 하물며 정이 이보다 더 깊은 경우에야 더 말해 무엇 하겠나. 사람 사는 일이란 어그러지기 쉬워 만나자마자 이별을 말하고는 하는 모양이네. 양호羊祜의 탄식은 인간이라면 누구나 지니는 슬픔이 아니겠는가! 나는 병을 끌어안은 지 서너 해여서 다시 글을 짓지 못하네. 본시 글재주가 풍성하지 못한데다가 노환까지 겹쳤지. 하지만 『주례』에서 말한 왕복往復의 뜻을 따라 이별 후 그리워하는 마음을 담아 이 시를 지어 보내네.[9]

묘하게 순후하다. 양호의 탄식이란 환희의 절정에서 그 기쁨이 오래 가지 못할 것을 생각하며 짓는 탄식을 말한다. 시는 이렇다.

相知何必舊 상지하필구　오래 사귄 사람만 친구인가
傾蓋定前言 경개정전언　만나자마자 이전의 말을 잇듯 했네.
有客賞我趣 유객상아취　내 취미를 알아주는 손님 있어
每每顧林園 매매고임원　늘 동산으로 찾아와선,
談諧無俗調 담해무속조　우스갯소리에 속기 없고

所說聖人篇 소설성인편 말하는 것은 성인의 글.

或有數斗酒 혹유수두주 어쩌다 서너 말 술이 있어

閒飮自歡然 한음자환연 한가하게 마시며 절로 흥거웠소.

我實幽居士 아실유거사 나는 은둔한 사람이라

無復東西緣 무부동서연 세속에 다시 인연 없으나,

物新人惟舊 물신인유구 경물은 새로워도 사람은 옛날 그대로라

弱毫夕所宣 약호석소선 저녁에 붓 놀려 이 시를 쓰오만,

情通萬里外 정통만리외 정은 만 리 밖으로 통하건만

形迹滯江山 형적체강산 자취는 강산에 막혀 있구려.

君其愛體素 군기애체소 그대 부디 소박한 본성을 아끼시게

來會在何年 내회재하년 만날 날이 어느 해일지!

기발한 상상도 없고 파란의 구상도 없다. 하지만 평소의 깊은 사색에서 길어낸 시다. "그대 부디 소박한 본성을 아끼시게", 이 따스한 한마디에 가슴을 뭉클하는 것은 나 혼자만이 아니리라. 조선의 풍운아 이춘영李春英(1563~1606)이 자기 시집을 『체소집』體素集이라 한 것도 나와 같은 심경에서였을 것이다. 다음 시구들은 또 어떤가. 되뇔수록 무한한 지취가 살아나지 않는가!

사람은 살아서 도에 귀의하지만, 먹고 입는 것이 그 시작이다.[10]

人生歸於道 인생귀어도 衣食固其端 의식고기단

─「경술년 9월 중 서쪽 밭에서 올벼를 수확하면서」(庚戌歲九月中於西田獲早稻)

아아 나 없어진 뒤의 이름이란, 내게는 뜬 연기일 따름.[11]

吁嗟身後名 우차신후명　于我若浮煙 우아약부연

―「초나라 곡조의 원망시, 방 주부와 등 치중에게 보이다」(怨詩楚調示龐主簿鄧治中)

숲에 이어져 사람들이 깨닫지 못하더니, 홀로 선 나무를 모두 기이하다 하네.[12]

連林人不覺 연림인불각　獨樹衆乃奇 독수중내기

―「음주」飮酒 제8수

내가 있음조차 깨닫지 못하는데, 어찌 외물이 귀함을 알겠는가?[13]

不覺知有我 불각지유아　安知物爲貴 안지물위귀

―「음주」 제14수

　도연명의 시는 어려운 옛 어휘를 전거로 삼지 않고, 생활에 뿌리를 둔 진실한 감정을 노래했다. 그 시풍은 당나라 맹호연·왕유·저광희儲光羲·위응물·유종원 등 많은 시인들에게 영향을 끼쳤다. 실제로는 북송 때 소동파와 남송 때 주희가 높게 평가한 이후 더욱 널리 알려졌다. 도연명 시에 대해 소동파는 "바람이 수면을 스치듯 저절로 문리를 이루었다"(如風吹水, 自成文理)라고 했고, 주희는 "안배를 거치지 않아도 마음속에서 자연스레 흘러나왔다"(不待按排, 胸中自然流出)라고 했다.

　도연명의 이름은 잠潛이다. 자字가 연명 또는 원량元亮이다. 혹은 본래 이름이 도연명인데 동진이 망하자 도잠으로 이름을 바꾸었다고도 한다. 지금의 강서성 구강현九江縣 서남쪽에 위치한 심양尋陽의 시상柴桑 출생이다. 증조부는 서진의 명장 도간陶侃, 외조부는 당시의 명사 맹가

孟嘉였다. 조부는 태수를 지냈고 아버지는 현령을 지냈으므로 유복한 집안 출신이다. 이복누이가 하나 있었고 그 자신은 다섯 아들을 두었다. 29세 때 벼슬길에 올라 주州의 좨주祭酒가 되었다가 곧 사임했다. 그 후 생활을 위해 진군참군이라든가 건위참군 등의 관직을 지냈다.

관료로 있으면서 전원생활을 못 잊어 하던 중, 41세 때 누이의 죽음을 구실삼아 팽택현彭澤縣 현령의 직을 사임한 후 62세로 생애를 마칠 때까지 관계에 나가지 않았다. 현령을 그만둘 때 지은 것이 「귀거래사」다. 역사서에는 독우督郵(지방행정 감찰관)가 순시하러 오자, "다섯 말 봉급(五斗米) 때문에 소인에게 허리를 굽힐 수 없다" 하며 고향으로 돌아갔다고 되어 있다. 훗날 사람들이 정절선생靖節先生이라 불렀다. 국가에서 내려 준 시호는 없고, 그를 사랑한 사람들이 임의로 붙인 시호다.

도연명의 문집은 아주 이른 시기에 유포되었다. 남조 양梁나라(502~557) 소명태자 소통蕭統(501~531)이 도연명의 문집을 8권으로 엮은 이후 이것을 기초로 여러 판본이 나왔다.[14] 시는 4언체 9편과 당시 유행하던 5언체 47편이 중심이다.

우리나라 사람들은 신라 때부터 『문선』文選에 실린 도연명의 작품을 접했다. 남아 있는 간행본으로는 1583년(선조 16) 재주갑인자(경진자)로 인출한 『전주정절선생집』箋註靖節先生集 10권 2책이 가장 이르다.[15]

조선 후기의 유형원柳馨遠(1622~1673)은 도연명을 좋아해서 48세 되던 1669년 가을에 『도정절집』을 엮고 발문에서 이렇게 말했다.

도정절은 옛날의 일민逸民이다. 진晉나라와 송나라가 교체되던 시기에 그가 취한 행동을 보면 백 세대가 영구히 사표로 모실 만하며, 그의 시문을 읽어 보면 그 사람됨이 어떠한지를 알 수가 있다.[16]

일민이란 정치 현실을 멀리하는 은둔자들이다. 『논어』「미자」微子 편에서 말했듯이, 자기 뜻을 굽히지 않고 자신의 몸을 욕되게 하지 않는 사람, 뜻을 굽히고 몸을 욕되게 했지만 말이 윤리에 맞고 행실이 사리에 맞는 사람, 세상일에 대해 언급하지 않고 몸가짐을 청렴결백하게 가지며 나서서 일하지 않고 시의에 맞게 생활하는 사람을 말한다.

도연명도圖 리장즈李長之(張芝) 저, 마츠에다 시게오松枝茂夫·와다 타케시和田武司 역, 「도연명」, 지쿠마쇼보 筑摩書房, 1966. 내표지 그림.

3.

도연명은 오두미五斗米로 상징되는 세속적이고 외적인 모든 구속을 벗어던지고 자신의 고향으로 돌아가기로 했다. 「귀거래사」의 원문을 토를 달아 소리 내어 읽어 본다면 우리는 벌써 자신의 본래성을 찾아 나서는 귀거래를 감행한 것이라 할 수 있다. 첫 대목은 관리 생활을 그만두고 전원으로 돌아가는 해방의 심경을 읊었고, 둘째 대목은 그리운 고향집에 도착해 자녀들의 영접을 받는 기쁨을 그렸다. 셋째 대목은 세속과의 절연을 선언하고 전원생활의 기쁨을 구가했으며, 넷째 대목은 자연의 섭리에 따라 목숨이 다할 때까지 유유자적한 삶을 살아가겠다는 뜻을 토로했다.

돌아가리라! 전원이 황폐해지려 하거늘 어찌 돌아가지 않으리오?

마음이 육신의 부림을 당했음을 안다면, 어찌 낙담하여 홀로 슬퍼하
　　고만 있는가?
과거는 돌이킬 수 없음을 깨닫고, 미래는 쫓아갈 수 있음을 알았으며
헷갈리되 멀리 가진 않았고, 지금이 옳고 어제가 잘못임을 깨달았네.
배는 흔들흔들 가벼이 드날리며, 바람은 표표하게 옷자락 휘날린다.
수레 모는 이에게 앞길을 물으니, 새벽빛이 희미하다 한탄하네.

마침내 멀리 초가를 바라보고는, 한편 기뻐하며 한편 달려가니
하인들은 반겨 맞아 주고, 어린 자식들은 문 앞에서 기다린다.
집 앞 세 갈래 길은 풀에 덮여 가지만, 소나무 국화는 예전 그대로다.
아이들 데리고 방에 들어가니, 술통에 술이 가득하기에
술잔 당겨 혼자 따르면서, 뜰의 나뭇가지 바라보며 기쁜 얼굴 짓고는
남쪽 창에 기대 발을 뻗으니, 무릎 들여놓을 방이 편안하다.
동산을 날마다 걸어 취미를 이루고, 문은 항상 빗장을 걸어 두고선
지팡이 짚고 다니다 쉬면서, 때때로 고개 쳐들어 멀리 바라보니
구름은 무심히 산골짜기에 피어오르고, 새들은 날기에 지쳐 둥지로
　　돌아오네.
해가 어둑어둑 넘어갈 때, 외로운 소나무 어루만지며 배회한다.

돌아가리라! 남과의 교유를 끊으리라.
세상과 나는 어긋났거늘, 수레 몰고 나간들 무얼 얻겠는가?
친척들과의 정담을 즐기고, 거문고 타고 글 읽으며 시름을 씻고
농부가 봄 온 것을 일러 주기에, 서쪽 밭에 일할 채비를 하노라.
포장 친 수레를 몰기도 하고, 조각배의 노를 젓기도 하며

구불구불 깊은 골짜기를 찾고, 울퉁불퉁 언덕을 오르니
나무들은 싱싱한 꽃을 피우려 하고, 샘물은 졸졸 흘러내리려 하누나.
만물이 때 얻음을 부러워하고, 내 생명이 끝나리란 것을 슬퍼한다.

그만두라! 천지간에 몸담았으되 얼마나 더 살랴?
가든 말든 내키는 대로 하지 않고, 허겁지겁 어디로 가려 하나?
부귀는 원하는 바가 아니요, 천국의 신선향은 기약할 수 없도다.
절기를 생각하여 홀로 나서서, 지팡이 꽂아 두고 풀 뽑다가는
동쪽 언덕에 올라 휘파람 불고, 맑은 시냇가에서 시 읊기도 하면서
조화의 기운 타고 삶을 마치리니, 천명을 즐기니 무얼 다시 의심하랴?

歸去來兮 귀거래혜여 田園 전원이 將蕪 장무하니 胡不歸 호불귀오
旣自以心爲形役 기자이심위형역하니 奚惆悵而獨悲 해추창이독비오
悟已往之不諫 오이왕지불간하고 知來者之可追 지내자지가추라
實迷途其未遠 실미도기미원하니 覺今是而昨非 각금시이작비로다
舟搖搖以輕颺 주요요이경양이요 風飄飄而吹衣 풍표표이취의로다
問征夫以前路 문정부이전로하니 恨晨光之熹微 한신광지희미로다

乃瞻衡宇 내첨형우하고 載欣載奔 재흔재분하니
僮僕 동복은 歡迎 환영하고 稚子 치자는 候門 후문이라
三徑 삼경은 就荒 취황이나 松菊 송국은 猶存 유존이라
携幼入室 휴유입실하니 有酒盈樽 유주영준일새
引壺觴以自酌 인호상이자작하고 眄庭柯以怡顔 면정가이이안이라
倚南窓以寄傲 의남창이기오하니 審容膝之易安 심용슬지이안이라

園日涉以成趣 원일섭이성취하고　門雖設而常關 문수설이상관이라

策扶老以流憩 책부로이유게하고　時矯首而遐觀 시교수이하관하니

雲無心以出岫 운무심이출수하고　鳥倦飛而知還 조권비이지환이라

景翳翳以將入 경예예이장입하니　撫孤松而盤桓 무고송이반환이로다

歸去來兮 귀거래혜여　請息交以絶游 청식교이절유라

世與我而相違 세여아이상위하니　復駕言兮焉求 부가언혜언구리오

悅親戚之情話 열친척지정화하고　樂琴書以消憂 낙금서이소우로다

農人 농인이 告余以春及 고여이춘급하니　將有事於西疇 장유사어서주로다

或命巾車 혹명건거하고　或棹孤舟 혹도고주하여

旣窈窕以尋壑 기요조이심학하고　亦崎嶇而經丘 역기구이경구하니

木欣欣以向榮 목흔흔이향영하고　泉涓涓而始流 천연연이시류라

羨萬物之得時 선만물지득시하고　感吾生之行休 감오생지행휴로다

已矣乎 이의호라　寓形宇內 우형우내하니　能復幾時 능부기시오

曷不委心任去留 갈불위심임거류하고　胡爲乎遑遑欲何之 호위호황황욕하지오

富貴 부귀는 非吾願 비오원이요　帝鄕 제향은 不可期 불가기라

懷良辰以孤往 회양진이고왕하고　或植杖而耘耔 혹식장이운자라

登東皐以舒嘯 등동고이서소하고　臨淸流而賦詩 임청류이부시라

聊乘化以歸盡 요승화이귀진하니　樂夫天命復奚疑 낙부천명부해의아

이 「귀거래사」에서 사용된 많은 어휘들이 후대의 상투어가 되었다.

歸去來 귀거래　心爲形役 심위형역　已往不諫 이왕불간　來者可追 내자가추

迷塗未遠 미도미원　今是昨非 금시작비　三徑 삼경　怡顏 이안

南窓 남창　容膝 용슬　日涉 일섭　倦飛知還 권비지환

撫松 무송　息交 식교　世與我違 세여아위　消憂 소우

西疇 서주　尋壑 심학　經丘 경구　向榮 향영　行休 행휴

寓形 우형　懷辰 회진　植杖 식장　東皐 동고

舒嘯 서소　臨淸 임청　乘化 승화　歸盡 귀진

　전라남도 순천시 옥천동에 임청대臨淸臺가 있다. 연산군 때 무오사화
로 김굉필金宏弼과 조위曹偉 두 사람이 이곳 순천에서 귀양살이를 하던
중 소일하면서 누대를 만들고 조위가 임청대라 이름 지었다. '임청'이란
이름은 「귀거래사」에서 따온 것이다.

　"외로운 소나무 어루만지며 배회한다"(撫孤松而盤桓)의 구절은 표상 주
체와 표상 대상의 구별이 없는 상태를 의미한다. 이것은 유가의 궁극적
경지이자, 선禪이 추구한 세계이기도 하다.

　도연명은 「귀거래사」를 지은 이후에 「귀원전거」歸園田居 5수를 지었
다. 『도연명집』 등에는 6수가 수록되어 있으나, 마지막 여섯 번째 시는
후대 사람이 가탁하여 지은 듯하다. 제1수는 대장對仗 표현을 거듭 사용
했다.

　　젊어서부터 세속과 어울리지 못하고

　　천성은 본래 산을 좋아했건만

　　잘못해서 먼지 세상에 떨어져

　　어느새 삼십 년,

　　갇힌 새는 옛 숲을 그리워하고

연못 고기는 옛 못을 그리워하는 법.

남녘 들 거친 땅 일구며

어리석은 본성 지키려 전원으로 돌아오매

택지는 십여 이랑

초가는 팔구 칸,

느릅나무 버드나무는 뒤 처마를 덮고

복숭아 오얏나무는 안채 앞에 늘어섰다.

아득히 멀리 인가가 보이고

하늘하늘 마을엔 연기,

개는 깊은 골목에서 짖고

닭은 뽕나무 꼭대기에서 우는데

집 안에 먼지 하나 없고

빈 방엔 한가로운 여유.

오랫동안 새장에 갇혀 있다가

다시 자연으로 돌아왔도다.[17]

少無適俗韻 소무적속운　性本愛邱山 성본애구산

誤落塵網中 오락진망중　一去三十年 일거삼십년

羈鳥戀舊林 기조연구림　池魚思故淵 지어사고연

開荒南野際 개황남야제　守拙歸園田 수졸귀원전

方宅十餘畝 방택십여무　草屋八九間 초옥팔구간

楡柳蔭後簷 유류음후첨　桃李羅堂前 도리나당전

曖曖遠人村 애애원인촌　依依墟里煙 의의허리연

狗吠深巷中 구폐심항중　雞鳴桑樹顚 계명상수전

戶庭無塵雜 호정무진잡　虛室有餘閑 허실유여한

久在樊籠裏 구재번롱리　復得返自然 부득반자연

자연과 더불어 삶의 즐거움을 얼마나 멋지게 표현했는가!
「귀원전거」 제2수는 이웃과의 맑은 사귐을 이렇게 표현했다.

相見無雜言 상견무잡언　서로 만나 군말 없고
但道桑麻長 단도상마장　뽕잎과 삼이 잘 자랐다고만 말한다.

시골에서는 사람들과의 교제가 적지만 간간이 이웃 농부를 만나면
금년은 뽕잎과 삼이 잘 자랐다고 인사를 주고받는다. 진상塵想이 끼어들
여지가 없다.
「귀원전거」 제3수는 농사짓는 즐거움을 묘사했다.

콩을 남산 아래 심었더니
풀 무성하고 콩 싹 드물기에
아침에 일어나 거친 풀을 다스리고
달빛 받으며 쟁기 메고 돌아올 때,
길은 좁고 초목이 길어
밤이슬이 옷을 적신다만
옷 젖는 것은 괜찮다
수확의 바람만 어기지 않으면.

種豆南山下 종두남산하　草盛豆苗稀 초성두묘희

晨興理荒穢 신흥리황예   帶月荷鋤歸 대월하서귀

道狹草木長 도협초목장   夕露沾我衣 석로첨아의

衣沾不足惜 의첨부족석   但使願無違 단사원무위

농토는 자기의 노동이 배반당하지 않는 공간이다. 아침 일찍 들에 나가 콩밭에 김을 매고 밤에 달빛 받으며 풀숲 길로 이슬에 젖으면서 돌아오는 심경은 무어라 말할 수 없이 화평했으리라.

「귀원전거」 제4수에서 도연명은 산책 중에 폐허를 보고는 인생이란 정말 환영幻影 같다고 노래한다. 그 일부를 읽어 보아도 침울해진다.

세대마다 조정과 시장의 인물이 다르다더니

이 말 정녕 빈 말이 아니로다.

사람의 삶은 환화幻化와 같아

결국 공무空無로 돌아가누나.

一世異朝市 일세이조시   此語眞不虛 차어진불허

人生似幻化 인생사환화   終當歸空無 종당귀공무

일세이조시一世異朝市란 30년의 한 세대가 지나면 조정과 시장이 바뀐다는 말로, 세상이 빠르게 바뀐다는 뜻이다. 인간의 삶은 정말로 환영과도 같지 않은가.

「귀원전거」 제5수는 이웃과 술자리를 벌인 즐거움을 노래하여, 앞 시에 나타났던 우울함을 씻어 버렸다.

서글피 지팡이 짚고 돌아서서
울퉁불퉁한 덤불길을 거치는데,
시냇물은 맑고 얕아서
내 발을 담글 만하다.
새로 익은 우리 술 거르고
닭 한 마리로 이웃을 불러,
해지고 방 안이 어두워지면
땔나무에 불붙여 관솔불 대신하니,
흥이 도도하여 밤이 짧아 아쉬워라
벌써 아침이 다시 밝다니.

悵恨獨策還 창한독책환	崎嶇歷榛曲 기구역진곡
山澗淸且淺 산간청차천	可以濯吾足 가이탁오족
漉我新熟酒 녹아신숙주	隻鷄招近局 척계초근국
日入室中闇 일입실중암	荊薪代明燭 형신대명촉
歡來苦夕短 환래고석단	已復至天旭 이부지천욱

시냇물이 맑고 얕아 내 발을 담글 만하다는 것은 굴원의 「어부사」에 나오는 '창랑가'의 뜻을 이은 것으로,[18] 관직을 그만둔 뒤의 자유롭고 여유 있는 삶을 상징한다.

4.

도연명의 시 중에서 가장 많이 회자되는 것이 「음주」 제5수다. '음주'
란 제목은 술을 마신다는 것이 아니라 술을 마심으로써 얻은 정신의 해
방 상태를 말한다. 20수의 연작인데, 제5수는 『고문진보』에 「잡시」雜詩
란 제목으로 독립되어 실려 있다.

結廬在人境 결려재인경　집을 사람들 사는 곳에 지었지만

而無車馬喧 이무거마훤　수레와 말발굽 시끄러운 소리 없다.

問君何能爾 문군하능이　어떻게 그럴 수 있느냐고 물으면

心遠地自偏 심원지자편　마음 멀어서 땅이 절로 외지다 하리라.

采菊東籬下 채국동리하　동쪽 울타리 아래 국화를 꺾다 보면

悠然見南山 유연견남산　유연히 남산이 시야에 들어오고,

山氣日夕佳 산기일석가　날 저물어 산 기운이 아름다울 때

飛鳥相與還 비조상여환　날던 새들 짝하여 돌아오누나.

此中有眞意 차중유진의　이 가운데 참 뜻 있으나

欲辯已忘言 욕변이망언　밝히려 하다가 말을 잊었노라.[19]

사는 곳이 어디에 있든 자신이 무엇을 하고 있든 그것은 중요하지 않
다. 세속을 벗어난 곳이 아니라 선과 악이 물어뜯는 살벌한 세간에 살면
서도 세간의 티끌과 소음이 나를 더럽히지 않는다. 거마車馬는 고관들이
타는 말과 수레를 말하는데, 거마가 시끄러운 곳은 세속을 상징한다. 사
실 도연명은 거마가 시끄러이 오가는 곳을 떠나지 않았다. 『논어』에 보
면 장저와 걸닉이 공자의 무리를 비웃자, 공자는 조수동군鳥獸同群할 수

는 없다고 말했다. 공자가 날짐승 들짐승과 무리를 이루려 하지 않았듯이, 도연명도 세간을 떠나지 않았다. 전원은 세상과 단절된 외진 곳이 아니다. 길에서 만나 뽕잎과 삼이 많이 자랐다고 인사를 나누는 이웃이 있는 곳이고, 무상감을 떨쳐 버릴 술자리를 함께할 이웃이 있는 곳이다. 즉세간이자 출세간의 경지요, 일체의 외물에 구속받지 않는 허실虛室의 상태이다.

"동쪽 울타리 아래 국화를 꺾다 보면, 유연히 남산이 시야에 들어오고"라는 구절은 천하의 명구다. '유연'悠然은 객관 대상과 주체가 합일한 상태이다. 탈속하려고 노력하지 않아도 이미 세속을 넘어선 경지다. 소동파는 "정경과 마음이 회합했다"(景與意會)고 논평했다.

"날 저물어 산 기운이 아름다울 때, 날던 새들 짝하여 돌아오누나"라는 구절은 『시경』에서 말한 '우양하래'牛羊下來의 정황을 의미한다. 저녁이면 방목한 소와 양도 우리로 돌아오듯이, 사람도 일과를 마치고 석양 아래 자신의 집으로 돌아온다. 새가 제 둥지로 돌아오는 것은 또한 『주역』에서 말한 '복초'復初, 『도덕경』에서 말한 '귀근'歸根과 같이 본래성을 회복함을 뜻한다.

도연명의 귀거래는 '천명을 즐기며 마음껏 자유롭게 살아가는 세계'(委心去留, 樂夫天命)로 나아가 내면의 주체성을 확립하려는 결단이었다. "이 가운데 참 뜻 있으나, 밝히려 하다가 말을 잊었노라"는 본래성을 회복한 상태를 언어로는 도무지 표현할 수 없다는 뜻이다.

도연명은 타율의 삶을 버리고 안식을 얻었다. 「음주」 제4수를 보라.

栖栖失群鳥 서서실군조　무리 잃고 안절부절 못하는 새
日暮猶獨飛 일모유독비　저물녘 홀로 날아

徘徊無定止 배회무정지　깃들일 곳 없어 배회하여

夜夜聲轉悲 야야성전비　밤마다 울음소리 갈수록 구슬프다.

厲響思淸遠 여향사청원　높은 음향으로 청원한 곳을 그리워하며

去來何依依 거래하의의　왕래하길 연연해하더니,

因値孤生松 인치고생송　홀로 우뚝한 소나무 만나

斂翮遙來歸 염핵요래귀　아득히 멀리에서 돌아와 날개를 접었도다.

勁風無榮木 경풍무영목　바람 세차 꽃 핀 나무 없거늘

此蔭獨不衰 차음독불쇠　이 나무만은 시들지 않는구나.

託身已得所 탁신이득소　몸 붙일 곳 얻었으니

千載不相違 천재불상위　천년토록 떨어지지 않으리.

　무리를 잃은 새는 밤에도 깃들일 곳이 없어 배회하고 새벽에 멀리 날
아가 보아도 의지할 곳이 없다가 마침내 한 그루 소나무를 만났다. 믿음
직스러운 안식처로 새가 소나무를 택했듯이 도연명은 고향을 택했다.

5.

　도연명은 인간의 정념을 막는다는 뜻에서 「한정부」閑情賦를 지었다.[20]
이때의 閑은 '막는다'는 뜻이다. 하지만 이 부賦에서 그는 옷깃이 되어
여성의 목덜미의 향내를 맡고 싶다 하고, 신발이 되어 여성의 발에 밟히
고 싶다 하는 등, 인간의 욕정을 있는 그대로 드러냈다. 한나라 장형張衡
은 「정정부」定情賦[21]를 만들고 채옹蔡邕은 「정정부」靜情賦를 지어, 처음에
는 방탕으로 흘렀지만 결국 단정하게 마무리 지음으로써 욕망을 억제하

고 풍간諷諫에 일조하고자 한 바 있다. 도연명도 그 방식을 본뜬 것일 수 있다. 하지만 에로티시즘이 넘쳐난다. 『문선』을 엮은 소통蕭統은 이 작품을 흰 구슬의 흠이라고 낮게 평가했다. 어쩌면 도연명은 욕정의 거친 힘을 절실히 깨닫고 그것을 시적 언어로 표현하고 그로써 욕정을 극복할 방안을 생각했는지 모른다. 욕정의 탐닉으로 끝난 것은 아니다.

또 도연명은 『산해경』을 읽으면서 신화 전설의 시대를 동경하고 초자연의 세계에 공감해서 「산해경을 읽고」(讀山海經) 13수를 남겼다.

『산해경』은 중국에서 가장 오래된 지리서인데, 각지에 떠도는 신, 요괴, 기괴한 짐승에 관한 이야기를 담고 있다. 현재 「오장산경」五藏山經 (1~5권), 「해경」海經(6~13권), 「대황경」大荒經(14~18권)이 남아 있다. 본래 그림과 해설의 두 부분이었을 것으로 추정되는데, 지금은 해설 부분만 남고, 드문드문 삽화가 있다.

「산해경을 읽고」 제1수는 이러하다.

孟夏草木長 맹하초목장　　맹하에 초목이 자라

繞屋樹扶疎 요옥수부소　　집을 에워싸 나무가 우거지자,

衆鳥欣有託 중조흔유탁　　새들은 의탁할 곳 얻어 기뻐하고

吾亦愛吾廬 오역애오려　　나 또한 내 집을 사랑하여,

既耕亦已種 기경역이종　　밭 갈고 씨 뿌린 후

時還讀我書 시환독아서　　때때로 돌아와 내 책을 읽는다.

窮巷隔深轍 궁항격심철　　깊은 골목은 큰 수렐 들이지 않아

頗廻故人車 파회고인거　　친구들이 수레를 돌리기 일쑤.

歡然酌春酒 환연작춘주　　기쁘게 봄 술을 마시며

摘我園中蔬 적아원중소　　내 동산의 채소를 따서 먹나니,

微雨從東來 미우종동래　이슬비는 동쪽으로부터 오고

好風與之俱 호풍여지구　좋은 바람도 함께 불어온다.

汎覽周王傳 범람주왕전　주 목왕의 기록을 두루 보고

流觀山海圖 유관산해도　산해도를 열람하여,

俯仰終宇宙 부앙종우주　부앙하며 우주를 다 보았으니

不樂復何如 불락부하여　즐거워 않고 다시 어쩌리.[22]

초여름에 초목이 뻗어 집 주위에는 나무가 무성하다. 새들은 즐거워 둥지를 짓고 나도 내 집을 좋아한다. 밭 가는 일에 열중하다가 집에 돌아와서는 나의 책을 읽는다. 길이 좁아서 큰 바퀴의 수레가 들어올 수 없으므로 옛 친구들은 잘 찾아올 수가 없다. 하지만 이웃 사람들과 환담하면서 술잔을 주고받고, 뜰에서 뜯은 채소를 안주로 먹는다. 시원한 빗기운이 동쪽에서부터 전해 오고, 기분 좋은 바람이 때마침 분다. 주나라 목왕에 관한 옛 기록도 읽었고 거기에 붙인 그림도 열람하여, 천지 우주를 다 조망한 셈이니, 즐거워하지 않고 다시 어쩌랴. 도연명의 '나의 집'에는 '나의 책'이 있고 '나의 술'이 있으며 '나의 채소'가 있다. 삼오三吾의 집이다.

「산해경을 읽고」 제5수는 서왕모西王母의 사신이라는 파랑새를 소재로 했다. 서왕모에게는 대목大鶩, 소목小鶩, 청조青鳥 등 세 마리 새가 있어, 동물을 잡아서 바친다고 한다. 혹은 세 마리 새를 모두 청조라고도 한다. 도연명은 이 새가 되어 서왕모에게 이렇게 부탁하고 싶다고 했다.

在世無所須 재세무소수　세상에선 더 바랄 것 없으니

惟酒與長年 유주여장년　다만 술과 수명을 달라고

술과 수명! 우리에게 필요한 것이 이것 외에 또 무엇이 있는가!

도연명은 「걸식」乞食[23]·「영빈사」詠貧士[24]·「초나라 곡조의 원망시」(怨詩楚調)[25]·「음주」 등에서 초췌하고 무료함을 이기지 못해 술에 맡겨 속내를 풀기도 했다. 한유는 「취향기」醉鄕記를 읽고 "완적과 도연명은 마음이 화평하지 못했는데, 외물과 시비가 격동시키자 술에 의탁하고 술로 도피한 자들이다"라고 했다.[26] 주희는 도연명이 현실에서 받아들여지지 않자 안에 울분을 감추었으며 유교의 이념을 지니고 있었다고 논평했다. 이황李滉(1501~1570)이 도연명의 「이거」移居 2수와 「음주」 20수에 대해 각각 화운시를 지은 것[27]도 같은 관점에서였다.

유영劉伶의 「주덕송」酒德頌[28]은 예교(즉 유교)를 백안시하려는 의도에서 음주를 높이 쳤지만 도연명은 유교의 이념에 근거하여 술을 택했다고 볼 수 있다.

고려 말 권세가 염흥방廉興邦(?~1388)은 「도연명 시 후서」(陶詩後序)에서 도연명의 삶을 논평하길, "춥고 배고픈 고통에 시달리건만 유연한 즐거움이 있었으며, 술에 만취되어 세상을 몰랐지만 초연한 절개가 있었다" 하였다. 정도전鄭道傳(1342~1398)은 「동정(염흥방)의 도연명 시 후서를 읽고」(讀東亭陶詩後序)에서 염흥방의 말을 발전시켜, 도연명이 술을 마신 것은 외적인 자취일 뿐이고 유연한 즐거움과 초연한 절개를 내면에 지니고 있었다고 부연했다. 그러고 나서 염흥방이 이렇게 말했다고 적었다. 실은 자신의 생각을 털어놓은 것이리라.

> 도연명은 말세에 태어나서 그 시대를 어찌할 수 없음을 알고서 높이 벗어나고 멀리 물러나서 횡목 하나만 문으로 삼은 초가집에서 참 본성을 길렀소. 높은 벼슬을 티끌처럼 보고 많은 녹봉도 푼돈으로 여겼

으며, 의식이 넉넉하지 못하더라도 유연하게 즐겨서 근심을 잊었던 것이라오. 그 후 조국이 멸망하고 세대가 바뀌자 당시의 뛰어난 무리가 초빙되어 벼슬길에 나갔지만, 우리 도연명으로 말하면 그러지 않았소. 본래의 왕조를 연모하는 마음이 맑은 하늘의 밝은 해와 같아서 두 성씨를 섬기지 않고 시와 술 가운데 숨었으니, 그 높은 풍모와 준엄한 절개는 늠름한 가을 서리로도 비교할 수 없을 정도였소. (…) 도연명의 즐거움은 춥고 배고픔의 밖에 있지 않았으며, 그 절개 역시 술 취해 멍멍한 그 가운데 있었소. 왜 이렇게 말하는 줄 알겠소? 도연명이 많은 녹봉을 의롭지 않다 여기고 전원을 달게 여긴 것은 춥고 배고픔이 곧 즐거움인 줄 알았기 때문이오. 그리고 누룩(술)에 의탁해서 지조를 끝까지 지켜 멍멍한 것이 곧 절개임을 알았기 때문이오. 그러니 안과 밖을 달리 볼 수 없는 것 아니겠소?[29]

도연명은 음률을 이해하지 못했으나 줄이 없는 금琴 하나를 가지고 있으면서 술기운이 거나할 때마다 어루만졌다. 자연의 이치는 형상·물질로 나타나지 않는다고 보고 형상·물질 속에 내재한 비형상의 그것을 중요시했다. 그래서 "금琴 속의 아취를 알면 되지, 줄 위의 소리를 내느라 수고할 것 없다"라고 말했다.[30] 천기天機를 자각하여 자연과 동화하라고 한 것이다. 『도덕경』의 "큰 소리는 들으려 해도 들을 수 없다"(大音希聲)는 사유와 통한다. 대음大音은 가장 크고 가장 아름다운 완벽한 음인데, 그것은 일반적인 감각으로는 들을 수 없다. 도道를 보려 해도 볼수 없고 들으려 해도 들을 수 없기 때문에 무無라고 하듯이, 대음은 들으려 해도 들을 수 없기 때문에 희성希聲이라 한 것이다.

고려의 이규보李奎報는 「도잠찬 병서」陶潛贊幷序에서, 도연명이 줄 없는 금琴을 사랑했지만 술 없는 잔을 사랑하지는 않았으니, 술은 버려야 할 외물이 아니라 신약이므로 자주 복용해야 한다고 너스레를 떨었다.

무현금 위에서 마음이 즐겁다. 사람들은 말한다. "줄이 없는 걸 그런 금으로 무엇을 하오? 금이 있지만 줄이 없다면 음이 어디에서 나온단 말이오? 만약 뜻을 부친다고 한다면, 모든 물건이 다 그렇게 뜻을 부칠 수 있지 않겠소? 도연명은 술을 좋아하여 날마다 취했는데, 잔은 있으나 술이 없다면 술에 취할 수 있었겠소?" 하지만 달관한 선비의 풍취를 사람들이 어떻게 이해하겠는가. 지켜야 할 것은 마음이요 버릴 것은 외물이다. 만약 외물을 사모한다면 욕심이 불어날 것이니, 어찌 줄의 경우에만 그러하겠는가? 남의 물건 토색하여 염증을 내지 않을 것이다. 만약 마음을 버린다면 생명을 재촉하게 되리라. 진인眞人의 연단은 장수를 구하자는 것인데, 술 또한 신약이기에, 마시지 않으면 병이 뒤따를 것이다. 줄은 차라리 잊을망정 술은 떠날 수가 없소.[31]

6.

도연명은 자신의 육신, 그림자, 정신을 셋으로 분해하여 각각에게 말을 시키는 형식으로 「형영신」形影神 3수를 지었다. 종래 문인들은 사부辭賦에 대화 형식을 사용했지만 도연명은 처음으로 시에 대화를 도입했다. 또한 도사들은 인간을 육신과 그림자로 나누어 보았지만 도연명은 처음으로 정신을 구별시켰다. 그 서문은 다음과 같다.

천한 사람이든 귀한 사람이든 어리석은 사람이든 똑똑한 사람이든 악착스럽게 생명을 아까워하지 않는 사람이 없지만 그것은 대단히 잘못이다. 그래서 육신과 그림자가 괴로움을 서술하고, 이에 대해 정신이 있는 그대로를 변론해서 해석하는 내용을 서술해 보고자 한다. 흥미 있는 분들은 유념하기 바란다.[32]

이어서 우선 육신이 목숨은 유한하므로 살아 있는 동안에 즐겁게 지내야 한다고 노래한다. 곧 「육신이 그림자에게」(形贈影)다.

天地長不沒 천지장불몰	하늘과 땅은 영원토록 사라지지 않고
山川無改時 산천무개시	산과 강은 시간 따라 바뀌지 않네.
草木得常理 초목득상리	풀과 나무도 이치를 깨달아
霜露榮悴之 상로영췌지	이슬 맞아 피고 서리에 시드는데,
謂人最靈智 위인최영지	사람은 신령하고 지혜롭다 하면서
獨復不如玆 독부불여자	유독 그들과 같이 못하다니.
適見在世中 적견재세중	우연히 이 세상에 살다가
奄去靡歸期 엄거미귀기	홀연 떠나면 돌아올 기약 없으리.
奚覺無一人 해각무일인	누가 한 사람 없어졌다 깨달으며
親識豈相思 친식기상사	친지들이라고 어찌 그리워하랴.
但餘平生物 단여평생물	다만 살아 쓰던 물건만 남아
擧目情悽洏 거목정처이	시선 주면 마음 아파 눈물 떨구리.
我無騰化術 아무등화술	나는 신선 될 재주 없기에
必爾不復疑 필이불부의	반드시 그러하리라.
願君取吾言 원군취오언	그림자, 자네도 내 말 듣고

得酒莫苟辭 득주막구사　술이 생기면 구차하게 사양 마시게.

　천지와 산천은 영구하고 초목은 피었다가 진다. 이 모두가 자연의 법칙을 따르는 것이다. 인간은 가장 영험하다지만 우연히 세상에 태어났다가 죽어 없어질 뿐이다. 한 사람이 죽어도 다른 사람들이 그가 없어진 것을 깨닫지도 못하고, 친척들도 시간이 흐를수록 추모의 정이 식어 간다. 그저 생전에 사용하던 물건만 뒤에 남을 따름이다. 인간은 신선처럼 불사의 세계로 올라갈 수도 없지 않은가. 그렇다면 그대여 술잔을 사양 말라.

　다음은 「그림자가 육신에게」(影答形). 육신이 쾌락을 주장한 데 비해 그림자는 사후에 사람들이 추모하도록 선행을 쌓으라고 권한다. 마지막 부분만 보면 이렇다.

　　　立善有遺愛 입선유유애　선행을 하면 남은 은애恩愛 있으리니

　　　胡爲不自竭 호위불자갈　어찌 정성을 다하지 않는가?

　　　酒云能銷憂 주운능소우　술이 수심을 삭힌다 하지만

　　　方此詎不劣 방차거불열　이것에 비하면 못하고말고.

　육신과 그림자의 견해가 대립하자, 정신이 중개한다. 정신은 육신과 그림자의 주장이 모두 한계가 있다고 지적하고 인간은 운명에 따라 살아가지 않으면 안 된다고 결론짓는다. 「정신이 풀이한다」(神釋)이다.

　　　大鈞無私力 대균무사력　조화의 큰 힘은 사사롭지 않기에

　　　萬理自森著 만리자삼저　모든 이치가 절로 삼엄하게 드러난다.

人爲三才中 인위삼재중 사람이 삼재三才에 들어 있는 것은

豈不以我故 기불이아고 나 정신이 있기 때문 아닌가.

與君雖異物 여군수이물 그대들과 다르긴 하지만

生而相依附 생이상의부 나면서부터 그대들이 의지해,

結託善惡同 결탁선악동 결탁하여 선과 악을 같이 했거늘

安得不相語 안득불상어 어찌 한마디 안 하겠는가.

三皇大聖人 삼황대성인 복희 신농 황제는 성인이지만

今復在何處 금부재하처 지금 어디에 있는가.

彭祖愛永年 팽조애영년 팽조는 영생을 좋아했지만

欲留不得住 욕류부득주 남으려 해도 그럴 수 없었지.

老少同一死 노소동일사 늙은이나 젊은이나 죽기는 마찬가지

賢愚無復數 현우무부수 현명한 이도 바보도 두 번 살지 못하는 법.

日醉或能忘 일취혹능망 날마다 취하면 혹 잊는다 하나

將非促齡具 장비촉령구 오히려 수명을 줄이는 도구가 아니랴.

立善常所欣 입선상소흔 선행을 세우면 남들이 기뻐하지만

誰當爲汝譽 수당위여예 누가 그대를 칭송할 것인가.

甚念傷吾生 심념상오생 지나친 생각은 나의 생명을 손상하니

正宜委運去 정의위운거 마땅히 운명에 맡겨 두어,

縱浪大化中 종랑대화중 커다란 조화의 물결을 따라

不喜亦不懼 불희역불구 기뻐도 말고 두려워도 말아서,

應盡便須盡 응진변수진 천수가 다하면 곧 다해 버리고

無復獨多慮 무부독다려 다시는 혼자 고민하지 말아라.

조화의 오묘함은 인간의 힘이 미칠 수가 없고, 만물은 각각 그 본성

에 따라 번성한다. 인간이 삼재에 들어 있는 것은 오직 나 정신이 있기 때문이 아닌가. 나는 그대들과 다르지만 운명을 함께해 왔으므로 참견하지 않을 수 없다. 저 삼황三皇은 성인들이었지만 지금은 존재하지 않는다. 팽조는 영원한 운명을 바랐지만 죽음을 면할 수 없었다. 노인도 소년도 한 번은 죽는다. 현명한 자도 어리석은 자도 두 번 살 수는 없다. 술에 취하면 근심을 잊어버릴 수는 있겠지만 생명을 손상시킬 것이다. 선행은 분명히 칭찬을 받지만 누구도 그대들이 한 것이라고는 기억하지 않을 것이다. 무리하면 자신을 손상한다. 그러니 운명을 따라 자연스럽게 살아가는 것이 좋다. 삶이 흘러가는 대로 살아 나가, 기뻐함도 두려워함도 없이, 천수가 다하면 순순히 받아들이고 구질구질 고민하지는 말아라!

도연명은 만년에 자신을 위한 만가挽歌 3수를 지었다. 만가란 널을 운반할 때 앞에서 잡아끌며 부르는 노래라는 뜻이다. 곧 「의만가사」擬挽歌辭라는 제목으로, 납관·장송·매장의 사실을 상상하여 차례로 노래했다. 도연명 이전에도 진晉나라 육기陸機와 위魏나라 무습謬襲이 같은 방식으로 세 수의 만시를 지었으나, 이들은 남의 죽음에 대해 죽은 사람의 시점에서 노래했다. 이에 비해 도연명은 자기가 자기 자신의 죽음을 애도했다.

'납관'을 노래한 제1수는 이러하다.

有生必有死 유생필유사　생명 있는 것은 죽게 마련
早終非命促 조종비명촉　일찍 마쳐도 운명의 재촉 아니라네.
昨暮同爲人 작모동위인　어제 저녁에는 사람이었거늘
今旦在鬼錄 금단재귀록　오늘 아침엔 귀신 명부에 들어 있다.

魂氣散何之 혼기산하지	혼백은 흩어져 어디로 가고
枯形寄空木 고형기공목	마른 육신을 빈 나무 관에 넣는가.
嬌兒索父啼 교아색부제	사랑스런 자식들은 아비 찾아 울부짖고
良友撫我哭 양우무아곡	친구들은 내 주검 어루만지며 통곡한다.
得失不復知 득실불부지	얻고 잃음을 다시 모르거늘
是非安能覺 시비안능각	세상 시비是非를 어찌 깨달으랴.
千秋萬歲後 천추만세후	천추만세의 훗날
誰知榮與辱 수지영여욕	누가 칭송하고 누가 모욕하랴.
但恨在世時 단한재세시	한스럽기는 세상 살아 있을 때
飮酒不得足 음주부득족	마음껏 술을 마시지 못한 일.[33]

목숨이 있는 것은 죽게 마련이다. 남보다 빨리 죽는다고 해서 천수가 줄어든 것은 아니다. 지난밤 살아 있던 사람도 오늘 아침에는 죽어 저세상으로 가고 만다. 혼백은 대체 어디로 가는 것일까. 시신만이 빈 관에 들어 있다. 아이들은 아버지를 찾으며 울고 친구들은 시신을 어루만지며 통곡한다. 이 세상을 살아서 좋았는지 어떤지는 알 수가 없다. 삶이 의미가 있는 것인지도 알 수가 없다. 먼 훗날 누가 날 평가해 줄 것인가. 다만 생전에 충분히 술을 마시지 못한 것만이 한스러울 따름이다.

제2수는 '장송'葬送을 노래했다. 전에는 술이 없어 마시지 못하더니, 이제 무덤 앞에는 술잔이 넘실거리거늘 그 봄 술을 마실 수가 없게 되었다고 애석해했다.

제3수는 '매장'의 사실을 상상했다. 나 죽은 후 교외의 들판이 이렇게 망망할 줄이야! 백양나무도 쓸쓸하게 바람에 잎을 날리고 있다. 된서리 내리는 9월, 사람들은 나의 유해를 전송한다. 주위에는 인가라곤 없고 무덤만 솟아 있다. 그래서인지 말은 하늘을 쳐다보며 울고, 바람은 한층 적막한 소리를 낸다. 묘혈이 닫히면 천년이 지나도 살아 돌아오지는 못할 것이다.

幽室一已閉 유실일이폐　무덤이 한번 닫히고 나면
千年不復朝 천년불부조　천년토록 새 아침이 없으리라

　이 사실은 어진 분이든 통달한 분이든 어쩔 수가 없다. 장례식이 끝나면 나를 전송한 사람들은 각자 집으로 돌아갈 터인데, 친척들은 혹 더 슬퍼해 줄지 몰라도 딴 사람들은 벌써 콧노래를 부를 것이다. 죽어 버리면 무슨 말을 해도 쓸모없다. 나의 몸뚱이는 이제 곧 흙이 되고 말리라.
　도연명은 자신이 죽는 해 「자제문」自祭文을 지었다. 1구 4언으로, 전체 78구에 이른다. 죽음과 납관, 생전의 가난한 살림에 대한 추억, 농사와 금琴·서書에 몰두했던 생활에 대한 회고, 인생의 총결산, 매장, 사후를 차례로 노래했다. 이 제문에서 도연명은 자신의 삶을 이렇게 결산했다.

　아 생애 백년을, 사람들은 아까워하여
　성취 못할까 두려워하고, 날짜를 탐하고 시각을 애석해하며
　살아서는 세상의 보물이 되고, 죽어서도 기억되고자 한다만,
　아아 나는 홀로 가서, 이와 전혀 달랐다.
　영달을 내 영예로 생각지 않았으니, 검은 티끌이 어찌 나를 더럽혔으랴.
　궁핍한 초가에 오뚝하게 거처하여, 술에 취해 시를 지었노라.[34]

惟此百年 유차백년　夫人愛之 부인애지

懼彼無成 구피무성　惕日惜時 게일석시

存爲世珍 존위세진　沒亦見思 몰역견사

嗟我獨邁 차아독매　曾是異茲 증시이자

寵非己榮 총비기영　涅豈吾緇 날기오치

捽兀窮廬 졸올궁려　酣飮賦詩 감음부시

조선의 이황도 70세 되던 1570년 12월 「자명」自銘을 지어, "근심 속
에 즐거움이 있고, 즐거움 속에 근심이 있는 법. 우주의 기를 타고 우주
의 기로 화하여 돌아가나니, 다시 무엇을 구하랴"(憂中有樂, 樂中有憂. 乘化
歸盡, 復何求兮)라고 했다.[35] 도연명의 「귀거래사」에 나오는 "조화의 기운
을 타고 일생을 마치리니, 천명을 즐기거늘 무얼 다시 의심하랴"라는 뜻
을 이은 것이다.

평소 근원적인 생명이 저절로 나에게로 와서 개시되고 자신과 일체
가 됨을 진정으로 체험한다면 우리는 '섣달그믐'의 절박한 순간에도 마
음의 평정을 유지할 수 있을 것인가?

그런데 「자제문」의 끝부분에서 도연명은 삶을 살아가기도 쉽지 않고
죽음은 여전히 나의 외부에 있는 타자라고 한숨지었다. 달관의 허위가
없다!

사람이 살아간다는 것은 실로 어려운 일, 죽음을 어찌하랴
아아 슬프다

人生實難 인생식난　死如之何 사여지하

嗚呼哀哉 오호애재

7.

사실 도연명의 귀거래와 음주는 그 의미를 간단히 규정하기 어렵다. 이를테면 소동파는 만년에 해남海南으로 유배되었을 때 도연명의 거의 모든 시에 화운하여, 100여 수를 남기되, 불교 사상을 드러냈다. 황정견 黃庭堅은 소동파에게 시를 보내어 "소자첨(소동파)이 해남으로 귀양 갔으니, 당시의 재상이 그를 죽이려 했네. 귀양지 혜주의 밥 배불리 먹고, 꼼꼼하게 도연명 시에 화답했도다. 팽택은 천년토록 이름 남겠고, 동파 역시 백세까지 전하리라. 두 사람은 출처행장出處行藏이 같지 않지만, 기상과 취미는 서로 같았다"(子瞻讁海南, 時宰欲殺之. 飽喫惠州飯, 細和淵明詩. 澎澤千載人, 東坡百世士. 出處雖不同, 氣味乃相似)라고 했다.[36]

이후 혜홍惠洪 각범선사覺範禪師(1070~1128)는 2편의「화귀거래사」를, 천복상암薦福常庵 숭선사崇禪師는 1편의「화귀거래사」를 남겼다. 남송 말, 원대 초 시망柴望(1222~1280)의「화귀거래사」도 불교적 색채가 짙다. 청나라 때 정토종 거사 팽소승彭紹升(1740~1796, 호 척목尺木)은「화귀거래사」에서 중생이 모두 보리심을 내어 함께 극락정토에 왕생하기 위해 불퇴전不退轉의 정진이 있어야 함을 당부했다.

우리나라의 경우, 고려 때 이인로李仁老(1152~1220)는「귀거래사」에 화운하면서 노장 사상을 드러냈다.[37] 조선 시대에는 대개 유학을 교양으로 삼고 정치에 나간 지식인들이 벼슬살이에 지치면「귀거래사」에 화운을 했다.

김시습은「고금군자은현론」古今君子隱現論에서 도연명의 은퇴가 시중時中을 얻었다고 높이 평가했다. 세조의 단종 폐위를 불의로 여겨 절의의 뜻을 굳혔기에 더욱 도연명의 귀거래에 공감했으리라.

도연명이 유송劉宋에서 신하 노릇 하지 않은 것은 세상과 어긋났기 때문이다. 선비의 거취와 은현(세상에 드러남과 숨음)은 반드시 먼저 그것이 의에 맞는가 맞지 않는가 그리고 도리를 행할 수 있는가 없는가를 헤아리는 데 달려 있을 따름이다. 반드시 버리고 갔다고 현명하고 벼슬에 나아갔다고 아첨이라 할 수 없으며, 숨었다고 고상하고 나타났다고 구차하다고 할 수는 없다.[38]

이에 비해 허균은 자연으로 돌아가지 않더라도 세간의 오욕에서 스스로를 소외시켜 독서에 탐닉하는 것 자체가 귀거래일 수 있다고 여겼다. 「도원량 귀거래사에 화운함」(和陶元亮歸去來辭)의 병인幷引에 그 주장이 담겨 있다.

나는 세상살이에 용렬하여 벼슬살이든 집안 살림이든 모두 잘한 게 없다. 반평생이 지난 오늘날까지 갖가지 잘못을 저지르며 살아왔지만, 오직 독서를 사랑하여 깨끗이 서실을 정돈하고 만 권의 책을 꽂아 놓고서 그 속에서 놀았다. 유배의 귀양살이에서도 모두 낙토였다. 그렇지 않고 속인들과 어울리면서 이런저런 일로 책을 펼칠 수 없으면 아무리 고대광실 산해진미에 화려한 생활을 누려도 오히려 오랏줄로 온몸을 묶어 놓은 듯, 마치 불구덩이 지옥 속에 들어간 듯했다. 진정 이와 같기에 책을 들고서 초가집 아래 노닐기를 바로 나의 고향에서 하는 것이다. 아무리 유배지와 염라대왕 문밖에 있을지라도 일찍이 글 읽던 서실로 돌아가지 않은 적이 없었다.[39]

귀거래는 장소가 중요하지 않다. 노자는 『도덕경』 제48장에서 이렇게 말하지 않았던가!

지적인 배움은 날로 보태는 것이지만 도를 수행하는 것은 나날이 버리는 것이다. 버리고 또 버려서 무위에 이르러야 한다.

爲學日益 위학일익   爲道日損 위도일손   損之又損 손지우손   至於無爲 지어무위

도연명이 말했듯, '허실'에서 '진상'을 끊는 일, 그것이 바로 '나날이 버리는' 공부요, 그것이 바로 귀거래다.

도연명
언술의 자유

1.

　시를 사랑하면서 가지게 된 한 가지 의문은, 시의 언어는 완전히 자유로운가 하는 점이었다. 사실주의에 유일무이의 가치를 둔 적도 있었다. 그때는 시와 문학은 현실의 부조리에 대해 하고 싶은 말을 다 해야 한다고 여겼다. 하지만 사실주의라고 해도 시와 문학이 현실과 관계하는 방식은 그리 단순하지가 않다. 『시경』의 해석자들 가운데 일부는 시편이 풍자를 제일 원리로 삼는다고 주장하기도 했는데, 그렇더라도 풍자의 정신이 가장 넘쳐 나야 할 소아小雅의 여러 시편들이 현실을 비판하기커녕 미화한 것이 많다는 사실에 당혹했다. 어떤 이는 그것을 두고 '이고자금'以古刺今의 원리를 따른 것이라고 해석했다. 과거를 미화함으로써 현실의 부조리를 간접적으로 비판하는 방식이라고 본 것이다. 그렇다면 적어도 시는 하고 싶은 말을 직선적으로 그대로 드러내는 것이 아니라 에둘러 표현하는 방법도 소중하게 여긴 셈이다. 더구나 좁은 의미의 사실주의를 벗어나면 또 얼마나 다양한 사실주의가 있는가! 같은 사실주의라 해도 라틴아메리카의 가브리엘 가르시아 마르께스Gabriel Jose García Márquez는 『백년 동안의 고독』에서 이른바 마술적 사실주의를 선보였다.[1] 마르께스는 서양 세계와 단절된 가상공간 '마꼰도'를 창조해 내고 신비스런 이야기를 풀어 나갔다. 그 이야기에서 현실 반영을 발견하기란 용이하지 않다. 게다가 사실주의가 아니라 낭만주의를 표방하거나 낭만주의라고 비판 받던 작품들은 또 어떤가? 그런 시와 문학은 현실과 전혀 무관하단 말인가? 당나라 말의 이상은李商隱은 환상적인 시풍으로 유명하지만, 그의 시들은 오늘날 중국에서 인간의 내면세계를 가장 '사실적으로' 드러낸다고 추앙되고 있지 않은가.

따지고 보면, 시적 언어와 현실의 관계만이 아니라 언어 일반과 현실의 관계 모두가 그리 간단하게 설명할 수 있는 것이 아니다. 게다가 근대 이전에는 현실의 부조리를 비판하는 급진적 언어를 매우 금기시한 경향이 있다.

『논어』「헌문」憲問 편에 "나라에 도가 있으면 말을 준엄하게 하고 행동도 준엄하게 하며, 나라에 도가 없으면 행동은 준엄하게 하되 말은 공손하게 해야 한다"라는 공자의 말이 있다. 현실의 상황에 따라 적절하게 처신하는 것을 위손危遜의 도리라고 하는데, 바로 이 장에서 나온 말이다.

邦有道 방유도엔 危言危行 위언위행하고 邦無道 방무도엔 危行言孫 위행언손이니라

정치가 제대로 이루어질 때는 소신껏 말하고 소신껏 행동해야 하지만, 정치가 제대로 이루어지지 않을 때는 소신껏 행동하되 말은 되도록 공손하게 해야 한다는 뜻이다. 언손의 손孫은 겸손할 손遜과 같고 순할 순順과 통한다.

『중용』에서는 이렇게 말한다. "행동이란 높게 행하지 않을 때가 없으니, 나라에 도가 있어 벼슬하면 곤궁할 때의 절개를 변하지 않고, 나라에 도가 없으면 죽음에 이르도록 자기의 지킬 바를 바꾸지 않아야 한다." 또 이렇게도 말한다. "나라에 도가 있으면 그의 말이 쓰이게 되고, 나라에 도가 없으면 침묵하여 몸을 거두어야 한다." 행동과 말이 언제나 일치해야 하지만 표현 방식만은 치세와 난세에 따라 달리해야 한다는 것을 강조한 것이다. 난세에 말을 공손히 한다는 것은 올바름을 잃지 않으면서 표현만 부드럽게 하라는 것이다. 표현을 부드럽게 한다는 것은 직언을 하지 말고 에둘러 말한다는 뜻이 아닌가!

근대 이전의 시인은, 그가 열렬한 지사라고 해도 혼란의 시기에는 현실을 직접 거론하기보다 에둘러 비판하는 방식을 사용했다. 곧, 시적 언어는 늘 관습과 자기 검열의 구속을 받았다. 그렇다면 시인이 표현의 한계선을 확인하면서 현실의 문제를 언급하고 어떤 식으로든 부조리를 비판했다면, 그것은 그 나름대로 표현의 자유를 추구한 시도라고 보아야 하지 않겠는가?

2.

도연명은 혼돈의 시기에 명리의 장에 관심을 두지 않고 고향으로 돌아가 내면의 가치를 길렀다. 사람들은 그를 절의의 인물로 평가했다. 그렇지만 도연명이 고향으로 돌아간 것은 세상을 내리깔아 보아서 그런 것이 아니었고, 은둔 생활을 계속한 것은 세상을 버린 것이 아니었다. 혼탁한 세상에서 말을 제대로 할 수가 없게 되자 고향으로 돌아간 것이었으며, 고향으로 돌아간 뒤에도 세상에 대한 관심을 끊을 수가 없었다. 따라서 도연명을 절의의 시인으로 규정하는 순간 그의 내면을 제대로 이해하지 못할 우려가 있다. 사실 절의를 지킨다는 것이 현실과의 관계를 절단하는 것으로 끝났다면, 그런 태도를 높이 평가하고 그런 인물을 존경할 수는 없다. 그런 태도는 세상에 대한 책무 의식을 저버린 것이 아니겠는가! 무지렁이처럼 살아간다면야 외부의 변화가 나의 내면에 상흔을 남기지 않을 수도 있겠지만, 현실에 눈을 감을 수 없는 사람들이라면 시대의 흐름이 나의 내면에 파문을 일으키지 않을 수 없으리라.

당나라 안진경顔眞卿은 도연명을 절의의 인물이라 규정하지 않았다. 도연명을 초한 전쟁 때 유방을 도와 조국 한韓나라의 복수를 꾀했던 장량張良에게 견주었다. 장량이 그랬듯이 도연명도 '울분'을 지니고 있었다고 보았기 때문이다. 그리고 도연명의 시가 당나라와 송나라에서 유행한 후 한참 지나 남송 말의 탕한湯漢도 『도정절선생시주』陶靖節先生詩註를 엮으면서 안진경의 견해에 동의했다.[2]

도연명의 외면적인 삶은 단조로웠다. 하지만 그는 시대의 험악한 모습에 울분을 느끼고 무력함에 흐느꼈다.

동진 말, 송나라 초, 도연명이 살던 이 시기는 대체 어떤 시기인가?

후한의 마지막 황제 헌제獻帝는 조조의 아들 조비曹조에 의해 산양공山陽公에 봉해졌다. 조비가 곧 위나라 문제文帝다. 그 후 조조를 도왔던 명장 사마의司馬懿의 손자 사마염司馬炎은 위나라를 찬탈하여 서진西晋을 세웠다. 이후 4대째 민제愍帝에 이르러 한漢나라 유요劉曜의 침략으로 서진은 멸망하고, 낭야왕瑯琊王 사마예司馬睿가 강남의 건강建康으로 건너가 즉위했다. 그가 동진의 원제元帝다. 이때 왕돈王敦이란 자가 원제를 도와 공을 세웠는데, 공을 믿고 권력을 행사했다. 결국 왕돈은 난을 일으켰다가 병으로 죽었다. 역시 원제를 도왔던 소준蘇峻이란 자는 관군장군冠軍將軍이 되었는데, 성제成帝 때 반역하여 성제를 석두성石頭城으로 내쫓기까지 했다. 하지만 도간陶侃의 군대에게 패하여 죽었다. 그 후 환온桓溫이란 자가, "사나이가 백세에 좋은 명성을 전하지 못할 바엔 악명이라도 만년에 남겨야 한다"라고 말할 정도로 흑심을 품었다. 이자도 찬탈의 뜻을 이루지 못하고 병사했다. 그런데 환온의 아들 환현桓玄이 안제安帝 곧 사마덕종司馬德宗으로부터 선위를 받고 황제라고 참칭했다가 군벌 유유劉裕에게 패해 죽었다. 동진 말기, 의희義熙(405~418)라는 연호를 사용하던 시기였다. 유유는 418년 12월 안제의 목을 졸라 죽이고 공제恭帝 사마덕문司馬德文을 즉위시켰다. 그러고는 1년 후 선위 받는 형식으로 제위에 오른 후, 공제를 영릉왕零陵王으로 삼았다가 이듬해 장위張褘를 시켜 독살하려 했다. 장위가 스스로 독주를 마시고 죽자 유유는 병사를 시켜 몰래 들어가 영릉왕에게 독약을 마시게 했다. 이때도 영릉왕이 듣지 않자 병사가 틈을 보아 영릉왕을 죽였다고 한다. 원희元熙(공제의 연호) 2년(420)의 일이다. 유유는 동진을 대신해 황제를 칭하고 국호를 송宋이라 했으며 연호를 영초永初로 바꾸었다.

이렇게 험악한 시대에 도연명은 '술에 대해 서술한다'는 뜻의 「술주」述酒라는 제목의 장편 시를 지었다. 세상일에 덤덤해질 나이인 57세 때! 술 노래에서 시대의 암흑상을 암시한 것이 어찌 보면 기이하고 또 어찌 보면 당연하다. 어쨌거나 도연명은 술로 도망한 것은 아니다. 술을 이야기하면서도 현실의 부조리를 높은 목소리로 비난했으니 말이다.

『전국책』「위책」魏策에 보면 하나라의 시조 우禹임금이 술의 명인 의적儀狄을 배척한 이야기가 나온다. 황제의 딸이 의적을 시켜 술을 만들게 했는데 그 술이 절품이었다. 의적이 만든 술을 마셔 본 우임금은 그

술이 지나치게 맛나다는 이유로 의적을 멀리했다. 그러면서 "후세에 술로 나라를 멸망시킬 자가 반드시 나올 것이다"라고 우려했다. 한편 술의 발명자는 두강杜康이라고도 한다. 그래서 도연명의 「술주」 시 아래에 "의적이 술을 만들고 두강이 윤색했다"라는 주석이 붙어 있다. 이 주석은 옛날부터 있었다고 하며, 도연명이 직접 써 둔 것이라고도 하지만, 시의 전체 뜻과는 맞지 않는다.

도연명의 「술주」 시는 모두 30구로 제법 길다.

重離照南陸	중리조남륙	한낮의 해 남녘을 비추고
鳴鳥聲相聞	명조성상문	새 울음소리 들려오는 때.
秋草雖未黃	추초수미황	가을 풀 아직 누르지 않았지만
融風久已分	융풍구이분	봄바람은 오래전에 흩어져,
素礫晶修渚	소력효수저	흰 조약돌은 긴 물가에 빛나고
南嶽無餘雲	남악무여운	남악에는 구름 한 점 없었다.
豫章抗高門	예장항고문	옛날 예장이 귀족에 맞서더니
重華固靈墳	중화고영분	중화는 무덤이 되고 말았도다.
流淚抱中歎	유루포중탄	눈물 흘리며 비통한 마음으로
傾耳聽司晨	경이청사신	귀 기울여 새벽닭 소리를 듣노라.
神州獻嘉粟	신주헌가속	신주에서는 상서로운 벼를 바치고
西靈爲我馴	서령위아순	사방 신령은 나 유유에게 순종한다만,
諸梁董師旅	제량동사려	심제량沈諸梁이 군사를 거느리자
芊勝喪其身	미승상기신	미승은 몸뚱이를 잃었고,
山陽歸下國	산양귀하국	저 산양공은 작은 나라로 돌아갔으나
成名猶不勤	성명유불근	영릉왕은 이름 이루려 힘쓰지 않아 제대로 된

시호를 받지 못했다.

卜生善斯牧 복생선사목　복식卜式은 양을 잘 키웠고

安樂不爲君 안락불위군　안락은 군주를 위하지 않았다.

平王去舊京 평왕거구경　평왕은 옛 도읍지를 떠나

峽中納遺薰 협중납유훈　겹욕(낙양)에 훈육(북방 민족)을 받아들였고,

雙陽甫云育 쌍양보운육　쌍양의 뒤에 육성하려던 차에

三趾顯奇文 삼지현기문　삼족오가 기이한 글을 드러냈으며,

王子愛淸吹 왕자애청취　왕자 진王子晉은 생황 불길 좋아하고

日中翔河汾 일중상하분　전오典午는 하분 위를 날았다.

朱公練九齒 주공련구치　도주공陶朱公은 9년 수련 끝에

閒居離世紛 한거리세분　한거하여 어지러운 세상 벗어났으니,

峨峨西嶺內 아아서령내　높고 높은 서산에는

偃息常所親 언식상소친　존경하던 그분들 느긋하게 거처했잖은가.

天容自永固 천용자영고　비범한 그분들의 절조는 영원히 존재하리니

彭殤非等倫 팽상비등륜　팽조는 요절한 아이와는 부류가 다른 법.[3)]

3.

솔직히 「술주」 시는 난해하다.
탕한의 해설에 의존하여 두 구절(1연)씩 읽어 보기로 한다.

　한낮의 해 다시 남녘을 비추고
　새 울음소리 들려오는 때

重離照南陸 중리조남륙　**鳴鳥聲相聞** 명조성상문

　　처음 연은 태양이 크게 빛나듯 사마씨의 나라 동진이 중흥한 사실을 비유한다. 원문의 중리重離는 태양을 뜻한다. 리離는 붙을 리麗와 같아, 사물이 양의 기운에 부착하여 번성하는 것을 뜻한다. 『주역』 팔괘의 하나인 리괘離卦는 불을 상징하며, 리괘를 위아래로 겹친 중괘도 리괘이다. 여기서는 진나라의 황제 사마씨를 가리킨다. 사마씨는 전설의 황제인 고양씨高陽氏의 아들 중려重黎를 조상으로 삼는다. 중려는 전설 속의 제왕인 제곡帝嚳 때 불을 맡아 보던 축융祝融이란 관직을 맡았고, 중리와 중려는 음이 가깝다. 리괘는 밝음을 상징하며 만물이 우러러보는 뜻을 지니므로, 사마씨가 잘 다스렸음을 뜻한다. 남녘이란 동진의 판도였던 남부 중국을 뜻한다. "새 울음소리 들려오는 때"란 동진 초에 인재들이 많고 명신들이 조정에 가득한 것을 비유한다. 새란 여기서는 봉황을 가리킨다. 『시경』 대아 「권아」卷阿 편에서 "봉황이 날아, 그 날개를 퍼덕이니, 또한 모이고 이에 그치니, 무성하게 왕께서는 길한 선비가 많도다"라고 하고, "봉황이 우나니, 저 높은 언덕에서. 오동이 났구나, 저 조양朝陽에서"라고 했다. 봉황이 운다는 것은 어진 인재가 많다는 뜻이다.

　　가을 풀 아직 누르지 않았지만
　　봄바람은 오래전에 흩어져

秋草雖未黃 추초수미황　**融風久已分** 융풍구이분

　　융풍融風은 입춘 뒤에 부는 동북풍. 후한 때 나온 문자학 사전인 『설

문해자』의 풍風부에 보면, "동북풍을 융풍이라 한다"라 했고, 청나라 단옥재段玉裁는 이 구절에 주석을 하여, 조풍調風(條風)과 융풍은 같다고 했다. 융融이란 글자는 앞서 나온 축융과 관계있으며, 융풍이란 사마씨 황제의 바람을 가리킨다. 결국 "가을 풀 아직 누르지 않았지만, 봄바람은 오래전에 흩어져"라는 말은 동진의 왕실이 차츰 쇠약해짐을 암유한다.

흰 조약돌은 긴 물가에 빛나고
남악에는 구름 한 점 없었다

素礫晶修渚 소력효수저 南嶽無餘雲 남악무여운

이 연은 간사한 자들이 득세한 상황을 비유한다. 흔히 옥이 충신이요 현자라면, 조약돌은 간신을 비유한다. 『초사』「석서」惜誓에 "산과 연못의 옥과 거북을 버리고 자갈돌을 서로 귀히 여긴다"(放山淵之龜玉兮, 相與貴夫礫石)라고 했다. 효晶는 희고 깨끗하며 말갛다는 뜻이다. 수저修渚는 긴 모래톱이다. 강릉江陵에 99주洲(모래톱)가 있고, 또 저궁渚宮이 있다고 하므로, 수저는 강릉을 가리키는 듯하다. 환현桓玄은 형주자사를 자칭한 후 99주에 하나를 더 채워 100개로 만들고는 황제의 제도라고 했다. 흰 조약돌이 맑은 강에서 드러나는 것은 간사한 자들이 세력을 얻는 것을 비유하며, 환현이 강릉을 근거지로 삼아서 찬탈의 음모를 꾸민 것을 가리킨다. 따라서 사마씨 정권이 운수가 다한 것을 비유한다. 남악은 곧 형산衡山으로 중국의 호남湖南에 있다. 진晉나라 원제元帝가 즉위하고 내린 조칙에 보면, "마침내 남악의 단에 올랐다"라는 표현이 있다. 그리고 영릉零陵은 남악의 부근에 있기도 하다. 따라서 남악이라고 하면 강좌江左 사마씨 정권을 가리킨다. 『예문유취』라는 당나라 때 유서類書(근대 이전의 백과사전)에 인용된 진晉나라 유천庾闡의 「양주부」揚州賦 주注에, 건강궁建康宮 북쪽으로 10리 되는 곳에 장산蔣山이 있는데, 원元 황제가 아직 장강을 건너기 전에 하늘의 기운을 바라보는 자가 말하길, 장산에 자색이 있다고 했고, 때때로 새벽에 드러난다고 했다. 또『진서』晉書「원제기」元帝紀에 보면, 진시황 때 하늘의 기운을 살피는 자가 말하길, 500년 뒤 금릉金陵에 천자가 일어날 기운이 있다고 하고, 또 원제가 장강을 건넌 것이 526년이니 진인이 부응한 것이라고도 했다. '무여운'無餘雲은 사마씨 정권의 기수가 다했다는 말이다.

옛날 예장이 귀족에 맞서더니
중화는 무덤이 되고 말았도다

豫章抗高門 예장항고문 **重華固靈墳** 중화고영분

이 연은 유유가 환현의 뒤를 이어 사마씨와 정권을 다투더니 공제恭帝가 폐위되어 무덤에 묻힌 것을 가리킨다. 예장은 고을 이름으로 지금 강서성 남창南昌에 있다. 『진서』의희 2년(406) 상서尚書가 상주하여 유유를 예장군공豫章郡公에 봉할 것을 청했다는 기록이 있다. 항抗은 대항의 뜻이고 고문高門은 천자의 고문皐門을 뜻한다. 皐와 高는 통한다. 중화는 원래 순임금의 이름으로, 여기서는 진나라 공제를 대유했다. 공제는 폐위되어 영릉왕이 되었는데, 순임금의 묘가 영릉의 구의산九嶷山에 있었으므로 그렇게 대유한 것이다.

눈물 흘리며 비통한 마음으로
귀 기울여 새벽닭 소리를 듣노라

流淚抱中歎 유루포중탄　傾耳聽司晨 경이청사신

이 구절은 마음이 아파 탄식하며 밤새 잠을 이루지 못하다가 새벽닭이 시각을 알리는 소리를 듣기에 이르렀다는 뜻이다.

신주에서는 상서로운 벼를 바치고
사방 신령은 나 유유에게 순종한다만

神州獻嘉粟 신주헌가속　西靈爲我馴 서령위아순

이 연은 유유가 상서의 조짐에 가탁하여 찬탈을 도모한 일을 가리킨다. 신주神州는 전국시대의 음양가 추연鄒衍이 중국을 '적현신주'赤縣神州라 일컬은 데서 따온 말이다. 가속嘉粟은 가화嘉禾라고도 하는데, 특별한 싹을 내는 벼로, 상서로 간주되었다. 의희 2년(417), 공현鞏縣 사람이 아홉 술 달린 벼를 얻어 유유에게 바치자, 유유가 황제에게 헌상했으나, 황제는 유유에게 주었다. 서령西靈은 사령四靈의 잘못인 듯하다. 사령은 기린, 봉황, 거북, 용이다. 의희 13년, 유유를 송왕宋王에 봉하고, 그 조서에서 유유를 봉한 이후 흰 꿩이나 가화 같은 서징이 발현했다고 일컬었다. 또 진나라 공제가 자리를 유유에게 물려주면서 내린 「선위조」禪位詔에 '사령효서'四靈效瑞란 말이 있다. 아순我馴은 나에 의하여 순복馴服한다는 말로 내게 귀속된다는 뜻이다. 이때의 아我는 유유를 가리킨다.

심제량이 군사를 거느리자

미승은 몸뚱이를 잃었고

諸梁董師旅 제량동사려　羋勝喪其身 미승상기신

　이 구절은 섭공葉公 심제량沈諸梁과 백공白公 미승羋勝이 전쟁을 벌인 일을 거론하여, 환현이 진나라를 빼앗았다가 다시 유유에게 멸망한 일을 암유했다. 심제량은 전국시대 초나라 사람으로 섭공에 봉해졌다. 미승은 초나라 태자의 아들로 오나라에 거쳐하여 백공이 되었다. 『사기』 「초세가」楚世家에 보면, 백공이 초나라 영윤자서令尹子西를 죽이고 혜왕을 몰아내고 자립하여 초나라 왕이 되었다. 한 달 뒤 섭공 심제량이 군사를 인솔하여 가서 공격하자, 백공이 자살하고 혜왕이 복위했다. 환현이 진나라를 빼앗고 초나라를 건립했는데, 유유도 팽성彭城을 본적으로 하는 초나라 사람이었다.

　저 산양공은 작은 나라로 돌아갔으나

　영릉왕은 이름을 이루려 힘쓰지 않아 제대로 된 시호를 받지 못했다

山陽歸下國 산양귀하국　成名猶不勤 성명유불근

　산양공은 한나라 헌제 유협劉協이다. 동한(후한) 건안 25년(220), 위나라 왕 조비가 황제를 일컫고 헌제를 폐위시켜 산양공으로 삼았다. 산양공은 14년 뒤에 죽으니, 향년 54세였다. 하국下國은 손위한 후 산양으로 돌아간 것을 말한다. 산양은 지금 하남성 회주懷州이다. 위의 구절은 영

릉왕이 비록 선위하기는 했지만 그래도 피살되는 것을 면하지 못해 죽은 후 제대로 된 시호를 받지 못했으니, 이것은 산양공이 선종한 것만 못하다는 뜻이다. 『일주서』逸周書 「시법해」諡法解에 보면, 왕이 선종을 하지 못해서 이름을 이루려 힘쓰지 못한(不勤成名) 것을 영靈이라 한다고 했다. 영릉왕의 영䔢은 영靈과는 다르지만 같은 뜻의 시호라고 본 것이다.

복식은 양을 잘 키웠고
안락은 군주를 위하지 않았다

卜生善斯牧 복생선사목　安樂不爲君 안락불위군

　복생卜生은 한나라 무제 때 복식卜式이다. 『한서』 「복식전」에 보면, 복식이 베옷을 걸치고 나막신을 신고 양을 치고 있었는데, 한나라 무제가 그곳을 지나가다가 보고서 좋게 여겼다. 복식은 "양만 그런 것이 아닙니다. 백성을 다스리는 것도 이와 같습니다. 제때 보살펴 나쁜 놈은 물리쳐 여럿을 해치지 못하도록 해야 합니다"라고 했다. 한 무제는 그를 등용했다. 도연명은 복식의 고사를 인용함으로써, 유유가 진나라 황실 가운데 자기와 뜻이 다른 사람들을 제거하여 찬탈 준비를 한 사실을 거꾸로 비유한 것이다. 안락은 한나라 창읍왕昌邑王 유하劉賀의 신하인데, 군주에게 충성을 다하지 않았다. 『한서』 「공수전」龔遂傳에 보면, 소제昭帝가 죽은 후 유하가 왕위를 잇고는 나날이 교만하게 굴자 안락은 옛 재상이면서도 충성을 다해 권계하지 않았다. 안락이 유하에게 충성을 다하지 않은 일을 들어서, 진나라 신하들이 진나라 황실에 충성하지 않은 사실을 꼬집은 것이다.

평왕은 옛 도읍지를 떠나

겹욕(낙양)에 훈육(북방 민족)을 받아들였고

平王去舊京 평왕거구경　峽中納遺薰 협중납유훈

이 연은 진나라 원제가 옛 도읍을 떠나 강좌로 옮긴 이후에 낙양 일
대가 북방 민족에게 점령당한 일을 가리킨다. 평왕平王은 기원전 770년
옛 도읍지 호경鎬京을 떠나 낙읍雒邑으로 옮겨 가서 동주東周 시대를 열
었다. 호경은 섬서성 서안, 낙읍은 하남성 낙양에 해당한다. 여기서는
평왕이 동천한 사실을 거론하여, 진나라 원제가 강좌로 옮긴 일을 암암
리에 가리킨 것이다. 협峽은 겹욕郟鄏, 즉 낙양이다. 훈薰은 훈육薰育이라
는 북방 민족으로, 엄윤嚴狁·험윤獫狁·훈육葷粥·훈육獯鬻·훈윤葷允이라
고도 표기한다. 춘추시대에는 융戎·적狄, 뒷날에는 흉노라고 불렀다. 유
총劉聰은 흉노의 유족인데, 그가 낙양을 공격하자 진나라 원제는 동천해
야 했다.

쌍양의 뒤에 육성하려던 차에

삼족오가 기이한 글을 드러냈으며

雙陽甫云育 쌍양보운육　三趾顯奇文 삼지현기문

쌍양은 중일重日이니, 창음이란 글자를 빗대어 말한 것이다. 곧, 진나
라 효무제 사마창명司馬昌明을 가리킨다. 육성한다는 말은 뒤를 이어 즉
위함을 가리킨다. 『진서』「효무제기」에, 처음에 간문제簡文帝가 '진조진

창명'晉祚盡昌明이란 참언을 보았는데, 효무제가 태어나자 무심코 이름을 창명이라 했고, 효무제는 뒤에 눈물을 흘리며 진나라 복조가 다했다고 울었다고 한다. 실은 효무제가 죽은 후 아들 안제安帝가 뒤를 이었으므로 진나라 왕조가 창명에서 끝난 것은 아니다. 그래서 도연명은 효무제가 후사를 두었으므로 진나라 왕조의 강산을 연장할 수 있었다고 말한 듯하다. 쌍양이 쌍릉雙陵으로 된 판본도 있다. 그렇다면 이 구절은 이민족의 침략으로 낙양이 황폐해졌으나 오랜 세월 후 낙양 일대의 인민이 생기를 되찾았다는 뜻이 된다. 삼지三趾는 삼족오三足烏를 말한다. 진나라 초에 서역에서 삼족오를 바쳤는데, 이윽고 붉은 까마귀가 창릉昌陵 후현后縣에 모여들었다. 창昌은 중일重日이고 까마귀는 해 안에 산다는 새이므로, 삼족오를 상서로 여겼다. 기문奇文은 진나라가 위나라를 대신할 상서를 가리키지만, 속으로는 송나라가 진나라를 대신할 상서란 뜻이다. 『송서』「무제기」에 보면, 송나라가 선양을 받고 반포한 조칙에, "사령이 상서를 바치니, 강산이 판도를 열었도다. ……까마귀들이 이에 모여드니, 진실로 명철한 이들이 모이도다"라고 했다.

> 왕자 진은 생황 불길 좋아하고
> 전오는 하분 위를 날았다

王子愛淸吹 왕자애청취　日中翔河汾 일중상하분

『열선전』列仙傳에 보면, 주나라 영왕의 태자는 이름이 진晉인데, 생황 부는 것을 좋아하여 백학을 타고 한낮에 승선昇仙하여 떠나갔다고 한다. 이 연은 왕자 진이 나이 17세에 신선이 되어 떠난 것을 끌어다가, 진나라의 사마씨 정권이 유유의 억압 하에 있은 지 17년 만에 멸망한 것을 비유한 것이다. 일중은 정오로, 전오典午를 암암리에 뜻한다. 전典은 일을 맡아본다는 뜻이어서 사司와 같고, 오午의 방위는 말(馬)에 해당한다. 따라서 일중日中은 전오를 뜻하고 전오는 또 사마司馬를 가리키며, 사마는 다시 진나라 황실을 가리킨다. 하분河汾은 진나라 지명이다. 하분에 노닌다는 말은 선양의 사실을 가리킨다. 『양서』「무제기」에 「선위책」禪位策이 실려 있는데, "한번 하분으로 수레를 몰고 가서는, 혼이 나간 듯한 마음을 갖게 되고, 잠시 기산에 가서는, 지위를 양보할 마음이 움직였다"(一駕河汾, 便有窅然之志, 暫適箕嶺, 即動讓王之心)라는 표현이 있다. 『장자』「소요유」에, "요임금이 천하의 백성을 다스리고 해내의 정치를 안정시켰으나 묘고야산 분수 북쪽에 가서 네 사람의 선인을 만나보고는 얼이 빠져 천하를 잃어버렸다"라는 말이 나오므로 이렇게 표현한 것이다.

> 도주공은 9년 수련 끝에
> 한거하여 어지러운 세상 벗어났으니

朱公練九齒 주공련구치 **閒居離世紛** 한거리세분

원문의 주공朱公은 전국시대 월나라 범려范蠡다. 범려는 월나라를 도와 오나라를 멸망시킨 후 이름을 바꾸고 강호에 유람하다가 도陶 땅에 이르러 도주공이라 호를 했다. 여기서 도연명은 도주공의 도 자를 숨겨, 자기 자신은 수련장생술을 닦아 은둔하여 한가하게 거처한다는 뜻을 밝혔다. 구치九齒의 九는 久와 음이 같고 뜻도 같으므로 장수를 뜻한다.

높고 높은 서산에는

존경하던 그분들 느긋하게 거처했잖은가

峨峨西嶺內 아아서령내　優息.常所親 언식상소친

서령西嶺은 백이와 숙제가 숨어 살며 주나라 곡식을 먹지 않고 굶어
죽은 서산이다. 내가 존경하던 그분들이란 곧 백이와 숙제를 가리킨다.

비범한 그분들의 절조는 영원히 존재하리니

팽조는 요절한 아이와는 부류가 다른 법

天容自永固 천용자영고　彭殤非等倫 팽상비등륜

천용天容은 평범한 사람들을 벗어난 형상으로, 여기서는 백이와 숙제
를 가리킨다. 팽彭은 장수했다고 전하는 팽조, 상殤은 요절한 아이를 말
한다. 백이·숙제처럼 출중한 절조는 오래 살았던 팽조처럼 영원히 존재
하리라고 말한 것이다.

도연명은 현실의 일을 대놓고 말할 수 없자, 은어를 빌려 속뜻을 드
러낸 열사였다.

남송 때인 1241년 9월 9일, 탕한은 「술주」의 숨은 뜻을 밝히는 전석
箋釋을 한 후에 「자서」에서 이렇게 말했다.

도연명 공의 시는 정밀하고 깊으며 높고 오묘하여 헤아려 볼수록 더
욱 심원하여 무덤덤하게 볼 수가 없다. 다른 왕조를 섬기지 않은 절

조는 위로 다섯 세대가 한韓나라의 재상을 지냈으므로 진나라를 섬길 수 없다고 했던 장량張良의 의리와 동일하다. 장량이 진시황을 저격하여 천하를 진동시킨 것과 같은 일을 하지 않았고, 또 장량이 한나라 고조에게 의탁한 것처럼 실행할 만한 사람도 없었다. 그리하여 번번히 수양산과 역수易水에 마음을 기탁하고, 또 형가를 한나라 선제宣帝 때 벼슬을 버린 이소二疏(소광疏廣과 그 조카 소수疏受)와 진秦나라 목공穆公 때 순사한 삼량三良에 이어서 읊조렸으며, (「세모에 장상시의 시에 화운함」歲暮和張常侍에서) "자기를 달래려니 깊은 감회 생기고, 바뀌는 운세를 따라가려니 감개가 짙어진다"(撫己有深懷 . 履運增慨然)라고 했으므로, 읽어 보면 또한 그 뜻을 깊이 슬퍼하게 된다. 평소 행동을 꼿꼿이 하고 말을 겸손히 하다가, 「술주」를 지음에 이르러서는 처음으로 충분을 그대로 토해냈으나, 여전히 유사廋詞(은어)로 어지럽게 해 두었으므로 천년 뒤 읽는 이들이 무슨 말인지 알지를 못한다. 이것이 이 늙은이가 깊이 마음을 기울인 바이거늘, 지금까지 후세에 밝히지 못하고 있기에, 사람으로 하여금 더욱 흐느낌을 더하고 탄식을 거듭하게 한다.

4.

조선 성종 때 김종직金宗直(1431~1492)은 탕한의 주석을 보고 「술주」야말로 도연명이 현실을 비판한 시라고 확신했다. 탕한의 주석이 아니었다면 유유의 죄악과 도연명의 충분이 드러나지 못했을 것이라고도 했다. 그래서 「도연명의 '술주'에 화운한다」(和陶淵明述酒)를 지어 『춘추』의 일필一筆에 견주었다. 도연명이 은어를 쓴 것은 유유가 한창 날뛰던 시기에 말을 잘못 하여 멸족의 화를 초래해서는 안 된다고 여겼기 때문일 것이다. 그러나 나는 유유를 두려워할 이유가 없기 때문에 그의 반역 행위를 드러내 놓고 비판하여 후세의 난신적자를 경계하리라. 이렇게 김종직은 그 시의 병서幷序에서 밝혔다.

김종직은 진晉나라가 찬탈로 들어섰고, 진나라가 들어선 뒤 난신적자가 끊이지 않았다는 사실을 다루면서, 비판해야 할 인물들의 이름을 일일이 주석으로 붙여 두었다. 전체 시는 도연명의 「술주」 형식과 운자를 그대로 사용하여, 격구압운을 했다. 모두 30구인데, 의미상으로는 6구, 10구, 12구, 2구로 나누어 볼 수 있다. 한국고전번역원의 임정기 선생이 번역하신 것을 참고로 하되 표현을 약간 고쳐 본다.

鼎鑊猶有耳 정당유유이 　솥에도 오히려 귀가 있는데

人胡不自聞 인호불자문 　사람이 어찌 듣지 못하나.

君臣殊尊卑 군신수존비 　임금과 신하는 존비가 다르고

乾坤位攸分 건곤위유분 　하늘과 땅은 지위가 나뉘어 있기에,

奸名斯不軌 간명사불궤 　간악한 자가 반역을 하면

赤族無來雲 적족무내운 　일족이 죄다 죽어 후손이 없게 되는 법.

當時馬南渡 당시마남도 　사마씨는 양자강을 건너갔으니

神州餘丘墳 신주여구분 　중원에는 무덤만 남았다만,

天心尙未厭 천심상미염 　하늘의 마음은 그래도 싫어하지 않아

有若日再晨 유약일재신 　하루에 두 번이나 새벽이 있듯 했으니,

處仲首作孼 처중수작얼 　처중處仲이 처음 난을 일으키고(왕돈王敦)

狼子非人馴 낭자비인순 　이리 새끼는 길들여지지 않았으며(소준蘇峻),

324

蚩蚩遺臭夫 _{치치유취부} 어리석게도 더러운 냄새 남긴 자는

斅兒戕厥身 _{효아장궐신} 자식에게 몸을 죽게 만들었다. (환온桓溫 부자)

四梟者何功 _{사효자하공} 왕돈·소준·환온·환현 네 올빼미 무슨 공 있던가

天報諒殷懃 _{천보량은근} 하늘의 보답은 참으로 은근했도다.

婉婉安與恭 _{완완안여공} 온화했던 안제와 공제는

乃是劉氏君 _{내시유씨군} 바로 유씨의 군주였거늘,

蒼天謂可欺 _{창천위가기} 푸른 하늘을 속일 수 있다 여겨

高把堯舜薰 _{고파요순훈} 높이 요순의 훈풍을 끌어대어선,

受禪卒反賊 _{수선졸반적} 선위를 받아 끝내 역적질하고

史氏巧其文 _{사씨교기문} 역사가는 글을 꾸며,

誤以四靈應 _{위이사령응} 인麟·봉鳳·귀龜·용龍이 응했다고 구실 대고

宗岱且祠汾 _{종대차사분} 태산에 봉선하고 분음에 제사하여,

僞命雖能造 _{위명수능조} 거짓 천명을 만들 수 있었지만

世亂當紛紛 _{세란당분분} 세상이 혼란하여 분분하더니,

好還理則然 _{호환리즉연} 천리가 본시 순환을 좋아해서

劭也蔑天親 _{소야멸천친} 유소劉劭가 제 아비를 죽였도다.

述酒多隱辭 _{술주다은사} 「술주」 시에는 은어가 많으니

彭澤無比倫 _{팽택무비륜} 팽택령(도연명)에겐 비할 자 없으리.[4]

　도연명의 「술주」는 자신이 살고 있는 시대의 일을 직접 이야기할 수가 없어서 앞 시대의 일들을 끌어다가 빗대어 말하여 시가 복잡하고 난해했다. 이에 비해 김종직의 시는 주제를 노출하고 비판의 대상을 분명

히 드러냈다. 곧, 진나라가 강남으로 건너가 원제를 시작으로 새 국운을 이어갔지만 왕돈王敦·소준蘇峻·환온桓溫·환현桓玄 등이 모두 어미새를 잡아먹는다는 올빼미 같은 자들로서 진나라의 국체를 뒤흔들더니 유유가 찬탈하여 진나라의 국운이 끊기고 말았다고 서술했다. 왕돈은 자字가 처중處仲이라, 김종직은 시에서 그를 '처중'이라 불렀다.

또 김종직은 유유가 찬탈한 일에 대해서는, 그가 태산에 봉선하고 분음에 제사한 사실을 거론했다. 옛날 한나라 무제는 분음에서 보정寶鼎을 얻고 감천궁甘泉宮에 분음사를 세워 제사를 지냈는데, 유유는 공제의 선위를 받아낸 후 한 무제를 본떠 천자의 의식인 분음 제사를 지냈다. 그런데 남조 송나라는 그 국운이 길지 않았다. 송나라 문제의 장남 유소劉劭는 일찌감치 황태자에 책봉됐으나 부왕을 무고巫蠱한 사실이 발각되어 태자의 지위에서 폐위됐다. 그러자 유소는 시역을 자행하여 스스로 즉위했지만, 그도 의병에게 살해되었다.

김종직은 한나라 유씨 황실을 정통으로 보아, 비록 진나라가 사마씨의 정권이었지만 동진의 마지막 안제와 공제는 '유씨의 군주'로서 정통성이 있다고 보았다. 유유가 요·순의 선양 사실을 끌어다가 공제로부터 선위를 받아 끝내 역적질을 한 것이 결정적으로 잘못된 일이라고 했다. 따라서 유유가 비록 송나라를 열었지만, 송나라 문제 때 유소가 부왕을 죽이는 혼란이 일어난 것은 하늘이 응징한 결과라고 했다.

김종직이 안제와 공제가 유씨의 피를 이었다고 말한 근거가 무엇인지는 알 수 없다. 어떻든 김종직은 정통 사관에 근거하여 동진 시대의 난신적자들과 남조 송나라의 개조 유유를 비난한 것이 분명하다. 그리고 "후대의 난신적자가 나의 이 시를 보고 두려워하게 만들겠다"고 호언했다. 그 말은 세조의 찬탈로 조선 왕실이 이어지고 훈구 대신들이 발호하고 있음을 비난하는 또 하나의 은어였다.

　김종직은 향촌 출신으로, 지방관으로서 업적을 쌓아 중앙 정계에 두 각을 나타냈다. 30여 년간 훈구 세력으로부터도 신망을 잃지 않으려고 대단히 조심했기에, 훈구파의 견제 없이 형조판서에 이르렀고, 자신의 문인들도 벼슬길에 진출시킬 수 있었다. 뒷날 허균이 그를 두고, "사람 들을 부추겨서 임금의 청총을 흐리게 하고 이익을 훔치는 터전을 삼았 다"고 비판할 정도였다.

　하지만 김종직은 중국 역사를 거론하는 방식으로 당시의 난신적자 를 비판했다. 무오사화의 빌미가 된 「조의제문」弔義帝文을 보면, 왕도정 치를 펴고자 하는 이념을 분명히 드러냈다.[5] 「조의제문」이란 '의제를 조 문하는 글'이란 뜻인데, 의제는 초나라 황제로서 항우에게 죽임을 당한 어린 황제를 가리킨다.

　김종직의 제자 김일손金馹孫(1464~1498)은 김종직의 「조의제문」을 사 초에 실었다. 당시의 부패한 권력자들을 역사책을 통해 비판하려는 뜻 이 있어 그랬을 것이다. 연산군 4년인 1498년, 서얼 출신으로 정치적 야 망이 컸던 유자광柳子光은 이극돈李克墩을 부추겨 「조의제문」이 단종의 사실을 빗댄 것이라고 연산군에게 꼬아바치게 했다.

　이때 유자광은 김종직의 「도연명의 '술주'에 화운한다」(이하 「술주」)도 문제 삼았다. 곧, 남곤南袞이 지은 「유자광전」에 따르면, 유자광은 김일 손을 죄망에 빠뜨리기 위해 김종직의 「술주」 시를 이용했다고 한다.

　　하루는 소매 속에서 한 권의 책을 끄집어냈는데, 바로 김종직의 문집
　　이었다. 그 가운데 「조의제문」과 「술주」 시를 지적하여 추관推官들에
　　게 두루 보이며 말하기를, "이것은 모두 세조를 지적하여 지은 것이

며, 김일손의 죄악은 다 김종직의 가르침에 따라 굳어진 것이다"라고 했다. 그리고 스스로 주석을 붙여 구절마다 풀이하여 임금이 쉽게 알게 했다. 이어서 아뢰기를, "김종직은 우리 세조를 모함했으므로 그의 무도한 죄는 대역죄로 논함이 마땅합니다. 그의 글은 세상에 유전시켜서는 안 되니, 모두 불사르십시오"라고 했다. 왕이 따랐다.[6]

『연산군일기』에 보면, 연산군 4년(1498) 음력 7월 17일에 중신들이 김종직의 「조의제문」과 「술주」에 대해 이야기를 나누었다고 한다.[7] 윤필상 등은 「술주」 서문에 말한 것은 「조의제문」보다도 심한 면이 있다 하고, 마침내 그 시권을 연산군에게 올렸다. 그리고 그 뜻을 해석하여, "이는 영릉寧陵을 애도하는 시"라 한 것은 영릉을 노산군(단종)에 비한 것이고, "유유가 찬탈하고 시해한 죄"라 한 것은 유유를 세조에게 비한 것이라고 주장했다. 그리고 "『춘추』의 일필에 비한다"라고 한 것은 맹자가 "『춘추』가 지어지자 난신적자가 두려워했다"라고 말했으므로 김종직이 자신의 시를 『춘추』에 비한 것이고, "창천을 속일 수 있다 생각하여 높이 요순의 훈풍을 끌어왔다"라고 한 것은 김종직이 유유의 선위를 세조의 즉위 사실에 비한 것이라고 일러바쳤다. 연산군은, "세상에 어찌 이와 같은 일이 있으랴! 그 제자들까지 모조리 추핵하는 것이 어떠한가?" 했다. 노사신, 윤필상, 한치형은 동한 때 당인黨人의 죄를 너무 심하게 물어 결국 난리가 일어나 쇠망했던 예를 들어 줄줄이 엮는 것은 좋지 않을 듯하다고 잠시 물러섰다. 하지만 결국 무오사화가 일어나고 말았다.

5.

　남송의 탕한은 「술주」 등 도연명의 시가 본지本志를 말한 것은 적고
고궁固窮을 말한 것이 많다고 했다. 고궁이란 신분이 낮고 가난한 처지
이지만 도리를 지키면서 그 처지를 편안하게 여기는 것을 말한다. 『논
어』 「위령공」 편에, "군자는 빈궁한 처지를 편안히 여기면서 도의를 고
수하지만, 소인은 빈궁하면 제멋대로 굴게 마련이다"(君子固窮, 小人窮斯濫
矣)라는 공자의 말이 있다. 탕한은 도연명의 시의 본질을 이 '고궁'에서
찾고, 굶주리고 추위에 떠는 사람만이 절의를 넉넉하게 지킬 수 있다고
단언했다.

　사실 그렇다. 도연명이 시대의 부조리를 비판한 것은 영광과 봉록을
탐내어 그런 것이 아니었다. 「산해경을 읽고」 시에서 도연명은 "나는 또
한 나의 집을 사랑한다"(吾亦愛吾盧)라고 했는데, 이 말은 참으로 뜻이 깊
다. 흔히 사람들은 남을 사랑한다고 말해야 훌륭하다 여기지, 자기를 사
랑한다고 말하면 이기적이라고 생각한다. 하지만 도연명은 자기 집을
사랑한다고 했다. 자기 집을 사랑하는 것은 실은 자기를 사랑한다는 말
이다.

　조선 후기의 홍대용洪大容(1731~1783)은 도연명의 말에서 감명을 받
아 자기 집을 '애오려'愛吾盧라 했다. 이때 김종후金鍾厚(1721~1780)가 홍
대용을 위해 「애오려기」를 지어 주었다.

　　도연명 시에 '오역애오려'吾亦愛吾盧라 한 것은 '내 집을 사랑한다'는
　　말이고, 홍덕보(홍대용) 군이 자기 거실에 이름을 지어 붙이기를 '애오
　　려'라 한 것은 '나를 사랑한다'는 것으로 집 이름을 삼은 것이다. 내가

듣건대, 어진 이는 남을 사랑한다고는 했어도 나를 사랑한다고는 하지 않았다. 비록 그러하기는 하지만 나를 사랑하면 남을 사랑하는 것이 그 속에 있는 것이다. 왜냐하면 대개 내가 태어남에 이목백체耳目百體가 있고 덕성을 마음에 간직하게 된다. 그리하여 내 귀를 사랑하면 귀가 밝아지고 내 눈을 사랑하면 눈이 밝아지며, 내 백체가 사랑을 얻게 되면 순해지고 내 덕성이 사랑을 얻게 되면 정正해지니, 나의 귀가 밝고 눈이 밝고 순하고 정해져서 남을 대하면 남은 나의 사랑을 받지 아니함이 없게 된다. 그러므로 남을 사랑한다는 것은 본래 나를 사랑하는 그 테두리 밖에서 나오는 것이 아니다. 그러므로 군자는 오직 나를 사랑하는 도에 힘써 심력을 다할 뿐이다. 이것이 바로 덕보의 뜻이로다! 그러나 나를 사랑하는 것이 남을 사랑할 수 있음이라는 것만 알고 남이 곧 하나의 나(吾)라는 것을 알지 못하면 어찌 가하겠는가!⁸⁾

남을 사랑하기에 앞서 사랑할 존재가 나 자신이다. 도연명은 그 점을 뚜렷이 자각했고, 홍대용도 김종후도 도연명의 그 마음을 잘 알았다.

도연명은 '나의 집'에서 '고궁'을 실천했다. 현대 철학에서 말하는 '세계 속의 집짓기'를 시대에 앞서 실천한 것이다.

하지만 누구나 귀거래를 통해 '고궁'을 실천할 '나의 집'을 확보할 수 있는 것은 아니다. 고향이라고는 해도 나의 집이 없고, 나의 집이 있더라도 사랑할 수 없는 경우가 있다.

문득 샘 페킨파David Samuel Peckinpah 감독이 1971년에 제작한 영화 〈지푸라기 개〉Straw Dogs(출연 더스틴 호프먼, 수전 조지)가 생각난다. 그 영화에서 주인공 부부인 데이빗과 에이미는 마을 사람들로부터 소외당할 정도로 그치는 것이 아니라 마을 사람들의 폭력성 때문에 위협을 느끼다가 집 안에 있을 때 폭도로 변한 마을 사람들의 습격을 받는다. 그리하여 데이빗은 다섯 사람을 살해하고서야 가까스로 자신을 지켜 낸다. 그 자신이 폭력을 사용한 불한당이 된 것이다.

시대가 다르기 때문일 것이다. 도연명의 고향에는 폭력이 없다. 지푸라기 개(草狗)들의 폭력이 난무하지 않는다. 일본 좌파의 지식인들이 도연명을 좋아한 것은 그런 폭력 없는 곳을 꿈꾸었기 때문일 것이다. 지금 우리가 떠나온 고향은 어떤가. '그날 그 눈물 없던 때'를 온전히 환기시키는가?

후기

비 오는 저녁은 내 집 마당의 풀들이 향긋한 비린내를 풍긴다. 어둠에 잠긴 나무들은 가까스로 숨을 고른다. 희미한 불빛 속에 나뭇잎이 미세하게 움직이는 것을 보면 그가 제 몸 구석구석 마디마디를 손으로 쓰다듬고 있다는 것을 알 수 있다. 거리의 집들이 단내를 거두기 시작하는 그 시각, 그 긴장을 동반한 아늑함이 좋다. 나는 나의 집을 사랑한다. 도연명이 '나의 집을 사랑한다'고 했듯이.

풍월주 소동파가 남긴 「희작」戲作의 두 번째 수가 생각난다. 사주泗州 옹희탑 아래 욕탕에서 여몽령 조로 지은 사詞다. 첫 번째 수는 이 책의 본문에서 소개한 바 있다.

> 날 깨끗이 해야 저 사람을 깨끗이 할 수 있지
> 나는 땀을 비 오듯 흘리며 숨을 헐떡인다.
> 몸 씻겨 주는 이에게 말하노니
> 잠시 몸뚱이와 함께 유희나 해 보세.
> 다만 씻을 것

다만 씻을 것

몸 숙여 인간의 일체를 씻을 것.

自淨方能淨彼 자정방능정피 zì jìng fāng néng jìng bǐ

我自汗流呀氣 아자한류하기 wǒ zì hàn liú yā qì

寄語澡浴人 기어조욕인 jì yǔ zǎo yù rén

且共肉身游戲 차공육신유희 qiě gòng ròu shēn yóu xì

但洗 단세 dàn xǐ

但洗 단세 dàn xǐ

俯爲人間一切 부위인간일체 fǔ wéi rén jiān yī qiē

　소동파는 임종 때 아들에게 "나는 죽더라도 지옥에는 떨어지지 않을 것이다"라고 했다고 한다. 혹 지옥이 있더라도 나는 거기에 떨어지지 않을 만큼 일생 악행을 저지르지 않았다고 자부한 것이다. 인간이란 자신이 알지 못하는 죄도 무수히 짓는 것이고 보면, 소동파의 말은 천진한 듯도 하고 오만한 듯도 하다.

　하지만 천진해서도 오만해서도 아니다. 소동파는 나의 허물을 먼저 씻어야 남을 씻겨 줄 수 있다고 확인한 것이다. 인간이 저지르는 가장 큰 잘못은 나는 깨끗한데 저쪽이 더럽다고 생각하는 일이 아니겠는가?

　『법구경』 183번에 "나쁜 짓은 일절 하지 말고 선한 일을 행하며 자기의 마음을 정화하는 것, 이것이 모든 부처들의 가르침이다"라고 했다. 이것은 뒷날 「칠불통계게」七佛通誡偈로 한역되어 널리 알려져 있다.

諸惡莫作 제악막작　諸善奉行 제선봉행

당나라 때 백거이는 항주의 관리로 부임하고서 도림선사道林禪師를
찾아갔다. 도림선사는 소나무 위에 둥지를 짓고 거기서 좌선을 행하여
조과鳥窠라는 고사를 남긴 고승이다. 백거이가 위험하지 않느냐고 묻자,
도림선사는 "마음이 안정되지 못한 자에게는 지상이 더 위험하다!"라고
대답했다. 백거이가 불교의 가르침을 물었을 때, 도림선사는 위의 게를
외워 들려주었다. 백거이가 웃으며 "그런 정도의 말은 세 살 아이라도
할 수 있습니다" 하자, 선사는 말했다. "세 살 아이도 말할 수 있지만 여
든 살 늙은이도 실천하기 어렵소."

한시의 시인은 지상선地上仙이었다. 아니 지상선이어야 진정한 시인
일 수 있었다. 땅에 발을 붙이고 세상의 크고 작은 이야기에 귀 기울이
고 자연의 활발함을 묘사하며 인간의 어리석음을 슬퍼하고 헛된 희원希
願에 고개를 끄덕이던 신선들이었다. 그들은 인간이란 슬픔의 그릇에
불과할지라도 스스로의 때를 씻어 나가면 누구나 별세계를 볼 수 있다
고 부추겼다. 중국의 시인들이 남긴 시를 되읽으면서 나는 그 점을 확인
했다.

한시는 각성의 흔적이요, 각성의 도발이다.

> 輕手 qīng shǒu　　　살살 하게,
> 輕手 qīng shǒu　　　살살 하게,
>
> 但洗 dàn xǐ　　　다만 씻을 것,
> 但洗 dàn xǐ　　　다만 씻을 것.

미주

소식 풍월주인의 노래

1) 소식蘇軾, 「동파」東坡, 『동파전집』東坡全集 권13, 문연각사고전서본文淵閣四庫全書本 (蔡上英 간본);『소식시집』蘇軾詩集 권22, 北京: 中華書局, 1982.

2) 한유韓愈, 「산석」山石,『오백가주창려문집』五百家注昌黎文集 권3; 屈守元·常思春 주편, 『한유전집교주』韓愈全集校注 권3, 成都: 四川大學出版社, 1996.

3) 소식,「획어가」畫魚歌,『동파전집』권5;『소식시집』권8, 中華書局, 1982.

4) 소식,「동파」8수,『동파전집』권12;『소식시집』권21, 中華書局, 1982.

5) 소식,「황주안국사기」黃州安國寺記,『동파전집』권37;『소식문집』蘇軾文集 권12, 北京: 中華書局, 1986.

6) 소식,「적벽부」赤壁賦,『동파전집』권33;『소식문집』권1, 中華書局, 1986.

7) 황정견黃庭堅,「문잠립이 지은 '춘일' 세 절구에 차운하다」(次韻文潛立春日三絕句),『산곡집』山谷集 권11;『산곡시집주』山谷詩集註, 臺北: 藝文印書館, 1965 영인.

8) 소식,「임고한제」臨皐閑題,『동파지림』東坡志林 권4, 정당정당亭堂;『동파전집』권104; 華東師範大學古籍研究所 점교주석點校注釋,『동파지림·구지필기』東坡志林·仇池筆記, 華東師範大學出版社, 1983.

9) 사마천司馬遷,『사기』史記 권75,「맹상군열전」孟嘗君列傳 제15, 中華書局 교점본校點本.

10) 맹교孟郊,「유순을 전송하면서」(送柳淳),『맹동야시집』孟東野詩集 권8, 문연각사고전서본.

11) 소식,「제유자옥문」祭柳子玉文,『동파전집』권91, 교한도수郊寒島瘦;『소식문집』, 권63, 中華書局, 1986.

12) 소식,「독맹교시, 2수」讀孟郊詩二首,『동파전집』권9;『소식시집』권16, 中華書局, 1982.

13) 여악厲鶚, 『남송원화록』南宋院畫錄 권3, '심진沈津 『이은록』吏隱錄 인용', 문연각사고전
서본.

14) 소식, 「6월 27일 망호루에서 취하여 쓴 다섯 절구」(六月二十七日望湖樓醉書五絶) 제5수,
『동파전집』권3; 『소식시집』권7, 中華書局, 1982.

15) 소식, 『구지필기』仇池筆記 권상, '여몽사如夢詞 2수 중 제1수: 華東師範大學古籍硏究所
점교주석, 『구지필기』권7, 『동파지림·구지필기』, 華東師範大學出版社, 1983.

이하 귀계의 소년

1) 이하李賀, 「대제곡」大堤曲, 『전주평점이장길가시』箋註評點李長吉歌詩 권1; 『이하가시편』
李賀歌詩編 권1, 사부총간四部叢刊 정편 35, 臺北: 商務印書館, 1981 영인; 陳弘治, 『이
장길가시교석』李長吉歌詩校釋, 臺北: 文律出版社, 1979; 原田憲雄 역주譯註, 『이하가시
편』李賀歌詩編 권1, 平凡社, 東洋文庫 645·649·651, 1998~1999.

2) 이하, 「몽천」夢天, 陳弘治, 『이장길가시교석』권1.

3) 사마천, 『사기』권74, 「맹자순경열전」孟子荀卿列傳.

4) 이하, 「안문태수행」雁門太守行, 『이장길가시교석』권1.

5) 정두경鄭斗卿, 「안문태수행」雁門太守行, 『동명집』東溟集 권11, 한국문집총간 100, 민족문
화추진회(현 한국고전번역원), 1988.

6) 두목杜牧, 「이장길가시원서」李長吉歌詩原序, 『전주평점이장길가시』권수卷首.

7) 이하, 「신현곡」神絃曲, 『전주평점이장길가시』권4.

8) 이하, 「소소소묘」蘇小小墓, 『전주평점이장길가시』권1.

9) 中村元, 『東洋人の思惟方法』2, 春秋社, 신판, 1988.

10) 이상은李商隱, 「이장길소전」李長吉小傳, 『이의산문집』李義山文集, 문연각사고전서본(상
숙구씨소장구초본常熟瞿氏所藏舊鈔本).

11) 錢鍾書, 『관추편』管錐編, 中華書局, 1979.

12) 이하, 「남산 밭의 노래」(南山田中行), 『전주평점이장길가시』권2.

13) 허난설헌許蘭雪軒, 「대제곡」大堤曲, 『난설헌시집』蘭雪軒詩集, 한국문집총간 67, 민족문화
추진회, 1988.

14) 조희룡趙熙龍, 『호산외기』壺山外記, 실시학사實是學舍 고전문학연구회古典文學硏究會
역주譯註, 『조희룡전집』趙熙龍全集 6, 한길아트, 1999. '이단전李亶佃 「수성동」水聲洞

시'.

15) 구양수歐陽脩, 「매성유묘지명 병서」梅聖俞墓誌銘并序, 『문충집』文忠集 권33.

16) 장유張維, 「시능궁인변」詩能窮人辨, 『계곡집』谿谷集 권76, 한국문집총간 92, 민족문화추
진회, 1988 ; 『국역 계곡집』, 민족문화추진회, 1997.

17) 이하, 「장진주」將進酒, 『전주평점이장길가시』 권4.

18) 유영劉伶, 「주덕송」酒德頌, 『세설신어』世說新語 권상지하卷上之下.

19) 정철鄭澈, 「장진주사」將進酒辭, 『가곡원류』歌曲原流; 김춘택金春澤, 「정송강의 장진주사
를 번역함」(翻鄭松江將進酒辭), 『북헌집』北軒集 권4, 한국문집총간 185, 민족문화추진회,
1997.

두목 애상의 시선

1) 『열녀춘향수절가』烈女春香守節歌, 김현룡 교주校註, 아세아문화사亞細亞文化社, 1981.

2) 김만중金萬重, 『구운몽』, 김병국 교주·역, 서울대학교출판문화원, 2009.

3) 『(서사무가) 성조풀이』, 정강우 소리, 『(무당의 작가 정강우가 직접 들려주는) 무당의 소리
들』(녹음 자료), 현암사, 1993.

4) 유몽인柳夢寅, 『어우야담』於于野談 '문예'文藝 편, 「이후백李後白과 말진末眞」.

5) 박지원朴趾源, 『열하일기』熱河日記, 「피서록」避暑錄, '허난설헌과 번천樊川', 한국고전번
역원 제공 번역문.

6) 두목杜牧, 「청명」淸明 '借問酒家何處在', 『어선당시』御選唐詩 권30, 문연각사고전서본.

7) 두목, 「비오왕성」悲吳王城, 『어정전당시』御定全唐詩 권524, 문연각사고전서본.

8) 백거이白居易, 「화춘심」和春深, 『백향산시집』白香山詩集 권29, 문연각사고전서본; 朱金
城, 『白居易集箋校』, 上海古籍出版社, 1988.

9) 진기陳基, 「화옥산운」和玉山韻, 『원시선』元詩選 초집初集 권53, 문연각사고전서본.

10) 두목, 「견회」遣懷, 『어정전당시』 권524.

11) 우업于鄴, 「양주몽기」揚州夢記, 진연당陳蓮塘 편, 『당대총서』唐代叢書 제5집, 가경嘉慶
11년(1806) 서序.

12) 두목, 「아방궁부」阿房宮賦, 『번천문집』樊川文集 권1, 문연각사고전서본.

13) 풍집오馮集梧, 『번천시집』樊川詩集(가도賈島, 『가장강집』賈長江集과 합철), 台北: 中華
書局, 民國 59(1970).

14) 두목,「강남춘철구」江南春絶句(「강남춘」江南春),『어정전당시』권522.

15) 淸水茂,「杜牧今體詩の一つの技法」,『中國詩文論藪』, 創文社東洋學叢書, 1989, pp.258~272.

16) 두목,「선주 개원사의 수각(물가 누각)에 쓰다. 수각 아래 완계에 시내를 끼고 고인들이 살고 있다」(題宣州開元寺水閣, 閣下宛溪夾溪故人),『어정전당시』권522.

17) 두목,「조행」早行,『어정전당시』권525.

18) 芭蕉,『野ざらし紀行』,「大井川越え, 小夜の中山」: "廿日余の月かすかに見えて, 山の根際いと暗きに, 馬上に鞭をたれて, 数里いまだ鶏鳴ならず. 杜牧が早行の残夢, 小夜の中山に至りて忽驚.' '馬に寝て残夢月遠し茶の煙.'"

19) 두목,「제안의 성루에 적다」(題齊安城樓),『어정전당시』권522.

20) 두목,「적벽」赤壁,『어정전당시』권523(一作李商隱詩);『번천문집』樊川文集 권4, 사부총간 정편正編 37, 臺北: 商務印書館, 1981 영인.

21) 두목,「양주의 한작 판관에게 부치다」(寄揚州韓綽判官),『어정전당시』권523.

22) 두목,「진회에 묵으면서」(泊秦淮),『어정전당시』권523.

23) 김진영·김현주 (공)역주,『심청전』「수궁가」, 고전명작원전강독총서 3, 박이정, 1997.

24) 김진영·최동현 공저,『홍보가』「제비노정기」, 판소리자료총서 2, 박이정, 2000.

25) 河合康三 저, 심경호 역,『중국의 자전문학』, 소명출판. 2002. 7; 심경호,『나는 어떤 사람인가: 선인들의 자서전』, 이가서, 2010. 4; 심경호,『한문산문미학』, 고려대학교 출판부, 2013.

26) 두목,「자찬묘지명」自撰墓誌銘,『문원영화』文苑英華 권946, 문연각사고전서본.

27) 두목,「산행」山行,『어정전당시』권524.

28) 두목,「고을 관아에서 홀로 술을 마시며」(郡齋獨酌),『어정전당시』권520.

29) 두목,「견흥」遣興,『어정전당시』권523.

백거이 치유의 언어

1) 곽양한郭良翰,『문기유림』問奇類林, 問奇類林三十五卷續三十卷, 四庫未收書輯刊, 北京出版社, 2000. 1.

2) 허균許筠,『한정록』閑情錄,『허균전집』許筠全集, 성균관대학교 대동문화연구원, 1972.

3) 백거이白居易,「장한가」長恨歌,『백씨장경집』白氏長慶集 권12 감상感傷, 사부총간 정편

36, 臺北: 商務印書館, 1981 영인; 朱金城,『白居易集箋校』, 上海古籍出版社, 1988.

4) 백거이,「비파행」琵琶行,『백씨장경집』권12, 사부총간 정편 36.

5) 원진元稹,「백씨장경집서」白氏長慶集序,『백씨장경집』권수卷首.

6) 안평대군安平大君 찬,『향산삼체법』香山三體法, 명종 20년(1565) 간행 목판본, 日本 名古屋 蓬左文庫.

7) 백거이,「송재자제」松齋自題,『백씨장경집』권5 한적閑寂, 사부총간 정편 36.

8) 백거이,「서액의 초가을 숙직하는 밤 속마음을 적다」(西掖早秋直夜書意),『백씨장경집』권 11.

9) 백거이,「신악부서」新樂府序,『백씨장경집』권3 풍유諷諭 3.

10) 백거이,「하우」賀雨,『백씨장경집』권1 풍유 1.

11) 백거이,「공감을 곡하다」(哭孔戡),『백씨장경집』권1 풍유 1.

12) 백거이,「진중음」秦中吟,『백씨장경집』권1 풍유 1.

13) 백거이,「낙유원에서 그대에게 부침」(樂遊園寄足下〔登樂遊園望〕),『백씨장경집』권1 풍유 1.

14) 백거이,「자각산 북촌에 묵으며」(宿紫閣山北村),『백씨장경집』권1 풍유 1.

15) 백거이,「여원구서」與元九書,『백씨장경집』권16.

16) 백거이, 신악부新樂府「태항로」太行路,『백씨장경집』권3 풍유 3.

17) 백거이,「서낙시」序洛詩,『백씨장경집』권70.

18) 백거이,「구일 취음」九日醉吟,『백씨장경집』권17 율시律詩.

19) 백거이,「하처난망주」何處難忘酒 7수,『백씨장경집』권27 율시.

20) 김창협金昌協,『잡지』雜識 외편外篇,『농암집』農巖集 권34, 한국문집총간 162, 민족문화추진회, 1996.

21) 이규보李奎報,「백낙천의 '병중십오수'에 화답하여 차운하다」(次韻和白樂天病中十五首),『동국이상국집』東國李相國集 권2 고율시古律詩 105수, 한국문집총간 2, 민족문화추진회, 1988.

22) 백거이,「스스로를 푼다」(自解),『백씨장경집』권35 율시.

23) 백거이,「아침에 운모산을 복용하고」(早服雲母散),『백씨장경집』권31 율시.

24) 허균,『한정록』,『허균전집』, 성균관대학교 대동문화연구원, 1972.

25) 백거이,「취음선생전」醉吟先生傳,『백씨장경집』권70; 河合康三 저, 심경호 역,『중국의 자전문학』, 소명출판. 2002; 심경호,『나는 어떤 사람인가: 선인들의 자서전』, 이가서, 2010; 심경호,『한문산문미학』, 고려대학교 출판부, 2013.

26)   백거이,「취음선생묘지명병서」醉吟先生墓誌銘幷序,『백씨장경집』권70.

두보 침울한 얼굴

1)   조위曺偉,「두시언해서」杜詩諺解序,『분류두공부시언해』分類杜工部詩諺解 중간본 권수
卷首.

2)   두보杜甫,「건원 때 동곡현에 부쳐 살면서 지은 노래 7수」(乾元中寓居同谷縣作歌七首.
「동곡칠가」同谷七歌), 구조오仇兆鰲,『두시상주』杜詩詳注 권8, 北京: 中華書局, 1979;
김만원·김성곤·박홍준·이남종·이석형·이영주·이창숙 역해,『두보진주동곡시기시역해』,
서울대학교출판부, 2007.

3)   문천상文天祥,「육가」六歌,『문산집』文山集 권19.

4)   김시습,「동봉육가」東峰六歌,『매월당집』梅月堂集 권14, 시詩 명주일록溟州日錄, 한국문
집총간 13, 민족문화추진회, 1988;『속동문선』續東文選 권10, 한국고전번역원 제공 번역
문.

5)   이별李鼈,「장육당육가」藏六堂六歌; 허목許穆,「장육당육가지」藏六堂六歌識,『기언』記言
별집 권10; 이광윤李光胤,「장육당육가를 번역한 졸제」(飜藏六堂六歌拙製),『양서집』瀼
西集 권2, 한국문집총간 속 13, 민족문화추진회, 2006.

6)   포기룡浦起龍,『독두심해』讀杜心解, 中華書局, 1961(1版), 1978(2次印版).

7)   두보,「성도기행」成都紀行 12수(「발동곡현」發同谷縣·「목피령」木皮嶺·「백사도」白沙渡·
「수회도」水廻渡〔水會渡〕·「비선각」飛仙閣·「오반」五盤·「용문각」龍門閣·「석궤각」石櫃
閣·「길백도」桔柏渡·「검문」劍門·「녹두산」鹿頭山·「성도부」成都府),『두시상주』권9; 김
만원·김성곤·박홍준·이남종·이석형·이영주·이창숙 역해,『두보진주동곡시기시역해』,
서울대학교출판부, 2007.

8)   정약용丁若鏞,「화두시」和杜詩 12수,『여유당전서』與猶堂全書 제1집 제7권 천우기행권穿
牛紀行卷; 심경호,『다산과 춘천』, 강원대학교 출판부, 1996. 2; 심경호,『여행과 한중일 고
전문학』, 고려대학교출판부, 2011. 6.

9)   두보,「관군이 하남과 하북을 수복했다는 소식을 듣고」(聞官軍收河南河北),『두시상주』권
11.

10)   정약용,「아침 일찍 남일원을 출발하다. 두보의 '동곡현'에 화운함」(早發南一原和同谷縣),
『여유당전서』제1집 제7권 천우기행권,「화두시」12수 중 제1수.

두보 이 가을이 슬프다

1) 송옥宋玉,「구변」九辯, 주희朱熹,『초사집주』楚辭集注 권6, 구변九辯 제8;『초사보주』楚辭補注, 사부총간 정편 30, 臺北: 商務印書館, 1981 영인.

2) 구양수歐陽脩,「추성부」秋聲賦,『문충집』文忠集 권15;『구양문충공집』歐陽文忠公集 거사집居士集 권15, 사부총간 정편 44, 臺北: 商務印書館, 1981 영인; 呂雪菊 점교點校,『歐陽修全集』, 長春: 時代文藝出版社, 2001.

3) 두보,「영회고적」詠懷古跡 5수,『두시상주』권17.

4) 두보,「제장」諸將 5수,『두시상주』권16.

5) 두보,「추흥」秋興 8수,『두시상주』권17.

6) 두보,「성 서쪽 언덕(미피)에서 배를 띄우고」(城西陂泛舟),『두시상주』권3.

7) 두보,「미피행」渼陂行,『두시상주』권3.

8) 주희,『주자어류』朱子語類 권140, 논문論文 하下 시詩.

9) 李澤厚,『美的歷程』, 삽도진장본揷圖珍藏本 2판, 廣西師範大學出版社, 2001.

10) 양사기楊士奇,「두율우주서」杜律虞註序,『우주두율』虞註杜律 권수卷首.

11) 황회黃淮,「두율우주후서」杜律虞註後序,『우주두율』권수.

12) 정조 명찬命撰,『두율분운』杜律分韻,『두륙분운』杜陸分韻 44권 15책, 1798년(정조 22) 간행.

13) 정조 명찬,『두륙천선』杜陸千選, 1799년(정조 23) 간행.

14) 이광사李匡師,『두남집』斗南集, 서울대학교 규장각 소장 필사본; 심경호 외,『신편 원교 이광사 문집』(공편), 시간의 물레, 2005.

15) 신광수申光洙,「등악양루탄관산융마」登岳陽樓歎關山戎馬(「관산융마」關山戎馬),『석북과시집』石北科詩集, 성균관대학교 도서관 소장;『석북문집』石北文集, 신하식申夏植 편,『숭문연방집』崇文聯芳集, 한국한문학회, 1976.

16) 이옥李鈺,「사비추해」士悲秋解, 심경호 역,『선생, 세상의 그물을 조심하시오』(이옥산문선집), 태학사, 2001.

왕유 성스러운 자연

1) 심경호,『한시의 세계』, 문학동네, 2006. 제2장 '한시와 산수자연'.

2) 왕유王維, 「종남산 별장」(終山別業. 「산에 들어가, 성안 친구에게 부치다」入山寄城中故人), 『문원영화』文苑英華 권250; 『왕우승집전주』王右丞集箋注 권3, 上海古籍出版社, 1984.

3) 정약용, 「산행일기」汕行日記, 『여유당전서』 제1집 시문집 제22권 문집 잡평雜評.

4) 심경호, 「단재 신채호의 한시」, 『국학연구』, 창간호, 안동: 한국국학진흥원, 2002. 12. pp.117~151; 심경호, 『한학 입문』, 황소자리, 2007.

5) 신채호申采浩, 「백두산 도중」白頭山途中, 단재신채호전집편찬위원회 편, 『단재 신채호전집』7, 천안: 독립기념관 한국독립운동사연구소, 2007~2008.

6) 왕유, 「중구절에 산동의 형제들을 생각하며」(九月九日憶山東兄弟), 『왕우승집전주』 권14, 上海古籍出版社, 1984.

7) 왕유 「원이元二가 안서로 사신 가는 것을 전송하며」(送元二使安西), 『왕우승집전주』 권14, 上海古籍出版社, 1984; 『악부시집』樂府詩集 권80 '위성곡' 渭城曲.

8) 하윤河崙, 전송연과 설매의 양관곡 고사, 『해동잡록』1 본조本朝 '조준' 趙浚 조, 『시화총림』 詩話叢林으로부터의 인용, 『대동야승』大東野乘 수록.

9) 왕유, 「죽리관」竹里館, 『왕우승집전주』 권13 「망천집」輞川集 20수, 上海古籍出版社, 1984.

10) 왕유, 「맹성요」孟城坳, 『왕우승집전주』 권13 「망천집」20수, 上海古籍出版社, 1984.

11) 왕유, 「화자강」華子岡, 『왕우승집전주』 권13 「망천집」20수, 上海古籍出版社, 1984.

12) 김시습, 「소양정에 올라」(登昭陽亭) 3수 중 제1수, 『매월당집』梅月堂集 권13 관동일록關東日錄, 한국문집총간 13, 민족문화추진회, 1988.

13) 왕유, 「녹채」鹿柴, 『왕우승집전주』 권13 「망천집」20수, 上海古籍出版社, 1984.

14) 왕유, 「신이오」辛夷塢, 『왕우승집전주』 권13 「망천집」20수, 上海古籍出版社, 1984.

15) 도연명, 「음주」飮酒 제5수, 『도정절전집주』陶靖節全集注 권3, 世界書局, 1956; 『전주도연명집』箋注陶淵明集 권4, 사부총간 정편 30, 臺北: 商務印書館, 1981 영인; 李長之 저, 松枝茂夫 외 역, 『陶淵明』, 筑摩叢書 72, 筑摩書房, 1966.

16) 맹호연孟浩然, 「친구의 별장에 들르다」(過故人莊), 『맹호연집』孟浩然集 권4 오언절구, 사부총간 정편 33, 臺北: 商務印書館, 1981 영인; 游信利, 『孟浩然集箋注』 권4, 臺北: 學生書局, 1979 영인.

17) 한산寒山, 「천운만수간」千雲萬水間, 入矢義高 주, 『寒山』, 중국시인선집 5, 岩波書店, 1958; 김재두金載斗 평역, 『한산자시집』寒山子詩集, 경서원, 2005.

18) 왕유, 「청계수를 지나며 지은 시」(過青溪水作. 「청계」青溪), 『왕우승집전주』 권3, 上海古

籍出版社, 1984.

19) 왕유, 「산거즉사」山居卽事, 주필周弼, 『전주삼체시』箋註三體詩, 한문대계漢文大系 2, 東京: 富山房, 1926; 왕유, 「산거즉사」, 『왕우승집전주』권7, 上海古籍出版社, 1984.

20) 왕유, 「산집의 가을이 저물 때」(山居秋暝), 『왕우승집전주』권7, 上海古籍出版社, 1984.

21) 한시와 선종의 관계에 대해서는 심경호, 『한시의 세계』, 문학동네, 2006, 제2장 '한시와 산수자연' 참조.

22) 왕유, 「향적사에 들러」(過香積寺), 『왕우승집전주』권7, 上海古籍出版社, 1984.

23) 왕유, 「상사」相思, 『왕우승집전주』권15, 上海古籍出版社, 1984.

24) 왕유, 「관렵」觀獵(「엽기」獵騎), 『왕우승집전주』권8, 上海古籍出版社, 1984.

25) 왕유, 「송별」送別, 『왕우승집전주』권3, 上海古籍出版社, 1984.

한유 주지주의의 실험

1) 한유韓愈, 「산석」山石, 『오백가주창려문집』五百家注昌黎文集 권3; 屈守元·常思春 주편, 『한유전집교주』韓愈全集校注 권3, 成都: 四川大學出版社, 1996.

2) 한유, 「장철에게 답한다」(答張徹), 『한유전집교주』권2, 四川大學出版社, 1996.

3) 한유, 「형악묘를 배알하고 마침내 형악의 절에 묵으면서 문루에 쓴다」(謁衡嶽廟遂宿嶽寺題門樓), 『한유전집교주』권3, 四川大學出版社, 1996.

4) 정약용, 「노인에게 유쾌한 일 6수, 향산체를 본받아 지음」(老人一快事六首 效香山體) 제5수, 『여유당전서』I, 제1집 권6 송파수작松坡酬酢, 한국문집총간 281, 민족문화추진회, 2002.

5) 진관秦觀 저, 서배균徐培均 전주箋注, 「춘일」春日 5수, 『회해집전주』淮海集箋注 권10, 上海古籍出版社, 1994.

6) 원호문元好問, 「시를 논함, 30수」(論詩三十首, 「논시절구」論詩絶句), 『유산선생집』遺山先生集 권11, 사부총간본; 『원호문시편년교주』元好問詩編年校注, 狄寶心 교주, 中國古典文學基本叢書, 中華書局, 2011.

7) 한유, 「감이조부」感二鳥賦, 『한유전집교주』권1, 四川大學出版社, 1996.

8) 한유, 「나무 거사에 쓴 2수」(題木居士二首), 『한유전집교주』권9, 四川大學出版社, 1996.

9) 한유, 「영정행」永貞行, 『한유전집교주』권3, 四川大學出版社, 1996.

10) 김만중 저, 심경호 역, 『서포만필』西浦漫筆 하, 한국고전문학대계 2, 문학동네, 2011

11)　한유, 「병조의 정씨에게 주다」(贈鄭兵曹), 『한유전집교주』 권3, 四川大學出版社, 1996.

12)　한유, 「추회시 11수」秋懷詩十一首 제11수, 『한유전집교주』 권1, 四川大學出版社, 1996.

13)　한유, 「견흥」遣興(「원흥」遠興), 『한유전집교주』 권9, 四川大學出版社, 1996.

14)　한유, 「논불골표」論佛骨表, 『한유전집교주』 권39, 四川大學出版社, 1996.

15)　한유, 「좌천되어 남관에 이르러 조카손자 한상에게 보여 준다」(左遷至藍關示姪孫湘), 『한유전집교주』 권10, 四川大學出版社, 1996.

16)　『당재자전』唐才子傳 권8, '준순주를 만들 줄도 알거니와, 경각화도 피울 수가 있답니다'(解造逡巡酒, 能開頃刻花), 傅璇琮 주편, 『당재자전교전』唐才子傳校箋, 北京: 中華書局, 1987.

17)　한유, 「쌍조」雙鳥, 屈守元·常思春 주편, 『한유전집교주』 권5, 四川大學出版社, 1996.

18)　한유, 「코 골며 자는 것을 조롱하다」(嘲鼾睡), 『동아당창려집주』東雅堂昌黎集註 유문遺文, 문연각사고전서본.

19)　한유, 「산남서도절도사 정 상공(정여경鄭餘慶)이 전 검교수부원외랑 번소술樊紹述(번종사樊宗師) 군과 수답하며 그 끄트머리에 모두 날 보고 싶다고 한 말이 있었는데 번 군이 봉함으로 내게 보여 주었기에 그것에 의거하여 14운의 시를 지어 바친다」(山南鄭相公與樊員外醻答爲詩 其末咸有見及語 樊封以示愈 依賦十四韻以獻), 『한유전집교주』 권7, 四川大學出版社, 1996.

20)　한유, 「배 상공이 동쪽으로 정벌하러 가면서 여궤산 아래를 지나가다가 지은 시에 삼가 화운함」(奉和裴相公東征塗經女几山下作), 『한유전집교주』 권10, 四川大學出版社, 1996.

21)　한유, 「단등경가」短燈檠歌, 『한유전집교주』 권5, 四川大學出版社, 1996.

22)　한유, 「술잔을 잡고」(把酒), 『한유전집교주』 권9, 四川大學出版社, 1996.

23)　한유, 「잡시 4수」雜詩四首, 『한유전집교주』 권7, 四川大學出版社, 1996.

24)　한유, 「혹독한 추위」(苦寒), 『한유전집교주』 권4, 四川大學出版社, 1996.

25)　한유, 「눈을 노래하여 장적에게 주다」(詠雪贈張籍), 『한유전집교주』 권9, 四川大學出版社, 1996.

26)　한유, 「추회시 11수」秋懷詩十一首 제4수, 『한유전집교주』 권1, 四川大學出版社, 1996.

27)　한유, 「후희가 왔기에 기뻐하며 장적과 장철에게 주다」(喜侯喜至贈張籍張徹), 『한유전집교주』 권2, 四川大學出版社, 1996.

28)　한유, 「도원도」桃源圖, 『한유전집교주』 권3, 四川大學出版社, 1996.

29)　도연명, 「도화원기」桃花源記, 『도연명집』陶淵明集 권5 잡문, 문연각사고전서본.

30)　한유, 「등주의 경계에 머물며」(次鄧州界), 『한유전집교주』 권10, 四川大學出版社, 1996.

31) 한유, 「증강 어구에서 묵고는 조카손자 한상에게 적어 보임, 2수」(宿曾江口示姪孫湘二首) 제1수, 『한유전집교주』 권6, 四川大學出版社, 1996.

32) 한유, 「이른 봄에 수부원외랑 장 십팔에게 드림, 2수」(早春呈水部張十八員外二首) 제1수, 『한유전집교주』 권10, 四川大學出版社, 1996.

33) 한유, 「추회시 11수」 제9수, 『한유전집교주』 권1, 四川大學出版社, 1996.

34) 한유, 「고의」古意, 『한유전집교주』 권3, 四川大學出版社, 1996.

35) 한유, 「병중에 장 십팔(장적張籍)에게 준 시」(病中贈張十八), 『한유전집교주』 권5, 四川大學出版社, 1996.

36) 목화木華, 「해부」海賦, 『문선』文選 권12, 문연각사고전서본.

37) 한유, 「강릉으로 부임하는 도중에 왕 이십 보궐(왕애王涯), 이 십일 습유(이건李建), 이 이십육 원외(이정李程) 세 학사에게 부친 시」(赴江陵途中寄贈王二十補闕李十一拾遺李二十六員外三學士), 『한유전집교주』 권1, 四川大學出版社, 1996.

38) 『공총자』孔叢子 권상卷上 「항지」抗志 제10, 문연각사고전서본.

39) 한유, 「선비를 천거함」(薦士), 『한유전집교주』 권2, 四川大學出版社, 1996.

40) 한유, 「후 참모(후계侯繼)가 하중의 군막으로 가는 것을 전송하며」(送侯參謀赴河中幕), 『한유전집교주』 권4, 四川大學出版社, 1996.

41) 장작張鷟 찬, 『조야첨재』朝野僉載 권4, 中華書局 배인排印, 1970.

42) 한유, 「석류꽃」(榴花), 『한유전집교주』 권9, 四川大學出版社, 1996.

43) 한유, 「청룡사에 노닐며 최군 보궐에게 드리다」(遊青龍寺贈崔君補闕. 崔君을 다른 곳에서는 崔太라 했음), 『한유전집교주』 권4, 四川大學出版社, 1996.

44) 한유, 「신묘년 첫눈」(辛卯年雪), 『한유전집교주』 권5, 四川大學出版社, 1996.

45) 한유, 「도리꽃, 2수」(李花二首), 『한유전집교주』 권5, 四川大學出版社, 1996.

46) 한유, 「후 십일(후회侯喜)과 함께 등잔불꽃을 노래하다」(詠燈花同侯十一), 『한유전집교주』 권10, 四川大學出版社, 1996. "囊(어떤 텍스트에는 黃)裏排金粟, 釵頭綴玉蟲."

47) 한유, 「노동에게 부치다」(寄盧仝), 『한유전집교주』 권5, 四川大學出版社, 1996.

48) 노동盧仝, 「월식시」月蝕詩, 『어정전당시』御定全唐詩 권387, 문연각사고전서본.

49) 한유, 「팽성으로 돌아가다」(歸彭城), 『한유전집교주』 권2, 四川大學出版社, 1996.

50) 한유, 「취해서 장 비서에게 주다」(醉贈張秘書), 『한유전집교주』 권2, 四川大學出版社, 1996.

51) 한유, 「최 이십육 입지에게 부치는 시」(寄崔二十六立之詩), 『한유전집교주』 권5, 四川大學出版社, 1996.

52) 한유, 「맹선생시」(孟生詩), 『한유전집교주』 권5, 四川大學出版社, 1996.

53) 한유, 「영 악사가 거문고 켜는 것을 듣고」(聽穎師彈琴), 『한유전집교주』 권5, 四川大學出版社, 1996.

54) 한유, 「현재유회」縣齋有懷, 『한유전집교주』 권2, 四川大學出版社, 1996.

55) 한유, 「장적을 놀리다」(調張籍), 『한유전집교주』 권5, 四川大學出版社, 1996.

56) 한유, 「황보식의 ‘공안원지시’를 읽고 쓴 독후감시」(讀皇甫湜公安園池詩書其後), 『한유전집교주』 권6, 四川大學出版社, 1996.

57) 한유, 「박탁행」剝啄行, 『한유전집교주』 권4, 四川大學出版社, 1996.

58) 한유, 「따라 노니는 사람에게 준다」(贈同游), 『한유전집교주』 권9, 四川大學出版社, 1996.

59) 한유, 「잡시」雜詩, 『한유전집교주』 권5, 四川大學出版社, 1996.

60) 한유, 「남계에 처음 배를 띄우고, 3수」(南溪始泛三首), 『한유전집교주』 권7, 四川大學出版社, 1996.

61) 소식, 「안국사에서 봄 풍광을 찾아」(安國寺尋春), 『동파전집』東坡全集 권11, 문연각사고전서본(蔡上英 간본).

한유 사유의 시적 구조화

1) 한유, 「원화성덕시」元和聖德詩, 屈守元·常思春 주편, 『한유전집교주』 권1, 四川大學出版社, 1996.

2) 한유, 「석고가」石鼓歌, 『한유전집교주』 권5, 四川大學出版社, 1996.

3) 위응물韋應物, 「석고가」石鼓歌, 『위소주집』韋蘇州集 권9, 문연각사고전서본.

4) 소식, 「석고」石鼓(「후석고가」後石鼓歌), 『동파전집』東坡全集 권1; 『소식시집』, 北京: 中華書局, 1982.

5) 이장우李章佑, 『한유의 고시 용운用韻』, 영남대학교출판부, 1982, pp.100~104.

6) 한유, 「남산」南山, 『한유전집교주』 권1, 四川大學出版社, 1996.

7) 구조오仇兆鰲, 『두시상주』杜詩詳注, 부편附編: 심병손沈炳巽 저, 이장우李章佑 역, 『한유시 이야기—『속당시화』續唐詩話 한유韓愈 조』, 대한교과서주식회사, 1988, pp.281~283.

8) 이익李瀷, 『성호사설』星湖僿說 제28권 시문문詩文門 ‘남산시’南山詩. 한국고전번역원 제공 번역문.

9) 한유, 「장철에게 답한다」(答張徹), 『한유전집교주』 권2, 四川大學出版社, 1996.

10) 『몽구집주』蒙求集註 권하卷下 '육항상약'陸抗嘗藥, 문연각사고전서본.

11) 『춘추좌씨전』春秋左氏傳 양공襄公 14년. '공손정公孫丁과 윤공타尹公佗'.

12) 한유, 「취해서 장 비서에게 주다」(醉贈張祕書), 『한유전집교주』 권2, 四川大學出版社, 1996.

13) 한유·맹교孟郊, 「성남연구 153운」城南聯句一百五三韻, 『한유전집교주』 권8, 四川大學出版社, 1996.

14) 한유·헌원미명軒轅彌明, 「석정연구시서」石鼎聯句詩序, 『한유전집교주』 권21, 四川大學出版社, 1996.

15) 한유, 「부가 성남에서 글 읽는다기에」(符讀書城南), 『한유전집교주』 권6, 四川大學出版社, 1996.

16) 한유, 「자식에게 보여 준다」(示兒), 『한유전집교주』 권7, 四川大學出版社, 1996.

17) 이한李漢, 「창려선생집서」昌黎先生集序, 『동아당창려집주』東雅堂昌黎集註 권수卷首, 사고당인문집총간四庫唐人文集叢刊. (송)요영중廖瑩中 집주集注, 上海古籍出版社, 1993.

18) 진관秦觀 저, 徐培均 전주箋注, 「한유론」韓愈論, 『회해집전주』淮海集箋注 권22, 上海古籍出版社, 1994.

19) 진선陳善, 『문슬신어』捫虱新語, 陳繼儒 編, 寶顔堂秘笈, 上海: 文明書局, 1922.

왕사진 상념의 정화

1) 김정희金正喜 수정手訂, 심의평沈宜平 사사寫, 『정화선존』精華選存, 일본 東洋文庫 소장.

2) 왕사진王士禛(왕사정王士禎) 저, 程哲 교편校編, 『대경당전집』帶經堂全集, 錦文堂, 1921.

3) 엄우嚴羽 저, 郭紹虞 교석校釋, 『창랑시화교석』滄浪詩話校釋, 郭紹虞, 羅根澤 주편主編, 『중국고전문학이론비평전저선집』中國古典文學理論批評專著選輯, 人民文学出版社, 1961.

4) 왕사진, 『당현삼매집』唐賢三昧集, 문연각사고전서본 제1441책 집부集部 380 총집류總集類—제1470책 집부 409 총집류, 臺灣: 商務印書館 영인.

5) 왕사진, 『왕어양시화』王漁洋詩話, 臺北: 廣文書局, 民國 71(1982).

6) (청淸) 손연규孫聯奎, 양정지楊廷芝 저, 孫昌熙, 劉淦 교점校點, 『사공도 시품 해설 2종』司空圖詩品解說二種, 齊魯書社, 1980.

7)   왕사진 편, 吳鷗 교점, 『당인만수절구선』唐人萬首絶句選, 新世紀萬有文庫 제4집, 遼寧教育出版社, 2000.

8)   홍매洪邁 편, 霍松林 주편主編, 『만수당인절구 교주집평』萬首唐人絶句 校註集評, 山西人民出版社, 1991.

9)   왕사진, 「추류」秋柳 4수, 『어양산인정화록』漁洋山人精華錄 권5, 사부총간본 275 집부집部, 上海書店, 1989. 3; 『어양정화록집석』漁洋精華錄集釋 권1, 중국고전문학총서中國古典文學叢書, 上海古籍出版社, 1999.

10) 왕사진, 「고우에서 빗속에 정박하다」(高郵雨泊), 『어양산인정화록』 권5, 사부총간본, 上海書店, 1989. 3; 『어양정화록집석』 권1, 上海古籍出版社, 1999.

11) 왕사진, 「청산」靑山, 『어양산인정화록』 권5, 사부총간본; 『어양정화록집석』 권1, 上海古籍出版社, 1999.

12) 왕사진, 「비릉으로부터 돌아가는 배 안에서」(毗陵歸舟), 『어양산인정화록』 권1, 사부총간본; 『어양정화록집석』 권1, 上海古籍出版社, 1999.

13) 왕사진, 「밤비 속에 한산사에서 시를 써서 서초 형(왕사록王士祿)과 예길 형(왕사희王士禧)에게 보내는 2수」(夜雨題寒山寺 寄西樵禮吉 二首), 『어양산인정화록』 권5, 사부총간본; 『어양정화록집석』 권2, 上海古籍出版社, 1999.

14) 장계張繼, 「풍교에서 밤에 정박하여」(楓橋夜泊), 『전당시』全唐詩 권242, 北京: 中華書局, 1985.

15) 왕사진, 「혜산 아래 추류기를 방문하며」(惠山下鄒流綺過訪), 『어양산인정화록』 권5, 사부총간본; 『어양정화록집석』 권2, 上海古籍出版社, 1999.

16) 왕사진, 「진회잡시 14수」秦淮雜詩十四首, 『어양산인정화록』 권5, 사부총간본; 『어양정화록집석』 권2, 上海古籍出版社, 1999.

17) 왕사진, 「파교에서 아내에게 부친 2수」(灞橋寄內二首), 『어양산인정화록』 권6, 사부총간본; 『어양정화록집석』 권2, 上海古籍出版社, 1999.

18) 왕사진, 「도망시 26수」悼亡詩二十六首(「장의인을 곡하며 지음」哭張宜人作), 『어양산인정화록』 권8, 사부총간본; 『어양정화록집석』 권7, 上海古籍出版社, 1999.

19) 왕사진, 「진주 절구 5수」眞州絶句五首, 『어양산인정화록』 권5, 사부총간본; 『어양정화록집석』 권2, 上海古籍出版社, 1999.

20) 옹방강翁方綱 찬, 『왕문간고시평측론』王文簡古詩平仄論, 『청시화』淸詩話 13, 上海古籍出版社, 1982. 2.

21) 왕사진, 「칠반령」七盤嶺, 『어양산인정화록』 권2, 사부총간본; 『어양정화록집석』 권5, 上海

古籍出版社, 1999.

22) 왕사진, 「비 내린 후 관음문에서 강을 건너며」(雨後觀音門渡江), 『어양산인정화록』 권5, 사부총간본; 『어양정화록집석』 권1, 上海古籍出版社, 1999.

23) 왕사진, 『지북우담』池北偶談 권7, 「소문손선생언행」蘇門孫先生言行(蘇門孫徵君鍾元先生奇逢). "人生最繫戀者過去, 最冀望者未來, 最悠忽者見在. 夫過去已成逝水, 勿容繫也. 未來茫如捕風, 勿容冀也. 獨此見在之頃, 或窮或通, 時行時止, 自有當然之道, 應盡之心. 乃悠悠忽忽, 姑俟異日, 諉責他人, 歲月虛擲, 良可浩嘆."

24) 신위申緯, 「후추류시 병서」後秋柳詩幷序 20수, 『경수당전고』警修堂全藁 책15, 맥록貊錄 2(무인년 7월부터 12월), 한국문집총간 291, 민족문추진회, 2002.

25) 왕사진, 『지북우담』 권18, 「조선채풍록」朝鮮採風錄, 문연각사고전서본.

26) 박제가朴齊家, 「장난삼아 왕어양의 '세모 회인'을 모방한다」(戱倣王漁洋歲暮懷人), 『정유각집』貞蕤閣集 초집初集, 한국문집총간 261, 민족문화추진회, 2001; 정민·이승수·박수밀 역, 『정유각집: 북학파의 선구 초정 박제가 전집』, 돌베개, 2010.

27) 박제가, 「속회인시」續懷人詩, 『정유각집』 4집, 한국문집총간 261, 민족문화추진회, 2001.

28) 이상적李尙迪, 「속회인시」續懷人詩, 『은송당집』恩誦堂集, 속집 권4 시(정사년), 한국문집총간 312, 민족문화추진회, 2003.

29) 김석준金奭準, 『홍약루회인시록』紅藥樓懷人詩錄(『회인시록』懷人詩錄), 전사자본全史字本, 고종 6년(1869) 간행, 고려대학교 도서관 소장.

30) 남공철南公轍, 「이원리(현수)에게」(與李元履顯綏), 『금릉집』金陵集 권10 척독집尺牘集, 한국문집총간 272, 민족문화추진회, 2001.

31) 신광수申光洙, 「등악양루탄관산융마」登岳陽樓歎關山戎馬(「관산융마」關山戎馬), 『석북과시집』石北科詩集, 성균관대학교 도서관 소장.

32) 심경호, 『한시의 세계』, 문학동네, 2006, 제12장 '격조格調와 신운神韻, 그리고 성령性靈' 참조.

33) 정약용, 「노인의 유쾌한 일 6수, 향산체를 본받아 지음」(老人一快事六首 效香山體) 제5수, 『여유당전서』與猶堂全書 I, 제1집 권6 송파수작松坡酬酢, 한국문집총간 281, 민족문화추진회, 2002.

34) 왕사진, 「적구도」摘句圖, 『지북우담』 권13; 『청사고』淸史稿 권484. "十八年, 召試鴻博, 授翰林院侍講, 纂修明史, 典試河南. 二十二年, 轉侍讀, 尋病卒. 閏章之學, 以體仁爲本. 置義田, 贍族好, 扶掖後進. 爲文意樸而氣靜, 詩與宋琬齊名. 王士禎愛其五言詩, 爲作摘句圖."

35) 김정희,「복초재적구」復初齋摘句; 이유원李裕元, 『임하필기』林下筆記 제34권 화동옥삼편 華東玉糝編 『복초재집』復初齋集의 선본選本 두 가지」. "추사秋史는 대궐의 직소直所에 있을 때 창포절菖蒲節(음력 5월 5일)부터 『복초재집』을 교정하기 시작해서 관련절觀蓮節 (음력 6월 24일)에 이르러서 끝냈는데, 다만 칠언 율시 100수를 뽑았을 뿐이다. 신자하申 紫霞(신위申緯)는 각체를 모두 뽑되 여러 번 바꾸고 나서야 그만두었다. 이 두 본이 세상에 나돈다."

고계 서른아홉 살의 내면

1) 김동인金東仁, 『운현궁雲峴宮의 봄』, 매일신보사每日新報社, 1951.

2) 이병주李炳注, 『포은 정몽주』, 서당, 1989.

3) 허균許筠, 『한정록』閑情錄 제2권, '오종선吳從先 『소창청기』小窓淸記 인용', 『성소부부고』惺所覆瓿藁, 한국고전번역원 제공 번역문.

4) 고계高啓, 「매화 9수」梅花九首 제9수, 『대전집』大全集 권15, 문연각사고전서본.

5) 두보, 「배적이 촉주의 동정에 올라 손님을 전송하다가 이른 매화가 핀 것을 보고 내가 그리워졌다면서 부친 시에 화운함」(和裴迪登蜀州東亭送客逢早梅相憶見寄), 구조오仇兆鰲, 『두시상주』杜詩詳注 권9, 中華書局, 1979.

6) 芥川龍之介, 「매화에 대한 감정」(梅花に対する感情), 『아쿠타가와 류노스케 전집』芥川龍之介全集 제10권, 岩波書店, 1996.

7) 고계, 「궁녀도」宮女圖・「화견」畫犬; 『명사』明史 권285 고증考證. "高啓傳. 啓嘗賦詩有所諷刺, 帝嗛之. 臣章宗瀛按, 『靜志居詩話』, 啓嘗作題「宮女圖詩」有云: '小犬隔花空吠影, 夜深宮禁有誰來', 爲明祖所猜, 其賈禍, 蓋以此. 即傳所謂賦詩諷刺也. 謹附考."

8) 이덕무李德懋, 「시관소전」詩觀小傳, 『청장관전서』靑莊館全書 제24권 편서잡고編書雜稿 4, 한국고전번역원 제공 번역문.

9) 고계, 「청구자가」靑邱子歌, 『대전집』大全集 권11, 문연각사고전서본.

10) 장유張維, 「구염자자찬」臞髥子自贊, 『계곡집』谿谷集 권2, 한국문집총간 92, 민족문화추진회, 1988; 『국역 계곡집』, 민족문화추진회, 1995~1996.

11) 森鷗外, 「청구자가」靑邱子歌, 『구외전집』歐外全集 19권, 岩波書店, 1973.

12) 入谷仙介 주, 吉川幸次郎・小川環樹 편집, 『고계』高啓, 『중국시인선집』中國詩人選集 2집 2, 岩波書店, 1962년 4월 1쇄.

13) 고계, 「장창병 이른다고 듣고 월성을 나와 밤에 감산에 투숙하다」(聞長槍兵至出越城夜投龕山),『대전집』권3.

14) 고계, 「봉구전장을 지나며」(過奉口戰場),『대전집』권3.

15) 고계, 「조선아가」朝鮮兒歌,『대전집』권2.

16) 한치윤韓致奫,『해동역사』제51권, 「예문지」藝文志.

17) 고계, 「내 수심」(我愁),『대전집』권4.

18) 『사고전서총목』四庫全書總目 권169 '大全集十八卷'(副都御史黃登賢家藏本), 문연각사고전서본.

19) 고계, 「전가행」田家行,『대전집』권2.

20) 고계, 「양잠사」養蠶詞,『대전집』권2.

21) 고계, 「금릉 우화대에 올라 대강(장강)을 바라보며」(登金陵雨花臺望大江),『대전집』권11.

22) 고계, 「이 사군이 해창으로 주둔하러 가는 것을 전송하며」(送李使君鎭海昌),『대전집』권15.

23) 고계, 「벼 베기를 구경하며」(看刈禾),『대전집』권7.

24) 고계, 「호 아무개 은둔자를 방문하러 가는 길」(尋胡隱君),『대전집』권16.

25) 옹도雍陶, 「성서로 친구의 별장을 방문하다」(城西訪友人別墅), 주필周弼,『삼체시』三體詩; 심경호,『한시의 세계』, 문학동네, 2003.

26) 고계, 「오 수재를 만났다가 다시 장강을 따라 돌아가는 것을 전송하면서」(逢吳秀才復送歸江上),『대전집』권17.

27) 이덕무, 「영접시」咏蝶詩,『청장관전서』青莊館全書 제69권 '한죽당섭필'寒竹堂涉筆 하, 한국고전번역원 제공 번역문.

28) 고계, 「백련사에서 '두 진사가 내가 방문하자 기뻐하며 옛이야기를 하면서 지은 시'에 차운하다」(白蓮寺次韻杜進士喜余見過話舊之作),『대전집』권14.

29) 고계, 「늦은 봄의 서쪽 동산」(春暮西園·「서원즉사」西園卽事),『대전집』권18.

30) 고계, 「물새 사냥 노래」(射鴨詞),『대전집』권2.

31) 고계, 「제사녀도시」題仕女圖詩, 중국 고궁박물관 소장 〈사녀도〉仕女圖.

32) 육훈陸勳,『집이지』集異志, 왕운오王雲五 주편, 총서집성초편叢書集成初編 2701, 商務印書館, 1939.

33) 고계, 「군치상량」郡治上梁,『대전집』권15.

1) 도연명陶淵明, 「귀거래사」歸去來辭, 『전주도연명집』箋注陶淵明集 권5, 사부총간 정편 30, 臺北: 商務印書館, 1981 영인.

2) 도연명, 「의고」擬古, 『전주도연명집』 권4, 사부총간본.

3) 興膳宏, 『(욕탕에서 읽는) 도연명』(風呂で読む陶淵明), 世界思想社, 1998.

4) 興膳宏 역주, 『문경비부론』文鏡秘府論, 『홍법대사공해전집』弘法大師空海全集 제5권, 筑摩書房, 1986, 복간 2001.

5) 高橋和己, 『슬픔의 그릇』(悲の器), 『高橋和巳作品集』 2, 河出書房新社, 1971.

6) 도연명, 「사시」四時, 『전주도연명집』 권3, 사부총간본.

7) 도연명, 「사천에 노닐며」(游斜川), 『전주도연명집』 권2, 사부총간본.

8) 도연명, 「잡시」雜詩 12수, 『전주도연명집』 권4, 사부총간본; 『고문진보』古文眞寶 전집前集.

9) 도연명, 「방 참군에게 답하다, 병서」(答龐參軍幷序), 『전주도연명집』 권2, 사부총간본.

10) 도연명, 「경술년 9월 중에 서쪽 밭에서 올벼를 수확하면서」(庚戌歲九月中於西田穫早稻), 『전주도연명집』 권3, 사부총간본.

11) 도연명, 「초나라 곡조의 원망시, 방 주부와 등 치중에게 보이다」(怨詩楚調示龐主簿鄧治中), 『전주도연명집』 권2, 사부총간본.

12) 도연명, 「음주」飮酒 제8수, 『전주도연명집』 권3, 사부총간본.

13) 도연명, 「음주」 제14수, 『전주도연명집』 권3, 사부총간본.

14) 郭紹虞(1893~1984), 「도집고변」陶集考辨, 『조우실고전문학논집』照隅室古典文學論集 상, 제2판, 上海古籍出版社, 2009.

15) 『전주정절선생집』箋註靖節先生集 10권 2책, 1583년(선조 16) 재주갑인자(경진자) 간행. 이 책은 명나라 이공환李公煥의 편집을 저본으로 삼았는데, 끝에는 1583년 우리나라의 정유길鄭惟吉(1515~1588)이 쓴 발문이 있다.

16) 유형원柳馨遠, 『도정절집』陶靖節集(1669년 가을), 필사본, 수경실修綆室 소장; 박철상, 「반계 유형원이 엮은 『도정절집』과 그의 일민의식逸民意識」, 『한국실학연구』 11, 2006, pp. 217~238.

17) 도연명, 「귀원전거」歸園田居 6수, 『전주도연명집』 권2, 사부총간본.

18) 굴원, 「어부사」魚父辭, 왕일王逸 장구章句, 홍흥조洪興祖 보주補注, 『초사보주』楚辭補注, 臺北: 商務印書館, 1981.

19) 도연명, 「음주」飮酒 제5수, 『전주도연명집』 권3, 사부총간 정편 30, 臺北: 商務印書館, 1981 영인; 「잡시」雜詩, 『고문진보』 전집.

20) 도연명, 「한정부」閑情賦, 『전주도연명집』 권6, 사부총간본.

21) 장형張衡, 「정정부」定情賦, 장보張溥 집집, 『한위육조백삼가집』漢魏六朝百三家集 권14(『한장형집』漢張衡集), 문연각사고전서본.

22) 도연명, 「산해경을 읽고」(讀山海經) 13수, 『전주도연명집』 권4, 사부총간본.

23) 도연명, 「걸식」乞食, 『전주도연명집』 권2, 사부총간본.

24) 도연명, 「영빈사」詠貧士, 『전주도연명집』 권4, 사부총간본.

25) 도연명, 「초나라 곡조의 원망시」(怨詩楚調), 『전주도연명집』 권2, 사부총간본.

26) 한유, 「왕함 수재를 전송하는 글」(送王含秀才序), 『오백가주창려문집』 권20; 屈守元·常思春 주편, 『한유전집교주』 권3, 成都: 四川大學出版社, 1996. "吾少時讀「醉鄕記」, 私怪隱居者, 而無所累於世, 而猶有是言, 豈誠旨於味邪? 及讀阮籍陶潛詩然後, 乃知彼雖偃蹇不欲與世接, 然猶未能平其心, 或爲事物是非相感發於是有託而逃焉者也."

27) 이황李滉, 「도연명 문집의 '이거'에 차운함」(和陶集移居韻) 2수, 『퇴계집』退溪集 권1 시詩, 한국문집총간 29, 민족문화추진회, 1988; 이황, 「도연명 문집의 '음주'에 차운함」(和陶集飮酒) 20수, 『퇴계집』 권1 시, 한국문집총간 29, 민족문화추진회, 1988.

28) 유영劉伶, 「주덕송」酒德頌, 『진서』晉書 권49 「유영전」劉伶傳, 北京: 中華書局, 1993.

29) 정도전鄭道傳, 「동정(염흥방廉興邦)의 도연명 시 후서를 읽고」(讀東亭陶詩後序), 『삼봉집』三峯集 권4; 서거정 외, 『동문선』東文選 권89, 한국고전번역원 제공 번역문; 정도전 저, 심경호 역, 『삼봉집』, 한국고전선집 1, 한국고전번역원, 2013.

30) 도연명, '무현금'無絃琴, 『진서』晉書 권94 「도잠」陶潛. "不解音而畜素琴一張, 絃徽不具, 每朋酒之會, 則撫而和之曰: '但識琴中趣, 何勞絃上聲!'"

31) 이규보李奎報, 「도잠찬 병서」陶潛贊幷序, 『동국이상국집』東國李相國集 권19 잡저雜著 찬贊, 한국문집총간 1, 민족문화추진회, 1988; 서거정 외, 『동문선』 제50권, 한국고전번역원 제공 번역문.

32) 도연명, 「형영신」形影神 3수(「육신이 그림자에게」形贈影, 「그림자가 육신에게」影答形, 「정신이 풀이한다」神釋), 『전주도연명집』 권2, 사부총간본.

33) 도연명, 「의만가사」擬挽歌辭 3수, 『전주도연명집』 권4, 사부총간본.

34) 도연명, 「자제문」自祭文, 『전주도연명집』 권8, 사부총간본.

35) 이황, 「자명」自銘, 『퇴계집』 퇴계선생연보退溪先生年譜 권3, 부록附錄 「묘갈명」墓碣銘(先生自銘, 高峯奇大升叙其後); 심경호, 『내면기행: 선비들 스스로 묘지명을 쓰다』, 이가서,

2007.

36) 『시화총귀』詩話總龜 권25 '황정견黃庭堅, 자첨적남해子瞻謫南海', 문연각사고전서본; 소식, 「화귀거래혜사」和歸去來兮辭, 『동파전집』東坡全集 권32; 『소식시집』, 北京: 中華書局, 1982.

37) 이인로李仁老, 「화귀거래사」和歸去來辭, 서거정徐居正 외, 『동문선』 제1권, 한국고전번역원 제공 번역문.

38) 김시습, 「고금군자은현론」古今君子隱現論, 『매월당집』梅月堂集 권18 논론, 한국문집총간 13, 민족문화추진회, 1988.

39) 허균, 「도원량 귀거래사에 화운함, 병인」(和陶元亮歸去來辭 幷引), 『성소부부고』惺所覆瓿稿 권3 부부부賦部 사辭, 한국문집총간 74, 민족문화추진회, 1988. 한국고전번역원 제공 번역문.

도연명 언술의 자유

1) 가브리엘 가르시아 마르께스Gabriel Jose García Márquez, 『백년 동안의 고독』, 1982; 조구호 옮김, 민음사, 2000.

2) 탕한湯漢, 『도정절선생시주』陶靖節先生詩註, 고일총서古逸叢書 3편 32, 中華書局, 1988(據北京圖書館藏宋朝刻本原大影印).

3) 도연명, 「술주」, 『전주도연명집』 권3; 李長之(張芝) 저, 松枝茂夫·和田武司 역, 『陶淵明』, 筑摩書房, 1966, pp.236~241.

4) 김종직金宗直, 「도연명의 '술주'에 화운한다」(和陶淵明述酒), 『점필재집』佔畢齋集 권11, 한국문집총간 12, 민족문화추진회, 1988. 한국고전번역원 제공 번역문; 심경호, 「점필재와 그 문인들의 한시에 대하여」, 밀양문화원 편, 『김종직의 사상과 문학』, 2005. 12. 22, pp. 254~296; 이구의, 「점필재 김종직의 '화도연명술주'和陶淵明述酒 시에 나타난 자아의 정신」, 『한국사상과 문화』 52, 한국사상문화학회, 2010.

5) 김종직, 「조의제문」弔義帝文, 『점필재집』 부록 사적事蹟 무오사화사적戊午史禍事蹟 '홍치 11년 무오(1498) 연산군燕山君 4년', 한국문집총간 12, 민족문화추진회, 1988. 한국고전번역원 제공 번역문.

6) 남곤南袞, 「유자광전」柳子光傳, 허봉許篈, 『해동야언』海東野言 2, 『대동야승』大東野乘 수록. 한국고전번역원 제공 번역문.

7)　『연산군일기』 권30, 연산군 4년(1498) 음력 7월 17일(신해). 국사편찬위원회 제공 번역문.

8)　김종후金鍾厚, 「애오려기」愛吾廬記, 홍대용, 『담헌서』 외집 부록 '애오려 제영'愛吾廬題
詠, 홍영선洪榮善 편, 신조선사新朝鮮社, 1939년; 한국고전번역원 제공 번역문.

찾아보기

ㄱ

가도賈島 25

가와이 고조河合康三 62

각범선사覺範禪師 303

간문제簡文帝 33, 319

「감이조부」感二鳥賦 170

「강남춘절구」江南春絶句(「강남춘」江南
　春) 55

「강릉으로 부임하는 도중에 왕 이십 보궐
　(왕애王涯), 이 십일 습유(이건李建), 이
　이십육 원외(이정李程) 세 학사에게 부친
　시」(赴江陵途中寄贈王二十補闕李十一拾遺李
　二十六員外三學士) 187

강엄江淹 136

강유姜維 109

「건원 때 동곡현에 부쳐 살면서 지은 노래
　7수」(乾元中寓居同谷縣作歌七首) 91

「걸식」乞食 293

검루黔婁 87

「검문」劍門 97, 109

「견회」遣懷 53

「견흥」遣興(두목 作) 67

「견흥」遣興(한유 作) 174

고개지顧愷之 43

고계高啓(고청구高靑邱) 234~269

「고금군자은현론」古今君子隱現論 303

「고당부」高唐賦 266

『고문진보』古文眞寶 70, 288

고영顧榮 229

「고우에서 빗속에 정박하다」(高郵雨
　泊) 220

「고을 관아에서 홀로 술을 마시며」(郡齋獨
　酌) 66

「고의」古意 185

고젠 히로시興膳宏 271

『곡량전』穀梁傳 126

「공감을 곡하다」(哭孔戡) 75

공손술公孫述 123

공손정公孫丁 208

공자孔子 97, 98, 212, 224, 288, 289,
　307, 329

공제恭帝 310, 315, 316, 325, 326

『공총자』孔叢子 187

곽경순郭景醇(곽박郭璞) 138

곽소우郭紹虞 347, 352

곽자의郭子儀 112

곽태郭泰(곽임종郭林宗) 136

「관군이 하남과 하북을 수복했다는 소식을
  듣고」(聞官軍收河南河北) 114

「관산융마」關山戎馬(「등악양루탄관산융마」登
  岳陽樓歎關山戎馬) 139, 140, 232

광평왕廣平王 112

광형匡衡 126, 127

「구변」九辯 117, 118

구양수歐陽脩 15, 44, 119, 121, 184

「구염자자찬」癯髥子自贊 246

「구일 취음」九日醉吟 79

구조오仇兆鰲 205, 340, 346, 350

『구지필기』仇池筆記 27

「군치상량」郡治上梁 268

굴원屈原 80, 117, 118, 138, 218, 287

「궁녀도」宮女圖 239, 266, 267

「귀거래사」歸去來辭 73, 270, 278, 279,
  282, 283, 302, 303

「귀원전거」歸園田居 283, 285, 286

「그림자가 육신에게」(影答形) 297

「금릉 우화대에 올라 대강(장강)을 바라보
  며」(登金陵雨花臺望大江) 253

기자헌奇自獻 42

「길백도」桔柏渡 97, 108

김굉필金宏弼 283

김동인金東仁 234

김만중金萬重 49, 173

김석준金奭準 231

김시습金時習 42~44, 96, 153, 303

김일손金馹孫 327, 328

김정희金正喜 22, 23, 213~216, 218,
  228, 233

김종직金宗直 323~328

김종후金鍾厚 329, 330

김중희金重熙(신라 헌덕왕憲德王) 71

김창협金昌協 82

ㄴ

나가이 가후永井荷風 238

「나무 거사에 쓴 2수」(題木居士二首) 170,
  172

나카무라 하지메中村元 38, 39

「낙유원에서 그대에게 부침」(樂遊園寄足
  下) 75

남곤南袞 327

남공철南公轍 232

「남산」南山(「남산시」南山詩) 196, 205, 206,
  211, 212

「남산 밭의 노래」(南山田中行) 40

『남송원화록』南宋院畵錄 26

낭담狼膽 231

낭야왕琅琊王 309

「내 수심」我愁(「내 수심은 어디로부터 오는가」

我愁從何來） 240, 248, 251, 268

「노동에게 부치다」(寄盧仝) 190, 192

노래자老萊子 187

노사신盧思愼 328

노산군魯山君(단종) 328

「노인에게 유쾌한 일 6수, 향산체를 본받아

　지음」(老人一快事六首 效香山體) 169

『노자라시 기행』野ざらし紀行 58

「녹두산」鹿頭山 97, 110

「녹채」鹿柴 154

「논불골표」論佛骨表 175

『논어』論語 279, 288, 307

『누강음고』婁江吟藁 240

「눈을 노래하여 장적에게 주다」(詠雪贈張

　籍） 181, 186

「늦은 봄의 서쪽 동산」(春暮西園) 258, 260

　ㄷ

다카하시 가즈미高橋和己 272

「단등경가」短燈檠歌 179

단옥재段玉裁 314

『당인만수절구선』唐人萬首絶句選 218

『당재자전』唐才子傳 176

『당현삼매집』唐賢三昧集 217, 218

『대경당시화』帶經堂詩話 217

「대제곡」大堤曲 29, 36, 41

「대황경」大荒經 291

도간陶侃 277, 310

『도덕경』道德經 289, 294, 304

「도리꽃, 2수」(李花二首) 189

도림선사道林禪師 334

「도망시 26수」悼亡詩二十六首 224, 225

도연명陶淵明(도잠陶潛) 7, 8, 65, 73, 86,

　107, 138, 155, 182, 270~331

「도연명 시 후서」(陶詩後序) 293

「도연명의 '술주'에 화운한다」(和陶淵明述

　酒) 323, 327

『도연명집』陶淵明集 283

「도원도」桃源圖 182

「도원량 귀거래사에 화운함」(和陶元亮歸去來

　辭） 304

「도잠찬 병서」陶潛贊并序 294

『도정절선생시주』陶靖節先生詩註 309

『도정절집』陶靖節集 278

『독두심해』讀杜心解 97

「독맹교시」讀孟郊詩 26

「동곡칠가」同谷七歌 91, 96, 115, 116

「동명왕편」東明王篇 70

「동봉육가」東峰六歌 96

「동파」東坡 13, 15~18, 20, 26

동파거사東坡居士 → 소식蘇軾

〈동파입극상〉東坡笠屐像 23

두강杜康 311

『두륙천선』杜陸千選 139

두목杜牧(두목지杜牧之) 34, 48~67

두보杜甫 6, 7, 34, 45, 49, 78, 90~143,

　162, 176, 196, 212, 232, 254

『두시상주』杜詩詳注 97

『두시언해』杜詩諺解 90

두우杜佑 49, 66

『두율분운』杜律分韻 139

「두율우주서」杜律虞註序 138

「두율우주후서」杜律虞註後序 139

두홍점杜鴻漸 112

「등주의 경계에서 머물며」(次鄧州界) 183

「따라 노니는 사람에게 준다」(贈同游) 191

ㅁ

마르께스Gabriel Jose García Márquez 307

마몽득馬夢得(마정경馬正卿) 16, 17

마쓰오 바쇼松尾芭蕉 58

마에마 교사쿠前間恭作 213~215

『만수당인절구』萬首唐人絶句 218

말진末眞 49

『매월당시사유록』梅月堂詩四遊錄 42, 43

「매화」梅花 235, 238, 240, 248

「매화에 대한 감정」(梅花に対する感情) 237

맹가孟嘉 277

맹교孟郊 24, 25, 187, 190, 209

맹상군孟嘗君 24

「맹상군열전」孟嘗君列傳 24

「맹선생시」(孟生詩) 190

「맹성요」孟城坳 152

맹자孟子 26, 172, 211, 328

맹호연孟浩然 45, 138, 155, 217, 277

모기령毛奇齡 191

모리 오가이森鷗外 246

「목피령」木皮嶺 97, 98

「몽천」夢天 31

무삼사武三思 263, 264

무습謬襲 299

무원형武元衡 74

「무제」無題 53

『문경비부론』文鏡秘府論 271

『문기유림』問奇類林 68, 69

『문선』文選 278, 291

「문잠립이 지은 '춘일' 세 절구에 차운하
다」(次韻文潛立春日三句) 23

문종文種 57

문천상文天祥 96

「물새 사냥 노래」(射鴨詞) 260

미승半勝 311, 317

『미의 역정』美的歷程 137

「미피행」渼陂行 136

민영규閔泳珪 103, 171

민제愍帝 309

ㄹ

리쩌허우李澤厚 137

ㅂ

『박이지』博異志 245

박제가朴齊家 230, 231

박지원朴趾源 50, 51, 230, 238

「박탁행」剝啄行 191

「발동곡현」發同谷縣 97

「발두공부동곡칠가」跋杜工部同谷七歌 96

「밤비 속에 한산사에서 시를 써서 서초 형 (왕사록)과 예길 형(왕사희王士禧)에게 보내는 2수」(夜雨題寒山寺 寄西樵禮吉 二首) 221

방관房琯 91, 126, 127

「방 참군에게 답하다, 병서」(答龐參軍幷序) 275

「배 상공이 동쪽으로 정벌하러 가면서 여궤산 아래를 지나가다가 지은 시에 삼가 화운함」(奉和裴相公東征塗經女几山下作) 179

배면裴冕 111, 112

「배적이 촉주의 동정에 올라 손님을 전송하다가 이른 매화가 핀 것을 보고 내가 그리워졌다면서 부친 시에 화운함」(和裴迪登蜀州東亭送客逢早梅相憶見寄) 236

백거이白居易(백낙천白樂天) 13, 68~89, 223, 334

「백낙천의 '병중십오수'病中十五首에 화답하여 차운하다」(次韻和白樂天病中十五首) 82

『백년 동안의 고독』 307

「백두산 도중」白頭山途中 146

「백련사에서 '두 진사가 내가 방문하자 기뻐하며 옛이야기를 하면서 지은 시'에 차운하다」(白蓮寺次韻杜進士喜余見過話舊之作) 258, 259

「백사도」白沙渡 97, 100

『백씨장경집』白氏長慶集 74

백이伯夷 322

번소樊素 82, 83

번소술樊紹述(번종사樊宗師) 178, 190

『번천문집』樊川文集 55

『번천시집』樊川詩集 55

범려范蠡 56, 57, 321

『법구경』法句經 333

「벼 베기를 구경하며」(看刈禾) 255

「병조의 정씨에게 주다」(贈鄭兵曹) 173

「병중에 장 십팔(장적張籍)에게 준 시」(病中贈張十八) 186

복식卜式(복생卜生) 312, 318

「복초재적구」復初齋摘句 233

「봉구전장을 지나며」(過奉口戰場) 240, 247

「부가 성남에서 글 읽는다기에」(符讀書城南) 210

「북정」北征 196

「비 내린 후 관음문에서 강을 건너며」(雨後觀音門渡江) 228

「비릉으로부터 돌아가는 배 안에서」(毗陵歸舟) 221

「비선각」飛仙閣 97, 103

「비오왕성」悲吳王城 52

「비파행」琵琶行　70, 74, 78, 79

ㅅ

『사고제요』四庫提要　254

사곤謝鯤　43, 44

사공도司空圖　217, 218

『사기』史記　24, 186, 317

〈사녀도〉仕女圖　261, 265

사마광司馬光　27

사마덕문司馬德文　310

사마덕종司馬德宗(안제安帝)　310

사마상여司馬相如　111, 112

사마염司馬炎　309

사마예司馬睿　309

사마의司馬懿　309

사마창명司馬昌明　319

「사비추해」士悲秋解　141

사사명史思明　94

「사시」四時　272, 273

사영운謝靈運　78, 86, 107, 138, 155

「사천에 노닐며」(游斜川)　273

「산거즉사」山居卽事　157

「산남서도절도사 정 상공(정여경鄭餘慶)이
　전 검교수부원외랑 번소술樊紹述(번종
　사樊宗師) 군과 수답하며 그 끄트머리
　에 모두 날 보고 싶다고 한 말이 있었
　는데 번 군이 봉함으로 내게 보여 주었
　기에 그것에 의거하여 14운의 시를 지

어 바친다」(山南鄭相公與樊員外酬答爲詩
　其末咸有見及語 樊封以示愈 依賦十四韻以
　獻)　178, 190

「산석」山石　14, 165, 167, 169, 177, 194

「산에 들어가 성안 친구에게 부치다」(入山
　寄城中故人) → 「종남산 별장」(終山別業)

「산집의 가을이 저물 때」(山居秋暝)　158

『산해경』山海經　291

「산해경을 읽고」(讀山海經)　291, 292, 329

「산행」山行　65, 66

『삼체시』三體詩　157, 257

「상사」相思　161

「상양 백발인」上陽白髮人　223

페킨파David Samuel Peckinpah　330

섀클턴E. Shackleton　237

「서낙시」序洛詩　78

서비徐賁　239

「서액의 초가을 숙직하는 밤 속마음을 적
　다」(西掖早秋直夜書意)　73

『서포만필』西浦漫筆　173

서홍조徐弘祖(서하객徐霞客)　237

「석고가」石鼓歌　197, 195

「석궤각」石櫃閣　97, 106

「석류꽃」榴花　188

「석정연구시」石鼎聯句詩　210

「선비를 천거함」(薦士)　187

「선위조」禪位詔　316

「선위책」禪位策　321

「선주 개원사의 수각(물가 누각)에 쓰다. 수

각 아래 완계에 시내를 끼고 고인들이 살고 있다」(題宣州開元寺水閣 閣下宛溪夾溪故人) 56

설매雪梅 149, 150

『설문해자』說文解字 314

「성 서쪽 언덕(미피)에서 배를 띄우고」(城西陂泛舟) 136

「성남연구」城南聯句 209

「성도기행」成都紀行 96, 97, 112, 115, 116

「성도부」成都府 97, 112

「성서로 친구의 별장을 방문하다」(城西訪友人別墅) 257

『성조풀이』 49

『성호사설』星湖僿說 6, 206

소도성蕭道成 229

소동파蘇東坡 → 소식蘇軾

소릉少陵 → 두보杜甫

소만少蠻 82

소무蘇武 78

소미도蘇味道 188

소소소蘇小小 52

「소소소묘」蘇小小墓 36

「소소소의 노래」 36

소식蘇軾 11~28, 165, 192, 194, 215, 274, 277, 289, 303, 332, 333

소용 우씨昭容牛氏 173

소제昭帝 318

소준蘇峻 310, 324~326

『소창청기』小窓淸記 84, 234, 235

소통蕭統 278, 291

「속회인시」續懷人詩 231

손권孫權 60

손무孫武 63

『손자』孫子 63

손종원孫鍾元 230

손책孫策 60

손치미孫致彌 231

「송별」送別 163

『송서』宋書 320

송옥宋玉 117~119, 138, 266

「송재자제」松齋自題 72

『수경』水經 128

「수궁가」 62

「수성동」水聲洞 44

「수회도」水廻渡(水回渡) 97, 101

숙제叔齊 322

「술잔을 잡고」(把酒) 180

「술주」述酒 310~312, 322~325, 329

숭선사崇禪師 303

「스스로를 푼다」(自解) 82

『슬픔의 그릇』(悲の器) 272

『습유기』拾遺記 58

『시경』詩經 64, 74, 78, 138, 155, 218, 289, 306, 313

『시관』詩觀 239

「시능궁인변」詩能窮人辨 45

「시를 논함, 30수」(論詩三十首) 169

시망柴望 303

『시법해』諡法解 318

시윤장施閏章 233

신광수申光洙 139, 232

「신묘년 첫눈」(辛卯年雪) 189

『신선전』神仙傳 245

「신악부서」新樂府序 74

신운설神韻說 216, 218, 231, 232

『신운집』神韻集 217

신위申緯 230, 232

「신이오」辛夷塢 154

신작申綽 191

신채호申采浩 146, 147

「신현곡」神絃曲 35

심의평沈宜平 213~215

심제량沈諸梁 311, 317

심진沈津 26

『심청전』 62

「쌍조」雙鳥 176

ㅇ

「아방궁부」阿房宮賦 54

「아침 일찍 남일원을 출발하다. 두보의
    '동곡현'에 화운함」(早發南一原和同谷
    縣) 115

「아침에 운모산을 복용하고」(早服雲母
    散) 83

아쿠타가와 류노스케芥川龍之介 237, 238

『악부시집』樂府詩集 30, 33, 149

안경서安慶緒 91, 105

「안국사에서 봄 풍광을 찾아」(安國寺尋
    春) 192

안녹산安祿山 91, 105, 112, 122, 128,
    138, 150, 194

안락安樂 312, 318

「안문태수행」雁門太守行 32, 33

안연지顏淵之 138

안진경顏眞卿 309

안평대군安平大君 71

안회顏回 87, 242

「애오려기」愛吾廬記 329

양기楊基 239

「양류지」楊柳枝 86

양사기楊士奇 138

「양산도」楊山道 51

양웅揚雄 111, 112

「양잠사」養蠶詞 254

「양주몽기」揚州夢記 53

「양주부」揚州賦 315

「양주의 한작 판관에게 부치다」(寄揚州韓綽
    判官) 61

양호羊祜 208, 275

「어부사」漁父辭 287

『어양시화』漁洋詩話 217

『어양정화록』漁洋精華錄 216

『어우야담』於于野談 49

엄광嚴光 157

엄우嚴羽 217, 218

여만如滿 85

여몽령如夢令 27, 332

「여미지서」與微之書 83

「여원구서」與元九書 75

역도원酈道元 128

「연롱한수 월농사하니」 62

『연산군일기』 328

『열녀춘향수절가』 48

『열선전』列仙傳 320

『열자』列子 130

『열하일기』熱河日記 51

염흥방廉興邦 293

영계기榮啓期 87

영릉왕零陵王 310, 311, 315, 317, 318

「영빈사」詠貧士 293

영윤자서令尹子西 317

「영정행」永貞行 173

「영회고적」詠懷古跡 122

「영회시」詠懷詩 87

『예문유취』藝文類聚 315

「예문지」藝文志 251

「예상우의곡」霓裳羽衣曲 86

「오 수재를 만났다가 다시 장강을 따라 돌
　아가는 것을 전송하면서」(逢吳秀才復送歸
　江上) 257

오가와 다마키小川環樹 247

「오강정에 쓰다」(題烏江亭) 60

「오류선생전」五柳先生傳 73

오매촌吳梅村 216

「오반」五盤 97, 104

오종선吳從先 84, 234

「옥수후정화」玉樹後庭花 62

옹도雍陶 257

옹방강翁方綱 226, 233

〈완당선생해천일립상〉阮堂先生海天一笠
　像 22

완원阮元 213

완적阮籍 293

왕돈王敦 309, 324~326

『왕문간고시평측론』王文簡古詩平仄論 226

왕방경王方慶 188

왕방평王方平 245

왕비王㚖 173

왕사록王士祿 216, 217, 221

왕사우王士祐 216

왕사진王士禛(왕사정王士禎, 왕사징王士
　徵) 169, 213~233

왕세정王世貞 239

왕숙문王叔文 173

왕안석王安石 15, 196

왕유王維(왕우승王右丞) 144~164, 138

왕자 진王子晉 312, 320

왕적王勣 80, 87

왕창령王昌齡 217

왕희지王羲之 48

요시카와 고지로吉川幸次郎 247

「용문각」龍門閣 97, 105

우승유牛僧孺　53, 54

우업于鄴　53

『우주두율』虞註杜律　138

우집虞集　138

『운현궁의 봄』　234

원안袁安　236

「원이가 안서로 사신 가는 것을 전송하며」

　　(送元二使安西)　148

원제元帝　309, 310, 314, 315, 319, 326

원진元稹　71, 75, 83

원찬 袁粲　229

원호문元好問　169, 212, 234

「원화성덕시」元和聖德詩　194

「월식시」月蝕詩　190

위개衛玠　267

위관魏觀　239, 267, 268

위숙보衛叔寶　87

위응물韋應物　138, 155, 194, 217, 277

위초韋楚　85

유기劉基　239

유득공柳得恭　230

유량庾亮　43

『유마경』維摩經　147

유몽인柳夢寅　49

유비劉備(소열제昭烈帝)　123

유소劉劭　325, 326

「유순을 전송하면서」(送柳淳)　24

유영劉伶　46, 47, 87, 293

유요劉曜　309

유우석劉禹錫(유몽득劉夢得)　85, 173

유유劉裕　310, 311, 315~318, 321, 323,

　　324, 326, 328

유자광柳子光　327

유종원柳宗元　54, 155, 173, 211, 217,

　　277

유천庾闡　315

유탄劉誕　30

유하劉賀　318

유하혜柳下惠　212

유향劉向　126, 127

유협劉協　317

유형원柳馨遠　278

육기陸機　299

「육신이 그림자에게」(形贈影)　296

육유陸游　139

『육율분운』陸律分韻　139

육항陸抗　208

육훈陸勳　264

윤공타尹公佗　208

윤진胤禛　216

윤필상尹弼商　328

「음주」飮酒　7, 155, 277, 288, 289, 293

「의고」擬古　271

의돈猗頓　242

「의만가사」擬挽歌辭　299

의적儀狄　310, 311

「이거」移居　293

이광사李匡師　139

이광필李光弼 112

이규보李奎報 82, 83, 294

이극돈李克墩 327

이단전李亶佃 44

이덕무李德懋 212, 226, 258

「이른 봄에 수부원외랑 장 십팔에게 드림, 2수」(早春呈水部張十八員外二首) 184

「이른 아침」(早朝) 146

이릉李陵 78

이리야 센스케入谷仙介 247, 248, 251

이백李白 7, 39, 46, 47, 150, 162, 176, 245, 253

이별李鼈 96

이병주李炳注 234, 240, 246~248, 251, 253, 254, 269

이보국李輔國 112

「이 사군이 해창으로 주둔하러 가는 것을 전송하며」(送李使軍鎭海昌) 255

이상은李商隱 39, 53, 307

이상적李尙迪 231

이서구李書九 230

『이소』離騷 78

『이십사시품』二十四詩品 217

『이아』爾雅 191

이언진李彦瑱 216

이옥李鈺 141, 142

이윤伊尹 211

『이은록』吏隱錄 26

이응李膺 136

이익李瀷 6, 23, 206, 207

이인로李仁老 303

「이장길가시원서」李長吉歌詩原序 34

「이장길소전」李長吉小傳 39

이장우李章佑 196

이집李集 240, 251, 253, 269

이춘영李春英 276

이충언李忠言 172

이필李泌 112

이하李賀(이장길李長吉) 29~47

이한李漢 211

이현수李顯綏 232

이황李滉 6, 293, 302

이후백李後白 49, 50

임정기任正基 324

임청대臨淸臺 283

ㅈ

「자각산 북촌에 묵으며」(宿紫閣山北村) 75

「자명」自銘 302

자미子美 → 두보杜甫

「자서」自序(탕한 作) 322

「자식에게 보여 준다」(示兒) 211

「자제문」自祭文 301, 302

자첨子瞻 → 소식蘇軾

잠참岑參 136, 138

「잡시」雜詩(한유 作) 192

「잡시」雜詩(도연명 作) 274, 288

「잡시 4수」雜詩四首　180

장계張繼　221

장량張良　323

장사성張士誠　238, 239, 250, 251, 267

장우張羽　239

장원일張元一　188

장위張褘　310

장유張維　45, 246

「장적을 놀리다」(調張籍)　191

「장진주」將進酒　46

「장창병 이른다고 듣고 월성을 나와 밤에
　감산에 투숙하다」(聞長槍兵至出越城夜投
　龕山)　240, 247

장철張徹　189, 208

「장철에게 답한다」(答張徹)　208

「장한가」長恨歌　70

장형張衡　290

장혼張混　190

「잦은 쾌지나 칭칭나네」　271

저광희儲光羲　277

저연褚淵　229

「적구도」摘句圖　233

「적벽」赤壁　59

「적벽부」赤壁賦　21

적인걸狄仁傑　264

「전가행」田家行　254

전겸익錢謙益　216

『전국책』戰國策　310

전문田雯　215

전종서錢鍾書　40

『전주정절선생집』箋註靖節先生集　278

「절명시」絶命詩　268

정도전鄭道傳　293

정두경鄭斗卿　33

정몽주鄭夢周　234, 240, 247, 248, 251,
　253, 254

「정신이 풀이한다」(神釋)　297

정약용丁若鏞　114, 115, 145, 146, 169,
　191, 226, 232, 272

정약현丁若鉉　145

정여경鄭餘慶　178, 190

정절선생靖節先生 → 도연명陶淵明

「정정부」定情賦　290

정철鄭澈　47

『정화선존』精華選存　213～216, 218

제갈량諸葛亮　124

「제비노정기」　62

「제사녀도시」題仕女圖詩　261～263, 267

「제안의 성루에 적다」(題齊安城樓)　58

「제장」諸將　122

조비曹丕　309, 317

「조선아」朝鮮兒　240

「조선아가」朝鮮兒歌　247, 248

『조선채풍록』朝鮮採風錄　230, 231

『조야첨재』朝野僉載　188

조위曹偉　283

「조의제문」弔義帝文　327, 328

조자건曹子健(조식曹植)　49

조조曹操 60, 63, 309

조집신趙執信 216

「조행」早行 58

조희룡趙熙龍 44

「종남산 별장」(終山別業) 144, 146

종회鍾會 109

「좌천되어 남관에 이르러 조카손자 한상에게 보여 준다」(左遷至藍關示姪孫湘) 175

「주덕송」酒德頌 47, 293

『주역』周易 313

주원장朱元璋 238, 267

주유周瑜 60

주이준朱彝尊 216

주자朱泚 128

주필周弼 157, 257

주희朱熹 95, 96, 137, 171, 191, 277, 293

「죽리관」竹里館 150, 152

『중국시인선집』中國詩人選集 247

『중용』中庸 308

「증강 어구에서 묵고는 조카손자 한상에게 적어 보임, 2수」(宿曾江口示姪孫湘二首) 183

『지북우담』池北偶談 230

〈지푸라기 개〉Straw Dogs 330

진관秦觀 169, 211, 212, 220, 233

진기陳基 52

진민陳敏 229

진사도陳師道 45

『진서』晉書 315, 319

진아교陳阿嬌 263, 264

진우량陳友諒 238

「진주 절구 5수」眞州絶句五首 226

「진중음」秦中吟 75

「진회에 묵으면서」(泊秦淮) 62

「진회잡시 14수」秦淮雜詩十四首 222

『집이지』集異志 264

ㅊ

찬제거사羼提居士 → 왕사진王士禛

『찬주분류두시』纂註分類杜詩 96

『창랑시화』滄浪詩話 217

「창려선생집서」昌黎先生集序 211

창읍왕昌邑王 318

채경蔡經 245

채옹蔡邕 290

천복상암薦福常庵 303

천상병千祥炳 245

『천우기행권』穿牛紀行卷 114

「청계수를 지나며 지은 시」(過靑谿水作) 156

「청구자가」靑邱子歌 239, 240, 246~248

「청룡사에 노닐며 최군 보궐에게 드리다」(遊靑龍寺 贈崔君補闕) 188

「청명」淸明 52

「청산」靑山 220

청상곡淸商曲 30

『청장관전서』青莊館全書　258

『체소집』體素集　276

「초나라 곡조의 원망시」(怨詩楚調)　277,
　293

「초당기」草堂記　84

『초사』楚辭　155, 314

초의선사艸衣禪師　23

「최 이십육 입지에게 부치는 시」(寄崔二十六
　立之詩)　190

「추류」秋柳　218, 230

「추사」秋思　86

「추성부」秋聲賦　119, 121, 184

〈추성부도〉秋聲賦圖　120, 121

추연鄒衍　32, 316

「추회시 11수」秋懷詩十一首　174, 181, 184

「추흥」秋興　121~126, 128~137, 139,
　140, 143

「춘일」春日　169

『춘추』春秋　323, 328

「취음선생전」醉吟先生傳　85, 88, 89

「취해서 장 비서(장철)에게 주다」(醉贈張秘
　書)　190, 209

「취향기」醉鄕記　293

측천무후則天武后　264

「칠반령」七盤嶺　227

「칠불통계게」七佛通誡偈　333

ㅋ

「코 골며 자는 것을 조롱하다」(嘲鼾睡)　177

탈십랑脫十娘　223

탕한湯漢　309, 312, 322, 323, 329

『태평광기』太平廣記　245

「태항로」太行路　76

『통전』通典　49

ㅍ

「파교에서 아내에게 부친 2수」(灞橋寄內二
　首)　223

「팽성으로 돌아가다」(歸彭城)　190

팽소승彭紹升　303

팽조彭祖　298, 299, 312, 322

팽택령彭澤令 → 도연명陶淵明

포기룡浦起龍　97

『포은 정몽주』　234, 240, 247, 248, 251,
　253, 254, 268

포조鮑照　78

「풍교에서 밤에 정박하여」(楓橋夜泊)　221

풍집오馮集梧　55

풍환馮驩　24

ㅎ

하손何遜　235, 236

「하우」賀雨　75

하윤河崙　149

「하처난망주」何處難忘酒　80

한산寒山　7, 155

한유韓愈　14, 32, 39, 54, 165~212, 293

『한정록』閑情錄　70, 83, 234

「한정부」閑情賦　290

한죽당섭필寒竹堂涉筆　258

한치윤韓致奫　251

한치형韓致亨　328

항우項羽　60, 61, 186, 327

「해경」海經　291

『해동역사』海東繹史　251

『향산삼체법』香山三體法　71

「향적사에 들러」(過香積寺)　160

허균許筠　41, 50, 70, 83, 84, 234, 235, 304, 327

허난설헌許蘭雪軒　41, 50

허소치許小痴　22, 23

헌원미명軒轅彌明　210

헌제獻帝　309, 317

현원성조玄遠聖祖　130

「현재유회」縣齋有懷　191

현종玄宗(명황明皇)　70, 91, 94, 112, 130, 132, 147, 150

형가荊軻　323

「형악묘를 배알하고 마침내 형악의 절에 묵으면서 문루에 쓴다」(謁衡嶽廟 遂宿嶽寺題門樓)　166

「형영신」形影神　295

「혜산 아래 추류기를 방문하여」(惠山下鄒流綺過訪)　222

혜홍惠洪　303

「호 아무개 은둔자를 방문하러 가는 길」(尋胡隱君)　256, 257

혹독한 추위」(苦寒)　181

홍대용洪大容　329, 330

홍매洪邁　218

『홍약루회인시록』紅藥樓懷人詩錄　231

「화견」畫犬　239, 266, 267

「화옥산운」和玉山韻　52

「화춘심」和春深　52

환온桓溫　218, 310, 325, 326

환현桓玄　310, 314, 315, 317, 325, 326

황보서皇甫曙(황보낭지皇甫朗之)　85

「황보식의 '공안원지시'를 읽고 쓴 독후감시」(讀皇甫湜公安園池詩書其後)　191

황정견黃庭堅　23, 303

「황주안국사기」黃州安國寺記　20

황회黃淮　139

『회남자』淮南子　266

『회암집』晦庵集　95

「획어가」畫魚歌　15

「효무제기」孝武帝記　319

「후 십일일(후희喜)과 함께 등잔불꽃을 노래하다」(詠燈花同侯十一)　189

「후 참모(후계侯繼)가 하중의 군막으로 가는 것을 전송하며」(送侯參謀赴河中幕)　187

「후추류시 병서」後秋柳詩幷序 230

「후희가 왔기에 기뻐하면서 장적과 장철에

　　게 주다」(喜侯喜至贈張籍張徹) 182

『흥보가』 62

「희작」戱作 332